GÉRARD MORDILLAT

ECCE HOMO

LE ROMAN DU SUAIRE

ALBIN MICHEL

Librement adapté d'un scénario original écrit
en collaboration avec Jérôme Prieur

Pour mes trois Mousquetaires

Jérôme Prieur
Denis Freyd
Éric Liberge
Claude Gendrot

« Qu’est-ce que la vérité ? »

Évangile de Jean 18,38

Pourquoi avons-nous besoin de tant d'histoires, de tant d'images ? Pourquoi ce désir d'être assis dans l'obscurité, de fixer l'écran où d'autres vivent sans que nous puissions répondre à leurs paroles, nous mêler à leurs actes ? Pourquoi sommes-nous si sensibles à ces vies qui nous échappent ? Pourquoi rions-nous ? Pourquoi pleurons-nous ? La réponse semble évidente : parce que le cinéma est un art qui permet à tous de faire le même rêve en même temps, comme le disait en substance Jean Cocteau.

Assise seule dans la salle de projection privée, Lucy Bernheim ferma son cahier. Dans la liste des citations qu'elle avait compilées pour conforter ses convictions, il y avait cette phrase de William Melvin Kelley : « Pas de bonne histoire sans une certaine dose de mensonge. »

Elle était prête.

La cinéaste fit signe à la cabine, la projection d'*Ecce Homo* pouvait commencer…

France, XIVe siècle

Le vent était tombé mais le ciel se couvrait de nuages. En Italie Giotto était mort, Simone Martini aussi, Boccace venait de publier le *Décaméron* et Dante avait achevé sa *Divine Comédie*, tandis qu'en France Jean Froissart poursuivait ses *Chroniques* sans relâche. L'orage approchait. Il faisait très chaud, l'air était humide.

Depuis le mois d'août, les Anglais avaient pris pied en Aquitaine. À la tête d'une armée de six mille à huit mille hommes, composée d'Anglais, de mercenaires gascons et d'archers gallois, le Prince Noir ravageait la campagne française, brûlait les villages, dévastait les champs, écrasait les enfants sous les sabots des chevaux, assassinait les femmes et les vieillards, massacrait les hommes sans jamais faire de prisonniers. Depuis bientôt vingt ans, les Plantagenêts guerroyaient contre les Valois. Mais en septembre 1356, les Anglais étaient aux abois. Exaspéré par les expéditions, les pillages, l'incendie des terres, la ruine des finances publiques, le roi Jean le Bon était déterminé à venger la défaite de Crécy dix ans plus tôt. Suivi par ses plus fidèles barons, ses cavaliers les plus rapides, le roi jurait de faire rendre gorge à l'Anglais. Il talonnait le Prince Noir, Edward de Woodstock, qui fuyait à la tête de sa troupe dans la campagne tourangelle – le Prince Noir portant l'armure à l'image de la noirceur de son âme. Les règles de la chevalerie n'étaient pas les siennes. Il tuait sans hésiter et il aimait tuer. Après une bataille, il faisait systématiquement achever tous les blessés sans laisser, selon l'usage, nonnes et prêtres tenter de les secourir, comme il avait décimé sans merci les paysans et les serfs anglais qui s'étaient soulevés contre leurs seigneurs.

Il pleuvait dru et le vent à nouveau fouettait les visages. Les Anglais, sentant les troupes françaises se rapprocher, prirent la décision d'obliquer vers le sud. Edward ne s'estimait pas assez fort pour affronter l'armée de Jean. Il fallait sauver le butin.

Le 17 septembre, au sortir de la forêt de Moulière, sur la route de Poitiers – signe de Dieu ! –, le Prince Noir surprit l'arrière-garde de l'armée française, forte de sept cents hommes d'armes et chevaliers. Les Français étaient pris à revers. Le Prince Noir, levant haut son épée, fit sonner ses trompettes et commanda aussitôt la charge. Incapables de se défendre, les hommes du roi Jean détalèrent dans la forêt, laissant derrière eux près de deux cent quarante morts. Le comte de Levis, Hugues de Vernon, comte d'Auxerre, et Jean II de Châtillon furent faits prisonniers.

Averti que ses ennemis étaient dans son dos et non devant lui, le roi de France fit aussitôt retourner sa troupe contre les Anglais.

– Que Dieu soit avec nous !

Jean le Bon, de faible complexion, de santé fragile, ne joutait jamais et ne pratiquait que la chasse comme activité physique. C'était un homme sensible, émotif, que sa timidité muait parfois en furieux, emporté par des accès de violence. Le roi aimait les arts, la peinture, les lettres et ne trouvait la paix que dans la musique. Il s'était transformé en chevalier pour ne pas faillir à ce qu'il croyait être son devoir de souverain. Ses deux fils l'accompagnaient, Charles, son aîné, dauphin désigné, et Philippe, âgé de quatorze ans seulement. Les deux avaient hérité de leur père ses goûts artistiques, une attirance pour les belles architectures, la poésie, la lecture, le savoir, mais ils ne se ressemblaient en rien et parfois même s'opposaient violemment. Charles était une tête politique que l'action militaire n'intéressait que pour servir ses intérêts immédiats, alors que son cadet Philippe était un combattant-né, un cavalier, un bretteur pour qui la vie et la guerre se confondaient. Si le roi chevauchait en tête, Philippe se tenait à ses côtés. Se trouvant fort laid, il ne craignait rien pour lui-même, ignorait le doute comme la peur, inspirant un grand respect aux barons qui l'entouraient.

Depuis le premier jour de son couronnement, Jean le Bon était contesté – comme avant lui son père – par Charles de Navarre et par Édouard III d'Angleterre. Aucune des deux parties n'acceptait l'accession des Valois au trône de France. Jean devait prouver toujours et encore sa légitimité et celle de sa famille. Dès son plus jeune âge (il était duc de Normandie à treize ans), Jean avait dû lutter contre les forces alliées de Navarre et d'Angleterre. Sa vie, constamment menacée au milieu des intrigues de cour et des trahisons, l'avait rendu terriblement méfiant. Il gouvernait dans le plus grand secret, entouré d'un cercle très fermé de familiers.

Sous une averse de courte durée, le soir même du 17 septembre 1356, les deux camps se firent face. D'un côté, les Français séparés en trois groupes : le premier, commandé par Philippe, duc d'Orléans, composé de trente-six bannières et environ soixante-douze pennons dont celui du connétable de France Gautier VI de Brienne; le deuxième sous les ordres de Charles, duc de Normandie, et de ses deux frères, Louis et Jean, assistés des seigneurs de Saint-Venant, Jean de Landas et Thibaut de Voudenay; le roi de France commandant le troisième, entouré de dix-neuf chevaliers de l'Étoile, ordre créé pour s'assurer la fidélité des chevaliers français, les discipliner et ainsi éviter de renouveler le désastre de Crécy. De l'autre côté, les troupes anglaises étaient positionnées de façon comparable : un premier groupe composé de deux mille hommes d'armes, quatre mille archers et mille cinq cents brigands rassemblés en un lieu situé le long d'un chemin fortifié de haies et de buissons ; un deuxième, placé plus loin à droite de la position de Maupertuis, sur une colline, comptant trois cents hommes d'armes et trois cents archers ; le prince de Galles se tenant en arrière avec sa cavalerie et l'élite des barons anglais et gascons.

Le roi allait donner le signal d'attaque lorsque le cardinal Talleyrand-Périgord, accompagné de son secrétaire Henri de Poitiers, un prêtre, proposa une médiation.

– Vous ne pouvez combattre un dimanche, Majesté.

Le Prince Noir, à la tête de troupes moins nombreuses, menacées d'encerclement et de famine, offrait de rendre le butin et s'engageait à ne pas porter les armes contre le royaume de France pendant sept ans.

– Père, vous ne devez pas accepter, argua Charles, il se moque ! Vous devez exiger qu'il se livre et soit fait prisonnier.

Pour ne pas paraître faible devant ses barons et donner raison à tous ceux qui le contestaient à l'intérieur comme à l'extérieur du royaume, le roi se rangea à l'avis de son fils, même s'il redoutait que ce fût inacceptable aux yeux des Anglais. Une heure plus tard, la réponse du Prince Noir confirma ses craintes. « Que Votre Majesté me pardonne, écrivait Woodstock, mais je suis au regret de refuser son offre. Ma dignité en souffrirait. »

La bataille devenait inévitable.

Le cardinal et Henri de Poitiers essayèrent à nouveau de fléchir le souverain, lui rappelant que l'Église réprouvait que le sang coulât – *Ecclesia abhorret a sanguine* –, mais, encouragé à la fermeté par son fils cadet reprenant les arguments de Charles, le roi ne voulut rien entendre. Pour en finir, il concéda aux ecclésiastiques une trêve de vingt-quatre heures.

Bataille

Le lendemain matin, dès que le soleil se fut levé dans le ciel, le roi Jean envoya des éclaireurs en reconnaissance. À Maupertuis – le bien-nommé « mauvais sort » –, les Anglais étaient sous le commandement de William Montagu, comte de Salisbury, chevalier de l'ordre de la Jarretière. En observant leur position, Jean le Bon assura à son entourage :

– Notre cavalerie brisera leur ligne de défense. Les Anglais ne sont que quelques milliers, nous n'en ferons qu'une bouchée.

Les Français remarquèrent alors que les troupes du Prince Noir manœuvraient près du gué de l'Homme. Tenteraient-ils de faire passer leur butin de l'autre côté du Miosson avant de prendre la fuite ? Le maréchal Jean de Clermont, aussi vaniteux que cupide, y vit une manœuvre grossière pour les attirer dans un piège et refusa de bouger. Le maréchal Arnoul d'Audrehem, trop gras, sanguin, transpirant, s'emporta :

– Ah, Clermont, je vous reconnais bien là ! L'ennemi est devant nous et vous ne pensez qu'à fuir !

– Vous me traitez de couard ?

– Je ne vous traite pas, vous l'êtes !

– Votre crétinerie vous conduira droit en Enfer !

– Vous y grillerez avant moi !

D'Audrehem leva son épée et commanda d'attaquer sans attendre les ordres du roi pour occuper les passages. Ne voulant pas laisser l'initiative à d'Audrehem, Jean de Clermont lança aussi ses troupes. Une folie. Les Français se heurtèrent immédiatement aux haies infranchissables qui barraient le champ de bataille. Incapables de percer les rangs d'archers, ils furent décimés par une pluie de flèches – les archers gallois pouvaient tirer douze flèches à la minute ! La première fut pour d'Audrehem, touché à la gorge.

– Demi-tour ! Demi-tour ! ordonna Clermont.

Les Français tournèrent les talons dans un sauve-qui-peut général, empêchant la deuxième ligne de monter à l'assaut, pire, se jetant contre elle. Les chevaliers et les fantassins se bousculaient, se cognaient les uns contre les autres en s'injuriant, piétinaient les cadavres. La confusion était totale. Les archers gallois continuèrent de tuer et de tuer encore des Français dont le désordre faisait des proies faciles.

La bataille tournant à l'avantage du Prince Noir, Jean le Bon fit partir d'urgence le dauphin.

– Au nom du ciel, fuis ! Fuis sans te retourner !

Il ordonna au duc de Berry et au comte d'Anjou de le mettre à l'abri.

– Que Dieu vous garde en sa protection et sauve le royaume !

Lorsqu'il fut certain que Charles était hors de portée des Anglais, le roi rassembla rapidement ce qui restait des chevaliers de l'Étoile autour de son fils Philippe et de lui. Lorsqu'il leva les yeux, ce fut pour voir sur une hauteur les rangs d'archers gallois qui les tenaient sous leur menace.

– Ces maudites haies nous empêchent de charger !

– Attaquons-les à pied, suggéra Philippe, vêtu d'une courte cotte de mailles et solidement casqué.

Le roi l'approuva. Les chevaliers descendirent de cheval et s'élancèrent contre les défenses du Prince Noir.

– Pour l'honneur !

C'était désespéré. Les archers commencèrent à tirer dès qu'ils furent à portée de flèche. Geoffroy de Charny, le porte-écusson du roi, seigneur de Lirey, de Savoisy et de Montfort, fut tué le premier. Beaucoup d'autres s'écroulèrent mais Jean perça le premier rang avec un grand courage. Hélas, très vite il réalisa qu'il n'était suivi que par une poignée d'hommes. Les Français battaient en retraite, abandonnant le roi à son sort. Jean le Bon comprit que tout était perdu, mais il ne fuirait pas comme son père qui s'était discrédité en quittant le champ de bataille de Crécy. Il se sacrifia. Plutôt la mort glorieuse qu'une retraite honteuse.

Le connétable John Chandos le reconnut de loin à sa cote d'armes fleurdelisée.

– Saisissons-nous de notre adversaire, dit-il au Prince Noir, nous aurions plus à perdre à l'occire qu'à nous l'assurer.

L'air s'emplissait du bruit de la bataille, du sifflement des flèches, des cris des blessés, des ordres confus, des injures des mourants. Sur une butte appelée «champ d'Alexandre», entouré de quelques fidèles, son fils Philippe à ses côtés, le roi se battit jusqu'à épuisement de ses forces mais, encerclé de toutes parts, il dut se reconnaître vaincu. Denis de Morbecque le salua avec respect :

– Majesté, je vous prie d'accepter votre défaite et de vous rendre. Soyez assuré que vous serez traité avec tous les honneurs qui vous sont dus.

Grégoire

Dans ses *Chroniques*, Froissart écrivait : «Ainsi fut cette bataille sur la terre de Maupertuis, à deux lieues de la ville de Poitiers, le vingt et un du mois de septembre de l'an de grâce de Notre Seigneur mille trois cent cinquante-six. Commencée à six heures du matin, à midi tout était fini. La fine fleur de la chevalerie française y trouva la mort. La noblesse fut durement affaiblie et connut alors grande misère et tribulations.» Le roi était fait prisonnier. Treize comtes, un archevêque, soixante-six barons étaient morts. Au total, les Français perdaient plus de huit mille hommes, sans parler des trois mille tués dans leur fuite. Un véritable massacre. Les Anglais, eux, ne comptaient que mille neuf cents hommes d'armes et mille cinq cents archers tués.

Sur le champ de bataille, dans la plaine de Maupertuis près de l'abbaye de Nouaillé, c'était une mer de cadavres que contemplait Henri de Poitiers. Il n'avait pas trente ans, outre le latin et le grec il maîtrisait l'anglais et pratiquait un peu l'allemand. Il serait évêque sous peu, peut-être cardinal et si Dieu le voulait, qui sait, pape un jour. C'était un solide gaillard, la tête aussi bien faite que le corps, qui avançait entre les morts, récitant le *Pater Noster* :

Pater Noster, qui es in caelis,
Sanctificetur nomen tuum,
Adveniat regnum tuum,
Fiat voluntas tua,'
Sicut in caelo et in terra.

– Amen, répondirent les trois sœurs clarisses et les deux hommes de peine qui accompagnaient Henri.

Dans le ciel rougissant du crépuscule, des corbeaux croassaient, survolant les chevaux éventrés, les soldats mourants, les corps démembrés. La mort avait une odeur de sueur, de sang et d'excréments. Henri de Poitiers progressait à pas mesurés, priant, bénissant…

– Au nom du Père, du Fils et du Saint-Esprit.

Soudain, sur sa gauche, un râle l'alerta. Un chevalier agonisait. Il gisait face contre terre, à moitié enfoui dans la boue. Henri se précipita pour l'aider à se retourner.

– Grégoire !

C'était son cousin, le fils de Frédéric et Sophie de Joigny, avec qui il avait été élevé au château de Sainte-Vertu. Reconnaissant Henri, l'homme tenta de parler mais il n'y parvint pas. Il bredouilla des mots incompréhensibles, bava un peu de sang mêlé de terre. Il fit un effort qui lui coûta terriblement pour adresser sa dernière pensée à sa sœur cadette.

– Lucie…

Mais était-ce bien ce nom qu'Henri entendit ou qu'il voulut entendre ? Il avait été si faiblement prononcé que c'était peut-être vers la *Deum Lucis*, la Lumière de Dieu, que Grégoire se tournait. Comment être sûr de ce qu'il avait dit en expirant ? Quelle parole rapporter à ses parents ? À Lucie ? Henri devrait-il parler ou se taire ? Il ne pouvait détourner les yeux de l'empreinte du visage de Grégoire imprimée dans la terre grasse d'une ondée. En creux, un visage noir, démoniaque, qui semblait le défier.

– Mon père, le pressa une des sœurs, nous devons nous hâter, la nuit vient…

Grégoire avait rendu l'âme. Quand Henri de Poitiers se releva, il était en larmes.

– Mon Dieu, ayez pitié de lui !

Il se signa. Les trois clarisses psalmodièrent :

Le Christ est tout pour nous
Si tu as besoin de secours : Il est Force
Si tu crains la mort : Il est Vie
Si tu désires le ciel : Il est Chemin
Si tu fuis les ténèbres : Il est Lumière
Si tu as faim : Il est Nourriture.

Souper

Jean le Bon dînait dans une salle très longue et très basse du récent château de Chambonneau en compagnie des nobles survivants de son armée et de Philippe, son fils cadet, héros malheureux de la bataille. Après les potages, les viandes et les poissons, on servit deux cygnes rôtis, des pâtés, des blancs-mangers et divers entremets avant d'offrir aux convives des gaufres accompagnées d'hypocras, un vin aromatisé aux épices et de beaucoup d'autres choses délicates. Refusant de s'asseoir, le Prince Noir tint à assurer lui-même le service en hommage à la bravoure des Français.

– Je n'oublierai jamais votre fils luttant comme un lion pour vous défendre : « Père, gardez-vous à droite ! Père, gardez-vous à gauche ! » C'était magnifique !

Philippe, flatté, baissa humblement la tête.

– Je vous remercie, Votre Altesse.

Pour autant, le roi Jean ne put cacher son amertume.

– Nous sommes défaits. Si l'honneur est sauf, nous avons tout perdu et ne pouvons que nous incliner devant notre vainqueur.

– Surtout, ne vous laissez pas abattre, Majesté, affirma le Prince Noir. Si Dieu n'a pas voulu aujourd'hui ce que vous désiriez, le roi Édouard III, mon père, vous traitera avec tous les égards qui vous sont dus et s'accordera avec vous si raisonnablement que vous demeurerez bons amis ensemble pour toujours.

– Je n'en doute pas, Votre Altesse, admit le roi.

Le Prince Noir souhaita le bonsoir à la compagnie et quitta le banquet. Malgré la défaite, les Français faisaient bonne chère et les vins coulaient à flots. Dès que l'Anglais fut sorti, le roi soupira :

– Charles est sauf, il est désormais Lieutenant du royaume, c'est bien ma seule consolation…

– Il n'a que dix-huit ans, fit remarquer le chevalier Fontaine des Pèlerins, fidèle parmi les fidèles.

Jean écarta la remarque d'un geste.

– Il saura gouverner. Il a infiniment plus de sagesse que moi…

Henri de Poitiers, les pieds encore pleins de la boue du champ de bataille, vint parler au roi.

– Majesté, je tiens du cardinal que vous allez être emmené à Londres en captivité, lui dit-il à voix basse. Les belles paroles du Prince Noir dissimulent qu'une énorme rançon devra être versée pour votre libération.

Il avait entendu un capitaine anglais dire : « Le pape est devenu français, mais aujourd'hui Jésus-Christ est anglais... »

Château de Sainte-Vertu, près de Tonnerre

Par temps clair, Henri de Poitiers chevauchait en tête du convoi qui ramenait le corps de son cousin Grégoire jusqu'au domaine de ses parents, Sophie et Frédéric de Joigny. La troupe venait de traverser une grande plaine où coulait une rivière. Restaient cinq lieues à parcourir jusqu'au château de Sainte-Vertu. Les hommes commençaient à murmurer contre leur capitaine. Pour aller au plus court, sur les conseils d'Henri, ils traversèrent la forêt de Saint-Martin-sur-Armançon, pourtant regardée comme dangereuse à cause des bandits dont elle était le repaire, et passèrent au large de Tonnerre. La guerre contre le Prince Noir n'apportait que misère et chagrin dans tout le pays et les paysans qu'ils croisèrent en route leur tournèrent le dos pour manifester leur hostilité. Les nobles avaient tout à craindre d'eux car, au lieu de les protéger, ils les opprimaient plus encore que l'ennemi. Il se disait que certains de ces pauvres gens appelaient à l'abolition du servage, à la fin des redevances et des services dus aux seigneurs et soutenaient qu'un homme devait pouvoir choisir pour qui il travaillait et le salaire qu'il devait recevoir. Des châteaux avaient été brûlés. Il y avait eu des meurtres et des viols. On discutait, on se regroupait, la colère grondait partout en France. Henri et sa suite feignirent de les ignorer. Ils continuèrent sans prendre le temps de faire boire les chevaux ni de se restaurer dans un village. Au crépuscule, ils arrivèrent au château.

Les parents de Grégoire et leur fille Lucie, déjà en grand deuil, les attendaient. Henri fut le premier à mettre pied à terre. Il se précipita vers eux pour les serrer dans ses bras. Le capitaine qui commandait la troupe descendit de cheval en soufflant et en s'étirant, la route avait été longue. Il ordonna qu'on dépose le corps de Grégoire sans tarder. Il avait faim, il avait soif et, s'il se trouvait quelque servante accorte, il ne refuserait pas de… Les hommes descendirent le brancard du chariot et posèrent le cadavre sur le perron du château.

Dominant son chagrin, Frédéric de Joigny les remercia et indiqua aux soldats et à leur chef la grange où le boire et le manger seraient servis, où ils pourraient prendre leurs quartiers pour la nuit. La mère de Lucie, pleurant sans retenue, défaillit à la vue de son fils mort, ses jambes se dérobèrent sous elle. Il fallut que Lucie la soutienne et la confie aux bras de son père.

– Raisonnez-vous, ma mie, dit doucement Frédéric, entraînant sa femme à l'intérieur. Sachons garder notre dignité. Notre fils est mort en brave et nous devons l'honorer en montrant un courage égal au sien.

Lucie attendit que ses parents fussent entrés pour prier agenouillée devant le corps de son frère :

Des saints martyrs Mère, Reine et Patronne,
Enseigne-nous à prier, à souffrir
Tous nous voulons gagner cette couronne
Pour Jésus-Christ tous nous voulons mourir…

Henri la força à se relever.

– Non, Lucie, nous ne voulons pas tous mourir. La vie, c'est la Gloire du Seigneur. Tu peux pleurer mais te réjouir aussi que

Grégoire soit auprès de son Créateur. Ton frère vit maintenant dans sa Lumière.

– Tu ne crains donc pas la mort ?

– Ma foi me protège.

– Tu te souviens du poème que tu m'as récité un jour où… ?

– Oui, je m'en souviens, répondit trop vivement Henri.

– Il parlait d'aimer à en mourir…

Lucie récita sans le quitter des yeux :

Car j'ai logé ma vie en ta bouche, mon cœur.
Je veux mourir sur tes lèvres, maîtresse
C'est ma gloire, mon heur, ma richesse

Henri, rouge de confusion, perdit pied.

– Serre-moi dans tes bras, bredouilla-t-il.

Ils s'étreignirent comme si rien, jamais, ne devait les séparer. Sentant les seins de Lucie contre sa poitrine, son ventre contre le sien, Henri ne pouvait oublier qu'il y avait trois ans à peine, à moitié nus en plein été, ils jouaient au bord de la rivière, se lançaient de l'eau, se chamaillaient… Henri avait tressé une couronne de fleurs qu'il avait déposée sur la tête de Lucie puis ils avaient dansé sans se quitter des yeux, se frôlant, se touchant jusqu'à se trouver plaqués l'un contre l'autre, comme ils l'étaient maintenant. Et, sans que ni l'un ni l'autre s'en défendent, leurs lèvres s'étaient rejointes dans un très long baiser.

Les hommes d'armes repartiraient aux premières lueurs de l'aube. Frédéric de Joigny alla s'assurer qu'ils avaient tout ce qu'il leur fallait pour bien passer la nuit. Le capitaine, un gobelet d'ambroisie à la main, vint à sa rencontre.

– Ne vous inquiétez pas, monseigneur, lui dit-il. Vos gens nous ont régalés et abreuvés comme si nous venions de combattre les Sarrasins !

– Alors, je me retire. Je vous souhaite la bonne nuit, capitaine…

Le soldat le retint.

– Vous savez que notre roi est prisonnier ?

– Hélas…

Le capitaine soupira :

– Oui, hélas !

L'homme avait les épaules larges, les membres robustes et une allure qui dénotait son habitude de la chasse et de la guerre. Il hocha la tête.

– À Poitiers nous avons été commandés par des incapables et maintenant c'est nous qui payons leur stupidité.

Frédéric fronça les sourcils. Il n'aimait pas entendre critiquer la noblesse.

– Nous payons ! répéta, fier et vif, le capitaine. Nous payons, ne touchant rien de ce qu'on nous avait promis, et vous, vous payez parce que tous les nobles du royaume doivent contribuer à la rançon qui libérera notre roi.

Il ajouta d'un ton plus grave :

– Aucun roi de France n'a jamais été captif. Tout doit être fait pour mettre fin à cette humiliation. N'ai-je pas raison ?

Frédéric de Joigny ne pouvait que l'approuver mais comment pourrait-il s'acquitter de sa dette envers la Couronne alors que la mort de son fils sur le champ de bataille annonçait une autre catastrophe : Grégoire avait été promis à la fille du comte de Pleslin, une jeune fille richement dotée ; c'était le dernier espoir de sauver le domaine familial des Joigny, accablé de dettes et menacé de ruine.

– Je ne manquerai pas à mon devoir, affirma Frédéric avant de prendre congé, honteux de son mensonge.

– Bonne nuit à vous, monseigneur, et que Dieu vous garde !

Après s'être assuré que le maître des lieux retournait au château où le corps de Grégoire avait été transporté, le capitaine, avec une sorte de bonne humeur, lissa ses moustaches et rentra dans la grange. Dissimulées derrière des bottes de paille, quatre belles ribaudes dépoitraillées l'attendaient pour faire la fête avec ses hommes.

– Foutredieu ! jura le capitaine en se caressant l'entrecuisse. Tout n'est pas pourri dans le royaume de France !

Demande

Le baron Denys du Marais attendait Frédéric de Joigny près de la cheminée monumentale dans la salle d'armes du château, une pièce austère aux meubles sombres et lourds. L'homme, vêtu d'une riche houppelande, se tenait fort droit malgré ses quarante ans, sa calvitie et son embonpoint.

– Veuillez me pardonner cette visite si tardive, dit-il, mais je voulais être le premier à vous présenter mes condoléances.

– Je vous remercie, mon cher baron. Ma femme et moi sommes très touchés de votre…

Denys du Marais l'arrêta d'un geste.

– C'est la moindre des choses. Ne sommes-nous pas voisins et en affaires ensemble ?

– Oui, répondit Frédéric du bout des lèvres.

La tempête avait ruiné toutes les récoltes de l'année, abattu beaucoup d'arbres en forêt ; deux de ses troupeaux avaient été décimés par la maladie, un feu avait emporté une réserve de grain et tué quatre personnes ; plusieurs de ses fermes étaient désormais à l'abandon. Denys du Marais lui avait avancé beaucoup d'argent pour l'aider à se relever. Une somme que Frédéric était aujourd'hui incapable de rembourser, alors qu'il avait imprudemment offert son domaine en garantie. Le baron sourit aimablement.

– Je ne suis pas là pour discuter affaires. Passé votre deuil, nous aurons tout le temps d'en reparler…

– Je suis votre obligé, admit Frédéric. Voulez-vous que je vous fasse servir du vin ?

– Volontiers ! Je viens d'avaler un pâté de sanglier qui me pèse encore sur l'estomac, dit-il en se flattant le ventre.

Il jeta un coup d'œil circulaire dans la pièce.

– Je ne vois pas votre fille…

– Elle est à la chapelle avec Henri de Poitiers.

– Avec qui ?

Le baron ne pouvait cacher son déplaisir de savoir Lucie en compagnie d'un homme. Frédéric, intrigué de voir son voisin si nerveux, le rassura :

– Vous le connaissez. Son père était mon ami le plus cher, mon frère d'armes. Il était veuf et à sa mort je me suis fait un devoir de recueillir son fils.

– Ah oui…, grommela du Marais, qui se souvenait d'un gamin insolent et bagarreur.

Frédéric ne put s'empêcher d'ajouter avec fierté :

– Henri est prêtre maintenant. Il est le secrétaire de son éminence le cardinal Talleyrand-Périgord, un proche de notre pape…

– Votre femme est aussi à la chapelle ?

– Oui. Pourquoi ?

Denys du Marais se dispensa de répondre. Une servante venait de lui porter un verre de bourgogne qu'il but d'un trait, réprimant un rot. Il s'essuya la bouche avec la manche de sa houppelande et prit une longue inspiration.

– C'est bien, c'est très bien que nous soyons seuls…, souffla-t-il en triturant sa barbe. J'ai une question délicate à aborder avec vous.

– Cela ne peut-il attendre ?

– Je ne crois pas.

– Vous m'inquiétez…

Du Marais fit un pas vers Frédéric comme s'il voulait s'en prendre à lui.

– Comment définiriez-vous le caractère de votre fille ?

Frédéric recula, du Marais sentait le vin et l'écurie.

– De Lucie ?

– Oui, de Lucie, s'énerva le baron. Est-elle d'un commerce agréable, d'un caractère docile, serviable, enjouée, obéissante ?…

– C'est une bonne chrétienne parée de toutes les vertus d'une fille élevée dans le respect de ses parents et de Notre Seigneur Jésus-Christ, répondit Frédéric, le visage crispé.

Denys du Marais hocha gravement la tête.

– Très bien, très bien…

Et, après un temps de réflexion où dans son esprit se bousculaient des réflexions du pape à propos du « prurit de la chair et l'ardeur du désir » :

– Est-elle d'une constitution qui lui permette de procréer ?

Frédéric sentit le rouge enflammer ses joues.

– Elle est pure.

– Bien sûr, bien sûr ! approuva Denys du Marais. Là n'est pas la question. Mais pourra-t-elle enfanter ?

– Si Dieu le veut…

– Mais encore ? Bon sang, nous sommes entre hommes !

Frédéric, terriblement mal à l'aise, murmura :

– Ses hanches sont larges et sa poitrine bien faite.

Denys du Marais se détendit. Visiblement, la réponse le satisfaisait.

– Oui, j'ai remarqué que sa poitrine est…

Il fit un geste éloquent accompagné d'un grand sourire.

– Eh bien, mon cher Joigny, enchaîna-t-il d'un ton mielleux, je vous demande officiellement la main de votre fille Lucie.

Frédéric, le souffle coupé, eut du mal à trouver ses mots. Il ne put que s'exclamer :

– C'est le Seigneur qui vous envoie !

Le château, le domaine étaient sauvés.

Décision

C'était un matin clair et sec. Le ciel brillait d'un bleu intense et l'herbe du jardin, les arbres, les bosquets, toute la nature semblaient ignorer que le froid était là. Frédéric et Sophie de Joigny attendirent le départ d'Henri et des soldats pour avertir leur fille de leur décision. Lucie crut d'abord qu'ils la taquinaient.

– Du Marais veut se marier avec moi ?

– Oui.

– Je croyais qu'il voulait épouser sa cuisinière. Elle est grosse de lui, comme celle de l'année dernière du reste, s'amusa Lucie.

– Il m'a fait sa demande hier soir, annonça son père avec gravité.

Lucie n'en revenait pas. Ce n'était pas une plaisanterie ! Elle secoua la tête, ne sachant plus si elle devait rire ou pleurer. Épouser du Marais ?

– Jamais, dit-elle d'un ton glacial. Jamais je ne l'épouserai !

– Ce n'est pas à toi de décider, répliqua son père. Je lui ai donné mon accord, tu l'épouseras.

– Il ne me plaît pas. Il pue comme un bouc, transpire le vin et n'a guère plus de cervelle que les pauvres bêtes qu'il traque à la chasse, son unique passion.

– Il me plaît, à moi !

– Que ne l'épousez-vous pas vous-même, s'il vous plaît tellement ?

– Tais-toi ! Ton insolence mérite…

Sophie interrompit son mari :

– J'ai épousé ton père sans le connaître. Nos deux familles se sont accordées, nous nous sommes mariés et notre mariage a été béni par Dieu…

– Amen, répondit Lucie. Je suis heureuse que la Divine Providence vous ait si bien assortis l'un à l'autre. Mais notre voisin a déjà pris femme, il est veuf et il a au moins le double de mon âge. Voulez-vous donc d'un barbon comme gendre ?

– C'est un homme respectable, argua Frédéric. Il est riche et en bonne santé. Quand tu seras sa femme, tu seras à la tête d'une grande maison et, si tu lui donnes des enfants, ils hériteront d'un bien considérable.

– Plutôt coucher avec un porc que me donner à lui ! cria Lucie, hors d'elle. Si vous me forcez, je me transformerai en un monstre si hideux que le Diable lui-même aura peur de moi !

Frédéric de Joigny se leva.

– Va dans ta chambre ! Tu n'en sortiras que pour approuver ce que j'ai décidé pour toi.

Lucie lui fit face.

– Sachez qu'il n'y a qu'un homme que j'épouserai, c'est Henri, annonça-t-elle d'une voix calme et forte. Henri et aucun autre, fût-il le plus noble et le plus riche de vos amis.

Sa mère laissa échapper un cri d'horreur.

– Henri est ton cousin ! Tu veux donc commettre l'inceste ?

– Il n'est mon cousin que parce que vous l'avez adopté et élevé comme un fils, répliqua Lucie. Nous ne sommes pas du même sang.

– Mais c'est un prêtre, gémit Sophie, au bord de l'évanouissement.

Et, se reprenant :

– Il sera évêque un jour, peut-être cardinal, et qui sait s'il n'est pas destiné à monter un jour sur le trône de saint Pierre… Veux-tu te perdre ?

– Jésus ne nous a-t-il pas enseigné qu'il n'y a rien au-dessus de l'amour ?

Sa mère, voyant déjà Henri en Avignon ou à Rome, lui cria au visage :

– Veux-tu devenir la putain du pape et être damnée ?

Au premier étage du château, la chambre de Lucie était pourvue d'une solide cheminée mais aucun feu n'y brûlait. Elle bouscula d'un geste rageur le lutrin et l'écritoire qui étaient disposés de part et d'autre des fenêtres.

– Jamais ! Jamais !

Lucie ne décolérait pas contre ses parents qui voulaient la vendre à leur voisin comme on négocie un bœuf gras ou une génisse aux comices. Elle ne céderait pas à leur tyrannie qui, par un odieux chantage à l'affection ou un appel aux devoirs impérieux d'une fille, voulait la contraindre à faire tout ce que son corps, son esprit, son âme repoussaient à toute force. Jamais elle n'épouserait du Marais ! Jamais ! Ni lui ni personne d'autre qu'Henri ! Elle était à lui ! À nul autre ! À bout de souffle, elle s'agenouilla au milieu de la pièce. Mains jointes, se traînant à genoux sur son chemin de croix, elle pria, supplia: « Henri ! Henri ! » comme s'il pouvait l'entendre et venir l'enlever.

Puis elle se jeta sur son lit, martelant ses couvertures et ses coussins brodés. C'était trop injuste ! C'était trop cruel ! Quand Henri l'avait tenue dans ses bras près de la rivière, les prés étaient verts sur les berges, le soleil haut, l'air doux à peine troublé par un vent léger. Un fil lumineux reliait leurs deux visages et, à l'ombre d'un grand saule, Lucie avait pu sentir combien Henri la désirait et qu'elle le désirait tout autant. L'odeur puissante de la terre les étourdissait, la rivière chantait une mélodie lointaine, ils étaient l'eau et la terre, Adam et Ève au jardin d'Éden. Lucie était prête à se donner à Henri. C'était le jour, le grand jour. Elle allait devenir une femme, *sa* femme !

Elle se demandait encore ce qui les avait retenus. Peut-être ce milan qui était passé dans le ciel au-dessus d'eux comme un mauvais présage ? Puis il y avait eu sa mère qui les appelait et Grégoire, arrivé sur sa jument Hermione, portant la dépouille d'un renard qu'il voulait leur faire admirer. Tout s'était ligué contre eux, contre leur amour, comme si un ange et un démon s'étaient affrontés au corps à corps devant eux et que ce dernier l'avait emporté. Combien de fois Lucie avait-elle rêvé que tout se passait autrement ? Henri la couchait tendrement dans le pré, retroussait sa fine robe de lin blanc, se glissait entre ses cuisses et la pénétrait, scellant sa bouche d'un baiser pour l'empêcher de crier. C'était une douleur et une joie, c'était la vie qui venait en elle. Sa couronne de fleurs tombait dans l'herbe, sa peau se hérissait, ses yeux roulaient, illuminés d'étoiles. Henri était son prisonnier, son promis, son amant. Elle allait mourir, elle allait vivre.

Lucie était en feu. Les murs devenaient rouges, le plafond s'embrasait, ses meubles, ses tapis, son lit n'étaient plus qu'incendie.

– Henri ! Henri !

Cathédrale

La cathédrale Saint-Pierre-et-Saint-Paul se dressait sur la Grand-Place de Troyes depuis les temps anciens. C'était un énorme rocher évidé s'élevant vers le ciel. Un sombre vaisseau fendant la houle d'une mer invisible. Un poing céleste frappant la terre, l'écrasant de sa masse. Elle avait survécu aux pillages, aux incendies provoqués par la foudre, même à un ouragan qui avait entraîné la destruction du bas-côté du chœur. Les travaux de restauration y étaient incessants. Après la voûte du transept et une flèche élevée au-dessus de la croisée, on venait d'achever ceux des trois travées les plus orientales de la nef, dont il restait encore les échafaudages.

En ce jour de fête, la cathédrale était bondée pour assister à l'ordination d'Henri de Poitiers comme évêque de Troyes. Le cardinal Monti donna lecture de la lettre épiscopale adressée par le pape Innocent VI :

– « Le Seigneur Jésus constitua les apôtres sous la forme d'un collège, c'est-à-dire d'un groupe stable, à la tête duquel Il distingua Pierre parmi eux. Le Seigneur leur confia la mission de prêcher le Règne de Dieu, mission même qu'Il avait reçue du Père… »

Henri, à genoux devant l'autel, s'engagea à maintenir la foi et à s'acquitter des devoirs de sa charge puis il s'allongea sur le sol tandis qu'on récitait la litanie des saints. Ensuite, le cardinal le fit s'agenouiller et procéda à l'imposition des mains, symbole de la transmission de la tradition apostolique et signe manifeste du don de l'Esprit Saint. Les parents de Lucie, pourtant placés dans les premiers rangs, trop émus, n'entendirent que des bribes de la prière d'ordination :

Et maintenant, Seigneur, répands sur celui que tu as choisi la force qui vient de toi
L'Esprit souverain que tu as donné à ton Fils bien-aimé, Jésus-Christ
L'Esprit qu'Il a lui-même communiqué aux saints apôtres qui établirent
L'Église en chaque lieu comme ton sanctuaire
À la louange incessante et à la gloire de ton Nom.

On plaça alors l'évangéliaire au-dessus de la tête d'Henri et il fut oint avec le saint chrême. Enfin arriva le moment tant attendu : le cardinal Monti remit à Henri les insignes de sa charge – l'anneau épiscopal, la mitre et la crosse… Henri se tourna alors vers l'assemblée et la bénit au nom du Père, du Fils et du Saint-Esprit.

Troyes comptait un nouvel évêque, Henri de Poitiers, orphelin de père et de mère, recueilli dans la famille de Frédéric de Joigny qui avait été le compagnon d'armes de son père et son plus cher ami. Henri pensait que, désormais, rien ne l'arrêterait. Il venait de franchir la première marche. La prochaine serait la pourpre cardinalice…

Frédéric fut le premier à plier le genou devant lui et à baiser l'anneau épiscopal. Sophie, les yeux pleins de larmes, serra l'évêque dans ses bras, murmurant :

– Mon petit… mon petit…

– Ne pleurez pas, mère, je suis heureux…

Henri observa ceux qui l'entouraient avec inquiétude.

– Pourquoi Lucie n'est-elle pas là ?

– Nous venons implorer ton aide, avoua Frédéric.

– Elle est souffrante ?

– Lucie s'est enfuie de chez nous après l'enterrement de Grégoire. Elle veut se faire nonne pour ne pas épouser notre voisin, le baron Denys du Marais. Nous savons par des marchands qu'elle s'est réfugiée dans l'abbaye de Lirey, dans le lazaret tenu par des frères antonins.

– L'abbaye se trouve maintenant dans ton diocèse, n'est-ce pas ? Il faut que tu interviennes, plaida Sophie.

– Ce n'est pas si facile, répondit Henri, très perturbé par ce qu'il venait d'apprendre. Vous savez que les moines sont très jaloux de leur indépendance.

Sophie se tordait les mains.

– Tu dois faire l'impossible par amour de nous ! gémit-elle. Denys du Marais veut que le mariage soit célébré au plus tard au printemps. Si Lucie s'obstine, il fera valoir ses droits sur notre domaine et nous chassera.

Le cardinal Monti, entouré des jeunes gens de sa cour, sortait de la cathédrale. Il reconnut Frédéric et le salua avec beaucoup d'amitié.

– Ah, de Joigny, vous pouvez être fier de votre protégé ! Si Dieu le veut, qui sait jusqu'où il pourra monter dans l'Église…

Profitant que son mari et le cardinal s'éloignaient pour s'entretenir en privé, Sophie prit les mains de l'évêque dans les siennes comme s'il était encore l'enfant qu'elle avait élevé.

– Je sais qu'il est cruel de te faire cette demande, mais Lucie t'aime et elle t'écoutera.

Elle ajouta en chuchotant :

– Je vous ai vus vous embrasser…

Jérusalem, deux mois plus tôt

La nuit était noire comme une tombe.

Jérusalem, serrée dans ses hauts murs de pierre, avec ses maisons collées les unes aux autres, ses remparts, ses tours de guet, paraissait en état de siège. Toutes les portes étaient closes, bardées de fer, les volets tirés, les feux éteints ; les rues étaient vides, comme si tous les habitants se barricadaient ou avaient déserté la ville. Tous les jours, des prophètes annonçaient des tremblements de terre, des tueries, des séditions, la Fin des temps :

– Il y aura des guerres, des famines, des plaies et des catastrophes terribles. Dieu déversera sa colère contre le péché, le mal et la méchanceté !

Alors, qu'ils fussent chrétiens, juifs ou musulmans, dès la nuit tombée, tous se terraient…

Thomas Merlin de Sainte-Anne, nobliau déshérité, ne croyait pas à ces fariboles. La peur qui empoisonnait l'air, corrompait l'eau et confinait les habitants servait ses desseins. Accompagné de trois hommes au visage masqué, il dépassa la grande citerne et leur fit signe qu'ils pouvaient le suivre sans crainte. La voie était libre. Quelques rues plus loin, ils longèrent les murs de l'église du Saint-Sépulcre sans croiser âme qui vive, sans même voir un des moines d'ordinaire posté en sentinelle. Thomas et ses complices se faufilèrent dans les ruelles jusqu'au couvent du Mont-Sion, placé sous l'autorité des Franciscains. Quatre ombres dans une forteresse abandonnée.

Les hommes avaient repéré les lieux la veille. Ils savaient quoi faire sans avoir besoin de se consulter. Le plus grand se colla dos au mur pour faire la courte échelle à Thomas, le plus petit l'aida à se hisser sur le mur d'enceinte tandis que le troisième faisait le guet. Personne en vue. Sans hésiter, Thomas sauta dans le jardin du couvent où il se reçut en souplesse et sans bruit. Dissimulé derrière un citronnier, il tendit l'oreille. Dans la chapelle, des moines psalmodiaient :

Joseph d'Arimathie
Le prit entre ses bras
Tout doucement le mit en terre
Le corps le tourna bellement
Et le lava moult nettement
Les plaies, il les a bien nettoyées
Celles des mains et du côté
La Sainte Face et puis les pieds…

Thomas réprima un sourire : il était au bon endroit !

Il se hâta de traverser le jardin entre les arbres fruitiers et les rosiers, dans les senteurs suaves de la nuit. Il contourna rapidement l'ancienne chapelle que les moines étayaient pour l'agrandir et la consolider. À l'arrière du bâtiment, un carreau manquait à un vitrail du bas. Thomas se hissa sur un madrier posé contre le mur et observa ce qui se passait à l'intérieur.

Le père abbé levait le calice qui scintillait à la lueur des flambeaux en prononçant :

– *Per omnia saecula saeculorum.*

Les franciscains s'agenouillèrent. Après avoir rangé le calice dans le tabernacle avec mille précautions, le père abbé prit une grande pièce de lin posée sur l'autel et, un à un, les frères vinrent l'embrasser après s'être signés. Puis le père abbé enferma le linge plié dans un coffre caché sous l'autel.

Thomas resta à couvert tandis que les moines sortaient, psalmodiant :

Béni sois-tu, Seigneur Jésus
Toi qui nous appelles à témoigner de ta Résurrection…

Lorsque le dernier ferma la porte derrière lui, Thomas se glissa dans la chapelle. Il marcha droit vers l'autel à la seule lueur d'un rayon de lune, sortit le coffre placé dessous et entreprit de forcer la serrure avec sa dague. La tâche fut plus difficile que prévu. Ça résistait, Thomas s'énerva. Il transpirait, il sentait battre son cœur et son souffle se fit plus court. Enfin, dans un grand craquement de bois, la serrure céda.

– Sacredieu, lâcha-t-il entre ses dents.

Il s'était écorché la main.

Thomas s'empara de la longue pièce de lin rangée dans le coffre. Il filait vers la sortie quand, brusquement, la porte s'ouvrit devant lui.

– Maudit, comment oses-tu profaner le suaire du Seigneur Jésus ?

Trois franciscains, éclairés au flambeau, lui faisaient face, armés de longs bâtons de cornouiller.

La bataille s'engagea.

Les moines n'étaient pas des guerriers. Thomas, le bras gauche entouré du linge comme d'un bouclier, para le premier coup et riposta en plantant sa lame dans la gorge de son assaillant. Le sang jaillit. Profitant de la stupéfaction des deux autres moines, Thomas fit volte-face et frappa le deuxième franciscain au ventre avant même qu'il ait pu lever son bâton. Thomas combattait en grimaçant comme un diable. Le dernier franciscain s'enfuit en appelant au secours. Il n'alla pas très loin. Un des acolytes de Thomas, Yorick, un Breton râblé presque nain, au visage mauvais et barré d'une longue cicatrice, avait sauté le mur en entendant des cris. Il fit un croche-pied au moine. Le franciscain s'étala sur l'herbe et Thomas, sans hésiter, se précipita sur lui et lui planta sa dague entre les omoplates avant de l'égorger.

Ashdod

Le jour se levait.

Thomas et ses trois complices galopaient dans la campagne à travers des nuages de sable et de poussière. Une felouque les attendait à Ashdod, un port fondé par les Philistins après leur victoire contre les Hébreux. « Et les Philistins prirent l'arche de Dieu et la portèrent d'Ebenezer à Ashdod », disait le prophète Samuel. Thomas se moquait des prophéties ; seules celles qu'il prononçait lui-même se réalisaient. Et il avait prophétisé qu'avec l'aide du Seigneur le linge qu'ils avaient volé dans la nuit le rendrait riche et glorieux. Il se moquait aussi des deux pauvres franciscains qui s'étaient lancés à leur poursuite. Les moines avaient bien trop de retard pour espérer les rattraper avant qu'ils n'embarquent !

– Ils peuvent toujours courir !

Effectivement, quand Pierre-Antoine Damascène et Roger le More arrivèrent sur la côte, la voile de la felouque s'éloignait à l'horizon…

Pierre-Antoine ne put que dresser son poing vers le ciel.

– Soyez maudits, que la peste vous emporte !

Aussi bien utilisée pour le cabotage que pour des raids contre les musulmans, la *Nausicaa* faisait voile à quatre nœuds à l'heure dans une jolie brise de sud-sud-ouest. Si tout allait bien, ils atteindraient Marseille dans un mois. Mais il fallait compter avec les aléas de la navigation, les tempêtes qui pourraient les obliger à trouver refuge dans un port, le manque de vent, les attaques des Barbaresques du côté de Malte. Les vents et les courants en Méditerranée orientale ne leur étaient pas favorables : tourbillonnants, ils poussaient de l'ouest vers l'est. Il fallait donc arriver à les contourner pour ensuite, une fois franchi le seuil de la Sicile, remonter vers le nord en longeant les côtes italiennes pour en trouver de plus favorables. Au départ d'Ashdod, il fallait naviguer cap au nord pour chercher les bonnes conditions de navigation et, à partir de la Crète, négocier la route en captant des vents le long de la Turquie pour piquer ensuite vers Chypre. Solide à la barre de la felouque, le capitaine Josse avait choisi de passer par le détroit de Messine. Le passage était plein de tourbillons, de plongées d'eau dangereuses, mais les pirates venus de Tripoli, de Tunis, voire d'Alger sévissaient au sud de la Sicile et mieux valait éviter cette zone. Pour se ravitailler en eau et en nourriture, ils feraient escale en Crète, à Chypre, à Malte, à Naples et à Gênes avant de parvenir à Marseille.

– Cette nuit, se réjouit le capitaine, nous suivrons l'Étoile polaire, comme Ulysse, toujours en la gardant à main droite !

Une fois au large, le vent fraîchit, la mer se forma, le capitaine laissa le gouvernail à Éric, son pilote, un Normand descendant de Vikings. À la poupe de la *Nausicaa*, Josse tripotait la pièce de lin volée aux franciscains à Jérusalem. Deux de ses matelots avaient été de l'aventure avec lui, un costaud à la barbe rousse et aux yeux clairs, Jeannot dit l'Enclume à cause de sa force, et Yorick, le Breton presque nain. Aucun des trois ne parvenait à comprendre pourquoi ils avaient dû courir tant de risques et crever quatre chevaux sous eux pour s'enfuir. Josse déplia le linge devant lui.

– Cette vieille pouque serait le trésor que tu nous as promis ?

– Doucement, gronda Thomas, ce n'est pas un sac pourri. C'est le véritable suaire dans lequel Joseph d'Arimathie a enseveli Notre Seigneur après sa crucifixion. La preuve de son passage sur terre parmi les hommes. Le signe de sa Résurrection.

Il les dévisagea en reprenant le linge.

– Vous devez le vénérer de toute votre âme, dit-il en le repliant.

Yorick ricana.

– Tu nous avais juré qu'on y verrait le Christ comme dans un miroir. Et on ne voit qu'un torche-cul malpropre ! Tu n'es qu'un foutu bonimenteur !

Il cracha sur le pont.

Sur le drap de lin blanc n'apparaissaient que quelques brunissures douteuses et des traces de sang, témoins du combat contre les franciscains du couvent du Mont-Sion.

Thomas se serait-il fait berner ?

Dot

Trois mois plus tard, dans la chapelle de l'abbaye de Lirey, Thomas Merlin de Sainte-Anne se défit de ses habits laïques puis revêtit la robe de bure des Antonins. Avant de laisser entrer les autres moines pour la cérémonie d'acceptation dans la communauté, il avait obtenu de s'entretenir en privé avec le père abbé et le frère Bruno, prieur du monastère. Pour témoigner de son dévouement et de sa reconnaissance, il offrait en dot à la communauté un linge très précieux qu'il avait rapporté de Terre sainte.

– J'ai en ma possession le suaire qui a contenu le corps du Christ après sa descente de la croix, quand Joseph d'Arimathie l'a enseveli dans un tombeau neuf ainsi qu'il est rapporté par les Saints Évangiles.

Une relique qui, assura-t-il, lui avait coûté tout son bien auprès d'un marchand levantin.

– Le suaire du Christ sera le trésor des Antonins ! s'émerveilla le père abbé, un vieil homme rongé par la maladie, dont les yeux brûlaient d'un feu incandescent.

– Alléluia ! s'exclama le frère Bruno. Allons l'annoncer à tous ! Gloire à Dieu !

Thomas fit un geste pour calmer son enthousiasme.

– Personne ne doit savoir, excepté vous, mon frère, et vous aussi, mon père. C'est pour cela que je voulais vous parler sans témoin…

– Personne ne doit savoir ? Mais pourquoi ? Tous doivent se réjouir de…

– Je vous demande de garder le secret de mon don tant que je n'aurai pas érigé un temple digne d'accueillir ce trésor.

– Un temple ? s'étonna le père abbé. Mais avec quoi le bâtirons-nous ?

Il interrogea le frère Bruno :

– Nous n'avons plus rien, n'est-ce pas ?

– Tout juste assez pour régler le bois que nous coupons, confirma le frère Bruno. Nous devons beaucoup à dame de Vergy à qui tout appartient ici.

Il fit un grand geste circulaire.

– Mais pourquoi bâtir un temple ? Nous pouvons l'accueillir dans cette chapelle, qui en sera doublement bénie.

Il pleuvait dru. Une pluie teigneuse dont les gouttes cognaient si fort contre le toit que le père abbé craignait devoir annuler la cérémonie. Puis la pluie se calma. Seul le vent continua de souffler par rafales, dirigeant un chœur lugubre de voix errantes.

– Mes frères, mes frères, au nom du Christ, un peu de bon sens ! s'exclama Thomas. Que le vent forcisse, que la pluie redouble et cette chapelle s'écroulera ! C'est miracle qu'elle soit encore debout.

Il montra les fissures qui lézardaient les murs et le toit percé en plusieurs endroits d'où l'eau gouttait.

– Le suaire ne doit être exposé ni dans une chapelle menacée de ruine ni dans un réfectoire ou un couloir de l'abbaye mais dans une abbatiale où il apparaîtra en gloire.

– Nous ne pourrons jamais élever une abbatiale ! s'épouvanta Bruno.

Thomas cita saint Matthieu :

– « Pierre, tu es pierre et sur cette pierre je bâtirai mon Église. »

Bruno le toisa.

– « Il y a plusieurs demeures dans la maison de Notre Père », dit le Seigneur dans saint Jean.

– Amen.

Thomas ne cherchait pas querelle. Il voulait, il devait les convaincre. Il rappela qu'au nom du pape, son oncle, il avait accompli le pèlerinage en Terre sainte, qu'il avait marché jusqu'à Jérusalem, qu'il avait touché de ses mains le tombeau du Christ et baisé le marbre du Golgotha.

– Malgré les périls que j'ai dû affronter sur terre comme sur mer, la Sainte Providence a permis que j'en revienne sain et sauf. J'ai fait le serment de garder et protéger cette relique que le Seigneur a bien voulu remettre entre mes mains. Alors quoi, vous voudriez que ce trésor finisse dans une cabane où l'on pourrait tout aussi bien garder des oies ou des cochons ?

– Je sais, mon fils, mais qu'y pouvons-nous ? demanda le père abbé d'une voix plaintive. Le frère Bruno te l'a dit : l'abbaye est sans le sou.

Il sourit tristement.

– Mais au fond qu'importe : Jésus lui-même n'avait « pas d'endroit où poser sa tête »…

Le frère Bruno intervint :

– Tournons-nous vers l'Éternel. Ceux qui témoignent de la Vérité, Dieu ne peut les abandonner.

Il écarta les bras et, paumes ouvertes, leva les yeux au ciel.

– Seigneur, montre-nous le chemin et fais de nous tes instruments.

Le frère Bruno resta un instant étourdi, comme en suspens. Thomas en profita pour s'adresser directement au père abbé :

– Mon père, je ne demande rien, que votre silence pour un temps. Si Dieu le veut j'accomplirai mon vœu, mais s'Il se détourne de moi vous pourrez glorifier le suaire aux yeux de tous.

Le père abbé consulta le frère Bruno d'un regard et hocha la tête.

– Tant que tu n'enfreins pas nos règles et que tu te soumets à notre autorité, je t'accorde ce silence que tu réclames jusqu'à la Pâque de l'an prochain.

Thomas s'inclina pour le remercier et fit de même devant le frère Bruno.

– Je me mets dans vos mains, dit-il en s'agenouillant, tête basse.

Le frère Bruno fit entrer les moines qui se disposèrent sur deux rangs, de part et d'autre de Thomas. Le père abbé rappela solennellement à quoi celui-ci s'engageait en rejoignant l'ordre de saint Antoine.

– Tu acceptes de faire vœu de célibat, de t'astreindre au service divin, à la célébration liturgique, à la *lectio*, au travail, à l'obéissance. Tu pratiqueras la charité confraternelle. Tu remettras tous tes biens à la communauté pour vivre dans la pauvreté. Tu accepteras la discipline communautaire et nous ne ferons plus qu'un corps, qu'un esprit réunissant nos âmes.

Thomas glorifia la Divine Providence qui l'avait guidé jusqu'à eux et, sur la Bible, jura de vivre désormais selon la règle des Antonins.

– Soyez bénis !

Le frère Bruno déclara alors qu'au terme de sa période probatoire, la piété et la fidélité de Thomas étant manifestes et connues de tous, ses vœux prononcés, sa foi véritable, il était accepté au sein de la communauté.

Quelques jours après

La froide rosée du matin mouillait les champs et les buissons étaient couverts de fils de la Vierge qui donnaient au paysage une allure fantomatique. Henri de Poitiers, sans escorte, chevauchait sur la route de Roncenay. Il allait à Lirey réclamer au père abbé la décime que l'abbaye devait payer pour abonder au règlement de la rançon du roi. Devant lui, il aperçut deux franciscains, Roger le More et Pierre-Antoine Damascène, qui cheminaient vêtus d'habits « courts et difformes » afin de se conformer au fondateur de leur ordre. Henri devait se méfier. Les Franciscains récusaient la bulle de Jean XXII qui déclarait hérétique d'affirmer que le Christ et les apôtres n'avaient rien possédé. Dans une lettre qu'Henri avait pu lire, déjà le pape Clément VII appelait à la vigilance : « Comme nous l'avons ainsi appris avec déplaisir, dans certaines parties du diocèse et de la province d'Embrun, une telle dépravation abonde et une foule d'hérétiques s'y est accrue, à tel point que les fidèles des régions voisines sont menacés de graves périls, en raison de leur voisinage funeste. » Il appelait tous les prélats de Provence et du Dauphiné à apporter leur soutien à l'inquisiteur Pierre des Monts et à l'archevêque d'Embrun dans l'action qu'ils étaient chargés de mener contre les Franciscains dans les vallées des Hautes-Alpes avant que l'hérésie ne gangrène le pays tout entier.

Les Franciscains constituaient deux groupes antagonistes : les spirituels, pour qui il n'y avait que la règle et rien d'autre, et les conventuels, qui acceptaient d'en faire une lecture plus accommodante et conforme aux vœux de la grande Église. À quelle faction appartenaient ces deux-là qui n'avaient rien sur le dos ? Deux conventuels prêts à obéir au pape ou deux spirituels grimés en pauvres qui venaient gagner d'autres moines à leur cause, prêcher l'hérésie ?

– Que Dieu vous garde, mes frères. Où allez-vous de si grands pas ? demanda Henri, décidé à les percer à jour.

– À l'abbaye des Antonins, répondit Roger le More sans ralentir sa marche.

– Pour y prêcher ?

Les deux franciscains se consultèrent d'un regard. Partout leur ordre était pourchassé, ostracisé, persécuté. L'évêque était-il un inquisiteur à leur poursuite ? Couraient-ils dans un piège sans le savoir ? La jeunesse d'Henri, son regard franc inspiraient confiance. Pierre-Antoine Damascène se risqua à prendre la parole.

– Nous sommes à la recherche d'un linge qui nous a été volé à Jérusalem, dit-il en s'arrêtant.

Henri tira sur les rênes de sa monture pour la stopper.

– Un linge ?

– Le plus précieux de tous pour les chrétiens : notre communauté conservait le suaire dans lequel Notre Seigneur a été enseveli ! précisa Pierre-Antoine.

– Mon Dieu, le suaire ! s'exclama Henri.

Le souffle lui manquait. Comment pouvait-on s'emparer d'un objet aussi sacré ? Dans quel but ? Pour le vendre ? Pour le détruire ?

– Il vous a été volé ?

Il haletait.

– Oui, confirma Pierre-Antoine. L'homme nous a échappé mais nous avons appris qu'il se cache dans une abbaye. Nous les visitons toutes depuis des jours.

– Savez-vous qui est cet homme ?

Roger le More se signa.

– Un diable, assurément.

Lirey

Un gros tas de branchages flambait dans la campagne enneigée. En surplomb de l'Ardance, la rivière gelée, le lazaret mi-ferme, mi-forteresse abritait des indigents ; à côté de la chapelle, une aile de l'abbaye était réservée à l'habitation des moines, l'autre aux sœurs de la Miséricorde divine, des Clarisses vouées au secours des malades et des mourants. Les autres bâtiments servaient aux granges et aux étables, à la lingerie, aux cuisines, à l'herboristerie derrière laquelle se trouvait l'herbarium où l'on cultivait les plantes médicinales....

Lourde de cadavres enfermés dans des linceuls cousus comme des sacs, une corvée de religieuses sortit du lazaret en tirant une charrette peinte en bleu physème. Le groupe se dirigea vers Pierre Bonhomme, un potencier muet à moitié fou, sauvé du mal de Saint-Antoine par les frères. Un mal qui, dans la région, avait dévoré beaucoup d'hommes, de femmes, d'enfants, les entrailles rongées par le feu, les membres ravagés, noirs comme des charbons, les pieds et les mains gangrenés, déformés comme ceux de Bonhomme. Malgré ses infirmités, le béquillard élargissait une fosse à coups de pioche. La terre semblait dure comme le roc. Récitant la prière des trépassés, les sœurs aidèrent Bonhomme à basculer les morts de la nuit dans la tranchée ouverte.

Ô Dieu de toute consolation, auteur du salut des âmes
Ayez pitié de celles qui souffrent dans le purgatoire
Et accordez-leur la délivrance entière de leurs peines…

Tandis que Pierre Bonhomme couvrait les cadavres de mottes de terre en grognant, les religieuses repartirent vers le lazaret poussant, tirant leur charrette sur le chemin boueux.

– Très doux Seigneur, aie pitié de tes misérables servantes.

Henri quitta la forêt où il était resté à couvert pour observer les nonnes et s'approcha de leurs rangs, monté sur un cheval harnaché de violet et de carmin, les couleurs de sa charge. La sœur Domnine remarqua qu'il n'avait d'yeux que pour Lucie.

– Tu as un admirateur, pouffa-t-elle en lui donnant un petit coup de coude.

Henri mit sa monture au pas.

– Bonjour, Lucie, dit-il d'une voix tendre, en cheminant à sa hauteur.

– Bonjour, Henri, répondit-elle sans oser le regarder.

Les nonnes tendirent l'oreille.

– Ma cousine, commença Henri, pas mécontent d'être écouté par toutes, vos parents sont au plus mal. Ils vous implorent de revenir auprès d'eux, de ne pas vous obstiner et d'accepter le mariage avec le baron Denys du Marais.

Lucie se tourna vers Henri. Le froid faisait rosir ses joues et briller ses yeux. L'évêque sentit son cœur s'emballer. Lucie était belle à se damner !

– Leur sort est entre les mains de Dieu, mon cousin, pas entre les miennes, répondit-elle sans s'arrêter. Ils doivent s'en remettre à la Divine Providence. Comme je le fais moi-même…

– Pensez à eux ! plaida Henri. Sans vous, sous peu, ils ne seront plus rien.

– Je ne l'oublie pas, mon cousin, leur sort me tourmente. Je pleure et je prie chaque jour en pensant à mes parents.

Elle persifla néanmoins :

– Mais je me réjouis aussi comme vous m'avez invitée à le faire à la mort de mon pauvre frère Grégoire… Le Seigneur connaît la profondeur de leur foi, Il les protégera !

– Amen.

Henri s'irrita de s'entendre rappeler ses paroles. Il la vouvoya ; c'était l'évêque qui parlait d'une voix forte à présent :

– Souvenez-vous que le Seigneur nous enjoint d'honorer père et mère ! Vous leur devez obéissance et assistance.

Lucie baissa la tête et croisa les mains sur sa poitrine.

– J'appartiens à Dieu désormais. J'ai vu mes péchés, je veux m'en repentir par une vie d'humilité. Rien ne me fera dévier de cette voie.

Et, comme un reproche, dévisageant l'évêque :

– Je me suis donnée à Lui…

En brisant une flaque glacée, la charrette s'embourba. Sœur Marthe, la plus âgée des nonnes, apostropha Henri :

– Plutôt que de conter fleurette à notre sœur, aide-nous donc, l'évêque ! Ne vois-tu pas que nous sommes dans l'ornière ?

L'évêque dut mettre pied à terre pour aider les religieuses à dégager la roue coincée d'un grand creux vaseux. Lucie, sentant l'épaule d'Henri contre la sienne, avait envie de hurler : « Prends-moi ! Enlève-moi ! Aime-moi ! », mais les mots se figeaient dans sa gorge. Soudain en nage, elle suffoqua, le corps parcouru de frissons, le cœur au bord de l'explosion. Alors elle s'échappa, laissant l'évêque et ses sœurs encore à la tâche. Trois corbeaux dévorant une charogne s'envolèrent devant elle. Trois anges noirs qui s'égaillèrent en protestant.

Lucie fuyait à perdre haleine, elle fuyait Henri, elle fuyait son bien-aimé, emportée par la folie de son amour, sa rage, son désespoir. Pourquoi ne pouvait-elle être à Henri ? Pourquoi la félicité lui était-elle refusée ? Dieu pouvait-Il la punir d'aimer ? L'évêque, ébloui de soleil, la vit disparaître dans le givre de l'air, mais il n'osa pas se lancer à sa poursuite. Le ciel était devenu aussi blanc que la terre.

Lazaret

La salle commune du lazaret offrait une vision proche de l'Enfer : hommes, femmes, enfants, vieillards, sans cloisons pour les séparer les uns des autres, mêlés dans un concert de râles, de gémissements, d'invectives, de prières. La débauche y régnait sans entrave, les rixes étaient courantes, la haine s'exhalait de tous ces corps entassés. L'un criait : « J'ai des serpents dans le ventre ! », l'autre implorait Lucie de l'aider à rattraper son cœur : « Il s'échappe au bout de mon pied, je vais mourir ! », une femme se jetait contre un mur pour briser la folie qui assiégeait sa tête. Certains se soulageaient sans pudeur faute de pouvoir courir aux latrines situées au-dehors, d'autres exhibaient des plaies purulentes, tous macéraient dans une crasse sans nom. La puanteur était atroce. Rayonnante au milieu des indigents, des victimes du mal des ardents, des fiévreux, des hémorragiques, de ceux atteints de gravelle, d'ulcères, Lucie prenait le temps de s'adresser à tous ceux qui tendaient les mains vers elle. Leurs souffrances étaient la sienne. Elle les consolait, les bénissait au nom du Seigneur, citant saint Pierre :

– « Par ses blessures nous sommes guéris. »

Henri héla sa cousine, sans un regard pour les miséreux et les déshérités dont il dut enjamber les paillasses alignées, serrées les unes contre les autres.

– Lucie, je t'adjure ! Rabaisse ton orgueil. Tes pensées sont conduites par une vanité insensée.

– Et les vôtres ?

Pour la rejoindre, Henri sautillait, relevant son manteau pour éviter de piétiner l'ordure. Lucie s'esquiva. Une fois, deux fois, trois fois… Enfin, l'évêque parvint à l'immobiliser contre l'autel qui servait à célébrer la messe pour les malades.

– Il te faudrait des ailes pour m'échapper, s'amusa-t-il comme s'il venait de remporter un de leurs jeux d'enfants.

Reprenant un air sévère, au nom du cinquième commandement, il répéta sa demande :

– Lucie, je m'adresse à ton cœur, je te supplie à genoux. Pour le salut de ton âme, tu dois consentir à ce sacrifice…

Lucie répliqua en citant le troisième commandement :

– « Tu n'invoqueras point le nom de l'Éternel, ton Dieu, en vain, car l'Éternel ne laisse pas impuni celui qui invoque son nom en vain. »

Henri s'emporta.

– Rabaisse ton orgueil ! répéta-t-il. Rabaisse-le. Tu dois quitter cette robe de novice et me laisser te reconduire chez toi.

– Commence par quitter la tienne ! rétorqua Lucie, retrouvant le tutoiement de leur enfance.

Et, sans lâcher son regard :

– Alors je t'imiterai et je t'épouserai, toi et personne d'autre !

Henri fit un pas en arrière.

– Ne dis pas des choses pareilles ! Notre union serait un tel péché que l'Enfer ne serait pas assez grand pour y consumer nos âmes ! Nous pouvons nous aimer d'un amour pur, nous aimer pour nous dévouer et faire le bien, servir sans rien attendre en échange qu'honneur, fidélité, tendresse.

Lucie haussa les épaules. Elle était furieuse d'entendre Henri débiter de telles âneries.

– Pourquoi t'es-tu fait prêtre alors que nous nous étions promis l'un à l'autre ?

– Je me suis fait prêtre pour échapper à ma condition misérable, pour étudier et vivre à l'écart des contingences matérielles. Crois-tu que ton père aurait accepté que je t'épouse ? Moi, un orphelin, sans biens ni terres ?

Il embrassa le crucifix d'argent qu'il portait en pendentif.

– J'ai pris la robe parce que je n'avais pas d'alternative, mais je te jure sur la croix du Sauveur que mon amour pour toi n'a pas faibli un seul jour !

– Je n'ai que faire de tes serments, souffla Lucie. Je suis prête à risquer ma vie éternelle pour toi. Si tu préfères ta mitre à mon amour, si tu ne rêves que d'honneurs et de gloire, cesse de me tourmenter !

Sœur Domnine arriva, trottinant à côté de Thomas Merlin de Sainte-Anne qu'elle venait d'alerter.

– Que viens-tu troubler l'âme de notre sœur ? demanda le moine, faisant face à l'évêque.

Henri lui tendit son anneau.

– Je suis ton évêque. Ne te mêle pas de ça.

Thomas plia le genou et baisa l'anneau épiscopal.

– Qu'importe qui tu es, dit-il en se relevant. Laisse en paix cette novice. Le service de Dieu la réclame.

Et, d'un geste autoritaire, il ordonna à Lucie de retourner à ses œuvres.

– Une femme accouche, la sœur Marthe a besoin de toi.

Lucie ne se le fit pas dire deux fois et s'en alla accompagnée de Domnine, sans un regard pour Henri. L'évêque pensa avec tendresse qu'elle n'avait pas changé – « Quelle tête de mule ! » – et, jugeant qu'il avait manqué d'habileté et de diplomatie, il expliqua calmement à Thomas :

– Le baron du Marais veut l'épouser. Ses parents la supplient d'y consentir. Seul ce mariage peut les sauver de la ruine et du déshonneur.

Thomas méprisa les explications de l'évêque.

– Ne serait-ce pas un bien grand crime que de retirer aux pauvres leur servante ? demanda-t-il.

Il haussa la voix en le dévisageant :

– Ne serait-ce pas injurier Dieu que de briser l'engagement d'une pucelle qui lui a été consacrée, pour la simple convenance d'intérêts personnels ?

– Elle n'a pas encore prononcé ses vœux, se défendit Henri. Honte à celui qui tenterait d'abuser de son discernement. Lucie est une âme si tendre…

– Tendre ? Vous la connaissez bien peu… Regardez-la ! Rien ni personne ne saurait la fléchir.

– Vous n'avez pas à vous opposer aux désirs de sa famille.

– Dieu commande… Si Dieu l'appelle, la sœur Lucie prononcera ses vœux quand l'heure sera venue.

Henri refusa de discuter plus avant.

– Brisons là. Cette novice est ma cousine, assena-t-il, énervé. Nos affaires ne te regardent pas.

– Cette fille est sous ma garde ! Je suis son confesseur ! mentit Thomas.

– Et alors ? Je suis son parent et son évêque.

Thomas toisa Henri.

– « Qui sont mes frères, qui est ma mère ? » dit Notre Seigneur dans saint Matthieu…

– Tu t'égares.

– Je sais lire !

– Les Saintes Écritures ne peuvent nous éclairer qu'avec le secours de l'Église.

– Crois-tu que j'aie besoin d'un évêque pour comprendre l'Évangile ?

– Tu prétends l'interpréter à ta guise ?

– Ma vie et ma foi me justifient, osa Thomas.

De telles paroles en avaient conduit plus d'un au bûcher.

– L'abbaye est sous mon autorité, répliqua Henri. L'Église saura te faire regretter ton arrogance comme elle a su faire plier tous ceux qui, tels que toi, se croyaient de taille à la provoquer.

Thomas adopta un ton plus conciliant :

– Tu dis que cette fille est ta cousine ?

– Combien de fois faut-il que je te le répète ?

– Eh bien, sache que je suis le neveu du pape ! avertit Thomas dans un grand rire qui fit tourner les têtes.

Les deux hommes étaient sur le point d'en venir aux mains. Henri prit sur lui pour ne pas envenimer la dispute et réclama de voir immédiatement le vieux Nalpas, le père abbé.

Diplomate

Thomas guida l'évêque jusqu'à la chambre du vieux Nalpas, où l'attendait aussi le frère Bruno, prieur de la communauté, grand, maigre et sévère. Ils montèrent un escalier puis parcoururent un long couloir sans prononcer un mot. Henri laissait Thomas marcher un pas devant lui, tel un domestique précédant son maître. Il saurait mater ce moine arrogant.

L'abbé, à bout de forces, était assis sur un simple lit en fer sans matelas, au-dessus duquel pendait un pauvre crucifix de bois brut. Passé les salutations protocolaires, Henri rappela solennellement l'objet de sa visite :

– Je suis venu percevoir la décime que doit l'abbaye pour la rançon du roi de France, comme le doivent tous les sujets du royaume.

– Je sais, monseigneur, admit le père abbé en hochant la tête. Hélas, je ne le sais que trop…

Il avait beaucoup de mal à parler.

– Mais nous ne pouvons pas nous acquitter de cette dette aujourd'hui, se força-t-il à poursuivre. Tout ce que nous possédons va au secours des malheureux et des affligés. Et nous ne possédons presque rien. Cette année les terres sont stériles, des bandes armées ont ravagé bien des villages et tué beaucoup d'hommes, il y a eu le mal des ardents en juillet et maintenant la peste rôde…

– N'y a-t-il pas de malades assez riches pour vous faire des dons ?

– Non. Ceux qui viennent ici n'ont rien. C'est l'hiver et bien des enfants courent nus sur la terre gelée, guettés par une mort certaine.

Le vieux Nalpas cherchait son souffle.

– Mon Dieu ! Mon Dieu ! gémit-il.

Il reprit :

– Pour régler notre dette, pour accomplir notre devoir en mobilisant toutes les forces qui sont les nôtres, nous nous engageons à célébrer matin et soir une messe pour la libération du roi et y consacrer nos prières.

Henri remercia le père abbé pour ses paroles, ses prières et ses messes. « Que le Seigneur soit avec vous » –, non sans préciser :

– Cependant, je doute que cela suffise. Charles, le dauphin, a ordonné que faute de payer ce que la Couronne réclame, tous les biens du débiteur devront être saisis pour abonder à la rançon.

Frère Bruno s'étouffa de colère.

– Vous oseriez saisir les revenus de l'abbaye ?

– Pas moi, mon frère. Le bras séculier s'en chargerait. Je ne suis que le messager.

Le vieux Nalpas empêcha le frère Bruno d'intervenir à nouveau.

– N'y a-t-il vraiment aucun moyen de l'éviter, monseigneur ? L'Église ne peut pas abandonner les plus démunis de ses enfants.

– Les Antonins ne peuvent se soustraire à leurs devoirs vis-à-vis de la Couronne, répéta Henri.

– Vous êtes notre évêque. Ne pouvez-vous nous aider à convaincre le dauphin de notre misère ?

Les yeux du vieux Nalpas se fermèrent comme s'il s'endormait, Henri réfléchit sous les regards de Bruno et de Thomas, durs, hostiles.

– Vous aider ? murmura-t-il en se caressant le menton.

En réalité, les hommes de Charles n'étaient pas si pressés que cela et le dauphin s'accommodait fort bien de régner en l'absence de son père. En revanche, impatient de réunir les fonds, le duc de Berry l'était. Beaucoup soupçonnaient que sa hâte et son zèle ne cachent le dessein de garder par-devers lui une part de la rançon qui serait réunie. Henri l'avait rencontré à Troyes, l'homme lui avait déplu. C'était un soudard sans foi ni loi. Avec ses habits brodés d'or, sa morgue et sa rapacité qui transpirait par tous les pores de sa peau, Henri n'avait pas reconnu en lui un noble agissant pour sauver la Couronne mais un aigrefin bien décidé à tirer profit des malheurs qui frappaient le royaume de France. Ce serait plaisant de faire lanterner ce renard qui n'avait que la cupidité pour aiguillon. La tâche serait d'autant plus facile que le cardinal Monti partageait ses vues sur le duc et son appétit pour l'or. En tout cas, cela pouvait servir Henri de façon inattendue. Il reprit la parole haut et fort pour s'assurer que le père abbé comprenne bien ce qu'il allait proposer.

– Vous avez ici une novice, Lucie de Joigny, qui est ma cousine, déclara-t-il en regardant Thomas. Ses parents l'ont promise en mariage à un noble de leur voisinage mais elle refuse d'y consentir. Aidez-moi à la faire renoncer aux vœux qu'elle s'apprête à prononcer et je tenterai d'amadouer les gens du dauphin pour vous obtenir sinon une remise, en tout cas un délai…

– C'est du chantage ! fulmina Thomas, cherchant l'appui du père abbé.

Le vieux Nalpas hocha la tête.

– Nous y réfléchirons, monseigneur. Notre sœur fait ici un travail considérable à l'herboristerie et auprès des malheureux que nous hébergeons. Renoncer à prononcer des vœux est une décision très grave. Elle ne saurait la prendre sur l'heure, sans interroger le ciel et son cœur. Sans nos conseils.

Il se tut un instant avant de conclure d'un ton ferme :

– Voyez ce que vous pouvez faire pour nous, monseigneur, et revenez nous voir quand vous aurez une réponse à nous donner. Vous serez toujours le bienvenu ici, dans la paix et la concorde. *Pax vobiscum.*

Puis, joignant les mains, il ordonna :

– Prions.

Ils psalmodièrent :

Je vous salue, Marie pleine de grâce
Le Seigneur est avec vous…

Thomas et Bruno échangèrent un regard complice. Même plus mort que vif, le père abbé était encore habile diplomate.

Route de Troyes

Henri quitta furieux le vieux Nalpas ainsi que le frère Bruno, sans parler du frère Thomas dont l'insolence l'échauffait au-delà du raisonnable. Celui-ci aurait-il des vues sur Lucie ? Henri se jura de revenir pour obtenir ce qu'il voulait, fût-ce par la force. Il était évêque désormais et devait affirmer son autorité. En chevauchant vers Troyes, il se répétait que Lucie finirait par céder comme l'abbaye finirait par fournir ce que la Couronne lui réclamait au risque de remplir d'abord les poches du duc de Berry. Mais sa détermination cachait mal les doutes cruels qui troublaient son âme. Henri n'était fait ni pour l'intrigue ni pour arbitrer le jeu politique et en tirer avantage. Il aurait été plus à sa place dans le scriptorium d'un monastère, loin de tout, à parfaire son latin, son hébreu, à manier la plume ou admirer le travail des enlumineurs. Des jours d'un calme absolu, rythmés seulement par les offices qui scandaient les heures diurnes et nocturnes. Mais il avait choisi d'affronter le monde et ne pouvait s'y dérober, aussi douloureux que cela puisse être. Le roi était prisonnier, le royaume allait mal, l'Église aussi, la démoralisation gagnait toutes les consciences. Pourtant, alors que c'était la vie même qui était en jeu, on n'avait jamais autant parlé de théologie et du Christ. L'Église aurait dû s'adresser aux plus pauvres mais elle ignorait tout d'eux et ne voulait que les régenter. Elle se perdait à discuter de doctrine et de règles dont l'existence, jamais, n'avait sauvé un homme du souci de mieux vivre et d'assouvir sa faim. Henri savait que de telles pensées étaient dangereuses à exprimer publiquement mais, avec l'aide de Dieu, il sentait qu'il aurait un jour le courage de le faire.

Lucie posait pour lui un problème autrement dangereux. Elle le débordait, l'envahissait. Comme aurait dit saint Paul, un ange de Satan tenaillait ses chairs rien qu'à l'évocation de son nom. Pas plus qu'il ne pouvait dénoncer la noblesse et le clergé qui rançonnaient les paysans, les journaliers et même les miséreux, il ne pouvait clamer à tous et à toutes son amour pour elle. Un prêtre, un évêque, aimant une nonnette vouée à Dieu : il serait haï. Il se mortifiait, se flagellait, s'imposait les plus sévères pénitences, rien n'y faisait, Lucie occupait toutes ses pensées, irriguait ses veines, faisait battre son cœur, électrisait ses nerfs et ses muscles. Henri était envoûté. Finirait-il un jour par jeter sa robe aux orties, par renoncer à son sacerdoce, à sa place dans l'Église pour se donner à celle qu'il aimait ? Pour tenir le serment qu'ils s'étaient fait d'être l'un à l'autre jusqu'à ce que la mort les sépare ?

Franciscains

Lucie passait pour savante dans la communauté des Clarisses. Refusant qu'elle soit écartée du savoir en raison de son sexe, son père lui avait appris à lire et à écrire ; adolescente, elle avait été initiée au latin et au grec en même temps qu'Henri, alors que son frère Grégoire négligeait les études classiques pour se consacrer au maniement des armes. Dès son entrée au lazaret, la sœur Thérèse du Bon Secours l'avait prise sous son aile. Elle l'avait instruite sur les plantes dont elle faisait grand usage pour prodiguer des soins à base de décoctions, sirops, onguents, pommades et autres infusions, susceptibles de soigner à peu près toutes les maladies, même les envoûtements. À sa mort, Lucie avait naturellement pris sa suite et faisait désormais office d'herboriste et de médecin.

Pour vérifier la composition de la potion qu'elle préparait, Lucie consulta une fois encore un des livres de la grande bibliothèque que la sœur Thérèse lui avait léguée. Elle fit bouillir de petits morceaux d'écorce, y mélangea de l'ail, du poireau, du vin, un peu de bile de vache que les sœurs conservaient soigneusement dans un flacon bouché et y ajouta une pointe de belladone, réputée très efficace contre les fièvres et le délire. Puis elle porta la médecine au vieux Nalpas qui la réclamait.

– Mon père, il y a deux franciscains qui demandent à vous voir. Ils disent que c'est très important.

– Des franciscains ? s'étonna l'abbé.

– Oui. Ils viennent de loin…

Les Franciscains et les Antonins ne s'appréciaient guère et le vieux Nalpas ne se sentait pas de force à soutenir une controverse sur la pauvreté du Christ, la corruption de l'Église ou la rénovation évangélique. Il pria le frère Bruno de les recevoir à sa place.

– Voyez ce qu'ils veulent mais ne leur accordez rien sans m'en avertir.

Le frère Bruno s'installa avec Roger le More et Pierre-Antoine Damascène dans la salle capitulaire de l'abbaye, dont les voûtes basses correspondaient au sens horizontal des relations à Dieu, sociales et temporelles. Bruno prit les devants.

– *Pax vobiscum*, dit-il d'un ton grave, les invitant à s'asseoir.

Deux mots passe-partout, aussi utiles aux moines que la baguette au sourcier et le balai aux sorcières. Les deux franciscains n'avaient pas l'intention de polémiquer. Ils apprécièrent la bienvenue.

– Parlez sans crainte, dit le prieur.

Roger le More et Pierre-Antoine Damascène racontèrent le vol du suaire dans le couvent du Mont-Sion de Jérusalem, le meurtre de trois des leurs, la fuite des voleurs.

– Ils étaient donc plusieurs ? demanda Bruno.

– Oui, confirma Pierre-Antoine. Nous n'avons pu les rattraper mais nous les avons vus fuir.

– Vous pensez qu'ils sont en France ?

– Nous en sommes sûrs. Nous savons qu'ils ont débarqué à Marseille avant de se perdre dans la nature.

– Vous avez pu interroger l'équipage ?

– Les morts ne parlent pas. Leur nef était échouée à l'entrée du port. Les six matelots et le capitaine avaient été égorgés. Un carnage…

– Ah mon Dieu ! s'exclama Bruno, sincèrement effrayé.

Il y eut un long silence. Roger le More intervint :

– La rumeur court que le ou les assassins auraient trouvé refuge dans une abbaye. L'avez-vous entendue ?

Le frère Bruno réfléchit.

– Non. Aucun bruit de cette sorte, finit-il par répondre, les yeux mi-clos.

Il eut un profond soupir.

– Je ne peux croire une chose pareille…

– Pourquoi ?

La question du franciscain claqua comme une gifle. Bruno se prit le front. Ce qu'il allait dire ne pouvait que s'énoncer gravement.

– Pour rejoindre notre communauté, expliqua-t-il, nos règles sont très strictes.

Et, avec assurance :

– Un inconnu n'aurait pu nous tromper. Encore moins des inconnus.

– N'avez-vous pas admis quelqu'un récemment ? s'enquit Pierre-Antoine.

Bruno réprima un sourire, l'attaque était grossière. Le franciscain connaissait la réponse. Il ne se ferait pas prendre si facilement.

– Nous avons reçu un jeune noble voulant renoncer aux futiles illusions du monde, aux plaisirs de la chair pour se consacrer à la gloire de Notre Seigneur, dit-il posément.

Il ajouta d'un ton entendu :

– C'est un neveu du pape, recommandé par lui…

Et, comme s'il leur devait encore une précision :

– Pendant sa période probatoire de quarante jours, nous avons pu vérifier sa sincérité et la profondeur de sa foi.

Pierre-Antoine hésitait. Ou le frère Bruno mentait à fendre les pierres ou il disait vrai et il n'y avait pas lieu de s'attarder. Le franciscain choisit de le remercier sans le questionner plus avant. Guettant sa réaction, Pierre-Antoine approuva la sagesse et le discernement du prieur.

– La peste approche et nous devons tous nous tenir prêts car Dieu frappera sans faiblir ceux dont le cœur n'est pas pur…

Était-ce une menace voilée ? Bruno refusa d'en prendre ombrage.

– Quand devez-vous repartir ?

– Nous voudrions pouvoir nous reposer un jour ou deux avant de poursuivre notre quête.

– Où allez-vous ?

– À l'abbaye Saint-Pierre-et-Saint-Paul de Luxeuil.

Bruno hocha la tête.

– C'est une longue route qui vous attend. Laissez-moi vous offrir l'hospitalité, dit-il aux franciscains. Vous êtes les bienvenus parmi nous.

– Que Dieu vous bénisse.

– Prions.

Ils psalmodièrent à l'unisson :

Seigneur, nous te remercions pour ton hospitalité
Renforce les liens de fraternité entre nous
Que la solidarité et l'amour de l'autre abondent
Ne laisse pas les tensions et les rancœurs prendre le dessus
Installe-nous dans l'humilité…

Dissimulé dans l'ombre de la pièce, Thomas n'avait rien perdu de la conversation.

Confession

Thomas, agenouillé au pied du lit du père abbé, le suppliait de l'entendre en confession. Ses fautes broyaient son âme entre deux mâchoires de fer, disait-il. Le vieux Nalpas joignit les mains.

– Je t'écoute, mon fils.

– J'ai péché, mon père, commença Thomas, j'ai horriblement péché…

Il s'assura que le père abbé ne somnolait pas :

– C'est moi que les franciscains recherchent.

Il poursuivit en hâte :

– J'étais indigné, révolté qu'eux seuls puissent contempler la précieuse relique et qu'ils aient l'heur de bénéficier des miracles que la vue du suaire accomplira sûrement. Ce linge qui a contenu le corps du Christ n'appartient pas à tel ou tel mais à tous les chrétiens.

– Tu l'as volé ?

– J'ai grande honte, avoua Thomas. Oui, je l'ai volé au péril de ma vie.

Il répéta :

– J'ai honte…

Puis il fit contrition.

– Peut-être ai-je mal agi mais je l'ai fait pour la gloire de Dieu, dit-il, plaidant sa cause. À quoi sert aux croyants de garder le suaire au secret d'un coffre ? Les Franciscains devraient-ils être les seuls touchés par sa présence ?

– Continue, l'encouragea le père abbé.

– Pour faire pénitence et expier mes fautes, comme je l'ai juré devant vous et le frère Bruno, je veux élever une abbatiale de pierre et de marbre pour exposer à la vue de tous les croyants ce linge sacré.

– Tu sais que nous sommes très pauvres, rappela le vieux Nalpas, fronçant les sourcils.

Thomas y avait déjà réfléchi.

– Les fidèles afflueront et les oboles seront si nombreuses que l'abbaye pourra même s'acquitter de sa dette envers le roi.

Le père abbé hocha la tête. Ah, si cela pouvait se faire…

– Je veux sauver mon âme de la damnation, déclara Thomas. Quoi qu'il m'en coûte, cette abbatiale sera mon chemin de croix jusqu'au ciel… Je ne suis qu'un bâtard ! s'exclama-t-il avec des larmes dans la voix. Ma mère était servante en cuisine au château Sainte-Anne. Une pauvresse mais d'une grande beauté. Je ne suis pas un Merlin de Sainte-Anne de vrai sang mais j'étais le préféré de mon père. Aussi a-t-il consenti à me donner son nom, mais à sa mort ses fils, mes demi-frères, ces chacals, ont gardé tous ses biens par-devers eux. Ils m'ont chassé et ne m'ont rien laissé que la poussière des routes.

Thomas pensait : « J'irai peut-être en Enfer mais ils y descendront avec moi ! » Il baissa les yeux et se tut… Croyant le jeune homme contrit à l'évocation de ses fautes et véritablement plein de honte, le père abbé fit remarquer :

– Être pauvre n'est pas un crime. Toi, mon fils, tu as mis toutes tes forces pour trouver le chemin de Dieu. Saint Paul, qui était un plus grand pécheur que toi, n'a pas fait autrement. Et saint Paul L'a trouvé à Damas comme tu Le trouveras ici, parmi nous. Si ton repentir est aussi sincère que je le crois, rien ne peut faire peser sur toi le châtiment d'une damnation éternelle.

Thomas se revoyait dix ans plus tôt chez Jean de Marville, le tailleur de pierre auprès de qui il faisait son apprentissage avant de reprendre l'atelier à son compte le jour venu. Couvert de poussière de marbre, il travaillait la figure d'un christ portant sa croix quand dame Bénédicte, la femme du sculpteur, échevelée, en chemise, était entrée et s'était jetée à son cou, l'embrassant furieusement. Ils avaient basculé sous l'établi et s'étaient étreints aux pieds d'un saint Georges dont le dragon émergeait de la pierre brute. La porte s'était soudainement ouverte, Jean de Marville, trahi, trompé, emporté par la rage, avait saisi une gouge et s'était rué sur les amants enlacés. Thomas avait basculé sur le côté pour éviter la charge et ce fut Bénédicte qui avait reçu le coup à la gorge, tuée net. Jean de Marville avait fait volte-face, le visage ruisselant du sang de sa femme, prêt à frapper à nouveau, mais Thomas lui avait emporté la tête d'un puissant coup de maillet, brisant ses os et écrasant sa cervelle. Le silence était revenu péniblement parmi les figures de pierre, seulement troublé par le souffle de Thomas, interdit devant les deux cadavres au milieu de l'atelier. Deux gisants de chair et de sang, réunis dans la mort. Le visage du christ que Thomas sculptait lui faisait face : il lui ressemblait.

Domnine

L'ordre hospitalier de saint Antoine gouvernait plusieurs hôpitaux en France et dans toute l'Europe. Les Antonins avaient la réputation de guérir le terrible mal des ardents provoqué par la présence d'ergot de seigle dans le pain. Pour s'occuper des malades et les nourrir, les moines élevaient des porcs et c'est ainsi que saint Antoine fut traditionnellement représenté avec un cochon à ses pieds. En reconnaissance des soins qu'ils prodiguaient, par privilège royal, les Antonins étaient dispensés de payer la taxe sur les porcs que tous les habitants des villes et des villages devaient régler une fois l'an. À Lirey, les truies, les verrats, les porcelets, une clochette pincée à l'oreille pour qu'on puisse les reconnaître et chasser le démon, divaguaient dans la cour de l'abbaye au milieu de la volaille, des chiens errants et des pauvres qui ne supportaient plus d'être dans la grande salle commune.

Domnine effraya trois jeunes cochons en agitant les bras, leur criant d'aller au Diable. Elle avait pour mission d'attraper un coq, de recueillir son sang dans un bol et de le porter sans délai à Lucie qui préparait une nouvelle médecine pour le père abbé dont la santé s'altérait gravement. Affaire malaisée pour la jeune sœur un peu trop ronde, un peu trop embarrassée de sa robe, un peu trop gauche pour être une Diane chasseresse ! Les deux franciscains, Roger le More et Pierre-Antoine Damascène, assis sur la margelle du puits, prirent pitié d'elle et lui prêtèrent main-forte. Ils coururent après la volaille, à droite, à gauche, montèrent sur le fumier, se glissèrent sous une charrette, s'amusant autant des gloussements de la novice que de ceux du coq qui s'enfuyait. Roger, enfin, se saisit de la bestiole et la tint suspendue par les pattes. La pauvre bête se débattait à grands coups d'ailes. Sans hésiter Pierre-Antoine s'approcha et lui trancha le cou devant Domnine. L'opulente jeune fille eut tout juste le temps de donner son bol au franciscain afin qu'il recueille le sang du volatile et elle tourna de l'œil dans les bras de Roger le More.

D'énormes récipients mijotaient en permanence dans l'herboristerie de l'abbaye, qui faisait aussi office d'infirmerie pour les blessures bénignes et de pharmacie. Lucie, protégée par un grand tablier, pilait au mortier des racines de garance. Elle y additionna des grains d'hellébore et de la poudre d'argent. Domnine, encore mal assurée sur ses jambes, vint lui porter le bol de sang. Sa robe tout comme son visage étaient sales, maculés de boue.

– Où es-tu encore allée traîner ? la gronda Lucie.

Domnine baissa la tête.

– Je n'ai rien fait de mal, geignit-elle. J'ai tourné de l'œil.

Des larmes coulèrent sur ses joues.

– Approche, dit Lucie d'une voix douce.

Elle posa ses mains sur les épaules de la jeune sœur.

– Dieu ne veut pas que nous soyons tristes. Il veut que nous chantions, que nous riions, que nous célébrions sa Création dans la joie !

– Je n'aime pas voir tuer, murmura Domnine.

– Il n'y a que les hommes qui aiment ça.

Lucie l'embrassa sur le front et lui prit le bol de sang des mains avant qu'elle ne le renverse.

– Tu es une vraie cruche mais je t'aime ! Va te laver la figure et les mains, dit-elle en lui donnant une petite claque sur les fesses.

Domnine retrouva des couleurs en s'aspergeant à grande eau.

– Tu as remarqué que le frère Thomas a pour toi des yeux de prétendant, comme l'évêque ?

– Dieu m'en garde !

– Il est bel homme.

– Tais-toi donc !

Lucie mélangea le sang du coq à sa préparation, y versa une cuillerée d'huile épaisse et réchauffa le tout à la flamme d'une bougie.

– Tu sais ce que j'aimerais ?

– Devenir mère abbesse ?

– Non, j'aimerais partir en Terre sainte pour marcher dans les pas du Christ.

Domnine renifla. Ses yeux pétillaient.

– Pour faire courir tes galants ?

Elle s'échappa, poursuivie par Lucie qui voulait la battre à coups de torchon.

Peste

Il y avait eu des signes avant-coureurs. Les prés et les collines s'étaient couverts de bruine. Tout ce qui était vert était devenu d'un gris d'acier qui décourageait les bêtes de manger. Une femme avait accouché d'un enfant à tête de chien, la lune était apparue fendue d'un grand trait noir, une nuée d'oiseaux était entrée dans la cathédrale de Reims et avait brisé les vitraux. La peste gagnait chaque jour un peu plus dans le pays.

Lucie, munie d'une écuelle, gravissait l'escalier qui menait à la chambre du vieux Nalpas, houspillée par le frère Bruno :

– Ne lambine pas. Le père abbé est au plus mal !

Mais elle ne pouvait sauter les marches quatre à quatre sans risquer de renverser la précieuse potion. Soudain, Thomas surgit en haut des marches, le visage couvert d'un masque de cuir, rugissant :

– Que personne n'entre chez le père abbé : il est mort de la peste !

De frayeur, Lucie laissa échapper l'écuelle, qui se brisa à ses pieds. Aussitôt, elle s'agenouilla, se signa à plusieurs reprises, et rassembla dans son tablier les éclats qui teintèrent ses doigts de rouge. Le frère Bruno l'écarta d'une bourrade et, malgré Thomas qui tentait de l'en empêcher, il pénétra dans la cellule. Trois moines encapuchonnés, le visage couvert de linge, les mains protégées par des bandes de tissu, lavaient grossièrement le corps du défunt avec de l'eau vinaigrée et l'oignaient du saint chrême, psalmodiant :

Seigneur, nous tournons vers toi notre regard à l'heure où disparaît ce visage qui nous est cher
Accorde-lui de te voir face à face et affermis notre espérance de le revoir auprès de toi, pour les siècles des siècles.

– Qui vous a donné l'ordre de vous couvrir comme des Sarrasins ? demanda le frère Bruno, scandalisé.

– C'est moi, répondit Thomas, arrivant dans son dos.

Bruno fit volte-face.

– De quel droit ?

– Du droit de la science, bougre de béotien ! Selon les médecins arabes, la peste se transmet par l'haleine et la sueur. Tous ceux qui approchent les malades doivent se couvrir la bouche et le nez de bandes de tissu puis se laver le visage et les mains avec du vinaigre.

– Hérésie !

– Que sais-tu de la peste ? répliqua Thomas, plein de colère. As-tu lu le traité d'Ibn Khatib qui recommande de brûler les linges et de tenir les pestiférés éloignés de ceux qui ne sont pas frappés par le mal ? Es-tu allé en Terre sainte ? Es-tu allé à Constantinople ? À Alep ? À Antioche ? As-tu déjà vu des morts par centaines, couverts d'horribles bubons ?

– Nous ne sommes pas des mahométans ! protesta Bruno.

Il accusa Thomas d'avoir trop fréquenté les infidèles :

– Leurs pensées sacrilèges t'ont infesté. Tu pues l'hérésie, le blasphème !

Il se signa avec ferveur.

– Nous n'avons rien à craindre du mal si nos âmes sont sans péché.

– Ta suffisance n'a d'égale que ta stupidité, assena Thomas. Meurs si tu veux mourir, mais sans moi !

– Nous sommes sous la protection du Seigneur ! cria Bruno.

Mais Thomas avait déjà quitté la chambre mortuaire.

Saint Thomas

Le soir tombait comme si l'obscurité devait couvrir la monotonie du jour. Le frère Bruno fit irruption dans la cellule de Thomas et ferma violemment la porte derrière lui.

– Tu es celui que les deux franciscains cherchent, dit-il d'une voix rogue. Tu es un voleur et un assassin.

– Peut-être suis-je un voleur et un assassin, répondit Thomas, mais toi, qui es-tu ? Judas ?

– Si j'avais dû te livrer, je l'aurais déjà fait.

L'argument toucha Thomas.

– Que veux-tu ? demanda-t-il, certain que Bruno venait lui proposer un marché.

Les deux hommes se firent face.

– Je veux que tu me remettes immédiatement la sainte relique dérobée à Jérusalem.

– Tu veux la vendre ? ricana Thomas.

– Es-tu idiot ou aveugle ? Ne comprends-tu pas que c'est la colère divine qui vient de nous frapper en emportant le père abbé ? Pour retrouver la paix et conserver la concorde entre les communautés, je suis décidé à restituer le suaire aux franciscains venus de Jérusalem.

Thomas n'y croyait pas. Bruno cherchait à l'embobiner.

– Leur diras-tu comment tu l'as trouvé ?

– Ils ne me poseront pas de questions de peur de m'offenser. Ils s'en iront en bénissant l'abbaye et ceux qui y sont, trop heureux de rapporter le suaire au couvent du Mont-Sion. Et nous n'en entendrons plus jamais parler.

Thomas tenta d'argumenter :

– Sans le suaire et les oboles qu'il peut nous rapporter, l'abbaye est perdue.

Bruno pointa son index sur sa poitrine :

– C'est toi qui es perdu ! Ta vie t'accuse. Ne te mens pas à toi-même. Tu le sais aussi bien que moi, l'Enfer t'attend.

Il le toisa avec un réel mépris, citant l'Apocalypse :

– « Les lâches, les renégats, les dépravés, les assassins, les impurs, les sorciers, les idolâtres, tous les hommes de mensonge finiront dans l'étang brûlant de feu et de soufre. »

– Le père abbé m'a remis de tous mes péchés, se défendit Thomas.

Et, s'approchant du prieur, son nez touchant presque le sien :

– Ce saint homme, que Dieu ait son âme, voulait que je mette en route le chantier de l'abbatiale où le suaire serait offert à la piété de tous – pas seulement à celle égoïste des Franciscains. Il avait compris que l'argent affluerait et nous permettrait d'acquitter notre dette vis-à-vis du roi.

– Qu'avons-nous besoin de cet argent ? Dieu pourvoira.

– Insensé !

Bruno bomba le torse.

– Le vieux Nalpas est mort, déclara-t-il, comme si Thomas l'ignorait. Désormais, c'est moi qui commande l'abbaye.

C'était inacceptable.

– Tu n'as pas encore été élu père abbé, répliqua Thomas. Tu me trouveras sur ta route. Je t'empêcherai d'obtenir le suffrage de nos frères.

Le prieur méprisa l'avertissement. Il se dirigea vers la porte sans rien dire puis fit brusquement volte-face.

– Pour une fois, lança-t-il à Thomas, sois sincère : crois-tu vraiment que ce linge que tu possèdes ait contenu le corps du Christ ?

– Tu en doutes ?

– Qui peut croire une chose pareille ? C'est un conte de bonne femme, dit Bruno. Si une impression miraculeuse s'était produite, les saints évangélistes n'auraient pas manqué de le consigner. Or aucun des quatre Évangiles n'y fait la moindre allusion.

– Les Évangiles n'ont pas été écrits par un copiste dans un scriptorium, déclara Thomas. Contrairement aux récits de saint Matthieu, de saint Marc et de saint Luc, l'Évangile de saint Jean ne rapporte pas que Simon de Cyrène a aidé le Seigneur à porter sa croix jusqu'au Golgotha. Serait-ce un conte de bonne femme pour autant ?

Bruno répliqua :

– Toi qui sembles si savant dans les Écritures, rappelle-moi ce que le Christ dit à ton saint patron après sa résurrection ?

Et comme Thomas se taisait, à court d'arguments :

– Il lui dit : « Heureux ceux qui croient sans avoir vu. » Et dans la Bible, Dieu commande : « Tu ne feras pas d'images. »

Il y eut un long silence. Les paroles de Bruno portaient. Thomas baissa la tête, faisant mine de se soumettre.

– Tu as raison, c'est ce que disent nos livres saints, reconnut-il douloureusement.

– Que la paix soit avec nous.

– Amen.

Bruno triomphait. Son long visage glabre prit de la couleur.

– Donne-moi le suaire, ordonna-t-il, le menton levé, les yeux dans ceux de Thomas. Tu feras publiquement pénitence, j'oublierai qui tu es et notre querelle.

Thomas ne pouvait qu'obéir. Chaque instant lui paraissant une heure et chacun de ses gestes s'alourdissant du poids de sa défaite, il souleva péniblement sa paillasse et prit le suaire caché dessous, protégé par une grosse toile de lin. Bruno ouvrit les bras pour le recevoir.

– Aide-nous, Seigneur, à parvenir à l'unité parfaite et qu'ainsi le monde contemple ta Gloire, psalmodia le prieur, exalté.

– Amen.

Thomas s'inclina avec respect pour remettre le précieux linge, mais au moment où Bruno allait s'en saisir, il bondit sur lui, le fit tomber au sol et, pesant de tout son poids, plaqua le suaire sur le visage du prieur. Bruno se débattit comme un crabe sur le dos. Il agita les jambes, s'agrippa à Thomas pour essayer de le renverser, mais le jeune homme était trop fort, trop aguerri au combat pour lâcher prise. Il jubilait.

– Ne sois plus incrédule, mais croyant ! jura-t-il en étouffant Bruno.

Le temps se fractura, ouvrit une crevasse où les deux combattants s'abîmèrent. Râles venus de sous la terre, soubresauts, transes nerveuses. Le combat dura, dura, jusqu'à ce que Bruno s'arc-boute sans parvenir à s'arracher à celui qui l'étouffait, ses boyaux se vidèrent, empuantissant l'air. Thomas souleva prudemment le suaire. Qu'importait l'odeur de merde et de mort, Bruno ne respirait plus. Le prieur le fixait de ses yeux vides, figés dans une expression où la peur croisait la stupéfaction.

Depuis la Sainte Pâque jusqu'à la Pentecôte, les frères déjeunaient à la sixième heure, à midi, et soupaient le soir assez tôt pour que le repas soit pris à la lumière du jour. Les cloches parties à Rome, c'est le son désagréable d'une crécelle de bois qui annonçait le dîner. Tous les moines devaient se rendre au réfectoire ou y être déjà. Thomas s'empressa de traîner le cadavre hors de sa cellule et le transporta jusqu'à celle où reposait le père abbé. Sans hésiter, il coucha Bruno à côté du vieux Nalpas, puis il courut dans les couloirs en criant de toutes ses forces :

– Que Dieu nous sauve ! La peste est dans nos murs !

Réfectoire

Le frère Michel donnait lecture de la deuxième épître de saint Pierre tandis que les moines dînaient d'une soupe claire, d'une tranche de pain brun et d'une écuelle de gruau.

– « Devant le Seigneur un jour est comme mille ans et mille ans comme un jour. Le Seigneur ne retarde pas ce qu'Il a promis comme certains l'accusent de retard, mais Il use de patience avec vous, voulant que personne ne périsse, mais que tous arrivent au repentir. »

Il y eut soudain de l'agitation, du bruit, des cris. Thomas entra dans le réfectoire, le visage couvert par son masque de cuir, accompagné de quatre hommes masqués eux aussi et armés de bâtons. Les moines s'effrayèrent. Cinq fantômes ? Cinq démons ? Cinq bandits ?

– Ces franciscains nous ont porté la peste ! cria Thomas, désignant du doigt Roger le More et Pierre-Antoine Damascène.

Ceux qui partageaient leur table s'écartèrent, horrifiés.

– Saisissez-vous d'eux ! ordonna Thomas.

Les hommes qui l'escortaient cernèrent aussitôt les deux franciscains sous la menace de leurs bâtons.

– Vous ne savez pas ce que vous faites ! se défendit Pierre-Antoine. Nous n'avons pas la peste ! Que Dieu nous vienne en aide !

Pour couvrir sa voix, Thomas déclara haut et fort :

– Le frère Bruno a été emporté par le mal après leur avoir parlé et avoir respiré leur haleine fétide. Enfermez-les et que nul ne les approche !

Les deux franciscains furent jetés dans une cave au sous-sol du lazaret, et enfermés à double tour. Pierre-Antoine réussit à hurler :

– Ce n'est pas la peste qui est parmi vous, c'est le Diable !

Mais son cri résonna dans le vide.

Purification

Les moines s'apprêtaient à sortir les cadavres du vieux Nalpas et de Bruno sur un brancard de fortune quand Thomas, portant un flambeau, les arrêta.

– La peste ne doit pas quitter la cellule du père abbé.

– Que devons-nous faire ? demanda en tremblant le jeune Étienne, un moinillon plutôt replet au visage angélique.

Thomas réfléchit.

– Nous devons la purifier par le feu et la murer, dit-il comme s'il faisait violence à ses pensées.

– Mais nous devons porter nos frères en terre ! protesta le frère Matthieu.

Thomas se tourna vers lui.

– Tu veux donc que nous mourions tous ? Va dans la grande salle et vois ceux qui déjà perdent du sang en toussant, en vomissant, en pissant ou en chiant n'importe où !

– Nous allons tous mourir ? s'affola le jeune Étienne.

– Pas si vous faites ce que je dis.

– Nous ne pouvons pas abandonner aux flammes les corps de nos frères !

Il haletait.

– Comment peux-tu être sûr que leurs cendres laisseront leurs corps ressuscités parfaits et immortels au jour de la résurrection ?

– Leur âme est déjà au ciel, parmi les saints, argua Thomas. As-tu oublié que, semé dans l'ignominie, on ressuscite dans la gloire ? Leur enveloppe charnelle infectée par la peste peut disparaître. Elle n'est là que pour nous rappeler ce qui nous menace si nous péchons.

Matthieu refusa l'argument :

– Le père abbé et le frère Bruno n'étaient pas des pécheurs !

– Qu'en sais-tu ? répliqua Thomas.

Les moines se turent comme s'ils venaient de prendre un coup de marteau sur la tête. De quels péchés le vieux Nalpas et le frère Bruno se seraient-ils rendus coupables au point d'être frappés de la peste ? Auraient-ils… ? L'assemblée était fébrile. Le jeune Étienne, d'ordinaire joyeux et candide, osa rompre le silence d'un ton brutal :

– Le frère Thomas a raison. Murons la cellule et brûlons tout. Je ne veux pas mourir !

– Allez chercher du bois de genévrier, du mortier et des pierres, ordonna Thomas, profitant du trouble qu'avaient créé les paroles du jeune moine.

Et, d'une voix terrible, il paraphrasa l'Apocalypse en levant son flambeau :

– Hâtez-vous ! Je vois déjà le cheval de couleur pâle qui fond sur nous, celui qui fait mourir les hommes par l'épée, par la famine, par l'épidémie !

Les moines se précipitèrent.

Resté seul, Thomas jeta son flambeau sur les deux cadavres allongés sur le lit en fer du père abbé comme saint Laurent sur le gril. Ils s'enflammèrent aussi vite que des hérétiques condamnés au bûcher. Avant de sortir, Thomas décrocha le crucifix de bois qui pendait au mur et le livra au feu avec un profond sentiment de satisfaction.

Un mois plus tard

Les moines, réunis en conclave dans la salle capitulaire de l'abbaye, devaient élire leur nouvel abbé. Le frère Roland de Saintonge, le doyen d'âge, présidait à l'élection. Deux candidats s'opposaient : André le Lyonnais et Thomas Merlin de Sainte-Anne. Plus ancien dans la communauté, le frère André eut le premier la parole, après que le traditionnel *Pax vobiscum* eut été prononcé et repris par tous. On savait que le frère André portait sous sa bure une chemise de crin et une ceinture cloutée pour se mortifier, comblé de souffrances.

– Nous vivons des heures terribles, soupira-t-il en préambule, tournant ostensiblement le dos à Thomas.

Puis sa voix enfla :

– La mort du père Nalpas, la mort du frère Bruno, notre prieur, la peste qui nous cerne témoignent de nos péchés. Nous avons terriblement péché comme l'annoncent ces signes de la désolation et de l'abomination ! Le Malin est parmi nous, il se repaît de nous voir nous vautrer à table ou dans le chais, à prostituer nos paroles et nos actes par notre impiété !

Il fit une pause.

– Comment nous laver de ces péchés qui souillent nos âmes, attristent nos visages et tourmentent nos corps ? En cessant de vivre comme nous vivons ? En affaiblissant nos règles ? En prétendant croire que nous ne devons plus respecter le passé ? Et que la jeunesse et l'audace priment sur le repentir et la prière ?

Silencieux, les moines attendirent la réponse aux questions qu'André se posait à lui-même pour ne pas les poser directement à Thomas. Il le fit d'une voix caverneuse. Terrifié par ce qu'il voyait se défaire autour de lui jour après jour, André en était venu à se cloîtrer au nom de l'amour sublime du Christ. À son exemple, estimait-il, tous devaient l'imiter, sinon jamais ils ne chasseraient le démon qui s'était emparé du monastère.

– En vérité, je vous le dis, mes frères, nous devons nous méfier des loups déguisés en agneaux. De ceux qui se disent prophètes et se laissent guider par des visions ou des images comme des idolâtres. Cela ne peut que nous entraîner dans l'abîme. C'est par l'ascèse et la mortification que nous reviendrons à la vérité du Christ pour obtenir sa grâce. Suivez-moi, je vous conduirai au désert et nous y demeurerons en paix jusqu'à ce que la lumière de l'Esprit Saint à nouveau nous illumine. Notre salut est à ce prix !

Il y eut des chuchotements. Comment comprendre ces paroles ? Devaient-ils encore resserrer leur règle ? Abandonner le soin aux malades et aux déshérités pour ne se consacrer qu'à la prière ? Qu'entendait le frère André par « la vérité du Christ » ? Et quel « prix » devaient-ils payer pour retrouver la paix dans leur cœur et dans leur âme ?

Le doyen donna la parole à Thomas, qui piaffait d'intervenir.

– Frères, mes prières vont d'abord au père Nalpas et au frère Bruno qui ont rejoint leur Créateur. Que leurs âmes soient bénies.

– Amen ! répondirent les moines.

Thomas entama son discours par un éloge d'André, dont le regard se troubla. Que pouvait masquer une telle sollicitude ?

– Le frère André a parlé en vérité et ses paroles me vont droit au cœur, dit Thomas en s'inclinant vers lui. Nous vivons, en effet, des heures mortelles : le royaume est à la merci des Anglais, mon oncle le pape est assailli de toutes parts en Avignon, la papauté court à la ruine, les campagnes sont rongées par la peste, la foi est flétrie par les hérésies qui prolifèrent – comme celle des Franciscains –, l'Église est bafouée et moquée par ceux qui veulent la détruire au nom d'une lecture perverse des Écritures soutenue par le Diable. Tout cela est vrai. Vrai et terrible.

Il fit quelques pas pour venir se placer devant les moines assis sur quatre rangs.

– Alors, que devons-nous faire ? Nous retirer du monde comme le propose le frère André, retourner au désert, refuser de voir ce que même les aveugles voient ? Devons-nous nous absenter du grand combat qui marquera la Fin des temps, et dont la mort de nos frères est le signe annonciateur ? Sommes-nous devenus si faibles ? Si lâches ? Souvenez-vous du roi Louis qui, conduisant la Croisade, disait : « Ceux qui se battent peuvent perdre, ceux qui ne se battent pas ont déjà perdu. » Nous ne serions pas capables d'être dignes de ses paroles ? Les paroles d'un saint…

Thomas revint à sa place et souleva le suaire posé sur son banc.

– Savez-vous ce qu'est ce linge que je tiens dans mes mains ? Ce linge que j'ai rapporté de Jérusalem, ce linge que j'ai offert en dot à notre communauté, ce linge qui porte toutes nos espérances ?

Il se tut, feignant d'attendre une réponse. Puis il annonça d'une voix vibrante :

– Ce linge est le suaire dans lequel le Christ fut placé après que Joseph d'Arimathie l'eut fait descendre de la croix.

Une clameur unanime secoua l'assemblée. Les moines se signèrent, il y eut des cris – « Gloire à Dieu ! », « Seigneur, viens ! », « Alléluia ! » – et tous attendirent fébrilement que Thomas continue.

– Feu notre père abbé, que Dieu ait son âme, et le frère Bruno, peu de temps avant sa fin tragique, m'avaient autorisé à bâtir une abbatiale où cette sainte relique serait exposée à la vue de tous les incrédules, preuve indiscutable de la résurrection du Christ. Une abbatiale qui serait un point brûlant de la foi, un phare pour la chrétienté, un grand centre de pèlerinage dont les revenus reviendraient à nos œuvres.

Thomas s'interrompit un instant.

– Nous ne devons pas nous réfugier au désert, reprit-il en s'adressant directement au frère André qu'il avait ménagé jusqu'alors. Je vous le dis avec respect : non, nous ne devons pas.

Écartant ses bras en croix, il s'adressa au ciel :

– Écoutez, frères, écoutez le prophète Isaïe : « Est-ce là le jeûne qui me plaît, un jour où l'homme se rabaisse ? S'agit-il de courber la tête comme un roseau, de coucher sur le sac et la cendre ? Appelles-tu cela un jeûne, un jour agréable au Seigneur ? »

Thomas baissa les yeux vers les moines.

– Nous devons affronter le démon qui est à l'œuvre jusques entre nos murs. Quand un loup furieux attaque le troupeau, il est du devoir du pasteur de le combattre et d'appeler ses compagnons à s'armer d'arcs et de frondes. Nous devons agir au nom de Dieu, être ses légionnaires et prouver par nos actes que nous méritons son amour et sa pitié. Je veux vous guider dans cette bataille sous l'étendard du suaire. Je veux humblement que nous mettions nos pas dans les pas du Christ qui dans saint Jean dit : « Je suis le Chemin, la Vérité et la Vie »… Amen.

Thomas retourna s'asseoir dans un silence lourd, pénible. Tous s'interrogeaient : d'où tirait-il une telle connaissance des

Écritures ? Thomas était nouveau parmi eux et pourtant il parlait avec autorité comme s'il était doté d'un mystérieux pouvoir. Qui était-il ? Quelle lumière brillait dans son âme ? Était-il un homme touché par la grâce divine ou un de ces « loups déguisés en agneaux » que craignait le frère André ? Tous ignoraient son passé mais le suaire se portait garant pour lui.

Le doyen se leva et pria :

– Éclairez-nous, mon Dieu. Faites luire votre lumière dans nos cœurs et dissipez les ténèbres. Empêchez nos esprits de s'égarer et brisez la violence des tentations qui nous pressent.

Puis il fit procéder à l'élection à main levée.

Le frère André obtint quinze voix (celles des plus vieux), Thomas trente et une (celles des plus jeunes). Roland de Saintonge proclama le résultat :

– Le frère Thomas est notre nouvel abbé. Au nom du Père, du Fils et du Saint-Esprit, prions.

Ils récitèrent le *Pater Noster*.

Le doyen céda la place d'honneur à Thomas et retourna s'asseoir parmi les autres. Les mains croisées, la tête baissée, Thomas accepta la charge que ses frères lui confiaient, citant saint Matthieu : « Celui qui ne prend pas sa croix et ne me suit pas n'est pas digne de moi », puis il offrit le suaire à l'adoration des moines qui se prosternèrent devant lui.

Yorick

Thomas attendit que tous les moines dorment dans leurs cellules pour sortir de l'abbaye. La nuit drapée d'un voile brumeux et froid transformait les arbres et les plantes et jusqu'au moindre buisson en spectres vaporeux. Yorick se cachait à l'orée du bois, enveloppé dans une houppelande trop grande pour lui.

– Tu es sûr que personne ne t'a vu ?

– Je suis une ombre, ricana Yorick, dont le corps aussi semblait dessiné par un mauvais peintre.

– Parle, ordonna Thomas, lui remettant une bourse.

Le nabot prit le temps de l'ouvrir et d'en vérifier le contenu.

– Louis-Charles, ton frère aîné, occupe toujours le château de Sainte-Anne, Pierre-Marie est sur le domaine de sa femme à Vernon, près de Rouen, et Yves-Gonzague, le cadet, est chanoine à Strasbourg où il dépense son argent au jeu avec des courtisanes. Tous sont de plus en plus riches et très prospères.

– Tu sais ce que tu dois faire ?

Yorick, chez qui l'orgueil le disputait à la méfiance, soupesa la bourse.

– Elle est bien légère autant que je puisse en juger…

– Tu auras le double quand j'aurai la preuve que justice m'a été rendue.

– Le double ? Mazette, voilà qui est parlé !

– Maintenant file, dit Thomas, et ne reviens que pour me porter de bonnes nouvelles.

Yorick ne bougea pas.

– On dit l'abbaye à tes ordres maintenant.

Thomas s'impatienta :

– Que t'importe. File.

– Quand serons-nous riches ? demanda l'autre d'une voix aigrelette.

– Quand j'exposerai le suaire.

Yorick était plus finaud qu'il n'en avait l'air.

– Les franciscains ne nous poursuivent plus ?

– Ils ont la peste.

Le brigand sursauta.

– La peste ?

Thomas haussa les épaules.

– Je les ai fait enfermer en attendant que la maladie les emporte.

– La même qui a emporté Josse et son équipage ?

Thomas empoigna Yorick par le col.

– Méfie-toi qu'elle ne t'emporte aussi, susurra-t-il. Tu sais combien la peste est redoutable pour ceux qui ont la langue trop bien pendue…

Le nabot se libéra de sa poigne de fer.

– Tout doux, mon père. Tu sais bien que ma mémoire est aussi atrophiée que mon corps. Je ne me souviens jamais de rien ni de personne.

Il fit sauter la bourse dans sa main

– Je ne me souviens que de ça…

Thomas grommela :

– Venge-moi et je ne serai pas un ingrat.

Et, soudain en proie à un terrible sentiment d'accablement :

– Mes frères m'ont tout volé.

Yorick lui adressa un sourire atroce.

– Compte sur moi, dit-il, le regard caressant. Le jour viendra où tu leur reprendras tout.

Il lança comme une torche :

– Le jour où je toucherai ma part !

Jeanne de Vergy

Dès le lendemain, Thomas se mit en route pour aller rendre visite à la veuve de Geoffroy de Charny, qui possédait les terres autour de l'abbaye de Lirey. Il lui fallut trois jours de voyage avant de découvrir le château qui se dressait comme un guerrier de pierre menaçant en haut d'un piton rocheux. Thomas fut reçu par Jeanne de Vergy dans la bibliothèque, où la devise de la maison était gravée dans la pierre au-dessus de la cheminée monumentale : « Qui plus fait, mieux vaut. » Il se présenta comme le nouveau père abbé de l'abbaye et lui offrit une broderie représentant l'Agneau de Dieu réalisée par les clarisses. Il vanta les livres de chevalerie écrits par feu Geoffroy, sa bravoure reconnue par tous, sa hardiesse au combat, son indomptable vaillance dans les heures terribles de la bataille de Poitiers. Jeanne de Vergy le félicita pour sa nomination et le remercia de sa sollicitude mais elle était pressée d'en venir au motif de sa visite. Elle le pria de s'asseoir.

– Un long chemin vous a mené jusqu'ici, mon père. Qu'attendez-vous de moi ? demanda-t-elle.

– Je n'attends rien de vous, ma fille. Je ne viens rien quémander, certain que vous ferez preuve des mêmes qualités de courage et d'honneur que feu votre mari.

– Rien que ça !

Elle n'était dupe de rien. Inutile de louvoyer. Thomas alla droit au but :

– Je souhaite que vous m'autorisiez à élever sur vos terres une abbatiale pour recevoir le saint suaire de Notre Seigneur, une précieuse relique que j'ai pu rapporter de Jérusalem au péril de ma vie.

L'histoire du suaire était déjà parvenue à ses oreilles, aussi la châtelaine ne montra-t-elle que peu d'étonnement.

– Si j'en crois ce qu'on m'a dit, vous possédez là un véritable trésor, apprécia-t-elle, attendant de découvrir les intentions cachées de Thomas.

Dans l'éclat de la trentaine, Jeanne de Vergy était encore belle femme, séduisante dans sa robe de deuil, noire liserée de pourpre, qui soulignait la grâce de ses formes. Veuve depuis un an, elle n'était pas insensible à la voix chaleureuse et au regard si pénétrant de Thomas. Le père abbé lui plaisait. Il était bel homme. Thomas n'était pas non plus indifférent à Jeanne, dont les yeux couleur d'ambre lui semblaient pleins de promesses. Ils étaient faits pour se comprendre.

– Ce trésor ne demande qu'à prospérer si l'on veut s'en donner les moyens, expliqua-t-il.

– Quels moyens ?

– En organisant des ostensions qui feront de Lirey un extraordinaire lieu de pèlerinage. Voir le suaire n'aura pas de prix.

Jeanne de Vergy tapota les coussins de sa banquette et invita Thomas à venir s'asseoir près d'elle.

– Racontez-moi ça.

Deux jours plus tard, Thomas quittait la chambre de Jeanne de Vergy et repartait avec l'autorisation écrite de couper autant de bois que nécessaire pour l'érection de son abbatiale et celle d'y montrer le suaire en gloire. En contrepartie, Jeanne de Vergy toucherait un tiers des revenus produits par les ostensions et Thomas s'engageait à venir personnellement lui remettre les sommes collectées tous les trois mois, ou plus souvent si l'envie ou la nécessité s'en faisaient sentir.

Vendredi de la semaine de la Quinquagésime

Éclairé par la flamme des cierges, dans une des chapelles latérales de la cathédrale Sant-Pierre-et-Saint-Paul de Troyes, Henri priait Marie Mère de Dieu :

Priez pour nous, Vierge sacrée
Priez pour nous votre cher Fils
Priez qu'il nous donne l'entrée
Au ciel comme il nous l'a promis…

Dans ses mains jointes, l'évêque tenait un médaillon qu'il embrassa à plusieurs reprises avant de l'ouvrir. À l'intérieur, peinte en miniature, on voyait la Vierge donner le sein à l'Enfant Jésus. Henri baisa le portrait – sans conteste celui de Lucie –, murmurant, « Ma mie, mon âme, mon amour », honteux de sentir sa verge se gonfler et durcir.

Plus tard

Précédant son escorte, Henri galopait de village en village – tous propriété de l'évêché – pour s'en faire reconnaître comme leur nouveau seigneur. Monté sur un magnifique palefroi isabelle, il se désolait de voir la nature saccagée, brûlée par le feu, abandonnée en friche. Par peur de la peste, par convoitise, beaucoup s'entretuaient ou empoisonnaient les eaux comme s'ils voulaient voir disparaître la race humaine. Personne ne se risquait à labourer les champs, à faucher les blés, à tailler les vignes. Personne ne prenait soin des bêtes, qui gisaient mortes dans les champs ou divaguaient çà et là. Très peu osaient rester dans une maison où la mort avait frappé. Pour ceux qui le faisaient, c'était au péril de leur vie. La peste s'étendait et Henri ne pouvait feindre de ne pas en être effrayé.

Il vit soudain apparaître une cohorte de pénitents, torse nu, échevelés, dépenaillés, qui se frappaient le dos avec des fouets dont les lanières étaient armées de clous en fer. Un homme nu portant une lourde croix marchait à leur tête, répétant :

– Nous sommes la lie de la terre ! La honte de notre race ! Souffrons, souffrons pour nos péchés !

Et les autres de reprendre, accompagnés d'un tambour voilé :

– Que notre sang retombe sur les Juifs assassins du Christ !

Cinquante, peut-être soixante flagellants parcouraient les campagnes ravagées par la peste, suivis par des villageois qu'ils recrutaient au passage. Henri éperonna sa monture et se mit en travers de leur route.

– Vous injuriez Dieu ! Vous brûlerez dans les feux de la Géhenne ! cria-t-il en tirant son épée.

Mais rien ni personne ne semblait pouvoir stopper la colonne qui avançait vers lui. Quand ils furent tout près, la clameur augmenta et le tambour résonna plus fort. Le cheval d'Henri prit peur et se cabra, faisant tomber l'évêque au milieu du cortège. Henri se releva, bousculé par les pénitents, éclaboussé par leurs gouttes de sang, leur sueur, leurs crachats.

– Arrière, maudits ! Fanatiques ! Hérétiques !

Les flagellants continuèrent droit devant comme s'il n'existait pas, chantant :

Dans le jardin d'agonie
Avance le traître Judas !

Comme un prêtre brandit la croix de procession devant les condamnés au bûcher, Henri leva son épée.

– Ô Jésus Fils du Dieu éternel, aie pitié d'eux que l'Enfer attend !

Médaillon

Le soleil brillait à travers la forêt d'Orient.

Pierre Bonhomme, le potencier muet, vérifia une fois encore que l'évêque et son escorte avaient tourné bride et que les flagellants étaient loin. Rassuré, il put alors s'avancer à l'orée du bois, portant le lièvre bourru qu'il venait de braconner. Il le cuisinerait dans sa cabane avec des herbes et du lard, certain que la sœur Domnine – la gourmande – viendrait renifler la bonne odeur de la viande qui cuit. La jeune sœur aux grosses joues, aux grosses fesses, aux gros seins qu'il devinait sous sa robe de novice lui plaisait. C'était un jupon à trousser et il était aussi capable qu'un autre de lui faire ce que les hommes font aux femmes. Rien que cette pensée l'excitait.

Bonhomme rejoignait la route qui menait au lazaret en claudiquant appuyé sur sa béquille quand son œil fut attiré par un éclat de lumière dans l'herbe. Il se pencha. Dans sa bataille contre les flagellants, Henri avait perdu son médaillon. Bonhomme le ramassa. Avec ses gros doigts, il peina à l'ouvrir, jurant par les ongles du Diable, crachant en lui-même : *Puterelle sale carne !* Mais quand enfin il y parvint, sa curiosité fut bien récompensée : la Vierge montrait un sein pour faire téter l'Enfant Jésus. Le visage de Marie ne l'intéressait pas, mais son sein lui chauffait les sangs. Un sein rond, délicat, dont il pouvait presque sentir le poids et la douceur. Une gentille petite mamelle qu'il aurait voulu sucer lui aussi. Un sein de vierge qui lui était destiné. Avec un profond soupir, il serra le bijou dans sa ceinture et reprit la route appuyé sur sa béquille comme un échafaudage branlant qui se serait détaché d'une façade. À chacun de ses pas, il martelait : « Domnine ! Domnine ! Domnine ! »

Torchon

Des moines s'activaient sans relâche dans la forêt couverte de neige qui s'étendait au-dessus du lazaret. Ils sciaient des troncs d'arbres, équarrissaient des planches pour construire l'abbatiale voulue par Thomas en attendant d'être assez riches pour la construire en pierres. Scandant sa litanie incompréhensible et effrayante, la colonne des flagellants émergea du brouillard. Le jeune Étienne donna l'alerte :

– Ils approchent ! Ils approchent !

Aussitôt ses compagnons abandonnèrent leurs travaux et se portèrent au-devant des pénitents, récitant la litanie des saints, se signant à chaque nom.

Sainte Marie, priez pour nous
Sainte Mère de Dieu, priez pour nous
Sainte Vierge des Vierges, priez pour nous
Saints Michel, Gabriel et Raphaël, priez pour nous
Saints Anges et Archanges, priez pour nous
Assemblée sainte des esprits bienheureux, priez pour nous
Abraham et Élie, priez pour nous
Saint Jean Baptiste et saint Joseph, priez pour nous
Saints patriarches et prophètes, priez pour nous.

Lucie, intriguée par les chants et les cris, sortit de l'herboristerie. Sur la route qui longeait la forêt, elle ne vit pas un homme écrasé sous le poids d'une trop grande croix marchant à la tête des flagellants elle vit le Christ montant au calvaire… Sans hésiter, elle grimpa sur la colline enneigée pour le rejoindre. Lorsqu'elle y parvint, elle s'agenouilla devant lui. Son dos était en sang, son visage ruisselant de sueur, de crasse et de larmes. Lucie l'essuya avec un torchon qu'elle tira de sa manche, murmurant :

– Mon Seigneur et mon Dieu.

Puis, alors que la colonne s'éloignait sans ralentir sa marche, psalmodiant, chantant l'exécration des Juifs, elle se hâta de retourner à son ouvrage.

Thomas l'arrêta au seuil de l'herboristerie.

– Donne-moi ce linge.

– Quel linge, mon père ?

– Celui avec lequel tu as essuyé le visage de ce malheureux.

– Ce n'est qu'un torchon.

– Donne.

Sous le regard interrogatif de Lucie, Thomas déplia le chiffon maculé de traces de sang et de salissures. Il l'observa avec intensité comme s'il y décelait un mystère. Avec un peu d'imagination, certains auraient pu y distinguer le contour d'un visage. Thomas fourra le linge dans la poche de sa robe et, souriant à Lucie, il prit tendrement son visage entre ses mains.

– Je te salue, pleine de grâce, lui dit-il, mi-sérieux, mi-taquin.

Et il lui donna un baiser sur le front qui la laissa interdite.

Aux heures vides du jour, entre les offices et les soins, il n'y avait pas que la peste qui empoisonnait l'air, un vent de folie le corrompait aussi sans que personne en eût vraiment conscience.

Baiser

Lucie se retira dans sa cellule pour prier devant la croix grossièrement peinte sur le mur d'un jaune soufre. Elle méditait sur le passage d'une épître de saint Paul lue en cachette dans la bibliothèque de son père : « Puisque le monde, avec toute sa sagesse, n'a pas su reconnaître Dieu à travers les œuvres de la sagesse de Dieu, il a plu à Dieu de sauver les croyants par cette folie qu'est la proclamation de l'Évangile. Alors que les Juifs réclament les signes du Messie, et que le monde grec recherche une sagesse, nous, nous proclamons un Messie crucifié, scandale pour les Juifs, folie pour les peuples païens. »

Scandale et folie ! C'était exactement ce que Lucie ressentait au souvenir du baiser de Thomas. Thomas, comme Henri, voulait la détourner de l'Unique, le Seul qui soit désirable. Un rayon de soleil tombant de sa lucarne éclairait la croix peinte. Sans la quitter des yeux, elle s'allongea sur le sol.

– Anxieuse de me perdre en toi, je désire mourir, murmura-t-elle.

Elle s'était donnée à Dieu avec confiance. Le Seigneur la consolerait, la guérirait du désespoir. Elle se voyait en tenue très légère, vêtue de mousseline rouge, chevauchant un croissant de lune. Un chœur céleste l'accompagnait. Elle s'élevait dans les airs, bouche ouverte, incapable de proférer un seul mot. Pourtant, mille idées fourmillaient dans sa tête. Elle pensait à l'immensité de l'amour ; que l'amour le plus simple était un abîme et que cet abîme était sans fond. Elle se sentait traverser les ténèbres, fondre à la lumière de Dieu. Elle ne savait plus que faire ni que penser, envahie par une suavité qu'elle était incapable de contenir. Ses chairs s'embrasaient. Ses yeux brûlaient comme la lampe de l'autel. Sa figure n'était plus qu'une rose pourpre. Quand la rose devint noire, elle se crut au seuil de la mort. Aimer c'était mourir. Elle mourrait les yeux noyés d'extase, enivrée d'aimer. Elle gémit, offrant d'échanger son cœur avec celui de Jésus. Mais c'était Henri qui se couchait sur elle, la prenait et libérait sa semence en jurant : « Je ne te quitterai jamais. » Lucie se releva brusquement, en nage, tremblante, éperdue. Elle cria à la croix comme si elle s'adressait à lui :

– Henri, pourquoi m'abandonnes-tu ?

Et, se frappant la poitrine :

– Pourquoi ? Pourquoi ? Pourquoi ?

Diable

Replié lui aussi dans sa cellule, Thomas contemplait le torchon maculé pris à Lucie comme s'il s'agissait du voile de Véronique. Soudain, à force de le regarder, un visage surgissant du mur lui apparut. Pas le visage du Christ, celui de Yorick au sourire inquiétant.

Le visage du démon ?

– Tout ce que tu souhaites peut être exaucé, susurra avec componction l'apparition.

Thomas ferma les yeux, se boucha les oreilles.

– Va-t'en ! Va-t'en ! Je ne veux pas te voir ! cria-t-il en se détournant.

Un rire lui répondit.

– Ne me dis pas que tu es un disciple du Christ puant !

Et, se pinçant le nez :

– Si c'est ça, je peux t'en guérir dans l'instant !

Thomas se défendit :

– Arrière ! Laisse-moi ! Je ne veux ni de tes sortilèges ni de tes talismans !

Mains jointes, il appela Jésus, Marie, Joseph à son secours. En vain. La voix du mur se moqua de lui :

– Serais-tu naïf au point de croire que les humains sont attachés aux idées de liberté et d'amour comme l'enseigne Jésus le fémelin, ton imbécile de maître ?

Thomas se signa.

– Dieu est amour !

– Ne dis pas de sornettes ! Cette idée est au-dessus des forces de la plupart des êtres humains, ricana la voix. Ton Dieu aime la chair humaine dont le sang est plus noir que la nuit et ton grand pontife n'est qu'un bourreau.

– Ce n'est pas vrai, protesta Thomas. L'Église nous corrige pour notre salut. Elle nous enseigne, nous protège et nous guide.

– L'Église est avec moi depuis longtemps ! fanfaronna le Diable.

Et il ajouta d'une voix impérieuse :

– L'Église sert à manipuler et à berner les humains. Ils s'éteignent ainsi paisiblement sans savoir que dans l'au-delà ils ne trouveront que la mort.

Bam ! Bam ! Bam ! On cognait à sa porte. Thomas sursauta comme s'il s'éveillait d'un affreux cauchemar.

– Entrez ! cria-t-il, dissimulant le torchon de Lucie dans son poing.

– Vite, mon père, vite ! Il se passe une chose affreuse ! s'époumona le frère Matthieu, étonné de trouver l'abbé à genoux, en sueur, au milieu de sa cellule.

Il ajouta, épouvanté :

– Bonhomme a violé une novice !

Bonhomme

Thomas quitta sa cellule en toute hâte. Il descendit l'escalier où des moines l'attendaient et, tous ensemble, ils traversèrent la cour jusqu'à la cabane où le potencier muet se tenait d'ordinaire. Quand ils arrivèrent, ils virent d'abord Lucie consolant Domnine qui pleurait à chaudes larmes.

– Où est-il ? demanda Thomas.

– Il est enfermé dans sa cabane, répondit le jeune Étienne. Il ne peut pas se sauver. Nous gardons la porte.

Thomas s'approcha de Domnine.

– Ma fille, dis-moi : a-t-il pris ton trésor ? lui demanda-t-il à l'oreille.

Domnine redoubla de pleurs. Oui, Bonhomme l'avait déflorée.

Thomas ordonna que personne ne bouge et entra seul dans l'antre du muet. Une marmite était renversée dans l'âtre avec les restes du lièvre au lard et aux herbes.

– Tu viens de commettre un abominable crime contre une servante de Dieu, dit-il en observant Bonhomme appuyé sur sa béquille, mal rajusté, les vêtements en désordre. Tu sais quel sera ton châtiment ?

Bonhomme, le regard fuyant, répondit par un grognement de bête aux abois.

– Je vais te remettre au bras séculier. Tu seras castré avant d'être roué et pendu.

Bonhomme émit une plainte plus puissante. Bavant, pleurant, il fouilla fébrilement dans sa ceinture pour en tirer le médaillon trouvé dans l'herbe et il le tendit à Thomas comme s'il voulait l'échanger contre sa liberté. Thomas ouvrit l'objet finement ciselé d'or et d'ivoire. Il reconnut immédiatement le portrait de Lucie dans l'image de la Vierge.

– Où as-tu trouvé ça ?

Bonhomme tourna la tête vers l'est.

– Dans la forêt ?

Bonhomme opina. Il souleva ses bras au-dessus de son crâne, mimant un grand chapeau.

– Une femme ?

Bonhomme fit signe que non.

– Un heaume de soldat ?

Le muet s'agita : ce n'était pas le heaume d'un soldat.

– Une tiare ?

Bonhomme sourit de sa bouche édentée : une tiare, oui, une tiare !

– L'évêque ?

Bonhomme baisa sa main comme s'il baisait l'anneau épiscopal puis il voulut baiser celle de Thomas, qui l'écarta d'un geste rageur.

– Ne me touche pas !

Puis il émit un petit soupir de plaisir : l'évêque gardait contre son cœur un médaillon où le sein de la Vierge était celui de sa cousine ! Il savoura les mots « idolâtrie », « concupiscence », « inceste » comme s'il goûtait un grand vin de Bourgogne. Il regarda Bonhomme avec pitié. Ce crétin n'était qu'un être répugnant mais décidément les voies de Dieu étaient impénétrables. Il fallait que ce soit par ce béquillard qu'il reçoive l'arme le rendant invulnérable aux agissements de l'évêque.

Pour ne pas mêler le pouvoir séculier à leurs affaires au lieu de la punition annoncée, Thomas condamna finalement Bonhomme à la bastonnade avant d'être chassé de l'abbaye et maudit à jamais. Les moines, armés de bâtons, formèrent deux rangs de part et d'autre du porche qui s'ouvrait sur la campagne. Bonhomme, dépouillé de tous ses vêtements hormis d'un linge cachant son sexe, fut contraint de passer entre eux. Sans pitié pour ses jambes trop faibles pour courir, pour sa béquille avec laquelle il tenta de parer les coups, pour ses cris de cochon ou ses aboiements de chien, ils le battirent férocement à chaque pas en le traitant de « maudit », de « saleté de l'Enfer », de « serpent à trois pattes ». Il n'entendait rien. Il courait lourdement en beuglant, gémissant, les yeux vides. Quand enfin il s'échappa, son dos était bleu, gonflé comme un oreiller.

Plus tard

Le franciscain Roger le More n'était plus enfermé avec son compagnon Pierre-Antoine Damascène. Il se mourait de la peste sur un grabat dans une ancienne soue à cochons. Le visage masqué d'un voile, les mains protégées de linges, Lucie badigeonnait son corps d'un onguent jaune soufre pour tenter de soulager ses souffrances.

– La Fin des temps approche ! proclama-t-il, les yeux exorbités.

Il prétendait avoir déchiffré les signes prophétiques du Jugement dernier. Il délirait :

– Cinq guerres précéderont ce jour terrible. La première sera dévastatrice entre les paysans et les clercs, au point que les tonsurés laisseront repousser leurs cheveux. La deuxième guerre aura lieu entre les laïcs et l'Église, et ni le pape ni les cardinaux n'oseront se montrer. La troisième guerre aura lieu entre les paysans et les nobles, et de cette victoire sortira l'égalité. La quatrième guerre aura lieu entre les chrétiens et les mahométans, et ce sera le début du règne de l'Antéchrist, et avec lui de la cinquième guerre !

Attiré par ses cris, Thomas poussa la porte. Quand il le vit, le franciscain se redressa sur son grabat.

– L'Antéchrist ! hurla-t-il, tremblant comme un possédé.

L'abbé le rembarra :

– Tais-toi donc, ça ne te suffit pas de nous avoir apporté les bubons de la peste, il te faut aussi propager ceux de la calomnie ?

– Tu es l'Antéchrist !

Roger le More chercha désespérément le regard de Lucie.

– Saint Jean l'a annoncé, il est déjà dans le monde ! Je le sais, je le vois ! C'est lui ! Bientôt on verra des créatures se combattre sans trêve, avec de très grandes pertes des deux côtés. Sa malice est sans borne !

– Calmez-vous, mon frère, calmez-vous, lui répondit doucement Lucie. Je vais aller vous chercher une décoction de genévrier qui vous soulagera.

– Hâte-toi, lui ordonna Thomas, lui montrant la porte.

Tandis qu'elle sortait, Roger le More cria vers elle :

– Tous les corps vivants seront tués ! Rien ne subsistera sur terre, sous terre ou dans les eaux !

Resté seul avec l'abbé, tétanisé de peur, le franciscain voyait Satan le toiser.

– Tu peux me promettre l'or et toutes les richesses de cette abbaye rapace, je ne te servirai pas, bredouilla-t-il en bavant.

Il joignit les mains pour ne pas montrer qu'il tremblait devant le Prince du monde, le chef des anges déchus, et de toute la force de sa foi, il psalmodia :

Seigneur, délivre-moi de sa présence maléfique !
Ô Jésus Sauveur, mon Seigneur et mon Dieu
Par le sacrifice de la croix tu as vaincu le pouvoir de Satan
Délivre-moi de toute présence maléfique, de toute influence du Malin.

Thomas se couvrit soigneusement les mains avec de la charpie puis, indifférent à ses prières, il se pencha sur le franciscain et, sans hésiter, lui serra la gorge en le fixant droit dans les yeux.

– Que le Diable t'emporte !

Troyes

La maison du bailli Philibert le Sourd s'élevait sur trois niveaux flanqués de deux tours rondes en pierre de Tonnerre, avec un jardin et un potager par-derrière. Sa façade s'ornait de gros moellons habilement disposés par l'architecte Bella du Clos, revenu d'Italie où il avait œuvré à Florence et à Sienne. Henri, invité à partager le festin du bailli, n'avait pas faim. Trop agité pour goûter les plats qu'on lui proposait, trop en colère.

– Ils sont partout ! s'emportait-il. À moins de vingt lieues d'ici, à Bouranton, à Mont-Luc, à Laurienne, Lirey même, il y en a qui colportent de fausses reliques, des mendiants et des pèlerins trompent Dieu et les fidèles !

– Mangez, monseigneur, plutôt que de vous mettre la rate au court-bouillon !

– Sur la route, j'ai croisé une troupe de flagellants menés par Dame Hypocrisie. Ils marchaient à la chaîne, écumant d'effrayante façon. Des possédés se faisant appeler « chevaliers rouges » ! Des hérétiques !

– Éclairez-moi, monseigneur, dit le bailli, déglutissant, en quoi ces exaltés sont-ils hérétiques ? Ne chantent-ils pas la gloire de Notre Seigneur ?

Henri répondit comme un juge agissant sous l'autorité du pape Clément VI qui les avait excommuniés :

– Ils sont hérétiques parce que le sang qu'ils versent rend inutiles le prêtre et la confession. Leur sang est un sang impur. N'oublions jamais que le sang humain attire les démons.

Les yeux écarquillés, le bailli, d'un signe de tête, ordonna à un valet de servir du vin à l'évêque, persuadé qu'il n'y avait rien de tel qu'un bon vin de Troyes pour éclaircir les idées et apaiser les humeurs. Henri avala son gobelet d'un trait sans même goûter ce qu'il buvait et s'empressa de poursuivre :

– Ils disent que nous serons punis par les saints pour avoir laissé les Juifs profaner l'hostie. Ils disent que notre sainteté le pape est la putain de Babylone ! L'hérésie enflammera bientôt les campagnes aussi vite que la révolte.

Il tapa du poing sur la table.

– Plutôt la peste !

Et, se penchant vers le bailli :

– C'est la faute de ces maudits moines qui n'obéissent à rien ! Les Franciscains, les Antonins, les mendiants, les visionnaires, les…

Il étouffait.

– Le bras séculier doit frapper sans merci ceux qui se dressent contre l'Église, reprit-il, pressant son hôte d'agir sans délai. Si vous ne matez pas ces insensés, ce sont les mêmes qui se dresseront demain contre le roi et le royaume. N'avez-vous pas entendu ceux qui réclament l'abolition du servage ?

– C'est toujours la même antienne, soupira le bailli. Il y a toujours eu des révoltes contre les nobles, les notables, les riches, les marchands de grain…

– Non, ce n'est pas la même chanson ! répliqua vivement Henri. J'ai vu circuler un écrit où les paysans sont appelés à refuser les impôts et les douanes qui reviennent aux seigneurs. Ils veulent confisquer tous les biens ecclésiastiques, les partager entre gens du peuple et constituer une communauté où tout serait à tout le monde.

Le bailli se fit servir à boire.

– Bah, c'est bien ce que Jésus a enseigné, non ? dit-il en souriant à Henri.

Jour de la Sainte-Apolline

Le jour se levait sur le lazaret. Tout était enneigé.

Les sœurs pénétrèrent dans la grande salle pour compter les morts de la nuit. Il y en avait beaucoup. Les sœurs s'affolèrent. Lucie et Domnine coururent avertir la sœur lingère :

– Ma sœur, le drap nous manque ! Onze cette nuit ont rejoint leur Créateur…

Les trois se signèrent.

– Que Dieu les ait en sa protection ! Amen.

La sœur lingère se décida sans attendre :

– Faites ouvrir les armoires et sortez le linge sale.

– Ma sœur, nous ne pouvons…, commença Domnine.

La lingère l'interrompit. Il n'était plus temps de discuter.

– Nous n'avons qu'à entreprendre maintenant la lessive du printemps… pour que nos morts soient dignement mis en terre.

– Dieu nous aide ! gémit Domnine.

Dette

Henri de Poitiers était de retour dans l'abbaye. Thomas le reçut dans la salle capitulaire, accompagné du jeune Étienne dont il s'était attaché le service. Après avoir baisé l'anneau épiscopal, il s'installa à la place d'honneur, laissant Henri s'asseoir sur un banc.

– Tu es venu me confirmer, l'évêque ? demanda-t-il sans préambule.

– Je te confirmerai comme père abbé quand tu m'auras donné la preuve de ton obéissance.

– J'ai été élu.

Henri savait qu'il aurait beaucoup de mal à refuser la confirmation de Thomas à la tête de ce monastère antonin. Les moines étaient libres de choisir à qui ils voulaient obéir. La confirmation n'était qu'une formalité. Il préféra choisir un autre angle d'attaque :

– Il se dit partout que tu possèdes un linge qui serait le suaire de Notre Seigneur…

– Tu as vu le chantier ? répondit Thomas, se redressant sur son siège. C'est pour exposer cette merveilleuse relique que je construis une abbatiale. Il est grand temps que l'Église s'adresse aux croyants autrement qu'en latin. Le peuple est illettré. Il faut lui donner des preuves pour l'instruire et fortifier sa foi !

– La foi n'a pas besoin de preuves, assena Henri. C'est une insulte faite aux vrais croyants.

– L'Église aurait tort de négliger la foi populaire, contesta Thomas, même les superstitions sont bénéfiques quand elles confortent l'amour de Dieu.

– Des franciscains courent les abbayes en jurant que ce linge leur a été volé à Jérusalem.

– Ils sont ici, dit Thomas, scrutant la réaction de l'évêque.

La nouvelle parut étonner sincèrement Henri.

– Encore ? Je les croyais repartis depuis longtemps…

Thomas émit une sorte de grognement.

– Ils nous ont apporté la peste. L'un est mort, j'ai été obligé de faire enfermer l'autre.

– Je peux le voir ?

– Si tu ne crains pas pour ta vie.

– Je ne crains que les voleurs.

– De ceux qui gardent pour leur usage exclusif un don du ciel ou de celui qui met sa vie en jeu pour l'offrir à tous les chrétiens, quel est le plus voleur ?

Henri n'aurait pas le dernier mot. Il tendit à Thomas une lettre du cardinal Monti, libérant Lucie de sa promesse et lui enjoignant d'obéir à l'évêque.

– Fais appeler ma cousine. Je veux repartir avec elle sans m'attarder ici.

– C'est pour cela que tu es venu me déranger ? Va dire à ton cardinal qu'il insulte Dieu par son parjure !

– Soumets-toi. L'heure n'est plus à la dispute.

– Qui es-tu, l'évêque, pour me commander ?

– Je suis le glaive du Seigneur.

Thomas considéra Henri avec mépris.

– Seul le pape a autorité sur les nonnes, dit-il. Cette fille dispose de son libre arbitre et doit être consultée : « Dieu a doté la volonté de l'homme d'une liberté naturelle et d'une capacité d'agir par choix, qui n'est ni contrainte ni déterminée par une quelconque nécessité de la nature au bien ou au mal. »

– Lucie n'est pas nonne, elle n'est que novice, trancha Henri pour mettre fin à cet échange qui ne menait nulle part.

Et, manifestant son impatience :

– J'attends !

En silence, les deux hommes se mesurèrent comme deux coqs ou deux chiens prêts au combat. Thomas céda. D'un signe de tête, il ordonna au jeune Étienne d'aller chercher Lucie.

– Dis-lui que l'évêque la réclame.

Malgré les ordres du cardinal, Thomas était certain que Lucie refuserait de lui obéir. Henri attendit qu'Étienne fût parti pour aborder l'autre objet de sa visite.

– Quand verseras-tu la décime que la Couronne attend ? demanda-t-il, souffrant d'être aussi mal assis.

Thomas soupira, faussement désolé :

– Mon prédécesseur te l'a avoué sans détour : nous sommes pauvres. Rien n'a changé depuis sa mort, que Dieu ait son âme.

– Trop pauvres pour abattre une forêt et bâtir ton abbatiale ? ironisa Henri.

– Le bois est un don de dame de Vergy pour que le suaire soit abrité dans un lieu digne de lui et puisse répandre sur tous la grâce du Seigneur. Le peuple souffre et se lamente. Il est temps que la manne céleste le nourrisse et le sauve.

– Le salut du peuple et l'adoration des choses sacrées ne sont pas la question.

– Quelle est-elle alors ?

– Ne te fais pas plus bête que tu l'es ! répliqua l'évêque. La seule question qui vaille est comment mettre fin à l'insupportable détention du roi.

– Nous prions pour lui et nous disons des messes, comme s'y était engagé feu le père abbé.

– Cesse ce jeu stupide, ordonna Henri. Pas de ça entre nous. Parlons clair : si vous ne réglez pas ce que vous devez à la Couronne, le dauphin fera saisir les revenus des villages qui vous versent l'impôt et tous les biens de l'abbaye.

– C'est lui qui le dit ou c'est toi ?

– Veux-tu que je le répète en latin ?

– Il n'y a rien ici qui ait quelque valeur. Les moines n'ont rien, les sœurs clarisses non plus, et nous n'hébergeons que des miséreux et des mourants.

Henri s'amusa de cette réponse. Elle conduisait Thomas précisément où il voulait le conduire, comme Frédéric de Joigny lui avait appris à le faire en lui enseignant l'art des échecs.

– Tiens donc ! dit-il, se réjouissant d'attaquer une pièce faible. Ce linge précieux dont tu fais si grand cas ne vaut-il pas plus que ce que vaut la charpie ?

– Le suaire est un trésor spirituel, répondit sombrement Thomas.

– Un trésor sonnant et trébuchant, rectifia l'évêque.

Il continua sur un ton badin :

– Si j'ai bien compris, tu veux en tirer des revenus en l'exposant. Pourtant saint Matthieu nous a mis en garde : « Ne vous amassez pas des trésors sur la terre, où la mite et le ver consument, où les voleurs percent et cambriolent. »

– Où veux-tu en venir ?

Henri prit son temps avant de formuler sa réponse.

– Si ce suaire que tu possèdes est réellement celui qui enveloppa le corps du Christ, dit-il avec lenteur, sa valeur excède de beaucoup la rançon du roi demandée par les Anglais.

– Et alors ?

– Alors, réfléchis. Je suis sûr que tu en es capable.

Thomas refusait de croire ce que suggérait l'évêque :

– Tu voudrais t'en servir pour faire libérer le roi ?

– La liberté du roi n'a pas de prix, n'est-ce pas ? Si les Anglais acceptaient de l'échanger contre le suaire, le royaume et ton abbaye seraient sauvés en un tournemain et pour longtemps.

Thomas s'étrangla de stupéfaction.

– Remettre le suaire aux Anglais en échange de la liberté du roi ! Mais ce serait leur donner un pouvoir exorbitant !

– Le sort du roi ne te préoccupe-t-il donc pas ?

– Ni plus ni moins que toi, l'évêque. Tu te veux habile mais tu n'es qu'un hypocrite. Tu ne penses qu'à toi, à la gloire que tu tirerais d'un tel marché ! La pourpre cardinalice ne pourrait plus t'échapper, ni les présents ni les domaines.

Thomas pouvait s'emporter, maudire, menacer, il était acculé, en prise comme aurait dit Frédéric de Joigny, maître aux échecs.

Ou bien il remettait le suaire en paiement de la décime ou bien Henri avertissait le duc de Berry que les antonins de Livey refusaient d'accomplir leur devoir envers le roi. Et il n'aurait pas besoin de lui rappeler que c'était à lui, Thomas, qu'incombait de les faire obéir à la Couronne.

– Tel que je le connais, assura Henri, il prendra non seulement tous les revenus et les biens de vos villages mais il n'hésitera pas à faire démolir l'abbaye pour la vendre pierre par pierre à un carrier et livrer nonnes et novices à ses hommes en récompense…

Lessive

Tandis que les sœurs sortaient le linge sale de cinq grosses panières d'osier, Lucie fracassait la glace de l'Ardance à coups de hache. Puis, quand il y eut suffisamment d'eau libre, les clarisses y trempèrent les linges pour les laver en récitant la prière de sainte Claire d'Assise, fondatrice de leur ordre :

Au nom du Père, du Fils et du Saint-Esprit
Que Notre Seigneur vous bénisse et vous garde
Qu'Il vous découvre son Visage et vous prenne en pitié
Qu'Il tourne vers vous son Visage et vous donne la Paix…

Étienne arriva en courant, se faufilant entre celles qui frottaient les draps à la cendre et celles qui les rinçaient et les tordaient.

– Sœur Lucie ! Sœur Lucie ! Le père abbé vous réclame !

– Il est malade ?

– L'évêque est avec lui. Il veut vous voir.

Lucie jeta rageusement le linge essoré dans l'une des grandes panières.

– Croit-il qu'il n'y a rien de plus urgent ?

– Je vous accompagne, proposa plaintivement Étienne, qui craignait de se faire morigéner s'il revenait sans elle.

Lucie redoutait de revoir Henri. Chaque rencontre était un déchirement. Elle se sentait meurtrie, blessée, et il lui fallait plus de trois jours pour remettre un semblant de paix dans son cœur. Sous l'habit de l'évêque, elle voyait toujours le jeune homme au corps si doux et si désirable. Elle l'avait caressé au plus intime et s'était laissé caresser en retour. Comment pourrait-elle accepter qu'un rustre aussi grossier que Denys du Marais pose ses mains sur elle ? Dieu ne pouvait lui imposer une telle infamie. Si par malheur on la contraignait au mariage, elle se tuerait ou tuerait le baron, préférant brûler en Enfer que lui appartenir, ne serait-ce qu'un instant. Ces pensées agitaient si fort Lucie qu'Étienne dut galoper à ses côtés pour ne pas se faire distancer.

– Vous voulez me perdre, ma sœur ? s'amusa le jeune moine.

– Je veux en finir, répondit Lucie.

– En finir avec quoi ?

– Avec ceux qui prétendent savoir mieux que moi ce que je dois faire !

Lucie traversa rapidement la salle capitulaire sans s'inquiéter d'Étienne qui la suivait en faisant claquer ses sandales sur la pierre. Elle baisa furtivement l'anneau épiscopal et, tête baissée, mains jointes, se tint devant les deux hommes. Henri prit la parole :

– Je suis porteur d'une lettre du cardinal Monti t'ordonnant de ne pas prononcer tes vœux et t'enjoignant de me suivre pour que je te reconduise dans ta famille.

Il parcourut le texte à voix haute pour que non seulement elle mais Thomas l'entendent :

– «… que ladite Lucie de Joigny soit dispensée de sa promesse et, au nom de notre Sainte Mère l'Église, qu'elle suive en tout ce que lui ordonnera son évêque… »

Lucie garda le silence comme si ce qui venait d'être dit ne la concernait pas. Henri se crut obligé d'ajouter d'un ton paternel :

– Lucie, tu dois te soumettre à l'autorité de la Sainte Église comme je m'y soumets, comme nous tous nous nous y soumettons. Comme le père abbé vient de le faire pour sauver le roi et cette abbaye.

Il se tourna vers Thomas.

– Ni l'Église ni le roi n'oublieront ton geste.

Lucie observait Thomas. Il se taisait, le visage renfrogné, mais ses yeux débordaient d'une colère qu'il s'efforçait d'étouffer. Cela n'était pas pour déplaire à Henri. Thomas pouvait rager, s'enrager, hurler dans le secret de son cœur, il avait cédé. Il s'était engagé à lui remettre solennellement le suaire dans la cathédrale de Troyes, accompagné en procession de tous les moines de l'abbaye. C'était là sa seule exigence et Henri n'y voyait aucune objection. En tant que secrétaire du cardinal Talleyrand-Périgord, il avait pu lire sa correspondance avec l'archevêque de Canterbury, Simon Islip, à qui il s'apprêtait à écrire pour lui faire la proposition suivante : si l'Église de France offrait le suaire à l'Église d'Angleterre, le roi Édouard III serait-il prêt à rendre sa liberté au souverain français ? S'il parvenait à mener à bien une telle négociation, Henri sentait que rien ne pourrait lui être refusé à l'avenir. Il s'impatienta :

– Allons, ma cousine, hâtez-vous, allez faire vos adieux à vos sœurs et prendre vos effets. Nous devons nous mettre en route avant la nuit.

Ignorant son cousin, Lucie tomba à genoux devant Thomas.

– Pardonnez-moi, mon père !

Les deux hommes s'interrogèrent du regard : que signifiait cette demande ?

– Pourquoi veux-tu que je te pardonne ? s'inquiéta Thomas. Tu as péché ?

Lucie dévisagea Henri avant de répondre :

– J'ai la peste.

Loups

Des larmes plein les yeux, Henri chevauchait à la tête de sa troupe. Lucie était impure ! Les malades qu'elle soignait l'avaient contaminée ! Elle allait périr dans d'affreuses souffrances, couverte de pustules répugnantes, rendant du sang, de la bile, de la merde, hurlant à Dieu d'abréger son martyre. Son corps si blanc, si délicat, ne serait plus qu'une charogne nauséabonde. Ses yeux seraient aveugles aux beautés du jour, ses oreilles n'entendraient plus ni le chant matinal des oiseaux, ni le bruit du vent dans les arbres, ni le chœur des clarisses chantant la gloire du Ressuscité… Tout à coup, Henri n'y tint plus, s'arrêta et descendit de cheval.

– Continuez sans moi, ordonna-t-il aux hommes de son escorte. J'ai péché, terriblement péché, et Dieu me punit. Je dois faire pénitence. Allez, ne vous retournez pas, allez !

– Vous voulez cheminer à pied, monseigneur ?

– Au nom du Christ, partez ! Laissez-moi !

La troupe reprit sa route sans comprendre, abandonnant l'évêque, la tête entre ses mains, marmonnant :

Creator alme siderum
Aeterna lux credentium
Jesu redemptor omnium
Intende votis supplicum…

Quand son escorte fut hors de vue, Henri fouilla fébrilement son habit, palpa sa robe, explora ses poches, inspecta ses manches, sa ceinture, sans trouver le précieux médaillon où Lucie était peinte donnant le sein à l'Enfant Jésus. Il voulait l'embrasser, le chérir, imprimer son image en lui, s'en éblouir les yeux à force de l'adorer. Pris de panique, il se mit à secouer ses vêtements, à les retourner, à les agiter en tous sens comme s'il était atteint du mal des ardents. Le médaillon était introuvable ! Henri poussa un long cri d'horreur. On l'avait volé ou il l'avait perdu ! S'il n'avait plus contre sa poitrine ce médaillon, sa vie, son amour, ses espoirs, tout était vain ! À quoi bon avoir fait tout ce qu'il avait fait, accepté tout ce qu'il avait accepté, si c'était pour perdre ce qu'il avait de plus cher au monde ? La punition était cruelle. Il avait enjoint à Lucie de rabaisser son orgueil mais c'était désormais à lui de rabaisser le sien, de se mortifier, de se traîner à genoux jusqu'à l'autel de Dieu en le suppliant d'accorder son pardon. Lucie allait mourir et son portrait avait disparu. Bientôt seul son souvenir flotterait dans les mémoires jusqu'au jour où lui aussi s'effacerait à jamais. Autour de l'évêque, la campagne enneigée était déserte. Il se vit déjà errant dans le néant à la recherche de l'âme de celle qu'il aimait, invoquant sans espoir la face tournée vers le ciel vide et froid. Il se releva, ôta son manteau, ouvrit sa robe pour offrir sa poitrine au vent, son visage au gel, appelant contre lui la vengeance des cieux.

Un grognement le fit se retourner brusquement.

Trois loups s'approchaient, levant haut la queue, les babines retroussées, les oreilles basses, prêts à l'assaillir. Henri tira son épée de son fourreau, évitant de croiser le regard d'une des bêtes – croiser les yeux jaunes d'un loup, c'était regarder le Diable en face. Henri, en garde, recula prudemment, regrettant d'avoir laissé partir son cheval. Les loups s'arrêtèrent à quelques pas de lui pour le jauger. Qui, de l'homme ou de l'animal, allait fuir ou attaquer ? Le loup qui se tenait à gauche de l'évêque se mit à hurler, un long cri lugubre et pénétrant. Henri empoigna son épée à deux mains et se tint prêt. L'attaque fut soudaine, directe, violente. Gueule ouverte, le loup qui lui faisait face bondit sur lui. Henri esquiva la charge, l'embrocha et, faisant volte-face, repoussa le corps de l'animal mort sur le loup qui arrivait sur sa gauche. Sans attendre, il lui trancha la gorge avant que la bête puisse lui saisir la jambe. Le dernier loup, poil hérissé sur le dos, se ramassa sur lui-même, prêt à s'élancer. Henri avança dans sa direction, frappant du pied en criant : « Arrière, Satan ! » pour le faire fuir. Mais le loup, loin de s'échapper, déploya soudain toute sa force pour sauter à la gorge d'Henri. L'évêque repoussa l'assaut avec son bras et se fit mordre cruellement. Ignorant la douleur, il lui enfonça la lame de son épée entre les côtes. Le loup lâcha prise. Blessé, il saignait beaucoup, mais respirait encore. Il attaqua de nouveau l'évêque, visant l'entrecuisse. Henri, à la volée, lui fractura le crâne d'un coup d'épée. La bête, assommée, haletante, agonisait. Henri l'acheva, la transperçant jusqu'au cœur.

– Meurs ! Meurs ! Meurs !

La neige devint rouge.

Henri reprit lentement ses esprits. Il avait failli mourir en apprenant que Lucie avait la peste, il avait failli mourir dévoré par des loups, il avait failli… mais Dieu n'avait pas voulu qu'il meure. Il devait s'interroger, trouver le sens de tout cela. Son ambition était-elle la cause de ces avertissements ? Ou était-ce cette violence faite à Lucie en méprisant sa volonté et, pire encore, en voulant ignorer son amour ? Était-il digne de la robe qu'il portait ou n'était-il qu'un imbécile mitré se croyant au-dessus des autres ? Qui était-il ? Qu'est-ce que Dieu attendait de lui ? Trois cadavres de loups à ses pieds écrivaient la réponse avec leur sang. Combien de temps, combien d'années lui faudrait-il pour en comprendre le sens ?

Confession

Thomas, le visage masqué de cuir, les mains gantées, entra dans la cellule de Lucie. Une pièce nue, meublée d'une paillasse et d'un méchant tabouret, avec rien d'autre qu'un broc, une serviette et un pot de chambre. Aucune affaire personnelle et pour toute décoration la croix tracée au soufre sur un mur.

– Adieu, ma fille, dit Thomas. Nul ne t'approchera plus jusqu'à ce que le Seigneur te rappelle à Lui. Ta porte sera fermée à tout jamais. Tu trouveras ta nourriture devant. Une sœur frappera pour t'en avertir mais tu ne pourras la prendre qu'après avoir récité trois *Je vous salue, Marie*... Que Dieu ait pitié de toi !

Lucie se traîna à genoux devant le prieur, s'accrochant à sa robe pour l'empêcher de partir.

– Je veux me confesser, mon père.

Thomas l'écarta brutalement du pied.

– Arrière !

– Pardonnez-moi, j'ai menti ! J'ai menti !

– Alors l'Enfer t'attend. Je ne peux plus rien pour toi.

– Pitié, mon père, entendez-moi en confession...

– Il est trop tard.

– Au nom du Christ, je vous en supplie !

Thomas, ébranlé par la détresse de Lucie et les larmes qui roulaient sur ses joues, lui fit signe de rester à distance avant d'écarter le broc et la serviette pour s'asseoir sur le tabouret. Puis il se signa, éloignant du pied le pot de chambre.

– Au nom du Père, du Fils et du Saint-Esprit, amen. Je t'écoute. Fais vite. Je ne veux pas respirer le même air que toi.

– J'ai menti, répéta Lucie, avant de lâcher : Je n'ai pas la peste.

– Quoi ? Tu n'as pas... tu n'as pas la peste ?

– Non, mon père, pas celle qui détruit les corps, mais celle qui ronge les âmes…

Et, essuyant ses larmes :

– Mon mal, c'est d'aimer mon cousin l'évêque d'un amour qui me dévore depuis nos plus tendres années. Pour lui, pour être sa servante, son esclave, sa catin, j'aurais renoncé à tout, dit-elle en baissant les yeux.

– Même à la vie éternelle ? demanda Thomas.

– Sans hésiter, mon père. Plus Henri méprisait mon désir, plus mon désir de lui appartenir m'enflammait. Un feu qui me consume aujourd'hui plus que le feu de Saint-Antoine. Aidez-moi, mon père, vous seul pouvez me sauver de cet enfer !

L'aveu laissa Thomas sans voix. Il ferma les yeux, cherchant à retrouver un semblant de sérénité. Lentement son souffle redevint régulier et son cœur s'apaisa.

– Avez-vous commis le péché de chair ? demanda-t-il comme s'il arrachait la question au plus profond de son âme.

– Cent fois je me suis donnée à mon cousin dans mes pensées, répondit sincèrement Lucie.

– En pensée seulement ?

– Elles étaient brûlantes comme la braise. Je lui abandonnais mon corps. Je le crucifiais en Jésus-Christ !

Thomas la dévisagea.

– Tu ne t'es pas livrée à des gestes impies ?

– Jamais !

– Tu penses encore à lui ?

– Je souffre chaque jour à son souvenir mais je ne veux plus y penser !

– Es-tu prête à t'abandonner au Christ ?

– Je veux vouer ma vie à Dieu. Connaître l'extase par la contemplation de la croix et la mortification de la chair.

Plus les questions la pressaient, plus Lucie sentait un trouble l'envahir.

– Punissez-moi, mon père, implora-t-elle, j'ai péché. J'ai grandement péché ! Mes fautes me tourmentent la nuit, le jour, je n'en peux plus. Punissez-moi !

Thomas s'échauffait aussi. Il s'agenouilla en face d'elle et lui prit soudain les mains.

– Ton cœur est pur, Lucie, ton corps est vierge des souillures obscènes de la fornication. Tu n'as péché ni contre Dieu ni contre les hommes. Te punir, mais pour quelle faute ? Pour quel crime ? D'aimer ?

– D'aimer mon cousin, d'aimer un évêque !

– Qui sait si le Diable n'a pas pris possession de ton âme pour te tenter ? Mais tu l'as repoussé comme Notre Seigneur l'a repoussé. Si faute il y a, elle est sur l'évêque, trancha Thomas.

– Que Dieu vous entende, mon père ! Je ne veux être qu'à Jésus, à Lui seul, pour l'éternité.

Thomas se leva.

– Dans l'Évangile de saint Jean, Notre Seigneur demande trois fois à Pierre : « M'aimes-tu ? » Te rappelles-tu ce que répond Pierre ?

– « Oui, Seigneur… »

Thomas demanda.

– Lucie, m'aimes-tu ?

– Oui, mon père…

Il répéta :

– Lucie, m'aimes-tu ?

– Oui, mon père…

Et une troisième fois :

– Lucie, m'aimes-tu ?

– Oui, mon père…, répondit Lucie, sentant la grâce illuminer son visage.

Thomas se releva puis l'aida à faire de même.

– J'ai besoin de toi pour une tâche que tu devras garder aussi secrète que si je t'avais fait emmurer vive. Ce sera ta pénitence.

Secret

Un fort vent d'ouest soufflait, annonciateur de pluie. Les nuages s'amoncelaient mais quand Lucie et Thomas traversèrent la cour du lazaret ils se dispersèrent, laissant un rayon de soleil percer au milieu. Lucie s'inquiétait : que dirait l'évêque quand il apprendrait que la maladie l'avait épargnée ? Car il l'apprendrait un jour ou l'autre…

– Il remerciera le Seigneur et je proclamerai que ce miracle est le premier accompli par le suaire, la rassura Thomas.

– Mais je ne l'ai pas touché, se défendit-elle.

– Tu as été en sa présence, cela suffit. Son aura irradie.

Lucie se sentit revenir à la vie après avoir été près de sombrer.

– Mon angoisse disparaît quand vous me parlez, mon père, dit-elle timidement. Vous êtes mon protecteur, mon seul et véritable ami.

Thomas sourit, cherchant à vérifier l'ascendant qu'il prenait sur elle.

– Puis-je le croire ?

– Excepté ma mère, personne au monde ne m'est plus cher que vous.

– Tu me fais confiance de toute ton âme ?

– De toute mon âme !

L'ingénuité de cet aveu ravit Thomas.

– Je ne crois pas que tu sois destinée à une vie de recluse, dit-il tandis qu'ils marchaient côte à côte.

– Pourquoi dites-vous cela, mon père ? Je ne veux que servir et célébrer Notre Seigneur.

Un groupe de moines partaient rejoindre le chantier de l'abbatiale.

– Je sens en toi une force à déplacer les montagnes, affirma-t-il haut et fort en les croisant.

Les moines tournèrent la tête.

– Je ne comprends pas, dit Lucie sans se soucier d'eux.

Le regard perdu vers l'horizon, Thomas soupira :

– Il y a d'autres félicités que celles de la vie spirituelle, de l'abnégation et du sacrifice : les félicités que le monde peut offrir à ceux ou celles qui savent y trouver leur place.

– Ma place est ici et nulle part ailleurs, s'obstina Lucie.

Ne comprenait-elle donc pas ? Thomas s'arrêta.

– Elle l'est aujourd'hui, mais demain ? As-tu réfléchi à demain ?

Il repartit à grands pas, déclarant à voix haute :

– Quand l'abbatiale sera construite, la monstration du suaire fera la fortune de l'abbaye. Dès lors, le monde retrouvera l'ordre qu'il n'aurait jamais dû perdre et toi comme moi nous y aurons notre place.

Thomas pensait au jour où ses frères ne seraient plus là pour lui contester l'héritage de son père ; au jour où il ferait valoir son nom pour récupérer son titre et s'installerait au château de Sainte-Anne avec Lucie, sa jeune épouse, si belle, si désirable que tous les nobles du pays en seraient jaloux.

Lucie le tira de sa rêverie :

– Vous m'avez dit que l'évêque réclamait le suaire en paiement de la décime et que vous aviez accepté de le lui remettre. Comment ferez-vous sans le suaire ?

Thomas posa sa main sur son épaule.

– À mon tour de te confesser un secret, dit-il.

Forêt

Thomas conduisit Lucie dans les bois qui dominaient le lazaret. Ils marchèrent sur un sol irrégulier, tantôt s'enfonçant dans la neige, tantôt piétinant dans la boue et la pierraille. Ils ne virent aucun animal : les bêtes se terraient ou hibernaient. Peu à peu les bruits qui montaient du chantier s'estompèrent, le vent était tombé et les branches retenaient la neige gelée. Ils parcoururent près d'une demi-lieue et parvinrent à une clairière où, sur un grand tronc équarri, se trouvait l'ébauche d'un gisant vu de face et de dos. Lucie, saisie de froid, se sentait faible après cette marche sans paroles, l'esprit confus, le corps fiévreux. Sans se montrer, un oiseau fit entendre un chant clair et triste comme une question sans réponse. Quand ils s'arrêtèrent enfin, elle s'inquiéta des arbres qui les cernaient tel un mur compact se dressant de tous côtés. Le ciel était d'un blanc livide qui les aveuglait.

– Que faisons-nous ici ?

– Cela te plaît-il ? demanda Thomas, caressant avec plaisir la forme sculptée dans le tronc.

Soudain Lucie comprit :

– C'est votre œuvre ?

– Oui, avoua modestement Thomas. Dans une autre vie, j'étais maître sculpteur.

Il mentait. Compagnon dans l'atelier de Jean de Marville, il n'avait jamais été reçu comme maître par la guilde des tailleurs de pierre. Après les terribles forfaits qu'il avait commis, il avait cherché refuge en Avignon, chez son oncle. Le pape l'avait poussé à fuir la France et à rejoindre les croisés qui se battaient à Jérusalem. Thomas laissait deux morts derrière lui, Bénédicte, sa maîtresse, et son mari, le sculpteur qui lui avait tout appris et voyait en lui son successeur. Deux morts qui comptaient bien peu dans la terrible liste de ceux que Thomas avait tués depuis le jour maudit où…

– C'est vous ? demanda Lucie, observant la figure.

Thomas, surpris, émit un petit cri étouffé, entre rire et douleur.

– Ce n'est pas moi ! s'empressa-t-il de répondre. C'est le Christ tel qu'on peut en voir l'empreinte sur le linge que j'ai rapporté de Terre sainte.

– Son empreinte ?

– Le temps a fané les couleurs du suaire, avoua Thomas. Il a effacé les traits. Actuellement, c'est une page blanche. Mais je me fais fort de le raviver. Nous allons faire revenir au jour ce qui se cache dans sa trame, l'irriguer de sang neuf, expliqua-t-il.

– Nous ?

– J'ai besoin de ta science des herbes et des pigments pour réussir ce que je veux faire.

Il se détendit.

– Tu te souviens du linge maculé de sang et de terre que tu as reçu du flagellant souffrant sous la croix comme Jésus lors de sa Passion ?

– Je n'aime pas ce que font ces hommes, mais c'était mon devoir de le secourir, répondit-elle sur la défensive.

– Ce torchon sale est signe du ciel, Lucie ! J'y ai vu un visage et ce visage m'a parlé. L'image du Christ scelle notre destin !

Quel destin ? Dans quelle histoire Thomas voulait-il l'entraîner ? Offenser Dieu en créant des images ? Se livrer à l'idolâtrie ?

Devant le corps sculpté, Thomas soupira :

– J'ai accepté de remettre le suaire à l'évêque qui veut s'en servir de monnaie d'échange avec les Anglais : le suaire contre la liberté de notre roi. Je vais tenir mon engagement.

– Amen, dit Lucie, qui ne voulait plus rien entendre.

Tout cela lui déplaisait. Elle ne comprenait rien aux desseins du père abbé et ne savait pas pourquoi il avait tant insisté pour qu'elle l'accompagne au milieu des bois. Voulait-il tromper les croyants ? Thomas n'avait pas fini :

– Quand nous aurons rendu ses couleurs au premier suaire, nous en confectionnerons un autre à l'identique avec la grande pièce de lin que j'ai rapportée de Jérusalem.

– Ce serait une supercherie !

Thomas ricana.

– J'ai appris des Sarrasins qu'il n'y a pas péché à mentir aux infidèles.

Et, avant que Lucie ne proteste :

– L'évêque brûlant d'amour pour toi, l'évêque prêt à trahir la France en donnant la divine relique à l'ennemi, est l'infidèle des infidèles ! Infidèle à son amour, infidèle à sa foi, infidèle à son pays.

Il posa ses deux mains sur les épaules de Lucie pour capter son regard.

– Henri remettra aux Anglais le suaire que nous aurons fabriqué, dit-il d'une voix ferme. Le roi sera libre, l'abbaye sauvée et il n'y aura que nos ennemis qui seront dupés.

Lucie prit peur. Les arbres lui apparurent comme les juges d'un tribunal réuni pour la condamner. Sentant sa tête tourner :

– Il y aura donc deux suaires ? s'effraya-t-elle.

Thomas s'enthousiasma :

– Deux ? S'il le faut, nous en ferons dix, cent peut-être ! Autant que les Évangiles.

Jour du Martyre de saint Lunaire

Aucun chirurgien, aucun médecin ne trouvait la cause de la peste qui sévissait à Troyes. Ils n'avaient aucun remède contre la maladie. Ils ignoraient son origine, sa nature. Ils la soignaient à coups de saignées, de lavements ; ils faisaient transpirer les malades dans des étuves ou les roulaient dans la neige et la glace quand ils n'hésitaient pas à inciser les bubons. Quiconque rendait visite à un malade mourait. Par crainte d'être touchés, le fils se défiait du père, la fille de la mère, l'épouse du mari, du fils et de la fille. Dieu se vengeait de la corruption du monde. Rien ne stoppait l'épidémie et les morts chaque jour s'ajoutaient aux morts de la veille. Il n'y avait plus de place dans les cimetières et les cercueils manquaient pour les défunts. On jetait hommes, femmes, enfants, vieillards tous ensemble dans de grandes fosses. Les prières, les messes, les processions quotidiennes ne produisaient aucun résultat.

L'Église s'avouait aussi impuissante que la médecine. Les pestiférés et leurs proches finissaient par être chassés hors la ville, persécutés et maudits. On massacrait les Juifs, qualifiés de « fauteurs de peste ». On pillait leurs maisons, leurs commerces, on les condamnait au bûcher dans de grandes cérémonies d'expiation publique. Tout ce qui était étranger devenait ennemi. Le bailli avait fait fermer la ville aux mendiants. Il avait promulgué une ordonnance contre ceux qui déclaraient venir de Rome et n'en venaient pas ; ceux qui portaient le capuchon de moine et n'en étaient pas ; ceux qui faisaient semblant d'être insensés et clairvoyants ; ceux qui se disaient pèlerins et voulaient dormir devant les églises ; ceux qui se disaient curés et avaient femme et enfants. Une police des pauvres avait été recrutée pour traquer les voleurs, les sorciers, les faux prophètes, les ulcéreux, les lépreux et ceux qui juraient avoir échappé au mal de Saint-Antoine. Aussi Lucie rasait-elle les murs pour aller chez l'apothicaire où elle devait se fournir en pigments afin d'achever l'œuvre de Thomas. Les rues étrangement désertes l'inquiétaient. On eût dit que les habitants étaient déjà tous morts.

Quand elle arriva devant la boutique, le vieux Gohin était sur le point de sortir. Lucie l'arrêta d'un geste. Il sursauta.

– Que voulez-vous, ma sœur ?

– Nous rénovons notre chapelle de Lirey, mentit-elle. J'ai besoin de pigments.

– C'est dimanche.

– Je sais mais j'avais trop d'ouvrage pour venir en semaine.

– N'y a-t-il donc personne d'autre pour faire les courses ?

– Pourquoi ?

– Ce n'est pas commun de voir une nonne se servir chez moi.

– Entrons, voulez-vous ? insista-t-elle.

Le vieux Gohin, ronchonnant : « Un jour pareil ! », laissa Lucie passer la première et referma la porte derrière eux après s'être assuré que personne ne les avait vus. L'officine était sombre, surchargée d'étagères où s'alignaient méthodiquement fioles et sachets. Il s'en dégageait une odeur très étrange, âcre et sucrée à fois.

– Ne savez-vous donc pas ce qui se passe ? bougonna l'apothicaire en passant derrière son comptoir.

Lucie avança timidement.

– Il n'y a personne en ville. La peste…

– La peste, oui bien sûr ! répéta le vieux. Les Juifs ont empoisonné les puits et s'ils ne l'ont pas fait eux-mêmes ils ont payé d'or et d'argent d'autres mécréants pour le faire à leur place.

Il se pencha vers elle, roulant des yeux.

– Mais aujourd'hui le bailli et monseigneur l'évêque organisent un grand acte de foi. Des Juifs et des flagellants seront brûlés sur la Grand-Place pour notre salut. Hâtons-nous, je dois y assister.

– Quelle horreur ! s'exclama Lucie.

– Oh oui, ma sœur, quelle horreur, mais c'est un horrible péché qui nous a flanqué la peste ! Tous autant que nous sommes, nous sommes de terribles pécheurs. Il faut combattre par le feu l'hérésie et la traîtrise pour nous purifier de nos péchés.

– Ce n'est pas de tuer des hommes qui en sauvera d'autres, fit remarquer Lucie d'un ton indigné.

– Dieu jugera.

Grand-Place

Lucie acheta les pigments dont elle avait besoin : du rouge vénitien fait de l'oxyde de fer et un autre, plus foncé, préparé avec du sulfure de mercure, du gris d'ardoise, du jaune de Sienne, de l'indigo et du blanc de Meudon. Elle paya et partit aussitôt, épouvantée et scandalisée de savoir Henri mêlé à ces abominations prétendument expiatoires dont avait parlé le vieux Gohin. Comment les hommes pouvaient-ils penser qu'une maladie était un châtiment divin ? Comment pouvaient-ils espérer se laver de leurs péchés en se livrant à des sacrifices humains comme les plus sauvages des barbares ? Dieu n'avait-Il pas retenu le bras d'Abraham ? Comment l'Église pouvait-elle bénir des assassinats alors que Dieu interdisait de tuer ? Emportée par ses pensées, Lucie ne reprit pas le chemin qu'elle avait suivi pour entrer dans Troyes. Ses pas la conduisirent aux abords de la Grand-Place.

Restant en retrait, dans l'ombre d'une arche, elle vit défiler en tête de la procession les nobles et les chevaliers sur des coursiers richement sellés et caparaçonnés, suivis par trois rangs de gentilshommes en habits bourgeois. Venaient ensuite les ecclésiastiques, les prélats territoriaux, les vicaires, les préfets apostoliques et les prêtres. Derrière eux se trouvaient sur plusieurs rangs les moines attachés au service de l'évêque dans leurs bures grises. Les condamnés marchaient pieds nus, liés les uns aux autres par des cordes ou des chaînes, entourés d'hommes en armes et de frères de l'Assomption, des catholiques obstinés et stupides recrutés pour effectuer le service d'ordre. Les Juifs allaient coiffés d'une mitre infamante ; les flagellants, tondus au sang, avaient une croix noire de Saint-André peinte sur le crâne, les uns et les autres vêtus d'une chemise soufrée. La garde du bailli, musique en tête, bannières au vent, officiers en tenues d'apparat, fermait le cortège.

Douze bûchers de sept à huit pieds de haut, composés alternativement de fagots, de bûches et de paille, avaient été dressés sur la place : douze comme les douze apôtres avec autant de bourreaux et leurs aides pour les enflammer simultanément sur ordre du bras séculier. Face à eux, montés sur une estrade couverte d'un dais rouge et or, le bailli Philibert le Sourd présidait ce grand acte de foi avec à ses côtés l'évêque et ses diacres, les notables, les présidents de guilde, les commerçants les plus importants et des dames de qualités auxquelles étaient servies des pâtisseries arrosées d'hypocras.

– J'espère, monseigneur, dit le bailli en s'adressant à Henri tout en guettant l'arrivée de la procession, que vous serez satisfait de moi et que monseigneur le dauphin m'en sera reconnaissant.

– Prions pour que cela suffise à éloigner la peste, soupira Henri.

Le bailli se fit servir à boire par une de ses nièces et proposa un verre à l'évêque qui refusa.

– Si cela ne suffit pas, dit Philibert en buvant d'un trait, nous recommencerons !

Il réclama qu'on le resserve.

– Et si cela ne suffit toujours pas, nous pourrons nous réjouir d'avoir éliminé toute la juiverie du pays et ces bandes de flagellants qui ne sont que des pillards, des ivrognes et des fornicateurs.

Henri se retint de lui demander si ce n'était pas plutôt de lui qu'il parlait.

Lucie se faufilait dans foule, espérant s'échapper par la première rue qu'elle trouverait sur l'un des côtés de la place. Partout des cris, des injures, des malédictions, des prosternations, des génuflexions au milieu des prières et des psaumes chantés par de petits groupes de femmes. La clameur était infernale. Le peuple grondait, déversait sa peur et sa colère sur les malheureux que l'on conduisait au bûcher. Soudain le regard d'un flagellant croisa celui de Lucie. L'homme qui avait porté la croix devant le lazaret la reconnut.

– Bénie sois-tu entre toutes les femmes ! lui cria-t-il.

Son cri fit se retourner les têtes. Une matrone se mit à hurler en désignant Lucie :

– C'est une nonne de Lirey ! Elle nous porte la peste !

– Va-t'en, sorcière ! cria une autre en agitant les mains.

Elle lui cracha dessus.

– Putain du Diable !

– Une pestiférée est parmi nous ! Dieu nous garde !

Instantanément, la foule s'écarta, laissant Lucie au centre d'un cercle qu'elle tenta de briser en se jetant sur celles et ceux qui lui faisaient barrage. Elle reçut des coups, des crachats, une pluie d'injures qui la firent reculer. Mais impossible de battre en retraite : elle était cernée.

– Vermine ! Conduisez-la au bûcher !

– Regardez ses yeux, c'est le Diable !

– Sûr qu'elle vient collecter les âmes dans son sac !

Lucie repartit à la charge en faisant tourner sa besace comme une masse d'armes et cette fois-ci la foule s'écarta devant elle.

– Arrière, bande d'imbéciles ! Laissez-moi passer ! Arrière !

Du haut de sa tribune, Henri remarqua qu'il y avait de l'agitation parmi le peuple. On se battait, on criait. Il entendit une femme pousser un hurlement de démente, un homme scander : « À mort ! À mort ! », d'autres appeler le Seigneur à l'aide, quand soudain il reconnut l'habit d'une nonne qui bataillait ferme contre dix forcenés.

– Lucie !

Ce nom lui sortit de la gorge comme une langue de feu. Laissant là le bailli, ses dames et sa cour, il se précipita au bas de l'estrade alors même que les condamnés arrivaient au bûcher. Le bailli tenta de le retenir.

– Où allez-vous, monseigneur ? Le meilleur va commencer !

Bousculant sans ménagement ceux qui se trouvaient sur sa route, Henri courut rejoindre Lucie. Le bailli lui cria :

– Revenez, ventrebleu, vous devez lire l'acte d'accusation !

Mais Henri ne l'entendit pas.

Fuite

Lucie s'échappait, talonnée par un petit groupe excité à l'idée de conduire une nonne au bourreau.

– La peste lui colle au cul !

– Au bûcher ! Au bûcher !

– Déshabillez-la, vous verrez qu'elle a la marque de Satan !

– Elle pue l'Enfer !

Elle s'engagea dans les ruelles autour de la Grand-Place, tournant à gauche, tournant à droite pour égarer ses poursuivants. Lucie arrivait à un carrefour quand elle vit Henri se précipiter à sa rencontre.

– Suis-moi ! dit-il en lui tendant la main.

Ils coururent ensemble sans se retourner, ignorant les vociférations et les menaces des enragés sur leurs talons, une volée de corbeaux attirés par l'odeur et le goût du sang qui criaient :

– À mort !

La cathédrale était devant eux. Ils s'y engouffrèrent.

Henri entraîna Lucie dans une chapelle latérale tandis que leurs poursuivants martelaient du poing et du pied les lourdes portes de la cathédrale que l'évêque venait de refermer devant leur nez.

– Que fais-tu là ? Je te croyais morte ou en train de mourir, gémit Henri, essoufflé, en pleurs sous la statue de saint Jérôme.

– Je t'ai menti ! avoua Lucie, dans un cri d'amour.

Elle se prosterna à ses pieds.

– Je n'ai pas la peste.

Et, levant les yeux vers lui :

– J'ai la peste de toi, dit-elle comme une retombée de voix de l'enfance.

Elle se serra contre ses jambes.

– Je t'aime et je ne peux pas t'aimer. Voilà ce qui me ronge l'âme et le corps. Je brûle, je suis en Enfer.

– Je suis en Enfer aussi, bredouilla Henri en l'aidant à se relever.

Il ne pouvait retenir ses larmes.

– Mais nous devons être plus forts que notre désir. Avec l'aide du Christ, nous résisterons au péché mortel qui nous menace.

Il souffla, comme s'il expirait :

– Dieu nous voit !

– Dieu nous aime, répliqua Lucie. Il voit notre amour !

Henri plaida :

– Nous trouverons sa Lumière dans la chaste exaltation de nos désirs.

– Tais-toi, ordonna Lucie, arrête ces balivernes. Tu mens. Je sais que tu mens. Et je sais que tu sais que tu mens. Tu m'aimes comme je t'aime et aucune force n'est assez puissante pour nous séparer.

– Nous sommes damnés.

– Nous sommes l'amour.

Les lèvres de Lucie trouvèrent celles d'Henri et ils s'embrassaient sans retenue quand soudain, dans un grand fracas, ils entendirent les portes de la cathédrale céder sous les coups de boutoir des assaillants. Henri indiqua le fond de la chapelle. Lucie pouvait se faufiler dans l'ouverture minuscule d'une ancienne porte. Derrière elle trouverait un escalier qui menait aux sous-sols de la cathédrale et un long couloir la conduirait au-dehors. Elle serait sauve…

Henri poussa Lucie devant lui.

– Fuis par là ! Ne t'occupe pas de moi, fuis !

Il n'attendit pas de la voir disparaître. Il empoigna un lourd crucifix d'argent posé sur l'autel de la chapelle et se précipita au-devant des fanatiques armés de hallebardes, de bâtons et de haches.

– À genoux ! hurla-t-il, brandissant le crucifix au-dessus de sa tête.

Les hommes se figèrent.

– À genoux, répéta-t-il, dominant sa colère.

– Où est la nonne ? osa l'un des hommes.

Henri ignora la question.

– Vous entrez dans la maison du Seigneur comme des soudards, dit-il en s'adressant à tous. Vous jurez, vous criez comme si vous aviez hâte que les diables viennent danser avec vous. Et l'Enfer s'ouvrira sous vos pieds, croyez-moi, si vous ne vous repentez pas immédiatement de votre forfait. À genoux, malheureux ! À genoux et priez Dieu qu'Il vous pardonne d'avoir profané ce lieu saint.

Un homme au visage grêlé s'agenouilla aussitôt, puis un autre et tous enfin.

– Répétez après moi, commanda Henri.

Ils répétèrent :

Mon Dieu
Pardonnez-moi de vous avoir offensé
Vous êtes infiniment bon, infiniment aimable
Le péché vous déplaît
Avec le secours de votre Sainte Grâce
Je prends la ferme résolution
De ne plus vous offenser et de faire pénitence.

Pendant ce temps, sur la Grand-Place, les bourreaux allumaient les bûchers. Le flagellant qui avait porté la croix à leur tête trouva la force de crier au milieu des flammes :

– Soyez maudits, vous et votre descendance ! Il ne vous sera rien pardonné ni dans ce siècle ni dans les siècles à venir !

Mais il était trop tard pour le bâillonner.

Un mois plus tard

Bonhomme n'avait pu courir très loin ni très longtemps. Après avoir erré dans la campagne dans le plus grand dénuement, il s'était affublé d'un vieux sac trouvé sur la route et s'était confectionné des poulaines en paille liées par des roseaux. Mais comment résister à la neige, au gel, sans rien d'autre à manger que des écorces dures et des baies amères, sans rien à boire de chaud, sans feu pour se protéger des bêtes… Un matin, le frère Matthieu, le jeune Étienne et trois autres moines l'avaient découvert pendu près de la fosse qu'il avait creusée comme Judas s'était pendu dans le champ du sang.

– Tu es contente ? demanda le jeune Étienne à Domnine quand il lui raconta comment ils avaient décroché Bonhomme et jeté son corps dans le trou, comme une ordure, sans même prononcer une prière.

Domnine ne parvenait pas à se réjouir. Le sang ne venait pas et elle craignait de porter l'enfant du malheur dans son ventre.

– Tu peux être sûre qu'il grille en Enfer à l'heure qu'il est ! s'exclama le jeune Étienne, étonné du silence de la novice.

Domnine hocha la tête.

– Il doit m'y attendre, bredouilla-t-elle, au bord des larmes.

– Ne dis pas de bêtises ! Dieu a jugé et Dieu t'a rendu justice.

– Tu crois qu'on me laissera prononcer mes vœux ?

– Pourquoi t'en empêcherait-on ?

L'aveu coûta à Domnine mais elle ne put se taire :

– Et si j'étais grosse ?

Étienne éclata de rire.

– Tu es déjà grosse et ce n'est pas moi qui m'en plaindrai ! dit-il, faisant remarquer que lui-même n'était pas maigre.

Domnine pâlit.

– Tu ne comprends donc pas ?

– Je ne suis pas si nigaud, répondit Étienne, un rire dans les yeux. Quand je te vois, je sais que le Seigneur a voulu que tu sois celle que tu es et que si tu grossis encore, rien ne pourra l'empêcher de t'ouvrir les bras.

Étienne essuya la joue de Domnine où une larme coulait.

– N'a-t-Il pas demandé : « Faites venir à moi les petits enfants » ?

Il faisait beau et froid, un ciel bleu que Domnine détestait. Elle aurait voulu qu'il pleuve, qu'il vente, qu'il grêle, qu'il tonne, que tous les éléments se déchaînent pour accorder le temps à son humeur. Elle rejoignit Lucie dans l'herboristerie.

– Qu'est-ce que tu prépares ? demanda-t-elle, voyant son amie mélanger des poudres, les humidifier puis, à l'aide d'un petit tampon en feutre, les imprimer sur une longue bande de charpie.

– J'essaie des couleurs pour le père abbé.

– Il veut peindre une fresque ?

– Plutôt un ex-voto, corrigea Lucie, sans en dire plus.

Elle s'essuya les mains pour juger du résultat.

– À ton avis, laquelle est pour toi la plus proche de la couleur chair ?

Domnine examina les taches et en désigna une sans hésiter.

– Celle-ci.

C'était un mélange de deux rouges, le vénitien et un autre plus sombre, et de blanc de Meudon avec une pointe de gris d'ardoise, délayé dans de l'eau avec une goutte d'huile et un blanc d'œuf. Domnine avait bien vu, les autres mélanges n'étaient pas aussi réussis. Lucie lui donna un petit baiser sur la joue.

– Bravo ! Je suis d'accord avec toi !

Elle replia sa bande d'essais.

– Qu'est-ce que te racontait Étienne ? Je vous ai vus bavarder dans le coin des écuries.

– Il me disait qu'ils avaient jeté Bonhomme à la fosse sans prière ni sacrement.

– Qu'il aille au Diable !

Domnine se dandina d'un pied sur l'autre, embarrassée, agitant la tête de droite et de gauche.

– Je ne saigne toujours pas, chuchota-t-elle à Lucie.

– Tu es sûre ?

– Ça aurait dû venir depuis dix jours au moins.

– Oh mon Dieu !

– Si tu savais comme je suis malheureuse, se lamenta Domnine.

Elle répéta :

– Comme je suis malheureuse…

Elle ferma les yeux, se mordit la lèvre.

– Il paraît qu'il y a des plantes, dit-elle en reprenant courage, qui permettent de faire passer.

– Je l'ai entendu dire, confirma Lucie.

– Tu peux m'aider ?

Lucie serra Domnine dans ses bras.

– Tu sais que je ferais tout pour t'aider. Mais j'ignore tout de ces remèdes. Quelles plantes cueillir. Quelle préparation doser. Une potion faite au hasard pourrait te tuer.

– Je me fiche de mourir, dit Domnine. De toute façon, si j'ai cet enfant, je serai comme morte. On me chassera d'ici et mon père me tuera.

Elle laissa échapper un rire amer.

– Et si je ne meurs pas, je sais ce qui attend les filles comme moi. Elles vendent leur corps pour manger jusqu'au jour où on les retrouve égorgées dans un fossé ou jetées aux cochons.

Lucie lui fit signe de se taire. Cela ne menait à rien de broyer du noir.

– Étienne pourrait t'épouser, dit-elle très sérieusement.

– Étienne ?

– Tu es à son goût et tu l'aimes bien.

Domnine leva les yeux au ciel. Elle était reconnaissante à Lucie de chercher à la sauver mais son idée ne relevait que du conte de fées.

– Quel homme accepterait une femme qui porte l'enfant d'un maudit ?

Bas-relief

Le bas-relief de Thomas était presque terminé. Il achevait le visage d'un homme barbu, au front haut, à la bouche sévère, qui lui ressemblait furieusement. Mais qui pourrait s'en apercevoir ? C'était un crucifié saisi dans la mort qu'il avait sculpté.

Sorti on ne sait d'où, Yorick apparut entre deux arbres.

– J'ai de mauvaises nouvelles pour toi, révérend père, dit-il en grimaçant.

Le nabot ne marchait pas droit. Il roulait des hanches, se déplaçait toujours de guingois comme s'il était ivre. Thomas ne supportait pas cette manière bouffonne d'arriver et de l'interpeller comme s'ils se retrouvaient à l'auberge pour boire et ripailler.

– Raconte avant que je te rosse.

Yorick s'adossa à un chêne et se cura les ongles de la pointe de sa dague.

– Louis-Charles, ton aîné, poursuivait un grand cerf dans la forêt de Sainte-Anne, un dix-cors qu'il avait blessé d'une flèche, commença-t-il avec de l'ennui dans la voix. Sans doute n'était-il pas le seul à traquer la bête, car au moment où il s'en approchait pour l'achever, un arbalétrier, jaloux ou maladroit, visant l'animal, décocha une flèche dans la gorge de ton pauvre frère…

– Il est mort ? souffla Thomas.

– Mort et enterré ! Enterré avec ton frère Pierre-Marie d'ailleurs, répondit Yorick en faisant mine d'être accablé comme s'il portait dans ses bras le poids des deux cadavres.

Thomas allait de surprise en surprise.

– Pierre-Marie est mort lui aussi ?

– Permets-moi de te présenter mes condoléances, persifla Yorick.

– Comment est-ce possible ?

Le Breton se fit conteur :

– Ta belle-sœur Geneviève, la femme de Louis-Charles, avait envoyé un message à Pierre-Marie le suppliant de venir d'urgence la secourir. La mort de son mari la laissait désemparée…

– Et alors ?

– Alors il fit diligence. Mais Pierre-Marie chevaucha si promptement qu'en traversant la forêt il ne put éviter une branche basse contre laquelle il se fracassa le crâne, mourant sur le coup, presque au même endroit que son frère. Triste histoire, n'est-ce pas ?

Thomas se retenait de rire.

– Ne viens pas m'annoncer qu'Yves-Gonzagues, mon autre frère, serait mort de saisissement en apprenant ce que tu viens de me raconter.

– Grâce à Dieu non, il n'est pas mort ! le rassura Yorick. En revanche, la peste des putains qu'il a attrapée dans un fornicatorium le fait déraisonner gravement. Il ne parle plus, il hurle, il se fait dessus et veut se battre avec quiconque tente de le calmer. On lui a assené tant de coups de gourdin sur le crâne pour lui remettre les idées en place qu'il n'en a plus aucune. Il ne sait même plus comment il s'appelle. Mais qui s'en soucie ? Il est au fond d'un puits d'oubli de la forteresse Saint-Fiacre.

Thomas s'approcha du nabot, bras grands ouverts.

– Si tu n'étais pas aussi laid, je t'embrasserais !

Yorick le dissuada d'un geste.

– Garde tes baisers, mon maître, et paie-moi ce que tu me dois. Je suis si contrefait, il faut bien que je sois riche.

Et, sarcastique :

– Il paraît que Dieu a fait l'homme à son image, eh bien quand nous nous retrouverons, conviens que j'aurai quelques remarques à lui faire à mon sujet !

Un bruit les alerta.

Lucie approchait, tirant une petite charrette sur laquelle elle avait mis une grosse jarre pleine d'eau, ses pigments, du feutre pour confectionner des tampons et une bassine.

– Va te cacher, dit précipitamment Thomas à Yorick. Cette fille ne doit pas te voir !

Quelques instants plus tard, Lucie déballait son matériel.

– Nous devons faire du feu, dit-elle.

Thomas improvisa un foyer avec de gros cailloux. Il rassembla du petit bois et de l'herbe sèche, qu'il enflamma en battant son fusil à silex sur un bout d'amadou. Dès que le feu eut suffisamment pris, il ajouta des branches de bois mort. Lucie versa l'eau dans la bassine et attendit qu'elle soit bouillante pour y tremper la longue pièce de lin que Thomas lui avait confiée.

– Tout cela est-il bien nécessaire ? demanda l'abbé qui s'impatientait.

– Faites votre travail, je fais le mien, répondit Lucie, l'envoyant polir son œuvre avec du sable.

Dissimulé derrière un fourré, Yorick ne regrettait pas d'être venu : Thomas filait doux, la donzelle ne se laissait pas faire ! Par ailleurs, il devinait que la fille cachait un corps désirable sous sa robe de novice. S'il lui prenait l'envie de se soulager, qui sait si elle ne se montrerait pas à cru tandis qu'il la lorgnerait en secret.

Lucie repêcha le linge dans l'eau bouillante au bout d'une branche et Thomas l'aida à le poser sur le bas-relief de sorte qu'il épouse les formes du bois sculpté. Puis, sans plus attendre, elle tamponna le linge humide collé au bois avec le mélange qu'elle avait préparé. Les deux rouges additionnés au blanc de Meudon restituaient à la perfection la couleur chair. Lucie travaillait méticuleusement, laissant le pigment pénétrer lentement le linge. D'abord, il n'y eut que des taches, des rougeurs comme on en voit parfois sur le corps des malades, puis, peu à peu, un visage se dessina. Une apparition !

– Le visage du Christ ! s'émerveilla Thomas, ébloui par son œuvre.

Il songeait qu'il aurait pu être un bon sculpteur. Dans l'atelier de Jean de Marville, pour faire ses preuves, il avait sculpté une rose dans un bloc de bois fruitier dont personne ne voulait. Il l'avait sculptée avec tous ses pétales, ses feuilles et ses épines. Elle était si finement ouvragée que si on la secouait, les pétales remuaient. C'était à partir de ce moment-là que son maître l'avait autorisé à sculpter des figures. Avant les crimes qui avaient bouleversé le cours de sa vie, Thomas avait réalisé un saint Georges en pierre destiné à une église de Dijon et un christ portant la croix qu'il n'avait pu terminer. Deux œuvres qui ne lui seraient jamais attribuées, tout comme celle qu'il venait d'achever.

Lucie poursuivait sa tâche avec la même lenteur, la même méticulosité. Bientôt, on distingua les bras du gisant, ses jambes, ses mains croisées sur le bas-ventre, ses pieds où l'on pouvait deviner la marque d'un clou. Sur la poitrine, le bois avait été entaillé à l'emplacement du coup de lance reçu par le Christ et, sur le dos de la sculpture, des stries marquaient les coups de fouet infligés au supplicié. Plus d'une demi-heure passa. Lucie caressa le linge, satisfaite de constater qu'il était encore un peu humide. Elle sortit de la poche de sa robe un petit flacon.

– Que veux-tu faire ? s'inquiéta Thomas.

– Je vais mettre du sang de cochon, répondit-elle en ouvrant sa fiole.

Thomas s'étrangla :

– De cochon ?

– C'est indélébile, expliqua Lucie, laissant tomber quelques gouttes autour du front de la figure et sur la marque des clous.

Puis elle en disposa près de la plaie au côté et, s'en étant versé sur les doigts, souligna légèrement les traces de fouet. Quand elle eut terminé, elle bougonna, essuyant ses mains gelées sur sa bure :

– Nous devons attendre que ça sèche.

– Attendons, soupira Thomas, encore sous le coup de l'émotion. Du sang de cochon sur le visage du Christ ! Que saint Antoine nous pardonne !

Ils s'installèrent sur le tronc d'un sapin tombé lors de la dernière tempête. Le ciel disparaissait sous la couverture des arbres. Il ne faisait pas nuit mais une pénombre pesante les cernait. L'odeur de l'humus se mêlait à celle du linge encore humide sans que le vent parvienne à chasser l'une ou l'autre. Lucie hésitait à parler, finalement elle se décida :

– Mon père, puis-je vous confier ce qui me tourmente ?

– Ne suis-je plus ton seul ami ? répondit Thomas de sa voix de miel.

Lucie s'inclina mais ne dit mot. Elle n'était plus sûre que Thomas fût son ami. Il n'était ni un père, ni un époux, ni un docteur, ni un confesseur. Il se servait d'elle et lui faisait exécuter des tâches qu'elle désapprouvait. Était-ce lui témoigner de l'amitié que de la contraindre à obéir ?

– Je veux vous parler de Domnine, finit-elle par dire après un silence pénible.

– Le monstre qui l'a violée a trouvé son châtiment.

– Domnine est grosse de ses œuvres, laissa tomber Lucie.

Thomas écarquilla les yeux.

– J'ai été trop bon avec lui, j'aurais dû le faire castrer ! ragea-t-il, serrant le poing.

– Que va-t-elle devenir lorsque l'enfant naîtra ?

Lucie enchaîna, évitant de montrer la moindre émotion :

– Inutile de nous mentir, mon père. Vous savez comme moi que son sort sera au mieux celui d'une fille publique, à moins que son père ou un de ses frères ne jugent pas plus honorable de la supprimer pour laver leur honneur.

Thomas resta muet. Lucie en profita :

– Il m'est alors venu une idée pour laquelle j'aurais besoin que vous m'aidiez.

– Ne me dis pas que tu veux utiliser de l'antimoine pour la purger de sa faute.

– Non. Je ne saurais comment faire et de toute façon je m'y refuse.

Elle dévoila son plan :

– Je souhaite que Domnine se marie avec Étienne et vive sa foi dans le siècle où elle pourra aider autant qu'elle aide ici.

La proposition était stupéfiante ! Marier une novice à un moinillon… Thomas n'en revenait pas. Il n'avait jamais rien entendu d'aussi scabreux.

– C'est insensé ! Indigne ! Immoral !

Lucie ne se démonta pas.

– Vous devriez convaincre Étienne de renoncer à sa robe afin de devenir son mari, poursuivit-elle sans quitter Thomas des yeux. Elle lui plaît et, de son côté, elle n'est pas insensible à sa personne. Ils sont jeunes et innocents. Je suis sûre que Dieu n'en prendrait pas ombrage.

Thomas avala sa salive.

– Tu veux que je persuade Étienne d'abandonner ses vœux ? s'inquiéta-t-il.

Il se voyait déjà accusé d'encourager la luxure, d'organiser des bacchanales, d'être le père abbé d'une bordèlerie, de suborner des jeunes filles et des jeunes gens.

Lucie ne le lâcha pas :

– Vous êtes un homme, Étienne est à votre service. Je vois que vous le traitez comme un fils. Parlez-lui comme un père et sauvez Domnine et son enfant de l'Enfer qui les attend.

Derrière son fourré, Yorick eut envie d'applaudir.

Jour de la Sainte-Marie-Euphroidisie

Malgré la fermeture de la ville aux étrangers et aux mendiants, la peste continuait d'emporter hommes, femmes et enfants. Pourtant, ce jour-là, beaucoup de curieux s'étaient risqués à sortir dans les rues de Troyes pour voir passer la longue procession des antonins marchant derrière leur père abbé. Thomas Merlin de Sainte-Anne venait officiellement déposer le suaire dans les mains de l'évêque Henri de Poitiers. Au passage des moines, les habitants se signaient sans s'approcher trop près d'eux. La peste était aussi à Lirey. Les plus prudents préféraient rester postés aux fenêtres, d'autres juchés sur une charrette ou un tas de bois. Yorick, coiffé d'un grand feutre marron, enveloppé dans un manteau de berger qui lui tombait jusqu'aux pieds, s'agenouilla et joignit les mains en prière quand la procession arriva à sa hauteur. Lorsque son regard croisa celui de Thomas, son visage se fendit d'un large sourire. Un rictus plus qu'un sourire.

Les portes de la cathédrale étaient ouvertes à deux battants. Les moines entrèrent, chantant l'hymne à leur protecteur, faisant taire le brouhaha des voix impatientes :

Nous te prions, saint Antoine, de nous assister au dernier jour, de secourir ceux qui sont à l'agonie
Nous te prions, saint Antoine, d'intercéder en faveur des âmes de nos parents, de nos amis défunts…

En raison de l'épidémie qui rendait imprudent tout grand rassemblement, la cérémonie fut de courte durée. Devant le bailli Philibert le Sourd et une quinzaine de notables, après avoir récité et fait réciter le *Pater Noster*, Thomas s'avança jusqu'à l'autel où Henri l'attendait. D'une voix bien timbrée, il proclama :

– En gage de notre fidélité à la Couronne, à monseigneur le dauphin et à l'Église, au nom des antonins de Lirey placés sous la protection des croisés d'Antonin le Pieux, je te remets le suaire qui reçut le corps de Notre Seigneur lorsque Joseph d'Arimathie le descendit de la croix.

Henri répondit sur le même ton :

– Au nom de notre Sainte Mère l'Église, au nom du roi et de son fils, Lieutenant du royaume, je reçois ce don avec gratitude et déclare devant tous qu'en conséquence l'abbaye de Lirey est quitte de toute dette envers nous et envers la Couronne. Au nom du Père, du Fils et du Saint-Esprit.

– Amen ! conclurent-ils tous en chœur.

Puis les notables applaudirent. Le bailli prit la parole :

– Monseigneur, nous n'en pouvons plus d'impatience.

Tous voulaient voir le suaire entièrement exposé, le toucher, l'embrasser, se prosterner devant lui.

– Tout doux, messeigneurs, intervint Thomas, je comprends votre hâte et votre désir mais il s'agit d'une œuvre précieuse qui craint la lumière. Elle ne saurait être pliée et dépliée à tout moment sans grands préjudices. Laissons à monseigneur l'évêque le soin de conserver cette pièce sacrée en un lieu protecteur et d'en réserver la monstration pour une occasion exceptionnelle.

Malgré leur déception, les notables s'accordèrent à dire qu'une telle mesure de prudence était légitime. Ils se séparèrent et le bailli les entraîna à sa suite pour partager une collation.

– Je veux vous faire goûter des pieds de cochon dont vous me direz des nouvelles !

Tandis que les moines quittaient la cathédrale en rang par deux, Henri se retira seul avec la précieuse relique.

Chambre

De tous ceux qui voulaient voir le suaire, le plus impatient était sans conteste Henri. Mais son empressement était d'une autre nature que celle des notables et du bailli. Tout cela était allé trop vite et trop aisément. Il s'étonnait que Thomas eût cédé si facilement à ses injonctions, qu'il se fût laissé déposséder sans protester vraiment d'un trésor auquel il prétendait tenir plus qu'à sa vie. En outre, Henri était troublé de l'avoir entendu dire que le suaire était une « œuvre précieuse » – une œuvre, non pas une relique ! Il donna ordre qu'on ne le dérange sous aucun prétexte et s'enferma dans sa chambre.

Il se débarrassa rapidement de sa mitre, de sa croix pectorale et de son habit de cérémonie, se sentant plus à l'aise en soutane ; puis, avec d'infinies précautions, il étendit le suaire sur le dallage de sa chambre. Il avait sous les yeux une longue pièce de lin où apparaissaient tête-bêche les traces du corps d'un homme de face et de dos, grand, barbu, les mains croisées devant lui, les jambes droites. Le dos avait moins de détails et de précision que la face, excepté des zébrures qui pouvaient être les marques d'un fouet… Henri se rendit compte qu'il retenait sa respiration depuis un moment. Il libéra ses poumons comme un nageur émergeant des profondeurs de la mer. Avait-il vraiment devant lui l'image du Christ avant sa mise au tombeau ? Il se signa machinalement et s'agenouilla pour examiner le linge de plus près.

Nul ne savait à quoi ressemblait Jésus. Les Évangiles ne donnaient aucune description de sa personne. Tantôt la tradition ne lui accordait « ni forme ni beauté », tantôt elle le décrivait comme « plus beau que les fils de l'homme ». Le païen Celse disait qu'il était « laid et petit », saint Augustin le voyait « grand et beau dans sa jeunesse » sur la terre comme au ciel. Or le corps qu'il avait devant lui était celui d'un homme d'une taille supérieure à celle des hommes de son temps ; ses membres aussi semblaient fort longs ainsi que les doigts de ses mains. Henri se souvint que non seulement les textes saints ne décrivaient jamais Jésus mais qu'aucun d'entre eux ne mentionnait une impression miraculeuse sur les linges qui entouraient son cadavre. Si ce miracle s'était produit, comment admettre que Matthieu, Marc, Luc ou Jean ne l'aient pas évoqué dans leurs Évangiles ? Pourquoi ce silence ? Et si l'impression s'était produite des années plus tard, saint Paul n'aurait pu l'ignorer. Qui avait conservé le suaire entre la mort du Christ et la production miraculeuse de cette image ? s'interrogeait Henri. Thomas reconnaissait avoir volé le suaire aux franciscains de Jérusalem qui le vénéraient à l'insu de tous. De qui eux-mêmes le tenaient-ils ? Et pourquoi le cacher à l'adoration des croyants ? N'aurait-il pas été glorieux pour leur ordre de le révéler à toutes et à tous ?

Henri caressa prudemment le suaire. Il pouvait sentir le grain de la trame, le tissu étant sans aspérités. Il passa un doigt sur les taches brunes et le renifla. La pièce de lin n'avait pas d'odeur particulière. Hormis les taches de sang qui paraissaient très vraies, la couleur du corps – un rose gris très uniforme – lui semblait pour le moins curieuse. Jésus vivait dans la chaleur du Proche-Orient ancien et n'avait nul abri pour se protéger du soleil de Galilée et de Judée. Il devait nécessairement être brun comme le sont les travailleurs des champs ou ceux qui œuvrent sur les chantiers hiver comme été. Et la mort aurait dû brunir son corps encore plus, le verdir, le nécroser comme les dépouilles de tous les défunts qu'on portait en terre chaque jour. Or sa carnation était celle d'un bourgeois bien nourri et soigné, d'un homme ne sortant jamais sous les intempéries, presque celle d'une peau d'enfant. Combien de rois, de princes, de nobles ou de dignitaires de l'Église se vantaient de posséder qui un morceau de la vraie croix, qui la couronne d'épines, qui le *titulus* qualifiant Jésus de « roi des Juifs »... Les églises débordaient de reliquaires où étaient exposés les os, les cheveux, les dents des saints. Certains grands du monde gardaient à titre privé le tibia d'une sainte ou un flacon du lait de la Vierge, voire le crâne d'un martyr. Henri détestait ces collections répugnantes, n'y voyant que délectation macabre, superstition, fétichisme. Se pouvait-il que le suaire qu'il avait sous les yeux ne fût qu'une pièce de plus de cette foire aux reliques ? Thomas l'aurait-il dupé ou se dupait-il lui-même en prétendant lire sur ce linge la preuve matérielle de la Résurrection ? Henri devait en avoir le cœur net. Il alla chercher le broc posé près de son lit et, après une hésitation, s'écria :

– Pardonnez-moi, mon Dieu !

Puis il versa un peu d'eau sur une petite portion tachée de la bande de lin, au risque de commettre un geste sacrilège. Le liquide imprégna le tissu sans effet apparent. Henri osa en verser quelques gouttes supplémentaires. Et soudain il vit la tache s'étendre, se diluer, fondre comme si la chair du cadavre se décomposait sous ses yeux. Henri frotta l'endroit mouillé et observa ses doigts. Ils étaient maculés de pigment.

Cette empreinte mortuaire n'était qu'une peinture !

La révélation lui coupa le souffle. Thomas l'avait trompé ! Thomas s'était joué de lui ! Comment avait-il pu être si crédule ? Si niais ? Henri se faisait horreur. Il s'était fait berner comme un enfant à qui l'on fait croire au merveilleux pour qu'il se tienne sage. Henri se revoyait acceptant l'offrande devant toutes les autorités de Troyes et dispensant publiquement Thomas de payer la décime en remerciement de son don. Comment n'avait-il pas vu le piège que le moine lui tendait ? À présent, il étouffait comme un lièvre pris au collet. S'il dénonçait la supercherie, il passerait pour le crétin qu'il était et c'en serait fini de sa carrière ; s'il proposait une telle duperie aux émissaires anglais, sa tête ne resterait pas longtemps sur ses épaules. Il se frappa la poitrine, gémit, écrasant violemment ses tempes entre ses paumes ouvertes.

– *Mea culpa ! Mea culpa !*

Henri se croyait poursuivi par les rires de Satan, Léviathan, Isacaron, Belzébuth, Balam, Asmodée, Béhémoth ! Par tous les diables ! Il ne savait plus à qui se vouer, vers qui se tourner pour échapper à la folie, à la honte. Ses pas résonnaient dans sa chambre comme ceux d'un homme égaré sur une route. Le ciel l'abandonnait. Il bafouillait, bredouillant qu'il était nu, sans défense, tel un nouveau-né abandonné sur la terre. Il implorait pitié, appelait à son secours les âmes de ses aïeux en remontant les générations jusqu'à Adam. Il titubait, désorienté, sans craindre de piétiner le suaire, poussant un cri qui semblait devoir durer jusqu'à la Fin des temps. La lucidité lui revint dans un éclair quand il croisa le reflet de son visage sur une vitre de sa chambre. L'image lui redonna courage et force.

Elle l'inspirait, lui indiquait la voie droite sur laquelle il devait s'engager. Il se vengerait pour laver son honneur et le suaire disparaîtrait pour effacer sa faute.

Mariage

Thomas s'était plié aux raisons de Lucie, à moins que ce ne fût à celles du Malin. Étienne avait renoncé à revêtir définitivement la robe de moine, Domnine à prononcer ses vœux, le père abbé avait béni leur union et s'était porté garant de leur consentement. C'était une victoire pour Lucie qui serait témoin de la mariée, accompagnée de la sœur Marthe, les frères François et Jacques étant ceux d'Étienne. Ils marchèrent ensemble jusqu'à l'église Saint-Sébastien de Crésantignes, une construction branlante, usée par le temps, qu'il faudrait bientôt abattre et reconstruire. Le curé, un gros homme au nez piqueté de violet, aux joues flasques, plaça Étienne à sa droite et Domnine à sa gauche. Les futurs époux étant baptisés, s'étant rapprochés du sacrement de pénitence et les bans ayant été publiés dans le diocèse, il commença sans attendre la cérémonie – il avait faim.

– Nous sommes assemblés ici au nom de Notre Seigneur Jésus-Christ pour célébrer le mariage entre Étienne et Domnine ici présents. Nous avons publié trois fois les bans de ce mariage sans qu'il soit trouvé une opposition canonique, récita-t-il mécaniquement.

Il s'adressa brusquement à Lucie et aux autres témoins comme à des coupables :

– Personne ne s'y oppose ?

Le silence lui répondit.

– Puisque rien n'empêche de célébrer ce mariage, continua-t-il, nous prierons Dieu qu'Il daigne le ratifier avant de bénir cette alliance pour la gloire de son Saint Nom et pour le salut des âmes des époux.

Le curé, pas mécontent d'avoir expédié rapidement les formules rituelles, se tourna vers Étienne et Domnine. Il rappela en vitesse les paroles de saint Paul : « Maris, aimez vos femmes, comme Christ a aimé l'Église, et s'est livré lui-même pour elle » et conclut sans reprendre son souffle :

– Étienne, je te donne Domnine comme épouse, Domnine, je te donne Étienne comme époux, jusqu'à ce que la mort vous sépare. Ainsi soit-il.

Ils étaient mariés.

Les deux antonins donnèrent l'accolade à Étienne ; Marthe et Lucie embrassèrent Domnine, rouge d'émotion et de bonheur ; le gros curé s'en alla en leur lançant pour tout salut :

– J'ai signé le registre pour vous !

Domnine affectée aux cuisines, Étienne au travail du bois, Thomas les avait autorisés à vivre dans une dépendance de l'abbaye où ils s'étaient aménagé un logis. Une simple pièce attenante à une grange avec une table, deux bancs, un lit et une cheminée pour cuisiner et se chauffer. Lucie était heureuse pour eux mais elle ne pouvait s'empêcher de les jalouser. C'était Henri et elle qui auraient dû s'unir devant Dieu ! Si une novice et un moinillon pouvaient reprendre l'habit laïque et s'épouser, rien n'empêchait un évêque et une novice d'en faire autant. Question de courage et d'amour. Sa réflexion fut interrompue par les cris d'un gamin d'une dizaine d'années qui arrivait en courant :

– Les soldats ! Les soldats !

Il était pieds nus, son pantalon déchiré laissait voir ses fesses et son visage était barbouillé de terre ou de bouse. Il saignait, blessé à un bras. Lucie tenta de l'arrêter mais il se débattit et s'enfuit, le regard fou, vociférant :

– Ils pillent ! Ils tuent tout le monde !

Sans hésiter, Étienne empoigna la main de Domnine et l'entraîna vers les bois qui bordaient le grand champ derrière l'église. La sœur Marthe semblait pétrifiée et les deux moines, pris de tremblements, répétaient :

– Dieu tout-puissant, protégez-nous !

– Fuyons ! décida Lucie.

Elle poussa la vieille nonne devant elle et elles coururent vers les bois où Étienne et Domnine cherchaient refuge. Les antonins hésitèrent à les suivre. Ils s'agenouillèrent devant l'église et prièrent, se plaçant sous la protection du Seigneur :

– Sainte Croix de Jésus, ayez pitié de nous !

Accroupis derrière d'épais buissons, cachés par la première rangée d'arbres, Lucie, Étienne, Domnine et la sœur Marthe virent au loin approcher une cinquantaine d'hommes en armes commandés par un noble monté sur un destrier qui chevauchait en avant de sa troupe pour bien montrer sa prééminence. Ils ne s'arrêtèrent qu'un instant devant l'église, mais quand ils repartirent son toit était en feu.

Une lieue plus loin, le duc de Berry et ses hommes arrivaient à l'abbaye, semant la panique parmi les moines, les malades et les sœurs clarisses.

– Hors de ma vue, vermine !

Sombre et farouche, le duc passait pour un homme capable d'aller demander du feu au Diable. Quoi qu'il fît, il se sentait inattaquable : n'était-il pas celui qui avait sauvé le dauphin lors de la bataille de Poitiers ? Lourdement équipé – hache, épée, masse d'armes –, il avait la réputation de ne combattre que pour tuer. Son écu portait sa devise : *Vis accipere*, « Prends ce que tu veux ». Et le duc prenait tout ce qu'il pouvait prendre, tuait et faisait tuer les témoins de ses vols, ne laissant derrière lui que cadavres, ruines et incendies. Son goût le portait vers les jeunes garçons qu'il capturait comme butin, se réservant pour plus tard d'en user selon son bon plaisir.

Les chevaux tourbillonnèrent dans la cour, affolant bêtes et hommes qui s'y trouvaient. Une fillette qui avait échappé à sa mère faillit passer sous les roues d'un des cinq grands chariots attelés qui suivaient.

– Qu'il ne reste rien ! ordonna le duc.

Les soldats mirent pied à terre et se dispersèrent.

Thomas sortit en courant du réfectoire et se précipita au-devant du duc, les bras levés.

– Arrêtez, au nom du ciel ! Rappelez vos hommes ! Je vous interdis de…

– Ferme-la, moine, ou je te fais briser les dents !

– Vous n'avez rien à faire ici, dit Thomas, saisissant la bride du cheval du duc pour le forcer à faire demi-tour.

Le duc frappa Thomas sur l'épaule du plat de son épée.

– Lâche mon destrier, imbécile ! J'agis au nom de monseigneur le dauphin. Tu crois que tu peux négliger de payer pour la libération du roi ?

– L'évêque m'en a dispensé !

– L'évêque a autorité sur le ciel, qu'il s'y tienne. J'ai autorité sur la terre et j'entends l'exercer.

Thomas tenta de négocier, rappelant qu'il avait offert la plus précieuse des reliques pour la libération du roi. Le duc s'esclaffa :

– Tu nous crois assez benêts pour échanger un chiffon contre de l'or ?

– C'est le suaire de Notre Seigneur !

– Balivernes !

Des soldats tuaient les porcs qui divaguaient et les chargeaient sur un chariot avec toute la volaille qu'ils pouvaient prendre. D'autres sortaient des cuisines les bras chargés de farine et de blé, emportant aussi l'huile et le sel qui était si précieux. Sur le chantier de l'abbatiale, ils s'emparèrent des outils et du bois déjà équarri laissés par les moines réfugiés dans la chapelle. Puis ils abattirent les poutres qui s'élevaient déjà et y mirent le feu. Frustrés de ne rien trouver à l'intérieur de l'abbaye, ils retournèrent les paillasses dans les cellules et brisèrent le pauvre mobilier des moines. Les sœurs clarisses, enfermées dans l'aile qui leur était réservée, attendaient la mort sous la direction de Jeanne de l'Agonie et de la Résurrection.

– Nos âmes sont fortes parce que le sang du Christ les éclaire, disait la nonne, les mains jointes. Si Dieu réclame que nous soyons baignées dans le précieux sang de son Fils, réjouissons-nous ! Car si Dieu avait voulu autre chose, son Fils ne nous eût pas donné la vie.

Quand les soldats forcèrent la porte, la sœur Jeanne de l'Agonie et de la Résurrection se dressa face à eux, les bras écartés, comme crucifiée.

– Nous sommes prêtes à mourir, proclama-t-elle. Si vous ne craignez pas la damnation éternelle, tuez-nous mais tuez-nous vite, que nous soyons ce soir en Paradis.

Les soldats reculèrent. L'audace de la religieuse les impressionnait. Ils se regardèrent, se tordant la bouche comme si des lézards ou des scarabées allaient en sortir. Ils grognaient, ils aboyaient, n'osant parler. Le plus grand d'entre eux enfin se décida :

– Pouah ! Ça sent le poisson faisandé ! jura-t-il en crachant par terre. Allons voir ailleurs s'il n'y a pas d'autres femelles plus appétissantes !

Et ils tournèrent les talons.

Thomas, au centre de la cour, assistait, impuissant, au pillage, à l'incendie, à la destruction de tout ce qui tenait encore debout dans l'abbaye et le lazaret. Les chariots étaient pleins. Le duc de Berry donna l'ordre du départ.

– Adieu, l'abbé, et remercie-moi de te laisser en vie ! lança-t-il, éperonnant son cheval pour prendre la tête de sa troupe.

Henri attendit patiemment que le duc et ses hommes aient repris le chemin de Troyes pour entrer à son tour dans la cour de l'abbaye, accompagné d'une petite escorte. Il arriva au pas au milieu de la désolation. Les moines couraient pour tenter de sauver ce qui pouvait l'être encore, les clarisses s'empressaient auprès des malades, remerciant Dieu que le duc n'ait trouvé aucun enfant à son goût. Où Lucie pouvait-elle être ? Henri ne la voyait nulle part.

Sur le chantier de l'abbatiale, Thomas, le visage noirci par la fumée qui s'élevait du bois incendié, montra son poing à l'évêque.

– Sois maudit pour ce que tu as fait !

Henri ne répondit pas. Il sortit le suaire d'une sacoche accrochée à sa selle et le jeta dans les flammes.

– Les Anglais n'en veulent pas et moi non plus, dit-il.

– Dieu te punira pour ce crime !

– « Celui qui se livre à la fraude n'habitera pas dans ma maison », est-il écrit dans les Psaumes.

– Va au Diable avec tes citations ! Je rebâtirai mon abbatiale et le suaire y sera en gloire.

Henri se dressa sur ses étriers.

– Regarde, dit-il à Thomas en se penchant vers le brasier, ta toile peinte part en cendres.

– Maudit profanateur, crois-tu que le feu soit capable d'effacer l'image du Christ ?

Il était tard lorsque Lucie revint avec la sœur Marthe, Étienne et Domnine. Les deux moines témoins du marié avaient été tués par les hommes du duc de Berry et l'incendie du toit de l'église Saint-Sébastien de Crésantignes avait provoqué son effondrement. Quand ils étaient sortis du bois où ils s'étaient cachés, Lucie et les siens n'avaient trouvé que des ruines encore fumantes et les cadavres des deux malheureux antonins. Ils s'étaient hâtés dans la campagne calcinée, craignant à chaque instant pour leur vie. Les nouvelles qui arrivaient des villages voisins étaient terrifiantes : le duc et sa troupe saccageaient tout, volaient tout ce qui pouvait avoir la moindre valeur, violaient et tuaient sans hésiter aussi cruellement que l'aurait fait le Prince Noir.

– Ton cousin peut être fier de lui, dit Thomas, apercevant Lucie qui raccompagnait la vieille Marthe au dortoir.

– Pourquoi dites-vous cela ?

– Crois-tu que les soldats soient arrivés ici sous le coup d'une inspiration divine ?

– Ce sont des assassins. Point n'est besoin de leur donner l'ordre de faire ce qu'ils font.

Après avoir salué Marthe, Lucie rejoignit Domnine et Étienne. Le réduit où ils devaient vivre avait été vidé de ses pauvres meubles, la grange mitoyenne avait brûlé. Ils n'avaient plus rien. Les soldats avaient même emporté la marmite accrochée dans l'âtre.

– Nous partirons demain, dit Étienne en serrant Domnine contre lui.

– Où irez-vous ?

– Mon oncle possède un atelier de menuiserie au village de Charonne, près de Paris. Il trouvera bien à m'employer et ma tante s'occupera de Domnine comme si c'était sa fille. Ils n'ont pas d'enfants…

– Ça ne te fait pas peur ? demanda Lucie.

Domnine se tourna vers Étienne.

– Je suis sa femme maintenant. Je lui ai juré fidélité. Je le suivrai partout où il voudra que je le suive.

– « Où tu iras j'irai », glissa Lucie.

Domnine ouvrit de grands yeux.

– Tu veux venir ?

– Que tu es sotte ! Ce n'est pas de moi qu'il s'agit ! C'est dans la Bible. Ruth dit : « Où tu iras j'irai » à son mari comme tu viens de le dire à Étienne.

Les deux jeunes gens échangèrent un regard plein d'interrogation. Ni elle ni lui ne semblaient comprendre ce que Lucie venait de dire ni pourquoi elle leur citait la Bible.

Preuve

Quelques jours plus tard, dans la pénombre dorée du crépuscule, Thomas réunit les moines et les clarisses dans le réfectoire avant que sonnent les vêpres. Bien qu'il fît encore un peu jour, il alluma une grande chandelle pour capter l'attention de tous.

– Qu'importe ce qui a été détruit, pillé, vandalisé. Qu'importe le malheur qui nous frappe. Qu'importent nos blessures et notre faim. Nous sommes sous la protection de Dieu et nul n'est assez puissant pour la vaincre.

Il s'interrompit un instant, fixant Lucie assise au premier rang des sœurs, entre la vieille Marthe et Jeanne de l'Agonie et de la Résurrection.

– Plusieurs d'entre vous ont vu l'évêque jeter le suaire au feu, le trésor que, devant tous, je lui avais remis dans la cathédrale de Troyes. Geste aussi vain que sacrilège. Mais de même que son aura a sauvé la sœur Lucie de la peste qui la menaçait, le suaire a échappé aux flammes.

Un grand « Oh ! » d'étonnement traversa l'assistance. Thomas s'en délecta.

– La preuve ?

Il tira sur un fil que personne n'avait remarqué et hissa le suaire comme une bannière qu'éclairait la chandelle. La stupéfaction souleva des cris :

– Alléluia !

– Dieu est grand !

– Nous sommes sauvés !

Seule Lucie ne semblait pas partager la liesse générale. Elle savait la part qu'elle avait prise dans la réalisation de cette image et en éprouvait une honte profonde. Domnine aurait pu témoigner qu'elle l'avait vue préparer les pigments mais Domnine n'était plus là. L'évêque avait découvert que Thomas lui avait remis une toile peinte mais sans jamais soupçonner qu'elle en était l'auteur. Son silence lui faisait horreur comme le plus noir mensonge. Ce que montrait Thomas se voulait le suaire authentique du Christ, mais avant qu'elle l'eût rehaussé de couleurs on ne voyait absolument rien sur le linge. Qui pourrait jamais dire ce qui était authentique et ce qui était faux ? Le faux n'était-il pas plus vrai que le vrai et le vrai plus faux qu'il le prétendait ?

Thomas fit redescendre la pièce de lin.

– Peut-être serons-nous contraints de jeûner, dit-il d'une voix fiévreuse. Peut-être souffrirons-nous du froid. Peut-être connaîtrons-nous le découragement. Mais, portés par la présence de notre sainte relique, nous nous relèverons, nous bâtirons l'abbatiale que les démons du duc de Berry ont mise à sac et, je vous le promets, un jour la gloire de Dieu resplendira ici et les ennemis de la foi seront terrassés comme le dragon l'a été par saint Michel.

Lucie ne pouvait s'empêcher d'admirer la fougue du père abbé, sa force de conviction, tout en le haïssant du plus profond de son âme.

Reims

Le cardinal Monti reçut Henri à Reims, au palais du Tau où il résidait, à deux pas de la cathédrale. Le prélat revenait d'Avignon où les séquelles de la bataille de Poitiers pesaient lourdement sur l'Église et la papauté. Il n'était plus question de Croisade tant qu'une paix durable ne serait pas conclue entre la France et l'Angleterre. Sans compter que l'esprit d'économie d'Innocent VI le poussait à réduire le train de vie pontifical, à baisser les salaires des officiers, à supprimer des rentes versées à ses familiers. Il se disait qu'il en était réduit à vendre son argenterie et ses bijoux personnels pour permettre à l'Église de survivre. Pour certains, il passait pour «le plus abominable des usuriers juifs, plus traître que Judas». La situation était délicate, pour ne pas dire périlleuse; d'autant plus périlleuse que les Franciscains et d'autres ordres contestaient l'autorité de l'Église sans qu'aucune objurgation semblât pouvoir les arrêter.

Le cardinal Monti était dépositaire d'une lettre du pape qui autorisait la monstration du suaire dans l'abbatiale de Lirey.

– Tenez, dit-il, tendant la missive à Henri.

Celui-ci la lut avec accablement.

– Le saint père sait-il qu'il s'agit d'une œuvre peinte ?

– Je l'ignore. La supplique lui a été adressée directement par son neveu Thomas Merlin de Sainte-Anne, appuyé par Jeanne de Vergy qui a autorisé l'érection d'une abbatiale sur ses terres.

– Thomas fabrique des suaires comme d'autres des pâtés à la viande ! Votre éminence, il s'agit au mieux d'une copie du véritable suaire qui a disparu. Le saint père doit savoir que c'est une œuvre mauvaise qui expose les âmes faibles et ignorantes au péril de l'idolâtrie !

Henri s'échauffait. Il se reprit :

– Pardonnez mon emportement, votre éminence, mais ce Thomas Merlin de Sainte-Anne a déjà tenté de m'abuser.

– Si je me souviens bien, vous avez reçu de lui le suaire, persifla le cardinal.

– J'ai découvert trop tard que c'était une forgerie.

– Vous croyez qu'il a gardé le vrai par-devers lui ?

– Je ne sais. Mais il en est capable. C'est un fourbe.

Henri soupira, baissant la tête :

– Je me suis fait mystifier, j'ai été idiot. Le plus idiot des idiots.

– D'autres s'y sont laissé prendre.

– Cela ne me console pas.

Et, s'interrogeant à voix haute :

– Ne devrais-je pas avertir le saint père ?

– Je vous le déconseille, répondit le cardinal. Cette histoire est pour lui une affaire de famille et il pourrait détester qu'un étranger s'en mêle. Vous connaissez sa réputation, il sert les siens mais en retour il exige qu'ils le servent sans faiblir. Cela ne l'empêche pas d'agir avec prudence. Vous avez lu sa lettre, il autorise que le linge soit exposé à la vénération des foules à la condition qu'il soit proclamé aux fidèles que ce n'est pas le véritable suaire qui a servi à l'ensevelissement du Christ mais une image de celui-ci. Il demande même que soit placardé un écrit indiquant qu'il s'agit d'une *vera icona*.

Henri avait le sentiment de porter sur ses épaules le poids de toutes ses erreurs. Il n'était pas parvenu à ramener Lucie chez ses parents, Thomas l'avait fait danser comme un ours savant, le duc de Berry avait mis le pays à sac sans se soucier de ses admonestations… Il se força quand même à sourire.

– Votre éminence, croyez-vous sincèrement que les paysans de Lirey soient capables de faire la différence entre une véritable image, *vera icona*, et une image véritable, *icona verum*, comme entre *sudarium* et *sanctuarium*, un suaire et un sanctuaire, qui sonnent pareillement à l'oreille ?

– Je sais, mon fils, je sais. Mais nous n'y pouvons rien.

Marché

En 1350, à l'occasion du jubilé de Clément VI, des milliers de pèlerins étaient venus du monde entier admirer le voile de Véronique, le *sancto sudario*. L'Église accompagnait toujours la folie des reliques sans jamais tenter de l'endiguer. Au XIVe siècle, on comptait trente-deux clous réputés « authentiques », cent quarante-sept épines de la couronne, des milliers d'échardes de la vraie croix, plusieurs saints prépuces, nombre d'ongles et de dents de Notre Seigneur et même des flacons du lait de la Vierge… Mais en 1356, c'est un trésor des plus précieux qui était en train d'être révélé.

À Lirey, où se tenait tous les deux mois un marché aux bestiaux toujours fréquenté par une foule de paysans et leurs familles, l'abbatiale en construction près de l'abbaye en attirait deux fois plus. Ce jour-là, les cloches sonnaient mélancoliques et graves, Thomas était venu haranguer la population sur le champ de foire :

– *Resurrexit alleluia !* Il est ressuscité ! Loué soit le Seigneur ! La Divine Providence s'est manifestée à Lirey : pour la première fois depuis treize siècles, Notre Seigneur Jésus-Christ va montrer son vrai visage à l'humanité. Il ne vous en coûtera qu'une obole pour voir le suaire qui a contenu son corps et immédiatement le concert des saints vous accordera une indulgence !

La foule se pressait, toujours plus grouillante devant l'abbatiale dont le sanctuaire était achevé alors que la nef ressemblait encore au squelette de quelque animal monstrueux. C'était un mélange d'ambiance de foire et de ferveur religieuse. Il y avait des marchands, des jongleurs, des bonimenteurs mêlés aux paroissiens et aux pèlerins qui arrivaient au village, venus parfois de fort loin. Partout en Champagne on répétait qu'à Lirey on pouvait adorer l'image que le Christ avait déposée en gage de sa résurrection. Là, c'était un aveugle qui prétendait avoir recouvré la vue grâce à lui. Ici, c'était un paralytique qui marchait et faisait des cabrioles, réclamant des aumônes pour l'abbatiale. Là encore, une paysanne qui jurait que la vision du suaire avait fait cesser l'hémorragie qui chaque mois la vidait de son sang… On racontait que le suaire, jeté au feu par un évêque suppôt du Diable, n'avait pas été touché par les flammes et en était ressorti tel qu'on pouvait le voir aujourd'hui.

Tous chantaient gloire à Dieu au plus haut des cieux !

La sœur Ségolène, l'économe des clarisses, recevait les oboles pendant que l'affreux Yorick, en robe de bure, comptait les entrées pour être sûr que pas un liard ne lui échapperait. Tandis que les fidèles prenaient place à l'intérieur, un chœur de nonnes les accueillait au son d'un cantique :

Ô Jésus, nous le jurons tous
Nous n'aimerons jamais que toi !

La vieille Marthe se chargeait d'allumer deux rangs de chandelles, trois moines agitaient des encensoirs. Sur un signe de Thomas, Lucie tirait une cordelette et lentement hissait le suaire cependant que retentissait l'*Alléluia* chanté par les clarisses et les moines disposés de part et d'autre de l'autel.

Alléluia, alléluia, alléluia
Alléluia, alléluia, alléluia…

À l'exemple de celui qui avait été donné à Henri dans la cathédrale de Troyes, le drap de lin rapporté de Jérusalem par Thomas – et sur lequel on ne voyait rien – avait été remis en couleur par Lucie. La figure de l'homme crucifié impressionnait par son effroyable réalisme. En le contemplant, certains juraient voir saigner ses blessures, d'autres éprouver ses souffrances, d'autres encore s'agenouillaient en extase. Entre les ombres que projetaient les chandelles et l'air qui faisait faseyer le grand drap, le crucifié semblait presque vivant.

Quand les chants s'achevaient, le drap était redescendu. Les moines faisaient alors sortir rapidement les fidèles par la porte du fond du sanctuaire, tandis que d'autres arrivaient en priant, en pleurant, en se frappant la poitrine en signe de contrition.

Pour obtenir toujours plus d'oboles, entre deux monstrations, Thomas apparaissait parfois sur un échafaudage qui lui servait d'estrade. Il forçait Lucie à demeurer à ses côtés. Tel Pilate montrant Jésus au peuple, il la présentait à la foule, malgré ses réticences.

– Que Notre Seigneur en soit témoin, en vérité je vous le dis, la sœur Lucie avait été touchée par la peste mais, miracle, la vue de la sainte face l'a délivrée du mal !

Les dons affluaient.

– Rendons grâce à la bonne dame de Vergy qui a permis l'érection de notre abbatiale ! Rendons grâce au saint père qui bénit les monstrations du saint suaire ! Rendons grâce à Dieu de nous avoir envoyé ce signe de la Résurrection !

Le jour de la Saint-Gratien, Lucie reconnut soudain ses parents parmi la foule. Vêtus de vieux habits, s'aidant de bâtons de pèlerin, n'ayant qu'un pauvre sac que sa mère serrait peureusement contre elle, ils étaient devenus misérables après que Denys du Marais les eut chassés de leurs terres et eut saisi tous leurs biens. Lucie voulut se précipiter pour les embrasser mais elle se figea sur place. Devant elle se dressait le fantôme de son frère Grégoire, mort à la bataille de Poitiers. Le visage couvert de sang et de boue, le plastron percé de flèches, il tendait vers elle un doigt accusateur.

– Honte à toi ! Lâche ! Succube ! Menteuse ! Parjure !

Apparition terrifiante, vision insupportable. Lucie plaqua ses mains sur ses oreilles, sur ses yeux, puis elle serra ses bras contre son corps comme si un froid mortel l'assaillait. Épouvantée, elle s'échappa sans que Thomas puisse la retenir.

Pierre-Antoine

Lucie traversa la cour du lazaret, certaine d'être poursuivie par une légion de démons. Après s'être assurée que ce n'étaient que des chiens errants au milieu des cochons, elle descendit dans les caves où était détenu le franciscain Pierre-Antoine Damascène. En grande hâte, elle ouvrit la porte barrée d'une lourde pièce de bois. L'homme, horriblement amaigri, puait comme le Diable mais, Dieu merci, il était toujours vivant. En la voyant entrer, il se dressa sur ses jambes, prêt à vendre chèrement sa vie.

– N'ayez crainte, mon frère, je viens vous délivrer !

Pierre-Antoine devait-il croire la novice ou était-ce un piège qu'on lui tendait ? Lucie le rassura et le pressa de sortir.

– Courez sans tarder à Troyes trouver mon cousin l'évêque. Dites-lui tout ce que vous savez de Thomas Merlin de Sainte-Anne et de ses crimes.

Comme il hésitait, Lucie le tira par la manche.

– Venez, au nom du Christ !

Surmontant sa méfiance, le franciscain se décida enfin à la suivre. Éberlué comme un aveugle retrouvant la vue, il tituba en arrivant au grand jour.

– Merci, mon Dieu !

Lucie le poussa sans ménagement.

– Hâtez-vous, mon frère, il faut faire cesser le sabbat qui se déroule ici.

– Comment pourrai-je te remercier ?

– Priez pour moi.

Moins de cinq lieues séparaient Lirey de Troyes. Pierre-Antoine Damascène les parcourut à bride abattue sans craindre d'épuiser son cheval. Jamais on ne vit moine galoper plus vite à travers champs et villages. Parmi ceux qui le virent passer, certains jurèrent que c'était un démon remonté des Enfers, d'autres que c'était un brave tué au combat emporté par son cheval devenu fou, d'autres enfin s'agenouillèrent et prièrent, convaincus de voir chevaucher l'un des cavaliers de l'Apocalypse que tant de signes annonçaient. Pierre-Antoine Damascène ne vit ni n'entendit quiconque. Le cœur près d'éclater, la bouche sèche, les yeux brûlants, il aurait voulu savoir voler pour aller plus vite encore. Quand il arriva enfin devant la cathédrale, son cheval et lui ruisselaient de sueur. Le franciscain se précipita à l'intérieur sans prendre le temps d'attacher sa monture.

Sur la gauche de l'autel, Henri de Poitiers portait sur les fonts baptismaux la dernière fille du bailli Philibert le Sourd.

– L'Église de Dieu t'accueille avec joie, Cécile. En son nom, je te marque de la croix, le signe du Christ, Notre Sauveur.

Pierre-Antoine entra dans la nef en courant, criant comme un dément :

– Dieu merci, vous êtes là, monseigneur !

Bousculant le bailli, sa femme et leurs invités, il s'agenouilla devant Henri et lui prit la main pour baiser son anneau.

– Au nom du Christ, sauvez-nous ! Le Diable est à Lirey !

Folle

Lucie s'enferma dans sa cellule. Ses erreurs étaient irrémédiables, tous les malheurs venaient d'elle. Elle en était le début et la fin. Son frère Grégoire l'accusait à raison. Elle voyait ses fautes couler tel un fleuve de sang au fond d'un abîme. Elle ôta sa robe de novice, dénoua sa chemise, découvrit son dos et sortit le fouet qu'elle gardait dissimulé sous sa paillasse.

– Marie, paisible et souveraine, délivre-moi de ce corps obscène !

Sans hésiter elle se flagella pour corriger son corps souillé de ses péchés. À chaque coup qu'elle se donnait, elle priait pour le salut de son âme avec toujours plus d'ardeur, effrayée à l'idée de la damnation éternelle qui la menaçait, psalmodiant :

Vierge Marie, toi qui la première éprouvas dans ta chair le glaive
Invoque pour nous l'Esprit de force
Qu'il éloigne de nous la peur, la honte, la lâcheté
Qu'il renouvelle notre foi et nous donne le désir de témoigner
En toutes circonstances que le Christ est Seigneur.

D'un puissant coup de pied, Thomas ouvrit brusquement la porte. Lucie avait le dos en sang.

– Tu es devenue folle ?

Lucie se rebella :

– Vous avez fait de la maison de prières une maison de voleurs !

– Réjouis-toi ! Le suaire du Christ apporte à l'Église plus de fidèles que les vains discours de ton cousin !

– C'est l'œuvre du Diable !

Thomas attrapa sa bure de novice qui traînait sur la paillasse.

– Rhabille-toi et suis-moi immédiatement ! Le peuple veut te voir !

– Plus jamais. Vous trompez les cœurs simples. Dehors !

Thomas la gifla à la volée.

– Quand je te dis de venir, tu viens.

– Vous êtes un menteur ! Un faussaire ! cria-t-elle, en se massant la joue.

– « Qu'est-ce que la vérité ? » rétorqua perfidement Thomas, citant le Pilate de l'Évangile de Jean.

La beauté de Lucie à moitié nue, secouée de pleurs, ses formes dévoilées, sa grâce l'enflammaient, faisaient dresser son sexe. Sa respiration s'accéléra, ses tempes battaient, il se mordit la lèvre. Il tremblait, luttant contre le désir pervers qui l'envahissait. Lucie ne chercha pas à protéger sa pudeur ni à détourner son regard quand il se pencha vers elle.

– Veux-tu que cette cellule soit ton tombeau ? gronda-t-il. Ou tu m'obéis en tout, ou tu ne sortiras jamais d'ici. Tu es à moi !

Elle lui cracha au visage :

– Arrière, Satan !

Frédéric et Sophie de Joigny

Thomas fit barricader la porte de la cellule de Lucie.

– Ses péchés l'ont rattrapée. Nul ne doit plus l'approcher. Jamais, trancha-t-il.

Il retournait à l'abbatiale quand les parents de Lucie arrivèrent droit sur lui.

– Où est notre fille ? demanda anxieusement Frédéric de Joigny.

– Nous voulons la voir ! ajouta Sophie, les yeux humides.

Thomas les tint à distance.

– Restez où vous êtes. Nous devons protéger la miraculée.

Puis :

– Avez-vous versé votre obole ?

– Tout ce qu'il nous restait, avoua Frédéric.

– Frédéric de Joigny, tu mens à l'Esprit Saint, rugit Thomas. Que gardes-tu par-devers toi ?

– Je n'ai rien gardé ! protesta le père de Lucie. Nous n'avons plus un liard…

Thomas refusa de le croire.

– Si tu ne me remets pas tout ce que tu possèdes, ce n'est ni à moi ni aux hommes que tu mens, c'est à Dieu. Interroge ton âme.

– Par le Christ, mon âme est pure et celle de ma femme aussi !

– Nous verrons.

Thomas ordonna au couple de s'agenouiller et de prier devant la porte de Lucie.

– Si tu dis vrai, la miraculée se montrera. Mais si tu mens…

Yorick attendait Thomas au bout du couloir. L'abbé désigna les parents de Lucie en prière devant la porte de sa cellule.

– La grande pestilence est revenue avec ces deux-là, grogna-t-il.

Le nabot ironisa :

– Dois-je leur faire prendre médecine ?

– Purge-nous de cette maladie avant qu'elle prolifère.

– Tu tiens à augmenter ta dette, mon père ?

– Ne t'ai-je pas déjà donné tout ce que tu voulais ?

– Thomas, tu sais bien que je suis un puits sans fond. Tu commandes, j'exécute, mais ensuite il faut bien que je touche le juste salaire de ma peine.

Lucie se traînait sur le sol de sa cellule, meurtrie, ensanglantée, les cheveux en désordre, la peau à nu, comme une folle égarée du Purgatoire. Elle trouva la force de se lever et d'appeler au secours. Mais elle eut beau cogner des deux poings contre le bois de la porte, supplier qu'on la délivre, personne ne répondit ni à ses prières ni à ses cris.

Elle était cloîtrée pour toujours.

Un rayon de soleil filtrait à travers la lucarne de sa cellule. En se retournant, Lucie vit la croix peinte sur le mur s'allumer d'un éclat inattendu. Elle se souvint que la sœur Marthe confessait voir Dieu dans une plénitude absolue qui ne pouvait être exprimée par la bouche ni conçue par le cœur. Elle répétait souvent comme un précepte : « Suis Jésus-Christ d'un grand cœur et, quoi qu'il arrive, que rien ne t'effraie. » Éclairée soudain par la force des paroles de cette sainte femme, Lucie se mit à déchirer le drap qui couvrait sa paillasse, à le tresser en liane. Elle devait s'évader, dénoncer publiquement Thomas, réclamer la bénédiction d'Henri, supplier ses parents de lui pardonner. Elle ignorait que Frédéric et Sophie gisaient égorgés devant sa porte…

L'idolâtre

Sous la conduite de Thomas, les religieux sortaient en procession de l'abbatiale. Troupeau lent et passif qui chantait un chœur funèbre : « Au sang qu'un Dieu va répandre, chrétiens, mêlez au moins vos pleurs » annonçant la prochaine monstration.

Henri et Pierre-Antoine se frayèrent un chemin à travers la foule immense qui se pressait aux abords de l'abbatiale. Dès qu'il le vit, le franciscain désigna Thomas d'une voix puissante :

– C'est lui l'assassin, c'est lui le voleur, le profanateur ! Il a barbouillé de peinture le linge qu'il nous a volé à Jérusalem !

Entendant que l'on mettait en cause le maître de l'abbaye de Lirey, la foule gronda de colère. Pour la faire taire, Henri interpella l'abbé :

– Tu montres ici un suaire tout semblable à celui que tu as peint pour me tromper et mettre en péril la vie du roi. Tu te veux homme de foi, tu n'es qu'un escamoteur, Thomas Merlin de Sainte-Anne, un magicien, un sorcier qui mérite d'être brûlé vif dans ce monde comme dans l'autre.

Thomas répondit d'un rire énorme. Il fit glisser de sa manche le médaillon perdu par Henri.

– Mon bûcher devra être assez grand pour nous griller tous les deux, l'évêque !

Il montra à la foule l'effigie de Lucie en Vierge donnant le sein à l'Enfant Jésus.

– Il gardait sur lui cette image impie de sa cousine !

Et, désignant Henri, il l'accusa à son tour :

– Incestueux, fornicateur, concupiscent ! Qui es-tu pour plaider contre moi ?

– Dieu est mon juge, affirma Henri sous les cris de la foule qui, encouragée par Yorick, reprenait les injures de Thomas.

– Il est le mien aussi.

– Je suis l'Église.

– Et moi je suis le peuple.

– Tu fais adorer Dieu comme une idole.

– J'agis sous la protection du pape, mon oncle ! affirma Thomas, prenant à témoin ceux qui l'entouraient. Aurais-tu l'audace de te dresser contre lui ?

– Tu interprètes à ta guise les paroles du saint père.

– Va le lui dire en Avignon si tu l'oses !

Henri fit face, ignorant la provocation.

– Regarde tes crimes, Thomas ! Meurtre, vol, rébellion, satanisme, idolâtrie ! Au nom de Dieu, je t'enjoins de proclamer que tu montres une image faite de main d'homme et non le vrai suaire de Notre Seigneur Jésus-Christ !

– Qu'en sais-tu ? répliqua Thomas. Étais-tu au Golgotha avec lui ?

Solidement encadrés par des moines et des pèlerins parmi les plus robustes, Henri et Pierre-Antoine furent conduits comme prisonniers à l'intérieur de l'abbatiale. Thomas, triomphant, bénit la foule.

– Il y a des Judas parmi nous, des évêques fourbes et des moines hérétiques, mais le Christ, mort et ressuscité, nous accorde sa grâce et la force de vaincre le mal. Le suaire est notre preuve ! Notre justification ! Qu'il soit l'étendard de notre combat au nom de la bonté et de la miséricorde de Dieu.

Le suaire fut hissé sous une clameur d'approbation tandis que les nonnes entonnaient :

À toi la Gloire, ô Ressuscité !
À toi la Victoire, pour l'éternité !

Libre

En équilibre précaire sur son tabouret, Lucie parvint à se hisser jusqu'à la lucarne de sa cellule. Souple comme une anguille, au prix d'un grand effort, elle se faufila à travers la petite ouverture sans craindre de s'excorier contre la pierre. Puis, agrippée à son drap, elle se laissa glisser au-dehors. Le tabouret auquel était fixée sa corde de fortune remonta le long du mur de la cellule et se bloqua dans la lucarne. La corde se tendit. Lucie put descendre tranquillement le long de la façade et sauter dans l'herbe sans se briser les membres.

Elle était libre !

Le dos zébré, les jambes et les bras piqués de points sanglants, elle remonta l'allée centrale du sanctuaire à moitié dénudée telle une sorcière en furie. Elle tenait à la main la hache qui lui servait à rompre la glace de l'Ardance les jours de grand froid. Henri et Pierre-Antoine la virent passer devant le saint sacrement sans se signer, sans même plier le genou.

Thomas se précipita pour tenter de l'arrêter. Lucie esquiva l'abbé et d'un revers le frappa si rageusement d'un coup de hache qu'elle lui brisa un bras. Thomas s'effondra au pied de l'autel en hurlant de douleur. Bousculant la novice préposée au maniement du suaire, Lucie trancha la cordelette qui soutenait le linge. Le suaire s'abattit sur Thomas, renversant les chandeliers qui l'éclairaient. Soudain une clameur jaillit de la foule : la robe de l'abbé s'enflammait ! Transformé en torche humaine, Thomas essaya de se dépêtrer du linge qui lui collait à la peau. Il était perdu. Il brûlait comme en Enfer et personne n'osait se risquer à son secours. Yorick moins que quiconque, qui s'empressa de filer avec tout l'argent collecté. Pris de panique, les fidèles refluèrent au milieu des flammes et de la fumée.

– C'est l'Apocalypse ! C'est la Fin des temps !

Dans son affolement, la foule ne fit que renverser les bancs et les grands chandeliers disposés près de l'autel. Henri se précipita vers Lucie mais une grosse poutre tomba devant lui, le rejetant en arrière, étourdi, aveuglé par le feu. Il serait mort brûlé si le franciscain ne l'avait pas saisi sous les aisselles pour le tirer hors du brasier.

À genoux au milieu des flammes, Lucie serrait le suaire contre sa poitrine. Sa tête roulait, ses yeux s'allumaient d'extase. Elle n'était plus qu'une âme dans un embrasement divin. Elle parlait en langues inconnues, louait le Seigneur, son amour, sa douceur.

– Dites à Celui que j'aime le plus que je languis, que je souffre, que je meurs !

Le feu grondait. Les bois explosaient en gerbes d'étincelles comme les cris des damnés. L'air devint jaune, puis rouge, puis violet. Il y eut une tornade de fumée qu'un surgissement de lumière fit disparaître. Un arc-en-ciel se forma, improbable, sidérant. La foule hurlait, appelant Dieu, Jésus et les anges à son secours. Un mugissement de bêtes sacrifiées, des paroles en cendres. Délivrée du poids des fers qui la tourmentaient, Lucie toussait, Lucie pleurait, Lucie riait à se tordre au cœur d'un cimetière ardent.

Un rire douloureux qui défiait le temps.

Turin, XIXe siècle

Il pleuvait à verse, comme il pleut souvent au mois de mai à Turin. L'année 1898 avait vu naître Serge Eisenstein, Bertolt Brecht, Federico García Lorca, George Gershwin, René Magritte tandis que mouraient Lewis Carroll, Gustave Moreau, Otto von Bismarck, Stéphane Mallarmé et Sissi, l'impératrice d'Autriche-Hongrie assassinée par l'anarchiste Luigi Lucheni. En janvier, Émile Zola avait publié « J'accuse », Luigi Pirandello (né en 1867 pendant une épidémie de choléra) avait publié sa première pièce, *L'Étau*, qui ne sera représentée qu'en 1910, et Herbert G. Wells venait de sortir *La Guerre des mondes*.

Face aux Alpes, sur une colline plantée de cyprès, le palais Merlino dominait la ville. Sa façade curviligne surmontée d'un dôme néoclassique s'ornait d'un cerf monumental en bronze, œuvre de Benvenuto Valota. Si le somptueux jardin ne pouvait rivaliser avec le parc Valentino, fierté de Turin, on pouvait toutefois y admirer deux arbres extraordinaires : un platane d'Orient et un cèdre de l'Atlas, au milieu d'une incroyable collection de plantes et de fleurs. Depuis les trois terrasses du palais, on découvrait le Pô circulant à travers les terres fertiles qu'il baignait. Lorsqu'il contemplait son domaine, le baron Tommaso Sant'Anna di Merlino, chef du parti monarchiste, conseiller particulier du roi Umberto Ier, seul héritier du titre et des biens de sa famille après le décès de ses frères aînés dans un accident de chasse, avait toujours les trois mêmes mots à l'esprit : luxe, calme et volupté.

Soudain, le vent forcit, le ciel s'assombrit et l'eau se mit à crépiter dans le grand bassin. L'orage éclata. Un véritable déluge. Des éclairs zébrèrent la façade du palais. Une bourrasque accompagnée d'un coup de tonnerre théâtral fit brusquement s'ouvrir toutes les fenêtres de la chambre de Lucia, la fille unique du baron. Les voilages s'envolèrent comme les ailes d'anges contrariés. Le vent et la pluie pouvaient toujours bousculer le petit crucifix d'ivoire posé sur la commode, éclabousser la Vierge à l'Enfant accrochée juste au-dessus, Lucia n'en avait cure. Elle se donnait à l'avocat Enrico Vescovo, un député influent de la gauche constitutionnelle qui s'opposait aux monarchistes catholiques. Lucia cherchait la bouche de son amant, la repoussait, griffait ses épaules, son dos, se cambrait, s'arc-boutait, gémissant, pleurant du bonheur d'appartenir enfin à celui qu'elle aimait depuis l'instant où ils s'étaient rencontrés. Il pouvait presser ses seins, écarter ses fesses, tarauder son sexe, faire d'elle ce qu'il voulait, elle était à lui ! Enrico la sondait, la déchirait, la forait sans relâche, mais Lucia implorait :

– Encore ! Encore plus fort ! Aime-moi encore et encore ! Viens, amour ! Viens !

Dans le fracas de la pluie qui redoublait, Enrico et Lucia s'étreignaient sous un ciel sonore, un crescendo verdien de tempête conduit par un chef impatient. L'orchestre céleste faisait donner les cordes, les cuivres du vent, les timbales du tonnerre. Il y eut une clameur, un cri de triomphe et d'effroi. La pièce devint brutalement toute noire. Puis, comme si un voile se déchirait, un rai de lumière jaillit des ténèbres et ils jouirent ensemble d'un égal éblouissement.

Enrico

Le soleil était revenu. Le vent avait chassé tous les nuages. Il caressait doucement la nudité de Lucia endormie en travers de son lit. Elle s'éveilla en sursaut. Enrico n'était plus là. Avait-elle rêvé ? L'avait-il abandonnée rompue d'amour ? S'était-elle évanouie en perdant sa virginité ? Elle entendit sonner none à la cloche du couvent Santa Clara installé au sud du palais. Elle devait se hâter, le maestro Pastore serait là dans une heure pour son cours de chant et son père avait annoncé qu'il rentrerait avant la nuit. En se levant, prise d'un léger vertige, Lucia réprima un cri d'horreur : ses jambes et les draps étaient tachés de sang ! Elle se précipita aussitôt sur sa coiffeuse, versa fébrilement de l'eau dans la cuvette, y trempa une serviette et se lava promptement, honteuse et heureuse à la fois. Elle était une femme maintenant, vraiment une femme ! Puis, en tremblant, elle tenta de nettoyer les draps. Mais elle eut beau frotter, frotter, frotter, les taches ne partaient pas. Le tissu gardait une auréole où se dessinait une étrange figure, une sorte de visage aux yeux morts…

Pour s'encourager et lutter contre la panique qui la gagnait, Lucia récita d'un souffle froid : « Jésus, Marie, Joseph, assistez-moi dans ma dernière agonie », et roula ensemble les draps et la serviette humides. Sans prendre le temps d'enfiler une chemise de jour, elle passa sa robe de chambre, ouvrit rapidement la porte et sortit, certaine de n'être vue de personne.

Dans les cuisines, Martha, sa vieille nourrice, roulait des gnocchis sur une grande table recouverte de lave émaillée. En évitant de se montrer, Lucia attendit qu'elle sorte gourmander Carlotta, la petite bonne, qui tardait à rentrer du linge trempé par l'orage.

– Sainte Vierge, c'est pas Dieu possible d'être aussi empotée !

La voie était libre ! Lucia bondit dans la pièce et, sans hésiter, enfourna les draps dans la grande cuisinière en fonte où le feu ronflait. Puis elle remonta dans sa chambre, priant pour qu'ils brûlent avant que Martha et Carlotta ne reviennent.

Lucia retendit son lit de draps propres, lissa sa couverture sur laquelle elle déposa une parure en dentelle et retapa ses oreillers en batiste. Nul ne pouvait deviner le désordre dans lequel était sa chambre quelques instants plus tôt. Elle ferma les fenêtres, redressa le petit crucifix tombé de la commode et remit bien droit le tableau de la Vierge à l'Enfant, œuvre de Gabriele Giorda, un Siennois du XIVe siècle. En hâte, elle se débarbouilla le visage, se poudra, natta ses cheveux et s'habilla d'une simple robe blanche, pleine encore de cet amour qui la ravissait.

Elle avait connu Enrico au pensionnat du Sacré-Cœur, lors de la fête de fin d'études. Son amie Fiammetta et elle vendaient de la *torta paradiso* au profit des nécessiteux de la paroisse. Cousine germaine d'Enrico, Fiammetta fit cérémonieusement les présentations :

– Je te présente Lucia Sant'Anna di Merlino, la fille de l'homme que tu détestes le plus au monde.

Enrico la salua d'un sourire.

– Maria, votre mère, était une grande cantatrice, dit-il, pour éviter de parler du baron.

– Vous l'avez entendue chanter ?

– J'ai eu ce privilège. Elle interprétait la Norma de Bellini… Quand elle a chanté « Casta diva », sa voix était d'un cristal si pur qu'en y repensant je sens les larmes me monter aux yeux.

– Pourquoi détestez-vous mon père ? demanda abruptement Lucia en le dévisageant.

– Le baron se bat pour le roi, je me bats pour la république.

Enrico sourit avec insolence.

– Et vous, pour quoi vous battez-vous ?

– Pour l'amour, répondit-elle spontanément, avant de rougir jusqu'aux oreilles.

– Alors nous sommes du même bord, conclut malicieusement l'avocat, lui offrant un nouveau sourire, plus charmeur que le précédent.

Lucia ne le revit qu'un mois plus tard, à un dîner chez les parents de Fiammetta, un couple d'aristocrates qu'elle avait salués de loin lors des visites dominicales au pensionnat mais avec qui elle n'avait échangé que des politesses. Leurs appartements donnaient sur la grande place où s'élevaient les églises Santa Cristina et San Carlo dans l'axe de la Via Roma. Enrico fit le majordome :

– Lucia, permettez-moi de vous présenter mon oncle Federico et ma tante Sofia qui m'ont élevé comme leur fils.

– Tu es bien cérémonieux ! se moqua la mère de Fiammetta en embrassant Lucia. Nous nous connaissons.

Et, se tournant vers sa fille :

– Ici tout le monde connaît Lucia ! N'est-ce pas, ma chérie ?

De fait, Fiammetta avait parlé cent fois, mille fois de son amie !

Enrico offrit son bras à Lucia pour l'accompagner à table.

– Pourquoi vous cachiez-vous ? demanda-t-elle, le nez en l'air.

– Pourquoi je me cachais ?

– On ne vous voyait jamais au Sacré-Cœur et Fiammetta ne m'avait jamais dit qu'elle avait un frère.

– Un cousin, corrigea Enrico, avant d'expliquer : j'étais souvent en France pour perfectionner mon droit et ma philosophie. J'ai d'ailleurs failli m'établir en Champagne mais je suis revenu à Turin.

– Pourquoi ?

Enrico tira la chaise afin que Lucia s'installe plus commodément.

– Quelque chose me disait que je devais revenir…, lui chuchota-t-il à l'oreille.

Au cours de la soirée il parla de la France, de sa gastronomie, de sa culture, du cinématographe des frères Lumière qui faisait grand bruit à Paris, de l'affaire Dreyfus, du « J'accuse » de Zola qu'il avait lu juste avant de rentrer en Italie, de Jean Jaurès qu'il avait eu la chance de rencontrer avec d'autres socialistes, de la photographie qu'il pratiquait en amateur dans son studio.

– Mais en amateur éclairé, précisa-t-il en levant son verre à sa santé.

– Vous êtes un artiste ?

– Hélas, non, s'excusa Enrico. Cette petite peste de Fiammetta ne vous a pas dit que je suis député ?

– Bien sûr que si ! s'indigna sa cousine qui, de l'autre côté de la table, ne ratait rien de leur conversation.

Taquine, elle glissa à Lucia :

– Si tu veux voir un combat de coqs, va à la Chambre quand ton père et M. mon cousin sont en séance en même temps…

Enrico, un peu raide sur sa chaise, n'apprécia pas vraiment l'image.

– Je parlerais plutôt d'un combat de chiens, rétorqua-t-il. Le baron veut faire mal, faire saigner. Je ne suis pas disposé à me laisser mordre.

– À quoi alors êtes-vous disposé ?

– À l'amour, répondit Enrico, faisant rougir Lucia une nouvelle fois.

Fiammetta éclata de rire.

– L'amour ! Encore l'amour ! À croire que vous n'avez que ce mot à la bouche, tous les deux !

Fiammetta ne croyait pas si bien dire. À peine une semaine plus tard, Enrico lisait assis sur un banc près de la fontaine des

Douze Mois dans le parc Valentino quand ils se rencontrèrent. Le hasard faisait bien les choses...

– Maître Vescovo ?

– Bonjour, mademoiselle Sant'Anna di Merlino, dit-il en s'inclinant devant elle. Quelle surprise ! Je n'aurais jamais espéré vous croiser ici.

Il l'invita à s'asseoir.

– Je vous en prie.

– Pardonnez ma curiosité, dit Lucia en s'installant à côté de lui, mais que lisez-vous de si intéressant que cela semble vous transporter ailleurs ?

– Promettez-moi de ne rien dire à votre père.

– C'est licencieux ?

– C'est la brochure d'un anarchiste, Carlo Cafiero, qui a profité de son séjour en prison pour faire un résumé du gros livre d'un Allemand intitulé *Le Capital*.

Il lut :

– « La marchandise est un objet qui a deux sortes de valeurs : la valeur d'usage et la valeur d'échange ou valeur proprement dite. »

Lucia lui rit au nez.

– Vous m'en direz tant !

– Vous avez tort de vous moquer. Je viens enfin de comprendre ce qu'est la plus-value...

– La quoi ?

Une giboulée leur procura une bonne excuse pour s'enfuir du parc. Enrico héla un fiacre. Il voulait faire visiter à Lucia son studio photographique installé près de la Porta Palazzo. En chemin, oubliant *Le Capital* et la politique, il lui raconta comment était né son goût pour la photographie.

– Mon intérêt fut tout de suite passionnel. C'était une manière unique de saisir la lumière et le temps, de les fixer comme si l'on pouvait arrêter l'histoire un instant ou, comme dans la Bible, faire que le soleil s'immobilise sur son axe. C'était pour moi prendre le réel par poignées sans passer par le filtre de l'imagination. La photographie s'adresse à notre raison.

– La peinture ne le fait pas ?

– La peinture s'adresse d'abord à notre cœur, dit-il, laissant son épaule toucher celle de Lucia. Ce n'est que par la suite qu'elle peut s'adresser à notre raison, mais elle met entre nous une distance qui n'existe pas dans la photographie. La photographie dit brutalement ce que la peinture orne et habille de précautions d'or et de couleurs. Même les toiles les plus violentes du Caravage sont séduisantes et leur séduction nous égare.

– La photographie mettrait-elle la vérité à nu ?

– Sûrement pas ! s'exclama Enrico. Elle véhicule aussi une énorme part de « subjectivité », comme on dit aujourd'hui. Mais c'est un art dont nous devons découvrir l'alphabet et la grammaire. Son langage nous est encore presque entièrement inconnu. C'est explorer cet inconnu que je trouve passionnant !

Il ne pleuvait plus quand ils se firent déposer un peu à l'écart du centre-ville, dans le quartier Aurora où Enrico s'était installé pour être près du peuple. Un grand soleil illuminait les rues. Enrico s'en voulait d'avoir trop parlé. Qu'avait-il eu besoin d'exposer ses théories sur la photographie ? Sur le Caravage, la Bible, la plus-value ? Pour se faire pardonner, au coin de la Via San Simone, il offrit à Lucia une crème glacée achetée à un petit marchand ambulant.

– Savez-vous comment Gualano, le fabricant, appelle cette friandise ? lui demanda-t-il en la lui tendant.

Elle l'ignorait.

– Un « cornet d'amour » ! claironna Enrico.

Studio

À peine la porte du studio était-elle refermée qu'ils s'embrassèrent à pleine bouche, l'envie était trop forte. Lucia n'avait jamais embrassé un homme et tout son corps fut irradié d'une incroyable chaleur. Elle frissonnait, de chaud, de froid, elle ne savait plus, mais la sensation était délicieuse – délicieuse, profonde, troublante. Elle s'abandonnait tout entière dans les bras d'un adversaire politique de son père, un socialiste, cousin de sa plus tendre amie, sans que nul puisse soupçonner ni même imaginer l'intensité de ce qu'elle vivait. Elle laissa Enrico baiser ses lèvres, son cou, caresser sa poitrine. Lucia s'amollissait comme du plomb fondu, mais quand il voulut la soulever pour la porter sur le canapé vert pâle, elle l'arrêta.

– Non, dit-elle, haletante. N'allons pas trop vite…

Elle regarda autour d'elle, comme prise en faute. Il n'y eut plus entre eux qu'une attente, un regard. Enrico, les yeux brillants, s'excusa. Il était confus, désolé de son geste.

– Pardonnez ma hâte mais je vous aime, Lucia. J'ai envie de vous ravir, de vous conduire au ciel, de connaître l'enchantement dans vos bras.

Lucia scruta son visage comme si elle avait le pouvoir de dévoiler d'un coup d'œil le désir d'Enrico, ses élans, ses ombres.

– Vous m'aimez ? s'étonna-t-elle, d'un ton si grave qu'il la surprit elle-même.

Enrico prit ses mains dans les siennes. Il voulait qu'elle sente le battement du sang dans ses veines, sa chaleur.

– Je suis sûr que vous ne songiez pas à quelqu'un qui aurait mon visage quand vous avez pensé à l'amour la première fois.

– Je me moque de votre visage. Qu'importe que vous soyez beau ou laid. Vous êtes beau, tant mieux. Mais si – comme vous le dites – vous m'aimez, j'attends que vos paroles touchent mon cœur, s'en emparent, me bouleversent, me fassent chavirer.

– Dès notre première rencontre, j'ai su que vous seriez ma femme.

– Votre femme ?

Il s'agenouilla devant elle.

– Lucia Sant'Anna di Merlino, voulez-vous m'épouser ?

Une seconde plus tôt, il n'aurait pas imaginé faire une telle demande. Elle était sortie de sa bouche comme une âme s'envole vers le ciel. Sans que rien puisse la retenir. Lucia, le souffle coupé, bafouilla :

– Mon père n'acceptera jamais.

Enrico se releva dans un élan d'impatience.

– Vous ne m'aimez donc pas ?

Les yeux brillants de larmes, Lucia s'entendit avouer :

– Mais si, je vous aime !

Comment avait-elle pu oser un tel aveu ? Elle était folle ! Elle se serra contre Enrico comme pour cacher sa honte, se glisser dans un profond abandon et disparaître à tout jamais.

– Ne m'avez-vous pas dit que vous vous battiez pour l'amour ? demanda-t-il en lui relevant le menton.

– Si, je l'ai dit, confirma Lucia dans un murmure.

– Alors ?

– Je me battrai, jura-t-elle, les yeux dans les yeux.

– Nous mènerons ce combat à deux, précisa-t-il, caressant sa joue sage, ses bras nus, son cou délicat.

– J'ai peur, murmura Lucia.

– Peur de quoi ?

– Peur pour nous.

Elle leva les yeux, le front inquiet.

– Ne me laissez pas, dit-elle, comme si tout était déjà fini entre eux.

– Pourquoi te laisserais-je ?

– Parce que nos familles voudront nous séparer.

– Je les en empêcherai, jura Enrico. Nous ne ferons qu'un, toi et moi. Nous nous dirons tout. Nous nous offrirons tout ce que la vie peut offrir à une femme et un homme qui s'aiment.

Ils se dévisagèrent comme s'ils n'étaient plus les mêmes après cet aveu. Enrico, très ému, voulait fixer cet instant. Il tendit la main à Lucia.

– Me laisseras-tu te photographier ? Tu es si belle…

Si désormais il la tutoyait, c'était qu'il l'aimait vraiment…

– Me laisseras-tu en faire autant ? répondit-elle avec espièglerie.

Musée

Pendant plus d'un mois, ils rusèrent pour se voir, pour se rencontrer soi-disant par hasard, pour échanger des mots d'amour partout où ils étaient invités sans que personne puisse le remarquer. Lorsqu'ils se retrouvaient seuls, Enrico appelait ironiquement Lucia « ma fiancée » et elle se moquait de lui, son « promis ». Ces fiançailles secrètes les épuisaient de désir. Un jour, au Musée égyptologique, ils s'embrassèrent devant le papyrus érotique trésor de la collection, datant de la période ramesside – environ 1150 av. J.-C. –, dont Champollion disait : « Son obscénité monstrueuse me donne une bien singulière idée de la gravité et de la sagesse égyptiennes. » Il régnait un silence de cathédrale dans la salle déserte en cette fin d'après-midi. Lucia et Enrico se glissèrent dans le décrochement d'un mur, derrière deux vitrines. Enrico plaqua Lucia contre lui.

– Ta main, souffla-t-elle, oubliant prudence et pudeur.

Sans que leurs bouches se séparent, Enrico s'attarda sur ses seins, sur ses hanches, sur son ventre et se bloqua à la fourche de ses cuisses. Les joues rouges, les yeux brillants, Lucia haletait d'impatience. Enrico jeta un regard rapide pour vérifier que personne ne pouvait les surprendre et, d'un geste hardi, retroussa la robe de Lucia. Elle avait pour seuls dessous un jupon léger et une longue culotte fendue à l'entrejambe. Lucia crut défaillir quand les doigts d'Enrico s'enfoncèrent en elle.

– Regarde-moi, murmura-t-il, regarde-moi, mon amour.

Lucia débordait, remontant une à une toutes les marches du rêve, son cœur battait à tout rompre. La main douce et lente d'Enrico allait et venait sur son sexe, sa toison, entre ses lèvres. Harmonie, mélodie, valse lente, il la tenait sans la quitter du regard. Lucia gémissait, craignant d'être surprise, mais tout son corps suppliait Enrico de continuer à la caresser. Enrico s'activait, pressant, précis. Il accéléra son mouvement, augmenta sa force comme s'il voulait la soulever de terre d'une seule main. Lucia laissait échapper de petits cris telle une rêveuse surprise dans son sommeil. Enrico lui faisait délicieusement mal. Elle peinait à garder les yeux ouverts.

– Regarde-moi, répéta-t-il avec une sorte de rage.

Rose mouillée, rose perdue de plaisir, Lucia chavirait. Elle voyait des collines, de grands espaces, des forêts profondes dans un nuage vaporeux, une grande étendue d'eau scintillante, des plaines où l'herbe ondulait en vagues vers la mer.

– Oui, oui, plus vite, plus haut, oui…

Il y avait une porte ouverte sur la lumière. C'était plus violent et plus chaud que le soleil ! Elle allait jouir dans l'air chargé du parfum de mille fleurs ! Elle allait…

– Oui, oui !

Des pas les alertèrent.

– On ferme ! annonça une voix lointaine.

On venait. Vite, ils durent se rajuster, se séparer, sortir entre les vitrines d'exposition comme deux visiteurs passionnés d'égyptologie. Ils croisèrent le gardien qui les salua d'un sonore *Buonasera*.

Les avait-il vus ?

Devant les portes monumentales du musée, au moment de se séparer, Lucia, à bout de nerfs, les joues écarlates, lâcha :

– Ce que je ne voulais pas l'autre jour dans ton studio, je le veux maintenant. Sois chez moi demain à l'heure de midi. En entrant par la porte rouge, derrière les écuries, personne ne te verra.

Chant

Le lendemain, il pleuvait de nouveau, une averse violente obligeant le maestro Pastore à courir malgré son âge pour traverser le jardin. Son parapluie se retourna. Pour ne pas se faire saucer, il coupa au plus court et se dirigea vers la première porte ouverte, celle des cuisines. Martha retirait du fourneau des lambeaux de linge brûlé, criant à Carlotta qu'elle allait lui « redresser les côtes » pour lui apprendre à mettre des draps au feu !

– Je t'ai dit de les rentrer, pas de les brûler !

– J'ai rien fait ! protestait la petite bonne.

– Tu ne perds rien pour attendre !

– C'est pas moi !

– C'est qui alors ? C'est le Diable ?

Pastore venait pour la leçon de mademoiselle. Il s'excusa de passer par la cuisine.

– Vous avez vu ce qui tombe ?

Marthe lui agita sous le nez un morceau de drap calciné.

– Vous pouvez croire ça ?

Le professeur fit la grimace.

– Tiens donc ! J'ignorais, dit-il, qu'on séchait le linge en le mettant au four.

Marthe eut envie de le battre lui aussi.

Lucia attendait son professeur dans le salon de musique, sous un grand portrait de sa mère, Maria Sant'Anna di Merlino, à qui elle ressemblait trait pour trait. La toile était de facture académique. La cantatrice posait debout, drapée dans une très stricte robe de cérémonie, mais la sensualité de son visage, l'intensité de son regard, le modelé de sa bouche étaient extraordinairement audacieux. Avant-gardistes. Pastore pria Lucia de lui pardonner son retard, éternua trois fois et s'installa au piano. Lucia commença par des vocalises pour échauffer sa voix. De méchante humeur, Pastore la rudoya :

– Plus haut ! Plus fort ! Il faut que ça vienne du ventre, que ça remonte jusqu'à la glotte ! Jusqu'à la boule à cris ! Reprenez !

Après plusieurs séries de quintes descendantes et ascendantes, d'arpèges majeurs, de tierces, de trilles de seconde mineure, de trilles mineur et majeur et de quelques autres, Lucia fut enfin autorisée à chanter. Elle choisit de travailler un air composé spécialement pour sa mère par Giovanni Claudio Piccolo, le pianiste qui l'avait accompagnée tout au long de sa carrière.

Ô Jésus
Il est juste que je souffre
Que j'expie mes erreurs !...

À l'entrée de la salle de musique, dissimulé derrière le rideau, le baron, les yeux rêveurs, appuyé sur le pommeau d'ivoire de sa canne, écoutait sa fille avant de se décider à entrer. À cinquante ans, Tommaso, tempes argentées, barbe poivre et sel, mains soignées, portait beau. Toujours d'une élégance discrète et d'un goût exquis, il se tenait la tête légèrement relevée comme s'il ne pouvait voir les autres que de haut. Lucia allait reprendre son chant quand il interrompit la leçon par ses applaudissements.

– Mes respects, maestro, dit-il en passant devant Pastore.

Le professeur répondit d'une quinte de toux.

– Ma chérie, dit le baron en embrassant Lucia sur le front, t'entendre chanter, c'est entendre ta mère…

Il se reprit :

– Mon Dieu, je dis n'importe quoi, pardon ! Je suis une vieille bête. Quand je t'écoute, je ne m'appartiens plus…

Et souriant à sa fille :

– Tu chantes comme personne, ou plutôt tu chantes comme personne n'a jamais chanté avant toi.

Ses yeux s'embuèrent.

Dîner

La situation politique inquiétait le baron Tommaso. Les journaux racontaient qu'en Sicile les paysans, les métayers, les journaliers se révoltaient à cause de la hausse des prix du pain et de la farine. Les sarcleuses de riz de la plaine de Bologne, les *mondine*, occupaient les bourgs. Devant le refus des patrons d'augmenter leurs salaires, elles prélevaient le pain dans les épiceries pour le partager de façon équitable entre les familles pauvres. À Milan, début mai, plus de cent soixante barricades avaient été dressées, la grève générale décrétée, suivie par plus de soixante mille personnes. Une foule immense avait conflué vers le centre-ville avant d'affronter la troupe sur la Piazza del Duomo, la place centrale de Milan. L'armée, sous le commandement du général Bava Beccaris, avait ouvert le feu sur les manifestants et fait donner les canons contre leur retranchement pour dégager les rues. Mais la résistance n'avait pas cédé. Certains manifestants étaient armés, ceux qui ne l'étaient pas bombardaient les soldats de pierres et de tuiles arrachées aux toits. La bataille s'était poursuivie au corps à corps pendant trois jours. Dans les rues, les ouvriers, les socialistes, les anarchistes avaient lutté à mains nues contre l'infanterie puissamment armée et soutenue par l'artillerie. Il y avait eu plus de deux mille personnes blessées et quatre cents morts. Un véritable massacre. La presse parlait de « protestation de l'estomac ».

– Les journaux sont prêts à publier n'importe quoi pour faire vendre ! s'emporta le général Migliori que le baron avait convié à dîner.

Morose et hautain, il jeta le *Corriere Nazionale* sur la table.

– Bava Beccaris a fait ce qu'il fallait. Le pire aurait été qu'il baisse les armes devant cette éternelle race d'esclaves qui ne peut vivre sans joug ni bât. Dans la même situation je n'aurais pas hésité une seconde à agir comme lui !

Migliori était en charge de la sécurité des personnalités présentes à Turin pour les célébrations des fêtes du cinquantenaire de la Maison de Savoie, lesquelles débuteraient le lendemain. Restait à régler certains détails qu'il devait affiner avec Tommaso, membre éminent du comité d'organisation.

– Vous ne voyez pas d'objection à ce que ma fille Lucia se joigne à nous ?

– Au contraire, répondit le général. Depuis le temps que vous me vantez toutes ses qualités, je serai très heureux de faire enfin sa connaissance.

– Alors, allons dîner ! Nous aurons ensuite tout le temps de nous entretenir dans ma bibliothèque. J'ai un alcool de poire que j'aimerais vous faire goûter.

Ils s'attablèrent.

Le général se félicitait que son fils Umberto vienne d'intégrer la marine royale avec le grade de lieutenant de 1re classe.

– Remarquable, apprécia le baron. Je suis certain qu'il n'en restera pas là.

Et, s'adressant à Lucia qui les avait rejoints :

– N'est-ce pas une magnifique nouvelle ?

– Magnifique, admit Lucia, les yeux baissés.

– J'ai appris que vos études avaient été confiées aux sœurs du Sacré-Cœur, lui dit le général.

– J'y suis restée sept ans.

– N'avez-vous jamais été tentée de prendre le voile ?

Lucia fit l'effort de répondre aimablement :

– Comme ma mère, je suis musicienne, général. Je veux me consacrer à la musique et au chant.

– Elle est l'élève de Pastore, se flatta Tommaso.

– Très bien, dit Migliori. Je suis certain que le Sacré-Cœur offre à nos jeunes filles une éducation chrétienne qui les prépare à leur future vie d'épouse. Le chant, la musique ne sont pas des agréments négligeables…

– Votre fils est musicien ? s'enquit Lucia avec une pointe d'insolence.

– Umberto ? Ah non, s'amusa le général. Il chante si faux qu'en pension il était même dispensé de chorale à l'église !

– Il saura faire chanter ses canons ! intervint Tommaso, qui ne souhaitait pas que la discussion se prolongeât sur ce sujet.

Le général se fit servir du vin de Barolo.

– Mon fils ne chante pas, ne joue pas de piano, mais il pratique la gymnastique selon la méthode suédoise qui combine les gestes classiques de la gymnastique et des exercices de kinésithérapie, déclara-t-il.

– Pardon ?

– Des exercices pour muscler le corps et l'esprit inventés par Pehr Henrik Ling, un homme remarquable. Vous ne faisiez pas de gymnastique au Sacré-Cœur ?

– Je pense que les sœurs auraient jugé indécent de nous faire transpirer, répondit Lucia. Connaissez-vous une femme qui la pratique ?

– La mienne, se vanta le général. Avec mon fils. Si vous voulez vous y essayer, je suis certain qu'il sera ravi d'être votre mentor.

Le général se leva brusquement de table et demanda à Lucia de l'imiter.

– Vous permettez, cher ami ?

Tommaso, perplexe, fit signe que… Lucia obéit de mauvaise grâce. Le général l'observa de la tête aux pieds.

– Permettez-moi de vous dire que vous êtes très belle, mademoiselle, très bien charpentée, et que vous m'avez l'air en bonne santé, dit-il en la prenant par les épaules pour mesurer à quel point elle se tenait bien droite. Si nous lancions une campagne pour vanter nos vertus nationales, vous pourriez sans conteste servir de modèle à la « femme italienne ». Savez-vous danser ?

– Dois-je prendre cela pour une invitation ?

Le général rit de la question.

– Personnellement je danse très mal, mais j'ai fait donner des cours à Umberto. Un jeune officier doit pouvoir tenir sa place aux bals de la bonne société et je ne suis pas ennemi d'un peu d'amusement.

Lucia, blême, n'appréciait pas d'être examinée comme une bête de foire et elle se fichait complètement de ce qu'Umberto Migliori savait faire ou pas.

– Puis-je me rasseoir ? demanda-t-elle d'un ton pincé.

– Bien sûr, répondit le général, s'empressant de lui tenir sa chaise. Pardonnez mes manières de soldat. Votre père m'a tant parlé de vous qu'avant que vous ne vous retiriez, j'avais tout simplement envie de vous admirer…

Le lendemain

Devant le grand miroir du vestibule, Lucia se coiffait d'une mantille quand son père lui posa une cape sur les épaules. Elle fit sa coquette.

– Comment me trouvez-vous, père ?

– Je n'ai pas de mots ! avoua-t-il, ébloui par la beauté, l'élégance de sa fille en robe bleu pervenche.

Lucia était prête.

– Où allons-nous ?

– D'abord à la gare si tu veux bien ! répondit le baron. Nous allons accueillir le cardinal Pichetti, le légat du saint père. Je t'ai déjà parlé de lui, non ?

– Le futur pape ?

– Si Dieu le veut !

Lucia sourit : tout le monde savait que son père ne ménageait pas sa peine pour que Dieu choisisse Pichetti, un homme de conviction, de poigne, qui saurait être un puissant soutien de la monarchie.

– Il vient présider les fêtes ?

– Il vient célébrer la Maison de Savoie en notre compagnie, corrigea le baron, adoptant le ton patient d'un instituteur. Et aussi pour autre chose…

Lucia s'étonna de voir son père jouer les mystérieux. Il avait excité sa curiosité.

– Autre chose ?

– Tu verras, dit-il en lui donnant un baiser sur le front.

Tommaso offrit son bras à Lucia. Il avait l'allure d'un lion gris.

– Viens, j'ai une surprise !

Ils sortirent d'un même pas. L'orage de la veille avait nettoyé le ciel de ses nuages. Le soleil brillait sur fond azur. Les arbres du jardin, les plantes, les fleurs resplendissaient pour célébrer la paix céleste revenue sur la terre. Le baron Tommaso venait de recevoir l'Imperator, un prototype d'automobile sorti de l'atelier d'un mécanicien de génie, Giovanni Battista Ceirano.

Lucia applaudit, émerveillée.

– Toutes mes amies vont être jalouses !

– Allons nous montrer en ville, proposa le baron, lui ouvrant la portière.

Il aida sa fille à prendre place et s'installa à côté d'elle avec un grand soupir de satisfaction. Lucia en profita pour reparler du dîner de la veille :

– Je n'ai pas aimé que votre général Migliori m'observe comme s'il devait m'acheter aux comices. J'ai trouvé ça malsain. Vous auriez dû l'en empêcher.

– C'est un soudard, admit Tommaso avec bienveillance. Sa femme vient d'une grande famille de Rivoli. Elle est très liée à ta tante Teresa au sein du Cercle pour les vertus chrétiennes. Migliori t'a prise pour un de ses hommes et t'a regardée comme il aurait jugé un soldat ! Je crois que tu lui as beaucoup plu mais qu'il s'y est terriblement mal pris pour te témoigner son admiration.

– C'est le moins qu'on puisse dire.

– Tu sauras lui pardonner…

Amedeo, le chauffeur qui faisait aussi office de mécanicien, s'assura que ses passagers étaient confortablement installés et, après plusieurs tours de manivelle, il fit démarrer le moteur.

Remontant depuis les bords du Pô vers la gare, l'Imperator traversa Turin à la vitesse réglementaire de douze kilomètres-heure, suscitant l'étonnement, l'envie, l'admiration des fiacres et des voitures attelées qu'ils dépassèrent. Juste avant d'arriver à la Piazzetta Reale, sur un signe du baron, Amedeo leur offrit une pointe à plus de trente kilomètres-heure, au milieu des cris des passants indignés par cette folle allure. Lucia riait de cette équipée sauvage, tenant fermement le bras de son père. Elle était aux anges, la vitesse la grisait. Elle avait envie de se laisser étourdir en offrant son visage au vent, de chanter son bonheur, de clamer son amour pour Enrico.

– Ça te plaît ? cria le baron.

– Oh oui ! Beaucoup ! hurla-t-elle en retour, rabattant le bord de son chapeau tenu par un ruban noué sous le menton.

Presque parvenue au bout de la Via Roma, la voiture stoppa dans un grand crissement de freins pour laisser traverser deux rangs de pensionnaires du Sacré-Cœur de Turin, robes bleues, cols et bas blancs. Les sœurs qui les guidaient reconnurent le baron et le saluèrent, un peu effrayées par le bruit du moteur de l'Imperator. Lucia adressa aux filles un petit signe de connivence… À la mort de sa mère, elle avait été confiée à ce même pensionnat, Via delle Orfane. Elle avait dix ans et tant de chagrin qu'elle avait cru mourir. Fiammetta, sa voisine de dortoir, l'avait consolée, dorlotée, apprivoisée. Depuis, entre elles, c'était à la vie à la mort. Lucia appelait Fiammetta « mon ange » et plus que jamais c'était le surnom d'amour qu'elle méritait pour lui avoir fait rencontrer Enrico.

En pension, elles ne se quittaient jamais : en cours elles étaient assises sur le même banc, elles partageaient le bain hebdomadaire qu'elles devaient prendre en chemise, faisaient ensemble la lessive de leurs dessous et ne se séparaient même pas pour aller aux toilettes ! *Mai l'una senza l'altra*, « Jamais l'une sans l'autre », c'était leur devise. Au dortoir, leurs lits étaient côte à côte. Le soir, quand la lumière s'éteignait, quand la sœur surveillante ordonnait de dormir après leur avoir souhaité bonne nuit au nom du Christ, elles se glissaient dans celui de l'une ou de l'autre et se serraient très fort, jusqu'à l'étouffement. Elles se parlaient à voix basse, se chuchotaient des horreurs sur les autres filles, moquaient les sœurs et les prêtres chargés de leur enseigner les lettres, les mathématiques, la géographie et surtout l'histoire sainte, la matière la plus importante aux yeux de l'institution. Un matin, elles avaient été surprises endormies dans le lit de Fiammetta, enlacées, à moitié nues. Elles étaient innocentes, mais elles avaient été sévèrement punies. La mère Maria Livia, la directrice, les avait convoquées dans son bureau, obligées à remonter leurs robes au-dessus de la taille, à se pencher et leur avait donné à chacune quinze coups de badine sur les cuisses et sur les fesses, leur faisant répéter à chaque fois : « Merci, mon Dieu. » Elles avaient été séparées mais cela n'avait fait qu'exciter leur désir d'être ensemble. Ce châtiment avait scellé entre elles le « serment des larmes » et les avait rapprochées plus encore. Dès lors, elles avaient fait semblant de se repentir, joué les élèves modèles, rendant des devoirs bien lisses, polis de banalités croyantes et parfumés d'encens pour endormir toutes les surveillantes. Presque chaque jour, elles se retrouvaient en cachette. Tantôt elles descendaient dans les caves sous le faux prétexte d'aider à la cuisine, tantôt elles allaient à la chapelle prétendument pour cirer les bancs ou bien grimpaient dans les greniers situés au-dessus des dortoirs sans craindre ni les araignées ni la poussière. Lucia et Fiammetta étaient devenues de si bonnes comédiennes qu'elles ne s'étaient jamais fait surprendre une seconde fois.

Au fil du temps, leurs corps prenaient des formes, leurs hanches s'épanouissaient, leurs seins ronds et fermes pointaient sous leurs corsages. Elles grandissaient, riant parfois comme des folles à en devenir affreuses. Elles calculaient combien de mois, de semaines, de jours les séparaient du moment où, enfin, elles quitteraient le Sacré-Cœur pour rejoindre leur famille. Leur destin semblait tout tracé. On les marierait, elles auraient des enfants et attendraient la mort en soignant leurs parents et en s'occupant des petits derniers. La mère Maria Livia leur avait enseigné ce qu'on attendait d'elles : bien gérer la maison de leur mari, le suppléer lorsqu'il serait absent, notamment pour surveiller les domestiques, le consoler des ennuis et des difficultés de la vie publique, accomplir le devoir que Dieu réclame d'une épouse, donner à leur mari une progéniture pour assurer la pérennité de son nom, la continuité de sa lignée et aussi pour offrir au pays les bras prêts à le défendre en cas de guerre. Mais ni Lucia ni Fiammetta ne voulaient de cette vie. Plutôt mourir ! Elles juraient de se soutenir, de ne pas se quitter, de s'aider pour que jamais un pareil cauchemar ne se réalise. Au pire, elles fuiraient ensemble ! Parfois, elles sanglotaient sans larmes dans les bras l'une de l'autre, perdues, découragées d'avance. Comment feraient-elles pour échapper à ce qui les attendait ? Au destin des femmes de leur classe et de leur condition ? Mais il y en avait toujours une des deux qui d'un baiser ou d'un rire redonnait à l'autre force et espoir.

Enfin le jour tant attendu était arrivé. Avant de les libérer définitivement, la mère Maria Livia les avait averties une dernière fois : « Certaines resteront ici pour compléter leurs études et prendront le voile, d'autres rejoindront le monde mais, pour vous toutes, seul doit compter le désir d'être à Dieu et d'être sauvées. » Lucia avait échangé un regard complice avec Fiammetta. La directrice ne croyait pas si bien dire : pour être sauvées, elles allaient l'être… en quittant le Sacré-Cœur pour n'y jamais revenir ! Combien de fois s'étaient-elles demandé si Dieu voulait vraiment qu'on fouette des fillettes ne cherchant rien d'autre qu'un peu de chaleur, de réconfort, de tendresse dans les bras l'une de l'autre ? Combien de fois s'étaient-elles interrogées pour savoir si leur salut dépendait vraiment du mari à qui elles seraient livrées corps et âme, à qui elles devraient obéir et aux caprices duquel elles devraient se soumettre ? Combien de fois avaient-elles partagé leurs doutes sur la foi, sur le pouvoir des saints, sur l'autorité de l'Église ? Les sœurs gardaient toujours un œil sur elles et les tenaient en bride mais n'avaient que méchanceté et sécheresse du cœur à leur donner en exemple. Elles avaient dix-sept ans et heureusement qu'elles quittaient le Sacré-Cœur : elles n'auraient pas supporté une année de plus ! Leur récompense n'avait pas été le diplôme sans valeur qu'on leur avait remis en grande pompe mais cette vente de charité organisée pour célébrer la fin de leurs études. La vente où Lucia avait rencontré Enrico…

En regardant avec attendrissement les élèves du Sacré-Cœur, Lucia leur souhaita en secret de s'en échapper, de vivre sans craindre d'exprimer leurs sentiments, sans jamais avoir honte de leur corps. Lucia était heureuse. Elle aurait voulu que toutes ces filles soient libres comme Fiammetta et elle !

Cardinal

En 1898, la ville de Turin célébrait le quatre centième anniversaire de la cathédrale de Turin et le cinquantième anniversaire du Statut albertin en faveur de la Maison de Savoie. Il régnait ce jour-là une grande agitation à la gare Porta Nuova, dont la grande verrière de façade subdivisée par de fines membranes métalliques rappelait celle du palais Madame, œuvre de l'architecte Filippo Juvara et résidence de Marie-Jeanne-Baptiste de Savoie, *Madama* qui avait donné son nom à l'édifice.

Amedeo conduisit l'Imperator près du hall d'arrivée où les voitures et les fiacres étaient autorisés à se garer. Le baron fit descendre Lucia, surveillant de loin la manifestation d'où montaient des cris hostiles à la monarchie et des revendications pour réclamer du travail et des salaires. Lucia et son père se hâtèrent d'entrer alors que la troupe peinait à maintenir la foule à distance et que les manifestants lançaient des boulons et des pierres dans leur direction.

Les quais, pavoisés de drapeaux aux couleurs du royaume d'Italie, étaient bondés. Beaucoup de prêtres et de fidèles, hommes, femmes et enfants endimanchés, attendaient impatiemment l'arrivée du train spécial en provenance de Rome. Quand enfin celui-ci s'arrêta dans un nuage de fumée, deux jeunes abbés se précipitèrent pour dérouler un tapis rouge.

Avant de descendre saluer la délégation de personnalités venues l'accueillir, le cardinal Pichetti bénit la foule, promenant un regard assez indifférent sur ceux qui l'applaudissaient.

– Vive le cardinal ! Vive le cardinal !

Tous voulaient le voir, le toucher comme un saint, oubliant que Pichetti était surtout réputé pour son esprit courtisan et sa dévotion aux puissants. Par ailleurs, il était bon vivant, gros mangeur, gros buveur, plus prompt à faire la charité à ses « nièces » – de jeunes et jolies filles – qu'aux vieilles femmes, ce qui le rendait populaire. Tour à tour, le baron Tommaso, Lucia, le professeur de médecine Claudio Floris, le professeur Cesare Lombroso, fondateur de la médecine légale et inventeur de la phrénologie criminelle, célèbre auteur de l'atlas *L'Homme criminel*, le général Migliori, sa femme et leur fils Umberto baisèrent l'anneau cardinalice. Un lieutenant de la garde royale arriva en courant.

– Il faut que vous veniez tout de suite, mon général, dit-il après l'avoir salué réglementairement. La manifestation dégénère, nous craignons d'être débordés. Il serait prudent que son éminence soit mise à l'abri rapidement.

– J'ai ma voiture, proposa le baron. Un prototype, l'Imperator…

– Je peux vous accompagner ? demanda le fils du général, un grand et gros jeune homme qui n'avait d'yeux que pour Lucia.

L'Imperator quitta aussitôt la gare avec à son bord Tommaso, le cardinal Pichetti, Lucia et la femme du général assis à l'arrière. Ils laissèrent derrière eux la manifestation que Migliori, son fils et le lieutenant de la garde royale rejoignirent au pas de course. Le peuple avançait vers la gare, les soldats reculaient.

– Mettez en joue ! cria le général, avant même d'avoir atteint l'arrière de sa troupe.

Les capitaines répercutèrent l'ordre :

– Deux premiers rangs, un genou à terre. En joue !

Les soldats pointèrent leurs armes sur les hommes et les femmes qui leur faisaient face, prêts à faire feu. Les manifestants s'arrêtèrent net mais ne reculèrent pas. Dans la bousculade, une femme fut poussée tout à l'avant. Une ouvrière au visage marqué par le travail et la dureté de la vie. Déchirant son chemisier pour montrer sa pauvre poitrine, elle cria :

– Soldats, pourquoi voulez-vous nous tuer ? N'avez-vous pas de mère, de femme, de sœur, de fille ? Vous voulez nous faire taire ? Mais comment se taire alors que nos enfants meurent de faim et de misère ? Nous ne réclamons pas l'aumône mais du travail. Vous êtes du peuple, comme nous. N'acceptez pas de faire le sale boulot commandé par vos chefs. Retournez vos fusils contre eux ! Ne les laissez pas vous transformer en assassins. N'acceptez pas d'être les chiens domestiques des monarchistes et des curés. Vive la république !

Une clameur unanime monta des manifestants :

– Vive la république !

Lucia tourna la tête, alertée par ce cri, mais ils étaient déjà loin.

Prise de vue

Les portes de la cathédrale San Giovanni Battista étaient exceptionnellement fermées au public. Seuls le cardinal et sa suite furent autorisés à y entrer, salués par deux rangs de carabiniers qui montaient la garde. Ils parcoururent rapidement l'allée de la nef centrale, guidés par le père Sanno Salaro et le responsable de la sécurité de la cathédrale, le lieutenant Felice Fino. Délimitée par des pilastres en pierre de Suse, la nef était flanquée de deux autres plus petites dans lesquelles avaient été aménagées six chapelles à droite et sept à gauche. Le père

Sanno Salaro rappela au cardinal que la cathédrale, entre autres trésors, conservait une relique de saint Jean Baptiste qu'il serait heureux de lui présenter.

– Si nous avons le temps ! soupira le cardinal, qui avait hâte de s'asseoir et de boire un cordial, le voyage en automobile lui ayant soulevé le cœur.

Après avoir gravi le grand escalier au fond de la nef, le cortège arriva devant le maître-autel de la chapelle Santissima Sindone, un édifice circulaire aux parois de marbre noir, bordées de tombeaux en marbre blanc.

– Le chef-d'œuvre du frère théatin Camillo-Guarino Guarini, votre éminence, précisa le père Santo Salaro.

Une équipe de menuisiers et de charpentiers achevait de monter une estrade devant le saint suaire entièrement déplié, exposé derrière une vitre. Ils s'interrompirent et s'écartèrent à l'arrivée des officiels. Le baron Tommaso pria le cardinal de s'approcher pour voir le linge au mieux. Le père Sanno Salaro se pencha vers le cardinal.

– Nous l'avons mesuré très précisément, dit-il. Il fait 4,36 mètres de long et 1,11 mètre de large.

Le fameux linge présentait l'aspect d'un tissu jauni, brûlé, taché, où seules étaient faiblement visibles des ombres informes. En plissant les yeux, le prélat observa un bon moment les roussissures, les traces de brûlure et de pliage.

– Tout cela me semble fort abîmé, soupira-t-il.

Il interrogea le baron :

– Quelles sont ces taches, là, sur le côté ? De la saleté ? De la rouille ?

– Ce sont des taches de sang, votre éminence ! se récria Tommaso. Le sang du Christ !

Le cardinal fit la moue.

– Du sang ? Vous êtes sûr ? On dirait plutôt des traces de peinture…

La remarque heurta le baron mais il garda le silence. Ce n'était ni le lieu ni l'heure d'entamer une polémique. Un groupe d'hommes en habit et de femmes très élégantes attendait Pichetti. Le baron Tommaso fit avancer le premier d'entre eux.

– Votre éminence, dit-il au légat du pape, permettez-moi de vous présenter le chevalier Secondo Pia… Sa Majesté le roi lui a confié la tâche de photographier notre sainte relique…

Secondo Pia plia le genou et embrassa l'anneau du prélat. Le baron se raidit soudain, découvrant dans le groupe Enrico accompagné de sa cousine Fiammetta qui attendaient d'être présentés au cardinal.

– Monsieur, dit Tommaso au jeune homme, je crois que votre présence ici est tout à fait déplacée. Les socialistes…

Pia crut nécessaire d'intervenir :

– Pardonnez-moi, monsieur le baron, j'aurais dû vous prévenir. J'ai pris la liberté de convier mon éminent confrère du barreau, non en tant qu'avocat et moins encore en tant que parlementaire, mais comme le membre le plus savant de notre Cercle photographique de Turin…

Le baron toisa Enrico, affichant son scepticisme d'une moue méprisante. Secondo Pia expliqua :

– Maître Vescovo a eu la bonté de nous prêter les deux globes électriques sans lesquels la prise de vue serait impossible !

La cathédrale ne disposant pas d'électricité, Pia avait dû faire installer un générateur portatif pour alimenter les deux lampes à incandescence fournies par Enrico. Deux globes qui permettaient un éclairage équivalant à neuf cents bougies ! Malgré la défiance que lui inspirait Enrico, Tommaso ne pouvait que s'incliner.

– Monsieur, en dépit de l'abîme spirituel et politique qui nous sépare, je vous remercie de placer la science hors de nos différends.

Enrico rendit avec froideur son salut au baron, tandis que Lucia et Fiammetta s'embrassaient.

– Qu'est-ce que tu fais là ?

– Mon père voulait me faire une surprise. Et toi ?

– Moi, c'est Enrico qui a insisté pour que je l'accompagne.

– Il avait besoin d'un chaperon ?

– Il n'a pas renoncé à faire mon éducation !

Elles se retinrent de rire.

– Le chevalier Pia est un homme charmant, dit Fiammetta, mais il a déjà raté une première prise de vue. Il s'est vu confier une tâche bien au-dessus de ses capacités...

– Depuis quand crois-tu que la compétence soit une qualité indispensable pour faire carrière ?

Une fois encore, elles se retinrent de rire ouvertement.

– Il est certain qu'Enrico est mille fois plus compétent ! acquiesça Fiammetta. Simplement mon cousin n'est pas monarchiste !

– Et toi ?

Cette fois, en faisant mine d'être saisies d'émotion à la vue du suaire, elles furent obligées de s'écarter derrière un pilier pour rire tout leur soûl.

Tout en aidant Secondo Pia à orienter parfaitement les globes lumineux qu'il avait prêtés pour cette expérience, Enrico regrettait qu'ils n'aient pas pu opérer en extérieur.

– Nous aurions eu moins de soucis.

– Le saint suaire craint la lumière...

– Ne craindrait-il pas plutôt les frères Lumière ? ironisa Enrico.

Secondo Pia soupira :

– Ne retournez pas le couteau dans la plaie ! Quand je pense que ces messieurs de Lyon auraient pu immortaliser l'événement avec leur cinématographe, j'en suis malade ! Savez-vous qu'ils étaient ici en 96 et qu'ils ont réalisé des prises de vue ?

– Non, je l'ignorais.

– Il y a eu une projection Via Po. Ma femme s'est opposée à ce que je m'y rende. Pour elle, on y voyait des femmes nues dans des positions contraires aux mœurs chrétiennes. Le cinéma à ses yeux est une distraction de… de…

Il chuchota :

– De *casa di tolleranza* !

Enrico affirma qu'il n'avait rien trouvé de tel au Grand Café à Paris, où il avait eu la chance d'assister, l'année précédente, à une des séances des frères Lumière.

– Savez-vous que désormais ils sonorisent leurs films ? s'enthousiasma-t-il. Dans très peu de temps, on pourra voir s'animer et parler sur l'écran. Comme l'a dit un de mes amis, « la mort cessera d'être absolue ».

– Utilisent-ils le phonographe ?

– Cela se dit. Le plus souvent c'est un piano qui accompagne les images, voire un orchestre, mais il y a aussi des bruitages, du vent, des coups de tonnerre, des chants d'oiseaux…

Pia s'échauffait à l'idée de voir des images animées.

– Milan annonce pour l'année prochaine une projection par le cinématographe Lumière d'une Passion au Teatro. Cette fois-ci, ma femme ne pourra pas m'empêcher d'y aller. Quoi qu'il arrive, j'y serai ! jura-t-il.

Enrico rêvait que Turin devienne la première ville italienne où s'imposerait le cinéma. Il ne comprenait pas pourquoi les frères Lumière n'avaient pas accepté de venir cinématographier le suaire.

– C'était une question d'argent ?

– Pas le moins du monde ! Ils seraient venus gratuitement mais le baron s'y est formellement opposé. Il a accepté de financer la prise de vue mais à une seule condition : qu'elle ne soit pas l'œuvre d'un étranger. Alors de deux étrangers, vous pensez…

Tout était prêt. Le baron pria la compagnie de s'installer confortablement sur des chaises pour assister à la prise de vue.

– Votre éminence, mesdames, messieurs, permettez-moi quelques mots d'histoire. Je veux brièvement vous rappeler comment le saint suaire est passé de Jérusalem à Édesse, d'Édesse à Constantinople ; comment de Constantinople des frères hospitaliers l'ont rapporté à Jérusalem et comment de Jérusalem il est arrivé en France, confié à de saints moines à Lirey, près de Troyes, où il a miraculeusement échappé aux flammes ; comment de Lirey il a été mis à l'abri à Chambéry où à nouveau il a échappé à un incendie et enfin transféré de Chambéry à Turin où, grâce à la Maison de Savoie, il a trouvé sa place définitive au chevet même du palais royal. Et nous devons remercier la Divine Providence d'avoir guidé jusqu'ici cet inestimable présent. Amen !

Secondo Pia monta sur l'estrade.

– Si vous voulez bien m'accorder quelques minutes d'attention afin que je puisse vous donner les explications techniques avant de procéder…

Il y eut un murmure d'approbation et d'appréhension. Pia se tourna vers son appareil photo installé sur un trépied.

– Après une première tentative malheureuse, je vais opérer cette fois-ci avec ce prototype tout juste sorti des ateliers Mackenstein. Cette chambre en bois d'acajou verni avec assemblage par tenons et mortaises est équipée d'un soufflet conique tournant en toile brune et à coins rabattus. Les deux corps sont fixés sur le chariot par le moyen de fixations dites « en trous de serrure ».

Pia fit une pause.

– Theodor Scheimpflug a établi une loi optique que l'on peut énoncer ainsi : lorsque le plan de l'image et le plan de l'objectif sont parallèles, le plan de netteté leur est parallèle.

Et s'adressant à Enrico :

– Dites-moi si je me trompe, cher ami, je parle sous votre contrôle.

– Je vous remercie, chevalier. Ce que vous dites est parfaitement exact. Peut-être pourriez-vous préciser comment corriger les erreurs de perspective.

– Certainement ! s'empressa Pia. Je dois surtout souligner que la perspective d'une image est déterminée par la position relative du plan objet et du plan image. Comme Scheimpflug l'a démontré, la netteté de l'image dépend des positions relatives de trois plans : le plan du sujet, le plan de l'objectif, le plan du film.

Le cardinal oubliait dans l'instant tout ce qui était énoncé et bâillait ostensiblement. La science l'assommait. Pia comprit qu'il devait abréger.

– Le temps de pose prendra une vingtaine de minutes, dit-il en sortant son oignon de la poche de son gilet. Il faudra ensuite que je développe la plaque impressionnée dans une solution d'oxalate de fer…

Et, accélérant encore ses explications :

– Puis nous devrons la rincer et attendre qu'elle sèche pour juger du résultat. Ce qui signifie que nous avons près d'une heure et demie à patienter.

Une dernière fois Pia vérifia l'objectif de sa chambre Mackenstein, puis se tournant vers les invités comme un acteur en scène, il demanda au cardinal de le bénir. Le prélat se leva et fit rapidement un signe de croix au nom du Père, du Fils et du Saint-Esprit. Pia appuya aussitôt sur la poire du déclencheur.

– Que Dieu nous aide !

Le cardinal soupira d'aise et s'éloigna de l'estrade, suivi par tous.

– Eh bien, hâtons-nous d'aller souper et le ciel nous aidera ! La photographie a peut-être l'éternité devant elle, mais moi, j'ai une faim de loup !

Souper

Le souper avait été prévu dans les appartements privés de monseigneur Agostino Richelmy, archevêque de Turin, un ancien membre de l'armée des volontaires de Garibaldi dans la troisième guerre d'indépendance, en 1866. Enrico réussit à se faire placer à côté de Lucia tandis qu'en face d'eux, légèrement sur la droite, le baron Tommaso avait Fiammetta pour voisine de table. En entrée, on servit de délicieux *agnolotti* arrosés de beurre fondu, avec des feuilles de sauge, du parmesan, de fines lamelles de truffe, le tout accompagné d'une simple sauce tomate relevée au jus de viande. Enrico s'essuya la bouche, avant de s'adresser à Tommaso :

– Monsieur le baron, n'est-ce pas dommage que le suaire n'ait pu être cinématographié ?

– Peut-être..., soupira le baron. Mais rien ne presse.

Et, s'assurant que tous l'écoutaient :

– S'il doit l'être un jour, je souhaite qu'il le soit par un de nos compatriotes. Le saint suaire est un bien trop précieux pour être confié à des étrangers.

– Vous ne récusez donc pas le cinématographe ?

– Pourquoi le récuserais-je ? Si la tradition éclaire la nouveauté, pourquoi la refuser ? Le nouveau siècle n'approche-t-il pas à grands pas ?

– J'en conviens. D'ailleurs je suis sûr que vous conviendrez comme moi que, dans ce nouveau siècle, « il faut par des mesures promptes et efficaces venir en aide aux hommes des classes inférieures, attendu qu'ils sont pour la plupart dans une situation d'infortune et de misère imméritées ».

– Je vous en prie, vous n'êtes pas dans un de vos meetings d'ouvriers ! s'exclama le baron.

Enrico lui adressa son plus large sourire.

– Je viens de vous citer un extrait de *Rerum novarum*, l'encyclique que le saint père vient de nous donner.

Il feignit de s'étonner :

– Vous ne l'avez pas lue ?

Tommaso, la mâchoire crispée, rougit, furieux de s'être fait moucher.

– Vous sortez les phrases de leur contexte, rétorqua-t-il. Pourquoi oubliez-vous de citer le passage où sa sainteté vous dénonce – vous les socialistes, vous les rouges –, qui poussez « à la haine jalouse des pauvres contre les riches » ?

Il éleva la voix pour se rattraper :

– La parole du pape est une parole de sagesse et de foi à laquelle j'adhère tout entier. Dans l'Évangile de saint Matthieu, Jésus lui-même n'enseigne-t-Il pas qu'il y aura toujours des pauvres sur cette terre ?

Enrico l'admit :

– Des pauvres, oui, je veux bien le reconnaître. Mais le Christ aurait pu ajouter des riches aussi. Et des riches toujours plus riches !

Puis, empêchant d'un geste de la main Tommaso de contre-attaquer, il enchaîna :

– Léon XIII parle aussi de « la concentration entre les mains de quelques-uns de l'industrie et du commerce, devenus le partage d'un petit nombre d'hommes opulents et de ploutocrates qui imposent ainsi un joug presque servile à l'infinie multitude des prolétaires ».

Le cardinal, à qui l'on venait de servir du chapon de pintade à l'orange, intervint :

– Mes amis, mes amis, je vous en prie, régalons-nous et laissons le Saint-Esprit nous visiter. Ne nous disputons pas devant ces dames et ces demoiselles. Elles sont comme moi, elles n'entendent rien à ces questions oiseuses…

Lucia ne cacha pas son agacement. Elle se tenait prête à contredire Pichetti, à lui expliquer que les demoiselles entendaient parfaitement ces questions et que… Un doigt sur les lèvres, Fiammetta lui fit discrètement signe de se taire.

Apparition

Secondo Pia observait sa montre gousset avec anxiété : plus que trois minutes, plus que deux, plus qu'… Il était vingt-trois heures précises lorsque, après très exactement vingt minutes de pose, il retira la plaque de sa chambre Mackenstein. Un format 40×60 qu'il avait préféré à l'habituel 30×40, trop petit à ses yeux et tellement fragile. Pia, très excité, domina son impatience et descendit précautionneusement de l'estrade installée devant l'autel. Puis, n'y tenant plus, il courut s'enfermer dans la sacristie où était établi son laboratoire de fortune.

Les premiers contours de l'image lui apparurent dès qu'il plongea la plaque photographique dans la solution d'oxalate de fer. Là où le cardinal avait vu des taches de saleté ou de rouille s'étendait une forme venue des profondeurs, indistincte, mouvante. Un gris fantomatique insaisissable et menaçant qui montait, montait, montait… Pia s'inquiéta. La photo était-elle ratée ? Le négatif voilé ? Soudain la forme se précisa comme revient à la mémoire un souvenir que l'on croyait perdu. Les ombres s'estompèrent. Pia crut alors distinguer un corps humain mais il refusa d'en croire ses yeux. Un corps humain ? Il sourit : il n'avait plus six ans, l'âge où il jurait voir dans les nuages l'image d'un lion, celle d'un aigle ou d'un monstre marin… Mais la forme ne disparut pas comme une nuée. Au contraire, les grisailles, les taches noires se précisèrent, les contours s'affirmèrent, se fixèrent. Pia cligna des yeux, secoua la tête, fronça les sourcils, doutant encore de croire à ce qu'il voyait : un homme allongé les bras croisés, figuré de face et de dos. Le cliché présentait une étrange inversion. C'était une image négative. Pia en déduisit que le modèle devait déjà être lui-même un négatif. L'image était par conséquent la photo d'une photo négative. Le positif d'un négatif ! Et Pia découvrit le visage d'un homme barbu aux yeux clos, aux cheveux longs, à la bouche douloureuse, un visage inconnu et qui lui parut en même temps étrangement familier.

Brutalement, il comprit.

– Oh mon Dieu ! gémit-il, sentant ses jambes flageoler.

Pia étouffait, son cœur allait jaillir de sa poitrine. Il assistait à… une apparition du Christ, une christophanie ! Le Fils de Dieu lui faisait face ! C'était son visage ! Ce visage que tant de saints et de prophètes avaient désiré contempler ! Malgré toutes les avanies subies par le suaire avant d'arriver à Turin – les vols, les inondations, les incendies –, l'image sacrée était demeurée intacte. Elle avait traversé le temps, les orages et le feu. Devant ce miracle photographique, Pia se mit à trembler, à pleurer sans retenue en répétant : « Oh mon Dieu ! Oh mon Dieu ! », incapable de dire autre chose. Il était si ému en sortant la plaque du bain de révélateur pour la laver à l'eau claire qu'elle faillit lui glisser des mains. Il la rattrapa in extremis.

Le Christ s'était fait photographie !

C'était la seconde Résurrection !

La Parousie !

Accompagnée au piano par Fiammetta, Lucia chantait : «Je suis à vous, pour vous je suis née… » sans quitter des yeux Enrico. Les convives dégustaient leur dessert, du sabayon et des poires pochées, le cardinal somnolait, l'air béat… Il se réveilla en sursaut quand, à la fin de leur récital, Lucia et Fiammetta, se tenant par la taille, saluèrent les invités sous leurs applaudissements. Un jeune abbé servit le café et les alcools. Soudain Pia, sans veste, la cravate en bataille, les manches retroussées, surgit au milieu de la compagnie, bousculant le jeune abbé qui renversa sa cafetière sur la nappe blanche.

– Éteignez ! Éteignez tout ! Une seule lumière suffira ! Une seule !

Tous les regards se tournèrent vers lui comme tirés par un fil invisible. Le cardinal, vaguement inquiet quant à la santé mentale du photographe, interrogea le baron d'une grimace muette : Pia aurait-il bu ? Un démon se serait-il emparé de son esprit ? Comment savoir ? Par prudence, Tommaso, perplexe, fit signe aux domestiques d'accéder à la demande du photographe pour ne pas le contrarier. Ils mouchèrent aussitôt les chandelles. Et à la lueur d'une flamme tremblante, Secondo Pia, les yeux gonflés de larmes, éleva sa plaque photographique au-dessus de sa tête comme s'il offrait l'eucharistie.

– Voici sous nos yeux ce que nul n'a vu depuis deux mille ans, depuis les saints apôtres, depuis l'Ascension : le vrai visage du Christ révélé par la photographie !

Tous tombèrent à genoux, même Enrico que Lucia força en le tirant par la manche.

Esclandre

Dès le lendemain, une photo du suaire était publiée dans les colonnes d'*Il Cittadino* et du *Corriere Nazionale*. On pouvait lire dans *L'Osservatore Romano* : « La plaque photographique, exposée à la lumière, produit, dans sa transparence, une impression indicible. Nous avons vu distinctement, tels qu'ils étaient, les traits du Rédempteur, et nous avons été les premiers à les revoir, après dix-neuf siècles, lorsque personne n'aurait osé concevoir une ainsi chère espérance. » *L'Italia Reale* n'était pas en reste, Pasqualino Lagnio s'émerveillait à la une : « Sa figure paraît très noble, élégante au point de vue anatomique, divinement belle, le visage exprimant encore la douleur et la pitié. »

Pour célébrer l'événement, le baron Tommaso réunissait chez lui toute la noblesse turinoise, la duchesse Isabelle était là, la princesse Clara aussi, des prélats, des industriels, des artistes. Teresa, sa sœur aînée, farouchement célibataire et qui vivait à Rivoli dans un palais, avait exceptionnellement fait le déplacement. Elle était assise à côté de son amie la femme du général Migliori. En tant que premiers témoins de l'apparition étaient conviés Enrico Vescovo, Secondo Pia, le cardinal Pichetti, Agostino Richelmy, l'archevêque de Turin, Ruggero Mori et Pierro Antonio, deux jeunes prêtres, et tous ceux présents à la soirée historique. Le général Migliori et son fils Umberto, qui malheureusement n'avaient pas pu assister à la prise de vue à cause de la manifestation, étaient placés à côté de Lucia et de Fiammetta.

Le baron prit la parole d'un ton grave, solennel :

– Une photographie, ce n'est pas un portrait fait de main d'homme. Comme l'a remarquablement exprimé le chanoine Guarnieri, « ou c'est le suaire authentique ou c'est Dieu qui l'a peint ». Entre le visage apparu sur le suaire et nous il n'y a pas eu d'intermédiaire humain. Pendant deux mille ans, les informations qu'il véhiculait nous sont restées illisibles. Et soudain, ce ne sont pas des phrases que nous déchiffrons ligne à ligne dans l'Évangile, c'est toute la Passion qui nous atteint en pleine figure.

Il s'interrompit un instant pour combattre l'émotion qui l'enfiévrait.

– Le Fils de Dieu a laissé à la postérité un négatif, reprit-il. Seule la plaque photographique pouvait le révéler par ses manipulations photochimiques.

– Vous avez raison de parler de « manipulations » ! s'exclama Enrico, du fond de la salle.

Toutes les têtes se tournèrent vers l'insolent qui osait interrompre le baron. Enrico se leva et s'avança vers Tommaso.

– C'est donc à ça que les royalistes sont réduits aujourd'hui : à faire de la prestidigitation pour asseoir le trône de la Maison de Savoie !

Tommaso voulut le faire taire mais Enrico ne lui en laissa pas le temps.

– Vous voulez voir le vrai visage du Christ ? dit-il au milieu des cris d'indignation et de protestation. Je vais vous le montrer !

Il tira de sa veste la photo d'un ouvrier mort lors du massacre de Milan. Son visage évoquait à s'y méprendre le visage photographié par Secondo Pia.

– Jésus s'appelle aujourd'hui Roberto, dit-il en tournant sur lui-même pour que tout le monde puisse voir le cliché. Lui aussi avait trente ans. Lui aussi était sans armes. Lui aussi a été tué par la soldatesque, au début de ce mois à Milan. Et pour quel crime ? Pour avoir réclamé du travail et du pain au milieu de centaines d'autres qui avaient faim comme lui. Mais le gouvernement d'Antonio di Rudini, sourd et aveugle à cette misère, n'a su qu'envoyer l'infanterie, la cavalerie, l'artillerie pour bombarder les manifestants. Roberto fait partie des quelque quatre cents morts de ce jour maudit. Si Jésus, qui a toujours été aux côtés des plus démunis, avait été à ses côtés, il serait mort lui aussi, en défendant sa barricade !

– Jésus n'a jamais été un révolutionnaire ! protesta le cardinal Pichetti, rouge de colère. Il a dit à Pilate : « Mon royaume n'est pas de ce monde » !

– Son Royaume n'était pas du monde de Rome, il était d'Israël !

Pichetti s'étouffa sans pouvoir répliquer.

– Votre éminence, continua Enrico, aurait-elle oublié que Jésus n'était qu'un « Juif obscur de la lie du peuple » comme le disait le grand Voltaire ? Un misérable qui a eu le tort de se révolter contre l'Empire et a été crucifié par les Romains comme « roi des Juifs » ?

– Blasphème ! Hérésie ! s'indigna le cardinal.

– Vous méconnaissez la transcendance ! cria le professeur Floris, se levant si brusquement qu'il en perdit ses lorgnons.

Albertina, la femme du général, eut des vapeurs.

– Pauvre Christ, éternellement humilié, éternellement outragé !

Son amie Teresa, la sœur de Tommaso, écumait :

– Il faut condamner aux galères toute cette racaille d'ouvriers et forcer ces sanglants imbéciles à déblayer les ruines de Milan, la chaîne au cou, en vulgaires forçats !

Tommaso, blanc de rage, marcha droit sur Enrico.

– Monsieur, je vous ferai bientôt ravaler vos sarcasmes de libre-penseur !

Les deux hommes se firent face.

– Ne vous en déplaise, monsieur le baron, rien ne prouve que Jésus ressemblait au pauvre portrait que vous exhibez aujourd'hui. Une œuvre médiocre, si vous voulez mon avis.

Tommaso serra les poings.

– Seriez-vous l'un de ces rationalistes français qui vont jusqu'à nier l'existence de Notre Seigneur ?

– Qu'il y ait eu un Galiléen révolté contre l'occupation romaine, je l'admets volontiers… Mais de là à nous faire croire que ce pauvre diable était le Fils de Dieu, voire Dieu lui-même !

– Vous n'êtes pas athée, monsieur, vous êtes ignare.

– Je suis votre serviteur, monsieur.

Enrico glissa la photo de l'ouvrier mort dans le gilet du baron et tourna les talons, ignorant les cris, les quolibets et les menaces qui l'accompagnèrent jusqu'à la porte.

– Béni soit ce bain de sang, s'il a calmé les barbares ! clama la princesse Clara.

Lucia avait très peu dormi la nuit précédente. Cette histoire de photographie du Christ l'avait beaucoup agitée. Dans un demi-sommeil, elle avait rêvé qu'elle demandait à Enrico : « Est-ce que tu m'aimes ? » et qu'il se fâchait : « Comment peux-tu poser une telle question ? » Mais elle insistait : « Tu m'aimes ? – Tu en doutes ? » répondait-il. Encore une fois elle demandait : « Tu m'aimes ? » Elle s'était réveillée, entendant Enrico lui jurer : « Oui, je t'aime ! De toute mon âme, de toutes mes forces ! Je t'aime, je t'aime, je t'aime ! », mais il n'y avait personne dans sa chambre, pas même un rayon de soleil pour la réconforter. Elle frissonnait. Enrico l'aimait, elle en était sûre, mais après cet esclandre, comment parviendrait-il à convaincre son père de lui accorder sa main ?

Dans la confusion qui suivit le départ d'Enrico, les protestations, les chaises bousculées, Lucia remarqua que Fiammetta avait l'air troublée elle aussi.

– Qu'est-ce que tu as ? Tu as pleuré ?

– C'est rien. Je suis énervée.

– Moi aussi.

– Sortons.

Cèdre

Lucia et Fiammetta marchèrent en silence jusqu'au cèdre de l'Atlas qui faisait la fierté du baron Tommaso et de son jardinier, le redoutable Guerini. Un arbre monumental que les trois religions monothéistes considéraient comme sacré. Fiammetta n'osait pas regarder Lucia.

– Mes parents veulent me marier, finit-elle par confier, un sanglot dans la voix.

– À qui ?

– Au fils d'un gros entrepreneur avec qui mon père est en affaires, Dionigi di Paludo. Ton père doit le connaître…

– Ils ne perdent pas de temps ! s'exclama Lucia.

Elles s'appuyèrent sur une branche basse.

– Je ne veux pas me marier, déclara Fiammetta, regardant droit devant elle. Ni avec cet Angelo ni avec personne d'autre.

– Tu ne veux tout de même pas entrer au couvent ! s'effara Lucia.

Fiammetta, respirant lourdement, se tourna vers elle.

– Je veux vivre avec toi, avoua-t-elle, avançant les lèvres comme pour l'embrasser.

Lucia faillit tomber à la renverse.

– Avec moi ?

– Nous n'avons pas besoin d'un mari pour être heureuses. Personne ne t'aimera jamais comme je t'aime.

Lucia tenta de la raisonner :

– Fiammetta, nous ne sommes plus au Sacré-Cœur ! Imagine le scandale que ça provoquerait si on nous surprenait dans le même lit. Ce ne serait pas le fouet qu'on nous donnerait !

Fiammetta y avait réfléchi.

– Eh bien, nous n'avons qu'à fuir comme nous nous le sommes promis. Allons le plus loin possible. En Chine, aux Indes, en Afrique. Loin, très loin, au Nouveau Monde. Quelque part où personne ne pourra nous retrouver.

Lucia embrassa la joue de son amie.

– Mon ange, nous ne pouvons pas faire ça, dit-elle avec toute la tendresse dont elle était capable.

Ce qu'elle éprouvait pour Fiammetta n'avait pas de nom. C'était un sentiment si fort qu'il était impossible à dire. Les mots l'abîmeraient, le couvriraient de poussière ou de moisissure. C'était un diamant de silence. Le plus gros diamant jamais trouvé sous la terre. Il irradiait.

– Tu as prêté le serment des larmes, lui rappela Fiammetta. «Jamais l'une sans l'autre.» Ni pour se faire battre ni pour aimer.

– Ni pour aller faire pipi ! ajouta Lucia, essayant de la faire rire.

– T'es bête.

Elles se turent.

Lucia se revoyait étreignant Fiammetta dans les combles du pensionnat, enfonçant sa langue dans sa bouche, soulevant sa robe, plongeant sa main entre ses cuisses, se laissant caresser comme elle la caressait.

– Tu as déjà rencontré celui que tu dois épouser ? demanda-t-elle, revenant brutalement à la réalité.

– Il m'a été présenté ce matin après la messe. Mes parents ont convié les siens pour le déjeuner dimanche prochain.

– Il est comment ?

– Ni beau ni laid, ni grand ni petit, ni complètement stupide ni très malin, un homme quoi…

Lucia faillit ironiser : «Comme Jésus» mais c'eût été déplacé. Elle prit les mains de son amie dans les siennes.

– S'il n'est pas pire qu'un autre, tu devrais l'épouser, dit-elle très sérieusement, et j'épouserai quelqu'un de mon côté, puisqu'il semble impossible de faire autrement. Une fois mariées, nous pourrons nous voir autant que nous en aurons envie et personne ne pourra nous l'interdire. Les apparences seront sauves.

Fiammetta concéda que l'idée de Lucia n'était pas si mauvaise que ça.

– Tu n'as qu'à épouser Enrico, lança-t-elle, sans remarquer que le visage de Lucia s'empourprait.

– Pourquoi veux-tu que j'épouse Enrico ?

Pour Fiammetta, cela relevait du simple bon sens, d'une évidente commodité.

– Il est célibataire, il est riche et c'est mon cousin, énuméra-t-elle. Si tu te maries avec lui, nous serons apparentées. Sans compter que, la plupart du temps, Enrico n'est pas là. Il est à Rome à la Chambre des députés à se disputer avec ton père ou en France pour voir ses amis socialistes.

Elle ferma les yeux un instant, retrouvant le sourire.

– Ton mari ou le mien, pour être tranquille en ville avec sa ou ses maîtresses, sera trop content d'offrir à son épouse chérie une villa loin à la campagne, dans le val de Suse ou la vallée d'Aoste. Ce sera facile de nous y retrouver, hors du monde, sous prétexte de surveiller la maison, de respirer le bon air ou d'entretenir le jardin…

– Tu rêves, murmura Lucia, comme si elle craignait de la réveiller. Après ce qui vient de se passer, crois-tu que mon père accorderait ma main à ton cousin si d'aventure il se risquait à la lui demander ?

Fiammetta se renfrogna.

– Tu vois, j'ai raison, dit-elle comme une enfant boudeuse. Les hommes ne nous causent que des ennuis.

Elle se pencha vers Lucia et, une main sur son sein, lui déposa un baiser sur la bouche, s'étourdissant de l'odeur de ses cheveux.

Teresa

Lucia n'aimait pas sa tante Teresa. Une femme obèse, méchante et bigote, dont les yeux noirs s'agitaient sans cesse comme deux cafards prisonniers. Elle professait que toutes les filles étaient vicieuses par nature ; que seul le mariage les purgeait de ce vice inné ; qu'il fallait les tenir serrées jusqu'à ce que l'abcès puisse être crevé comme on crevait les bubons de la peste. Elle critiquait ouvertement son frère qui laissait Lucia n'en faire qu'à sa tête au point qu'elle finirait par se donner au Malin… Hélas, en traversant le petit salon attenant à la salle de musique, Lucia ne put éviter la harpie.

– Est-ce cette Fiammetta avec qui tu étais au Sacré-Cœur ? demanda Teresa en guettant la femme du général Migliori, chargée de rapporter des pâtisseries du buffet.

– Oui, ma tante, pourquoi ?

– Il m'a été rapporté que vous vous livriez à des gestes indécents…

Lucia lui adressa son sourire le plus hypocrite.

– Indécents ? Le Seigneur ne nous commande-t-Il pas d'aimer l'autre comme soi-même ?

– Tais-toi ! Tu blasphèmes ! s'emporta Teresa, les yeux furibonds.

– Et vous, ma tante, que faites-vous en rapportant des ragots ? Ne lit-on pas dans les Proverbes que « les lèvres fausses font horreur à l'Éternel » ?

Lucia se régalait de fustiger sa tante à coups de citations. Au moins, les années passées au Sacré-Cœur n'avaient pas totalement servi à rien. Teresa, au bord de l'apoplexie, rougit violemment.

– Ton impertinence mérite le fouet !

Lucia coupa court.

– Pardonnez-moi, ma tante, je vous laisse, dit-elle, pressée de la quitter. Le maestro Pastore m'attend et vous connaissez son impatience…

Teresa la retint.

– Fais-tu bien tes prières au moins ?

– Je prie chaque soir pour l'âme de ma mère.

– Pas pour ton père ?

– Pour lui aussi bien sûr, mentit Lucia qui ne pensait jamais à prier pour le baron.

Teresa avait une bouche étroite, pincée, et de grosses joues – si grosses qu'on eût dit qu'elle avait un derrière au milieu de la figure.

– Tu sais que le vice te guette ? dit-elle, le menton tremblant.

Elle assena comme une gifle :

– C'est par la prière que tu deviendras une femme vertueuse. Mon amie Albertina t'en dirait tout autant.

– Qui ça ?

– La femme du général Migliori. Elle pourrait t'apprendre bien des choses.

Lucia ne souhaitait pas prolonger cette discussion mais Teresa n'en avait pas fini avec elle.

– Tu te confesses régulièrement ?

– Oui, ma tante.

– Et tu communies ?

– Toujours, après la messe.

– Sais-tu pour quoi Dieu t'a créée ?

Lucia pensa : « Pour échapper à des créatures malfaisantes comme vous ! » mais elle répondit sagement :

– Pour vivre, pour être heureuse, pour être une artiste comme ma mère.

– Fadaises ! Tu dois te sortir ces sornettes de la tête. J'en parlerai à ton père.

Elle renifla d'un air méprisant et pointa un index boudiné vers sa nièce.

– Dieu t'a créée pour que tu puisses le connaître, l'adorer, le servir dans ce monde et gagner le bonheur dans l'autre.

Lucia n'en pouvait plus.

– Pensez-vous servir Dieu en mangeant comme vous le faites alors que tant de pauvres meurent de faim ? explosa-t-elle, sans craindre d'être entendue des domestiques et des invités. En maltraitant vos gens ? En colportant des rumeurs ? En ignorant la bonté, la générosité ? En n'étant soucieuse que de votre grosse personne ? En n'ayant jamais aimé ni jamais enfanté ?

Elle fit une petite révérence et quitta le salon d'un pas altier, croisant la femme du général Migliori qui rejoignait Teresa avec deux grandes assiettes chargées de pâtisseries. Lucia était contente d'elle. Sa tante, le visage empâté de fard, demeurait muette de stupéfaction au milieu de la pièce, le corps parcouru de tremblements si forts que Martha, la vieille cuisinière, dut se porter à son secours et lui faire respirer des sels.

Trois jours plus tard

Via Amerigo Vespucci, Lucia descendait d'un fiacre devant la demeure patricienne où habitait Secondo Pia quand une rumeur l'alerta. Au loin passait une manifestation dont elle pouvait voir les drapeaux rouges claquer au vent et entendre les cris vengeurs des manifestants : « À mort les riches ! », « Vive la république ! », « Le peuple vaincra ! », « Du pain ! Du travail ! », « La révolution ou la mort ! » – un orage de colère parfois traversé d'un chant d'espoir et d'amour :

Va, pensiero, sull'ali dorate
Va, ti posa sui clivi, sui colli
Ove olezzano tepide e molli
L'aure dolci del suolo natal !

Lucia s'empressa de sonner, de peur que la manifestation n'arrive sur elle. Une bonne la conduisit immédiatement au salon où le photographe l'attendait.

– Vous n'étiez pas obligée de venir vous-même, dit-il après avoir salué Lucia. Vous auriez pu envoyer quelqu'un.

– Je vous remercie, chevalier, mais mon père ne souhaite pas que vos photographies circulent dans les mains d'un commis ou d'un domestique. Venir moi-même chercher vos derniers clichés est un service que je lui rends bien volontiers.

– Puis-je vous offrir un rafraîchissement ? proposa-t-il, rose de plaisir d'être en compagnie d'une jeune femme aussi charmante et si attentionnée.

– Volontiers, j'étouffe. Vous n'entendez pas ?

– Non, quoi ?

– Au bout de votre rue, des hommes défilent avec des drapeaux rouges en criant contre le roi et la monarchie.

– Ah, les canailles !

Il s'excusa de ne pas y avoir prêté attention.

– J'étais dans mon laboratoire…

– Ils réclament du pain et du travail, dit Lucia. Je crois qu'il y a des femmes et des enfants avec eux. C'est effrayant.

– Effrayant, vous avez raison. Ces manifestations me font toujours penser à la populace qui réclamait qu'on conduise le Christ à la croix…

Secondo Pia servit à Lucia un peu de liqueur de fleur d'oranger et en prit lui-même pour trinquer avec elle.

– Les tirages pour le baron sont prêts. Aimeriez-vous les examiner avant de les emporter ?

– Je brûle de curiosité, dit Lucia, vidant son verre d'un trait.

– Vous n'êtes pas la seule ! J'en ai fait porter une copie au saint père.

Trois ans plus tôt, le pape avait composé un poème en vers latins célébrant la photographie :

Image née du soleil,
Quel fidèle portrait nous te devons de la fierté de nos fronts,

De l'expression de nos yeux et de la grâce de nos visages.
Ô prodige nouveau, admirable, manifestation du génie humain !
Image de la Nature qu'un émule d'Apelle ne saurait faire plus belle.

Secondo Pia venait d'en recevoir une copie en remerciement de son envoi.

– Je vais le faire encadrer.

L'atelier de Secondo Pia donnait sur un grand jardin planté de fleurs blanches, bleues et roses et d'un énorme chêne qui semblait veiller en sentinelle sur la maison. Les tirages destinés au baron Tommaso étaient disposés sur une longue table de bois verni. Pia confia une loupe à Lucia pour qu'elle puisse les observer en détail.

– Regardez bien la matière, dit-il. On ne peut y distinguer aucune trace directionnelle de pinceau comme on en verrait sur une œuvre peinte…

Lucia scruta les clichés. Des agrandissements où l'on discernait d'une part le buste d'un homme, les mains croisées sur le pubis, et d'autre part le dos, zébré comme s'il avait reçu le fouet. Elle releva la tête, s'émerveillant.

– C'est très impressionnant !

Une chose cependant l'intriguait.

– Ne dirait-on pas que son corps est… comment dire… plus long d'un côté que de l'autre ?

Pia applaudit.

– Bien observé, mademoiselle. Vous avez l'œil !

– Comment est-ce possible ?

– La différence s'explique aisément par l'eau qui a été jetée sur le linge au moment où il a failli disparaître dans les flammes en France. La pièce de tissu aura rétréci.

– De combien ?

– À peine une douzaine de centimètres… Ce n'est pas très important.

Lucia faillit objecter que douze centimètres c'était au contraire énorme : cela signifiait que le Christ aurait eu les talons dans les mollets ! Mais elle préféra garder son impertinence pour elle. Elle se pencha sur l'image un peu floue et grise qui lui laissait entrevoir le visage tuméfié de l'homme, sa barbe abondante, ses yeux fermés. Soudain d'une pâleur extrême, elle dut s'appuyer à la table.

– Voulez-vous vous asseoir ? s'empressa Pia, la voyant défaillir.

– Non, merci. Un simple étourdissement.

Le photographe lui tapota la main.

– Ne vous alarmez pas, mon enfant. Moi-même j'ai été si bouleversé par la vue de la sainte face que j'ai cru m'évanouir.

Lucia reprit ses esprits.

– Ne trouvez-vous que ce visage ressemble à celui de quelqu'un que nous connaissons ? demanda-t-elle en regardant le cliché une seconde fois.

– C'est le Christ, mademoiselle ! s'indigna Secondo Pia.

– Oui, bien entendu, c'est le Christ, mais son visage m'en évoque un autre. Un visage plus familier… C'est troublant.

– Les peintres ne s'y sont pas trompés. Inspirés par l'Esprit, ils ont reproduit ce visage ! Vous l'aurez déjà vu au musée…

Lucia n'était pas convaincue.

– Non, je ne parle pas d'un tableau. Je pense à quelqu'un de vivant.

Elle donna la loupe à Secondo Pia.

– Regardez vous-même, vous ne trouvez pas qu'on dirait… ?

Pia, mal à l'aise, dansant d'un pied sur l'autre, se pencha sur l'image.

– Oui, si vous voulez, en cherchant bien, j'avoue que ce type de visage a une vague ressemblance avec…

– Avec qui ?

– Pardonnez-moi, je vais être ridicule ou vous choquer. Promettez-moi de ne répéter à personne ce que je vais vous dire. J'ai honte. C'est stupide, blasphématoire…

– Je serai une tombe ! Promis juré.

Pia hésita, mordant sa moustache.

– Encore une fois, ne vous moquez pas, mais je trouve qu'il ressemble à… qu'il ressemble au baron votre père ! finit-il par lâcher.

Il se reprit aussitôt, consterné d'avoir pu prononcer une telle énormité.

– Oh non, je ne peux pas dire ça ! Le baron ne peut pas ressembler à un Juif !

Cimetière

Lucia pénétra dans le cimetière par l'entrée principale située Corso Novara. Elle remonta les allées d'un pas mesuré, marchant entre d'immenses monuments funéraires, des pyramides, des tombes au-dessus desquelles des statues en marbre semblaient monter la garde.

La sépulture de sa mère était dominée par un grand buste de la cantatrice couvert d'un drap d'albâtre qui descendait jusqu'au piédestal de marbre blanc où était gravé : « Maria Sant'Anna di Merlino, 1850-1890 ». Lucia aimait ce visage qui ressemblait au sien. Elle s'agenouilla, les mains jointes, sans chercher à retenir ses larmes qui coulaient doucement comme à chaque fois qu'elle venait au cimetière.

Le baron n'était pas là quand sa mère était morte. C'était en septembre. Lucia ne se souvenait plus s'il était au Parlement ou chez sa sœur à Rivoli. Ce matin-là, comme tous les matins, Maria lui faisait répéter « Regarde la rosée sur le front du matin », une chanson populaire composée par Francesco Morelli, son jeune cousin, un musicien de grand talent. Mère et fille s'étaient mises à chanter ensemble :

Écoute les étoiles qui tintent
Froisser leurs robes sur le chemin…

La leçon terminée, elles devaient se rendre en ville pour commander des nouvelles robes. Lucia s'était hâtée de ranger sa partition.

– J'arrive !

Sa mère s'était tournée vers elle.

– Lucia…

Elle n'avait pas achevé sa phrase, ou avait murmuré quelques mots incompréhensibles, elle avait tendu un bras vers la porte qu'elle venait d'ouvrir et était tombée comme tombent les feuilles en automne, avec grâce et délicatesse.

– Maman ?

Sa mère qui gisait sur le parquet, les yeux grands ouverts, un étrange sourire sur les lèvres… Plus tard, Lucia penserait : « Elle a accueilli la mort avec bonheur » sans parvenir à comprendre le sens de son sourire ni de son dernier geste.

Ce matin maudit, elle avait filé à la cuisine où Martha préparait des *saltimbocca alla romana*. Sans une larme, d'un calme étonnant pour une fillette de dix ans, elle avait dit :

– Maman est morte.

Sa nourrice, occupée avec les escalopes de veau, n'avait pas compris.

– Qu'est-ce que tu racontes ?

Sans ciller, Lucia avait répété :

– Maman est morte.

La suite s'embrouillait dans sa mémoire. Martha avait poussé un grand cri et s'était précipitée dans la salle de musique, appelant tous les domestiques à l'aide. Lucia se souvenait des lamentations, des exclamations, du bruit des pas dans les escaliers et sur le parquet – de rien d'autre. Après la mort de sa mère, elle n'avait plus dit un mot ni versé une seule larme pendant près d'un mois. Le monde était devenu pour elle un lac noir dont elle ne voyait pas le fond. Pour l'examiner, le baron avait fait venir le célèbre professeur Federico Grande, un aliéniste, mais il fit venir aussi un prêtre, le père Girolamo, l'exorciste officiel de l'Église piémontaise, un hypnotiseur, une guérisseuse romaine, la Rouffio, un mage qui avait essayé de la traiter par des passes magnétiques. Sans aucun résultat. Lucia semblait figée dans un état de sidération mentale dont rien ni personne ne paraissait capable de la sortir. Ni l'immensité sauvage du ciel qu'elle pouvait contempler de son lit, ni les bercements de sa nourrice, ni la solitude apaisante du soir quand seuls les insectes font entendre leur chant. Martha s'occupait d'elle jour et nuit. Elle lui parlait, se désolant de ne jamais obtenir de réponse ; elle la nourrissait à la cuillère, la lavait, la torchait comme un bébé. Lucia régressait chaque jour un peu plus. Ne sachant plus que faire, Martha avait même tenté de lui donner le sein en la tenant nue contre elle comme si elle venait de naître. Sa vie se peignait en gris sur fond gris.

Un matin, Lucia s'était réveillée sans avoir mouillé son lit. En chemise, pieds nus, elle était allée directement à la salle de musique. Quelques instants plus tard, alertés par ce qu'ils entendaient, le baron, Martha, deux femmes de chambre et un valet arrivaient précipitamment. Lucia chantait « Regarde la rosée sur le front du matin » en s'accompagnant au piano. Elle pleurait, jouant comme elle n'avait jamais joué.

Écoute les étoiles qui tintent
Froisser leurs robes sur le chemin…

Trois jours plus tard, le baron accompagnait sa fille au Sacré-Cœur où il l'avait fait admettre comme pensionnaire.

Lucia n'entendit pas son père la rejoindre sans un mot et s'agenouiller à côté d'elle. Épaule contre épaule ils récitèrent le *Je vous salue, Marie*.

– Je savais que tu viendrais…, dit Tommaso, aidant Lucia à se relever. Moi-même, il n'y a pas un jour sans que je vienne me recueillir ici…

– Irez-vous aussi vous recueillir sur la tombe de vos frères ? Je peux vous y accompagner.

– Non, je te remercie. J'y suis passé en arrivant.

Tommaso n'aimait pas évoquer la mort de ses aînés. Ses deux frères tués au cours de la même battue, de deux coups de fusil sans que jamais le tireur ait été identifié… L'accident de chasse qui les avait emportés avait fait naître des rumeurs, des soupçons. Tommaso y aurait-il été mêlé d'une façon ou d'une autre ? Pas le moindre début de preuve n'avait pu étayer ces interrogations nées de la médisance, de l'envie, de la jalousie de voir un jeune homme hériter si soudainement d'un titre et d'une si grande fortune. Tommaso en gardait une profonde blessure qui ne faisait qu'attiser sa misanthropie.

L'Imperator les attendait à la sortie du cimetière. Ils rentreraient ensemble.

– Tu as les photos ? demanda le baron.

Lucia tapota son sac à main : oui, elle les avait.

– Le chevalier Pia vous salue, père.

– Tu les as regardées ?

– Comment aurais-je pu résister ?

L'air était doux, la lumière tendre, Lucia lui donna le bras.

– Père, j'ai peur, dit-elle.

– Peur de quoi ?

Elle hésita.

– Ne doutez-vous jamais ?
– De quoi devrais-je douter ?
– De Dieu, répondit-elle très vite.
Tommaso posa sa main sur la main de sa fille.
– Mon enfant, Dieu n'est en rien responsable de la mort de ta pauvre mère, assura-t-il. Sois certaine qu'elle vit aujourd'hui dans sa lumière…
– Je le crois de toute mon âme, dit Lucia.
Quelques pas plus loin, elle ajouta :
– Mais je ne pensais pas à cela…
– À quoi donc pensais-tu ?
– Au saint suaire, à ce visage du Christ miraculeusement apparu.
Elle prit une profonde inspiration avant de lâcher :
– Et si ce n'était qu'une image peinte, une idole tout juste bonne à berner les sots et les naïfs ?…
– Me crois-tu sot et naïf ?
– Non, père, mais…
Le baron s'arrêta net.
– Le cœur ne ment pas, Lucia, affirma-t-il, comme s'il éprouvait le besoin de se conforter. Une vertu est sortie de Lui et a laissé sur le suaire cette trace prodigieuse. La foi est notre certitude. C'est le signe que nous attendions depuis le Golgotha.

L'Imperator

Lucia adorait rouler en voiture. Surtout aux heures magiques, entre chien et loup, quand la lumière estompait toutes les différences entre la nature et les êtres. L'harmonie alors était parfaite. L'Imperator filait à toute allure.
– Vous connaissez Dionigi di Paludo ? demanda Lucia en portant la voix au-dessus du vrombissement du moteur.

– Oui, répondit Tommaso, parlant haut lui aussi. C'est un ami d'Agnelli, un industriel en train de monter une grosse entreprise automobile à laquelle je songe d'ailleurs à m'associer…

– Fiammetta doit se marier avec son fils.

– Oui, di Paludo me l'a annoncé. Pour ton amie, c'est une chance formidable d'épouser Angelo. Le jeune homme travaille déjà avec son père. Il est promis à un très grand avenir…

– Il aime Fiammetta ?

Le baron ne put s'empêcher de rire.

– Je n'en sais fichtre rien ! Ils vont faire un très beau mariage, c'est tout ce qui compte. L'amour sera leur cadeau de noces.

– La cérémonie est prévue pour quand ?

– Assez rapidement sans doute, d'après ce que j'ai compris. Mais je suis sûr que tu le sauras avant moi !

Tommaso toussa dans sa main.

– D'ailleurs, c'est toi qui m'y représenteras.

– Vous ne voulez pas y assister ?

– Fiammetta est la cousine de Vescovo. Je ne tiens pas à être obligé de saluer ce monsieur.

– Père ! s'exclama Lucia. C'est le mariage de ma meilleure amie, maître Vescovo y sera comme parent, pas comme député !

– Mon enfant, expliqua le baron avec de l'amertume dans la voix, ce monsieur est athée et socialiste. Quand je le vois, je vois la ruine de l'Église, de l'Italie et de la monarchie. Ça m'est insupportable.

Il empêcha sa fille de protester.

– Je vois ma mort aussi, tu comprends ? Le jour où des hommes comme lui seront au pouvoir, je devrai disparaître, effacé du monde et de l'Histoire.

– Personne ne vous effacera de l'Histoire.

– Cela a déjà commencé…, soupira le baron, souriant tristement à Lucia.

Ils arrivaient.

Lucia ne se sentait pas la force de poursuivre cette conversation avec son père. Prenant le chauffeur de vitesse, Tommaso descendit pour lui ouvrir la portière.

– Il faudra nous aussi que nous songions à te marier, dit-il en lui offrant sa main.

– Vous voulez vous débarrasser de moi ?

– Tu es une femme maintenant.

– Et alors ?

– Une femme doit avoir un mari.

– Je ne suis pas pressée.

Tommaso la dévisagea.

– Tu as le devoir d'assurer une descendance à notre famille, dit-il en hochant la tête avec conviction.

Son visage se ferma et il ajouta d'un air sombre :

– Je suis vieux, et j'ai bien l'intention de faire sauter mes petits-enfants sur mes genoux avant que maître Vescovo et ses semblables ne m'envoient au ciel.

Billard

Il ne faisait pas encore tout à fait nuit. Dans la salle de billard du palais Merlino, le baron Tommaso recevait le chanoine Guarnieri, le chirurgien anthropologue Claudio Floris, Cesare Lombroso, le critique d'art Alexis Macchiochi, l'égyptologue Ernesto Schiaparelli, le diplomate et écrivain Carlo Dossi, qui rêvait de faire parler les objets anciens et de réveiller les sons qu'ils contenaient, en enfin l'archéologue français Joseph Suffert. Secondo Pia s'était fait excuser : il s'était enrhumé dans la cathédrale. Quatre agrandissements de sa photo étaient étalés sur le tapis vert comme pour reconstituer le corps grandeur nature. Tommaso était muni d'épingles à tête colorée qu'il piqua à des endroits précis en indiquant chaque fois :

– Regardez la marque des clous et celle du coup de lance… Ici on voit très bien les pointes de la couronne d'épines… Tout est visible ! Même les fémurs sont intacts ! « Ils ne lui brisèrent pas les jambes », dit saint Jean. Ces indices sont aveuglants, il ne peut pas s'agir de simples coïncidences !

– C'est bouleversant ! s'exaltait le chanoine Guarnieri. L'effroyable réalisme du suaire correspond horriblement à toutes les indications du récit de la Passion que nous enseignent les Évangiles.

Suffert opina.

– Pas un pouce de cette chair sacrée n'a échappé à l'atroce inquisition de la justice des hommes. Même ses bourreaux ne pouvaient supporter une telle image.

– Ce n'est pas seulement une pièce officielle comme le serait un procès-verbal, une grosse de jugement dûment signée et paraphée, déclara Alexis Macchiochi. C'est un décalque, une image portant en elle sa propre caution.

Et, haussant le ton, catégorique :

– Une photo, c'est un miroir qui se souvient.

– Plus qu'une image, c'est une présence ! renchérit le baron. C'est Lui matériellement qui a imprégné cette plaque, et c'est cette plaque qui, à son tour, vient prendre possession de notre esprit.

Le chanoine ne trouvait pas de mots assez forts pour dire ce qu'il ressentait.

– Quel visage ! Qui nierait qu'entre le ressuscité de 1898 et le personnage dont les quatre Évangiles relatent les faits, gestes et discours, il y a la même convenance incontestable ? Le document écrit et le document graphique coïncident parfaitement. Nous sentons que nous avons devant nous un original dont toutes les interprétations par le fait de l'art n'ont que la valeur, sincère sans doute, mais combien partiale et maladroite, des travaux de seconde main. Le Christ de

Michel-Ange, celui de Dürer et de Vélasquez vont avec certaines parties de l'Évangile, mais celui-ci va avec toutes. Bien plus, il les domine !

Lucia, accompagnée de sa nourrice, entra discrètement.

– Je suis venue vous souhaiter le bonsoir, père.

Le baron l'embrassa sur le front et lui fit signe de se taire. Le professeur Floris commentait l'image étalée devant lui.

– Je dirais que c'est un individu de type sémite… Un homme grand, un athlète, 1,80 mètre… Il porte une barbe bifide, les cheveux longs comme tous ceux de son époque…

Il hésita un instant.

– Alors, scientifiquement, qu'est-ce qu'on peut dire de ce qui nous est montré là ?

Il se tut, laissant chacun se pénétrer de sa question, avant de répondre :

– Cet homme est mort dans une fièvre violente, comme mouraient les crucifiés, la figure contractée de souffrance. Il avait les poignets et les chevilles percés de clous. Il avait le côté ouvert d'un coup de lance. Il portait une couronne d'épines. Il y a d'ailleurs, encore visibles, des traces de sang. L'homme a été souffleté : son visage est tuméfié. Il a sur l'épaule une ecchymose comme Jésus qui porta sa croix. La tête, franchement hébraïque, est d'une majesté incomparable : le réalisme n'y est pas vulgaire, la douleur y est mêlée de résignation, l'abnégation y est mêlée de puissance, l'héroïsme est confirmé par le repos de la mort. Sans aucun doute, c'est le Christ ! conclut-il, au grand soulagement de tous.

Ils hochèrent la tête. C'était évident, lumineux, indiscutable.

Lucia s'avança sans que Martha puisse la retenir par le bras.

– Puis-je risquer une observation, professeur Floris ? demanda-t-elle timidement.

– Faites, mon enfant, je vous en prie…

– Ne serait-il pas plus exact de dire que cet homme porte des blessures similaires à celles du Christ selon le récit que nous donne l'Évangile de saint Jean, et uniquement cet Évangile ?

Floris parut décontenancé.

– En effet… en effet…, bredouilla-t-il.

La remarque de Lucia était parfaitement fondée.

– Vous avez tout à fait raison, reprit-il avec assurance. C'est tout à fait cela ! C'est très johannique tout ça. Oui, très très johannique même… Les Synoptiques ne nous donnent pas autant d'indications.

Et, se tournant vers Tommaso :

– Permettez-moi, cher baron, de vous féliciter de la sagacité de votre fille. C'est une bénédiction d'avoir une enfant qui à la beauté ajoute l'érudition.

– Elle a été à bonne école, cher ami…

Claudio Floris, convaincu, s'inclina. Puis il reprit sa présentation comme s'il enseignait dans un amphithéâtre :

– De nos quatre évangélistes, saint Jean est en effet le seul à décrire la crucifixion exactement, minutieusement telle que cette image en porte l'empreinte. C'est incroyable mais c'est vrai !

Lucia s'enhardit à poser une autre question :

– N'est-ce pas embarrassant ?

– Embarrassant ?

Tommaso intervint :

– N'allais-tu pas te coucher, ma chérie ? Je suis sûr que tout le monde sera ravi de te souhaiter une bonne nuit.

– Une dernière chose, père, avec votre permission.

Et, sans attendre l'autorisation du baron, elle s'adressa de nouveau à Floris :

– Si je me souviens bien de mes lectures au Sacré-Cœur, saint Jean ne mentionne pas un suaire mais des « bandelettes », *othonia*…

Le chanoine Guarnieri s'exclama :

– Voyons, mademoiselle, c'est la même chose ! *Sudarium*, *sindon*, *othonia*, suaire, linceul, bandelettes, tout cela, c'est du pareil au même ! Ce ne sont que des mots ! Rien que des mots ! Nos ancêtres n'avaient pas notre mentalité scientifique, notre goût du détail funéraire !

– Pardon, monsieur le chanoine, intervint l'égyptologue Schiaparelli, l'objection de Mlle Sant'Anna di Merlino mérite réflexion. Si l'évangéliste parle de « bandelettes », nous ne pouvons pas l'écarter d'un revers de main.

– L'Évangile n'a pas été écrit dans un bureau ! grogna Suffert.

– Peut-être, mais il a été écrit en grec !

– Quelle importance ?

Schiaparelli leva un sourcil.

– Pratiquez-vous le grec néotestamentaire ?

– Non.

– Et l'hébreu ? Et l'araméen ?

– Non plus.

– Apprenez alors qu'*othonia* dans l'Évangile ne peut être traduit que par « bandelettes », assena-t-il, toisant Suffert. D'ailleurs, l'évangéliste utilise à ce propos le verbe *déô* qui en grec signifie « lier » ou « attacher »... Et si vous considérez toutes les langues de la région, en hébreu, en araméen, en copte ou en nabatéen, « bandelettes » signifie toujours bandelettes.

– Nous nous égarons, dit Lombroso.

– Je ne crois pas, insista Schiaparelli. Au risque de vous choquer, dans l'Évangile il est dit qu'à la mort de Jésus Nicodème apporta cent livres de myrrhe et d'aloès pour préparer son corps. Cent livres, soit trente kilos : une quantité bien supérieure à celle qu'il aurait fallu pour simplement oindre et parfumer le corps du défunt !

– Cher ami, vous savez comme moi que les chiffres ne veulent rien dire !

– Peut-être. Mais ces chiffres ajoutés à l'usage de bandelettes pour lier le corps, lequel était expurgé de son eau et de son sang après le coup de lance, pour moi tout cela ressemble furieusement à un rite de momification d'une dépouille pharaonique, rédigé par un auteur alexandrin !

– Vous vous abusez ! s'emporta Lombroso. Où avez-vous lu que Jésus ait été momifié ?

Guarnieri était au bord de l'apoplexie.

– Par pitié, Schiaparelli ! Ne vous associez pas à ceux qui œuvrent sans relâche pour obscurcir la divinité du Christ, pour voiler ce visage insoutenable, pour aplatir le fait chrétien, pour en effacer les contours sous les bandelettes entrecroisées de l'érudition et du doute !

Tout le monde se mit à parler en même temps. Le baron se voulut pédagogue.

– Ma chérie, dit-il à Lucia, ces discussions sont très intéressantes mais c'est le sens spirituel qui importe, l'esprit, tu comprends ?

– Père, ne m'avez-vous pas appris que les mots ont toujours un sens ? Que nous devons toujours – je vous cite – « scruter les lettres » ?…

Guarnieri s'emporta :

– Douteriez-vous de l'authenticité du suaire ?

Lucia lui sourit poliment.

– Je suis comme vous, mon père, je m'interroge : si une telle impression miraculeuse a bien eu lieu à la mort du Christ, comment expliquer que ni saint Pierre ni les saints évangélistes n'en parlent jamais ?

– Parbleu, mademoiselle, répondit Suffert, c'est que nos aïeux ignoraient la photographie !

Tommaso prit sa fille par le bras et fit signe à Martha de l'accompagner dans sa chambre.

– Bonsoir, Lucia…, dit-il, la congédiant.

Lucia souhaita une bonne nuit à la compagnie.

– Bonsoir, messieurs. Je souhaite de tout mon cœur que vous parveniez à nous éclairer sur la manière dont cette image a pu être imprimée.

– C'est un défi à l'intelligence que la science relèvera ! proclama Guarnieri.

Lombroso était de son avis.

– Ne cherchons pas midi à quatorze heures ! Pour moi c'est simple : l'image a été imprimée sous l'effet d'une décharge électrique, la résurrection a dû produire un éclair, une sorte de coup de foudre !

Carlo Dossi, qui n'avait encore rien dit, acquiesça.

– Je suis de votre avis, dit-il à Lombroso. Un ami médecin m'assure que le dégagement anormal d'urée par l'homme supplicié, mélangé à la préparation d'aloès et de myrrhe dont il a été recouvert après sa mort, n'a pu que favoriser la formation de l'empreinte.

Le critique d'art Alexis Macchiochi crut nécessaire d'ajouter :

– En tout cas, moi je suis prêt à jurer sur mon âme que cette image n'a pas été faite de main d'homme !

Lucia se tourna vers l'aréopage.

– Peut-être de la main d'une femme ? lança-t-elle, sarcastique, avant de s'éclipser.

Chambre

La vieille Martha déboutonna la robe de Lucia pour l'aider à se déshabiller. Elle pestait :

– Ton père va encore être fâché ! Et qui en subira les conséquences ? C'est moi. Qu'as-tu été te mêler de leurs discussions ?

Crois-tu que ce soit décent pour une jeune fille de lorgner la photo d'un homme nu ? Si ta maman était encore vivante…

Elle se signa. Lucia la laissa desserrer son corset.

– Quand ma mère est morte, tu l'as vue ?

– Pourquoi tu me demandes ça ?

– Tu l'as vue, oui ou non ?

– Tu imagines que j'ai pu l'oublier ?

– Comment expliques-tu qu'elle semblait sourire dans la mort ?

– Mme Maria ne souriait pas, grommela Martha en dénouant le dernier lacet.

Lucia fit passer sa chemise de jour par-dessus sa tête.

– Si ! Elle avait l'air heureuse, certifia-t-elle. Elle m'a appelée, a tendu un bras pour me montrer quelque chose vers la porte et elle est morte devant moi en souriant. Son visage ne portait aucune trace de douleur, seulement peut-être une expression de surprise…

– Je ne comprends rien à ce que tu dis ! Oublie ces bêtises. Tu ferais mieux de remercier Dieu de l'accueillir près de Lui.

– Que je le remercie pour la mort de ma mère ?

– Je n'ai pas dit ça ! Ta mère avait un mari et une fille qu'elle adorait. Je suis sûre qu'elle est reconnaissante à Dieu de lui avoir épargné l'humiliation d'une longue agonie. C'était une diva. Elle est morte dans la splendeur de sa beauté.

Lucia se débarrassa de son jupon, de ses dessous et enfila la chemise de nuit que lui tendait Martha.

– C'est pour ça qu'elle a accueilli la mort comme une délivrance ?

– Une délivrance ? Mais tu es folle ! Tu es complètement folle ! s'emporta Martha, ramassant tous les vêtements de la jeune fille. Comment peux-tu penser une chose pareille ?

– Je m'interroge, c'est tout.

– Eh bien arrête de poser des questions sur tout et n'importe quoi. Tu fatigues tout le monde, à commencer par les messieurs d'en bas.

Lucia ricana.

– Ces grands savants ne voient bien que ce qu'ils veulent voir ! Moi, je préfère regarder les choses en face.

– Vas-tu te taire ! Ce sont des professeurs et des hommes d'Église qui en savent plus que tu n'en sauras jamais.

– Peut-être en savent-ils beaucoup, mais ils ne savent pas lire.

– Tais-toi donc ! Tu sais que le péché d'orgueil…

– Ce n'est pas de l'orgueil que de s'en remettre au savoir, à l'intelligence, à l'observation, l'interrompit Lucia.

Martha ouvrit son lit.

– Tu es une femme, tu n'as pas à te mêler de ces choses-là. Tu dois t'en remettre à Dieu et c'est tout.

Et pour couper court à toute discussion :

– Viens faire ta prière.

Lucia s'agenouilla au pied du lit.

– Sur la croix, tu me jures que ce n'est pas toi qui as jeté les draps au feu l'autre jour ? demanda Martha.

– Pourquoi aurais-je fait ça ? s'indigna Lucia, haussant les épaules. Je ne m'occupe pas du linge.

– Des fois je me demande si tu n'as pas un travers dans l'imagination. Carlotta jure que ce n'est pas elle. Pourtant je l'ai battue, tu peux me croire.

– Ce n'est pas moi non plus.

– Qui alors ?

– Peut-être mon professeur de chant ? dit Lucia, sautant dans son lit.

Elle fit une horrible grimace.

– Quand je le regarde, je vois le Diable !

Martha quitta la chambre, furieuse, invoquant la Vierge et les saints.

– Mon Dieu, qu'ai-je fait pour mériter ça ?

Rêve

Sombre esprit du sommeil. Cette nuit-là, Lucia rêva de sa mère. Le monde s'était voilé de blanc. Tous les êtres, toutes les plantes, toutes les choses étaient couverts d'un suaire immaculé. Seules les formes se devinaient sous le linge comme un paysage enneigé. Là un enfant, ici un cheval, ailleurs une charrette à bras, un coffre, un étal de maraîcher. Elle déambulait, sereine, dans cette splendeur très grande et très glacée. L'air tantôt léger, tantôt pesant la poussait dans la nuit claire, nue comme un cadavre. Était-elle morte, elle aussi ? Si elle ne l'était pas, pourquoi lui avait-on pris ses vêtements ? Le tissu ne manquait pas pour lui faire une chemise ou un jupon ! La neige craquait en profondeur. Il n'y avait pas d'autre bruit que celui de ses pas. Un son ténu de soie froissée ou de désagréable grincement de dents. Cela l'oppressait mais elle ne tentait pas de s'enfuir, se sentant vide de toute pensée. Elle avançait inexorablement dans ce pays de crème et de lait face au ciel semblable à un dais nuptial comme on en installe chez les Juifs. Pourquoi ne voyait-elle rien d'autre que du blanc ? Pourquoi l'empêchait-on de découvrir ce que l'immense drap dissimulait ? Quel secret ? Quel mystère ? Que voulait-on lui épargner ? Elle pensait qu'un ange rebelle ne tarderait pas à s'abattre sur sa nudité et l'enfermerait dans un suaire pour la punir de son impudeur, pour lui faire honte de vivre l'esprit vif, l'œil ouvert parmi les fantômes sans membres et sans voix. Elle aurait beau crier qu'elle était pure, se débattre, donner des coups de pied, des coups de coude, rien n'y ferait. Elle serait cousue dans le blanc et son corps lentement se minéraliserait, deviendrait un corps d'albâtre ou de sel comme celui de la femme de Loth. Un corps muet, incapable de jouir, aveugle aux images, sourd aux idées, un bloc de mornes certitudes que d'autres sculpteraient à leur goût. Au cimetière, toutes les tombes, tous les monuments étaient protégés de lin écru. C'était comme marcher sur la banquise entre des congères et des monts de glace. Lucia s'approchait à pas comptés du buste qui dominait la tombe de sa mère et soudain, avec autant de rage que de courage, dans un grand geste théâtral, elle arrachait le linceul qui le recouvrait. La statue de sa mère n'y était plus. Disparue ! Escamotée ! Il n'y avait que la pierre tombale sur laquelle, masquant l'épitaphe, une feuille blanche était posée comme un mouchoir tombé on ne sait d'où. Du ciel ? Lucia tentait de l'écarter pour lire ce qu'elle devinait gravé dessous. Mais c'était chose impossible : le papier et le marbre semblaient ne faire qu'un. Alors elle ramassait une branche de bois mort dans l'allée à côté de la tombe et s'agenouillait sur le marbre avant de se mettre à frotter la feuille blanche avec son outil de fortune. Elle frottait, frottait, frottait, et à force deux vers apparaissaient sous sa main :

Il est juste que je souffre
Que j'expie mes erreurs…

Lucia se sentait emportée par une rivière tumultueuse, une ruée d'eau glacée. Qui souffrait ? Qui expiait ? Quelles erreurs ? Il n'y avait aucun indice pour orienter ses pensées, pour répondre aux questions qui l'assaillaient. Pas de nom, pas de date, juste ces deux vers qui la narguaient sur une page blanche dans une lumière couleur de pourpre.

Expérience

Aux premières lueurs de l'aube, un fiacre s'arrêta au fond de l'impasse del Lepe, à l'entrée de la Miséricorde divine sous le château de Rivoli. Le baron Tommaso et Cesare Lombroso, le spécialiste de médecine légale, en descendirent et se présentèrent à la porte du personnel de l'asile. Une sœur un peu forte vint leur ouvrir.

– Vous n'êtes pas trois ? demanda-t-elle sans même les saluer.

– Le troisième ne viendra pas, répondit le baron.

– Il est malade ?

– Disons qu'il est indisposé…

Soupirant que « c'est pas Dieu possible de toujours tout chambouler ! », la sœur les laissa entrer et les conduisit à travers de longs couloirs où ils entendirent des fous appeler au secours derrière les portes closes ou donner des coups de pied en lâchant des injures.

– Ils sentent qu'il y a de la visite, ricana la sœur.

Elle fit entrer Tommaso et Lombroso dans une petite pièce qui servait de vestiaire. Des tabliers blancs pendus à une patère les attendaient.

– Le professeur vous prie de bien vouloir les mettre avant de le rejoindre, dit la sœur.

Et elle attendit pour être sûre qu'ils lui obéissent.

Le professeur Floris accueillit ses visiteurs dans la vaste salle qu'il réquisitionnait pour mener à bien ses recherches en dehors de l'hôpital de Turin. Une pièce sans fenêtres, très grise et très froide, dont le sol était en terre battue. Sans doute une ancienne remise à bois ou un cellier. Ils saluèrent de loin Secondo Pia en train d'installer le trépied de sa chambre Mackenstein.

– Guarnieri n'est pas avec vous ? s'inquiéta Floris, étonné de ne pas voir le chanoine.

– Il vous prie de l'excuser, dit Tommaso. C'est un grand nerveux. Il craignait de ne pas supporter vos expérimentations, la proximité des aliénés, les odeurs…

– Ah ! s'énerva Floris, en remontant ses lorgnons. Je me demande où va l'Église si elle est servie par des poltrons et des hypocrites !

– Soyez charitable, plaida Tommaso. Pour tous ceux qui savent que Jésus, Fils de Dieu, fut le Sauveur des hommes et s'offrit en holocauste pour nos péchés, quelle satisfaction, quel réconfort qu'à travers tant de siècles la véridique image de Celui qui souffrit pour nous ait pu nous parvenir grâce à la science.

– Vous avez raison, admit Floris. Notre tâche est de l'affirmer, il ne saurait subsister l'ombre d'un doute.

Secondo Pia était perché sur une estrade devant une grande croix en tau, non pas fichée dans le sol devant lui mais posée sur un appui à la manière d'un plan de travail légèrement incliné.

– Vous remarquerez, dit Floris, que deux filins sont fixés à la croix. Le moment venu, nous la hisserons et elle viendra naturellement se planter dans le trou que j'ai fait creuser.

Lombroso le félicita de se donner tous les moyens de procéder à une reconstitution de la crucifixion dans les moindres détails.

– Vous devriez être dans la police !

Il doutait néanmoins de la profondeur du trou où la croix devait s'arrimer.

– N'est-ce pas un peu petit ?

Floris semblait très sûr de son affaire.

– Ça ira très bien, croyez-moi ! Je suis certain que les Romains ne se donnaient pas autant de peine.

Il exhiba deux cales en bois taillées en biseau.

– Le menuisier m'a préparé ça. Par prudence, une fois la croix dressée, nous l'assurerons avec ces coins le temps que le chevalier Pia fasse ses clichés.

À côté, sur une table recouverte d'un linge blanc, Floris leur montra les instruments de la Passion qu'il avait réunis, un marteau, des clous de sept ou huit centimètres et une couronne d'épines.

– Messieurs, apprêtez-vous à assister à une expérience in vivo.

Tommaso déglutit, comme s'il venait de recevoir un coup.

– In vivo ? Vous voulez dire que… ?

– Oui, confirma Floris, je vais fixer un sujet vivant à cette croix et le crucifier pour démontrer scientifiquement la fiabilité des données lisibles sur le saint suaire, notre dernier Évangile. Le plus sûr…

Tommaso et Lombroso échangèrent un regard effrayé.

– Ne vous inquiétez pas pour mon sujet. Le bougre ne sentira rien, assura Floris. C'est un crétin congénital. Son état mental est si détérioré qu'il est devenu insensible à la douleur, comme le sont les enfants. Vous le savez aussi bien que moi, les enfants et les débiles ne souffrent pas lorsqu'on les opère…

Devant les mines effarées de Tommaso et Lombroso, Floris crut bon de s'expliquer :

– J'admets que ce sera pénible pour nous tous… Cependant nous n'avons pas le choix. Notre rédemption est à ce prix. En prenant au sérieux le supplice de la croix tel que le suaire l'enseigne, nous confondrons l'incrédulité de nos détracteurs. C'est pour cela que je vous ai priés d'être à mes côtés. Vous serez mes témoins.

Et d'ajouter :

– Si Guarnieri avait eu le courage d'être des nôtres, cela aurait donné à nos témoignages le poids que peut conférer la parole d'un homme d'Église. Mais nous ferons sans lui !

Les deux autres hésitaient, ne sachant quelle attitude adopter.

– Ne pourrait-on pas plutôt réaliser l'expérience sur un cadavre ? proposa Tommaso.

– Vous vous souvenez de Gottschack, cet Allemand dément qui se prenait pour le pape ?

– Celui qui a voulu le poignarder pour prendre sa place ?

– Oui, un illuminé, prétendu pasteur, que les Suisses du Vatican ont tué avant qu'il ne commette l'irréparable. J'ai profité d'avoir son cadavre à disposition pour faire l'expérience. Je l'ai crucifié, eh bien ce n'est pas probant…

– Et sur des membres amputés ?

– Non plus. Je lui ai coupé un bras mais ça n'a servi à rien.

– Tout de même, insista Tommaso. Pouvons-nous, moralement, accepter de répéter le geste de la crucifixion ? N'est-ce pas horriblement blasphématoire ?

Lombroso intervint – spécialiste de médecine légale, il avait fait du moindre cadavre son ordinaire.

– Ce serait blasphématoire, assura-t-il au baron, si le professeur Floris s'y consacrait avec une sorte de délectation perverse, mais il est sans affects. C'est un scientifique comme moi. La science ne peut pas se permettre d'être sentimentale. Quand j'autopsie un cadavre, ce n'est pas un corps que je découpe, c'est la vérité que je traque dans une chair morte. Aujourd'hui, notre cher Floris nous propose d'enquêter sur un homicide qui a eu lieu il y a deux mille ans. Le suaire est notre preuve décisive. À nous de reconstituer le crime sans peur et sans hésitation.

Tommaso se fit violence.

– Ma conscience réprouve l'expérience à laquelle le professeur veut procéder, dit-il, mais j'accepte d'en témoigner afin de faire triompher nos idées.

Floris lui tendit la main.

– Merci de ce courage, baron. Vous êtes un homme de cœur. Et un homme de foi !

Il ordonna à la sœur :

– Allez chercher Salamito.

Salamito

La grosse sœur et une autre plus forte encore arrivèrent encadrant un homme barbu aux cheveux longs, vêtu d'un simple pagne, roulant des yeux, passant nerveusement sa langue sur ses lèvres et riant en découvrant ses dents gâtées. Floris ouvrit les bras pour l'accueillir.

– Ah, Salamito ! Venez, mon ami, venez vous installer : la science et la foi attendent beaucoup de vous.

Aidé par les deux sœurs, Salamito s'allongea sur la croix sans soupçonner ce qui l'attendait.

– Jésus ?

– Oui, Jésus attend beaucoup de vous.

Floris se tourna vers Tommaso et Lombroso.

– Si vous voulez bien le tenir, je vais lui sangler les bras pour faciliter l'expérience, mais ce n'est que provisoire. Je vous expliquerai plus tard pourquoi.

Au passage, il rappela que les auteurs romains étaient formels sur un point : les crucifiés avaient les mains liées au *patibulum* – la traverse horizontale –, les clous n'étaient qu'un raffinement supplémentaire.

– Ce n'est pas pour rien qu'ils qualifiaient la crucifixion de « pire des supplices », approuva Lombroso.

Floris opina et entreprit de sangler les bras de Salamito sur la croix avec de courtes lanières de cuir, serrées près des poignets.

– Mes sœurs, demanda-t-il, auriez-vous la bonté de faire la même opération sur ses pieds ? Il faut que le chevalier Pia puisse opérer à son aise. Si le patient bouge, l'image sera floue et il faudra tout recommencer…

Pia le remercia d'un discret signe de tête. Il alluma les deux globes électriques qui avaient servi pour photographier le suaire et qu'il n'avait pas encore rendus à Enrico. Il était prêt. Les sœurs aussi.

– Jésus ? fit le crétin, comme s'il n'avait que ce mot à la bouche.

Floris lui tapota la joue.

– Oui, Jésus, mon ami, Jésus…

Salamito parut ravi de la réponse. Il fronça le nez et laissa échapper un rire guttural avant de passer, une fois encore, sa langue sur ses lèvres. Ça l'enchantait d'être sur la croix.

– Si nous voulons que notre expérience soit probante, commença Floris, nous devons reproduire le récit évangélique et le confronter au récit porté par l'image du saint suaire.

Tommaso avoua qu'il avait du mal à suivre.

– Dans la peinture chrétienne, expliqua le professeur, le crucifié a les mains clouées au poteau d'infamie. Je vais commencer par suivre ce modèle pour démontrer qu'il est fantaisiste. Croyez-moi, Notre Seigneur n'a pas eu les paumes percées par des clous, ses mains se seraient déchirées.

Il ajouta :

– C'est tout simplement impossible physiologiquement.

– Comment cela ?

– Si un crucifié n'était fixé au bois que par les paumes, soyez certain qu'il serait capable de mobiliser en lui une force surhumaine pour s'en arracher.

– Il pourrait tomber ? risqua Tommaso sans ironie.

– N'exagérons rien, mais le risque existe.

– C'est incroyable ! dit Tommaso, pétri d'admiration.

– Incroyable ! répéta Lombroso, très admiratif lui aussi.

Floris choisit un des clous posés sur la table et s'empara du marteau.

– Tout d'abord, dit le professeur, je vais enfoncer ce clou dans la paume droite de notre ami puis j'enlèverai aussitôt la sangle qui maintient sa main afin que nous puissions observer ce qui se passe.

L'idiot ricanait, regardant le professeur placer le clou bien au centre de sa main. Ça le chatouillait.

– Jésus ?

– Jésus.

Floris n'hésita pas. D'un puissant coup de marteau, il enfonça le clou dans la paume de Salamito, lui arrachant un hurlement si horrible qu'il dut être entendu jusque dans la rue. Les témoins de la scène se bouchèrent le nez : sous l'effet de la douleur, Salamito avait fait sous lui. Il s'arc-boutait sur la croix, râlant, criant, les yeux fous, le visage couvert de sueur, la main ensanglantée. Pia fit une prise de vue.

– Ça risque d'être un peu flou…

– Nous verrons.

Satisfait de ce début, Floris détacha la sangle.

– Maintenant, voyons si ça tient.

Salamito tirait sur son bras, essayait de dégager sa main. Il bavait, pleurait, poussait de petits et de grands cris quand soudain, au prix d'un incroyable effort, s'arrachant les chairs, il parvint à se libérer dans un mugissement qui glaça tout le monde. Il y avait du sang partout. Salamito s'était évanoui. Floris en profita pour rattacher son bras à l'aide de la sangle.

– Donc, conclut-il, nous pouvons constater qu'un clou planté dans la paume d'un crucifié est inopérant.

Pendant que les sœurs ranimaient Salamito avec un seau d'eau, Floris se dirigea vers le mur où étaient affichés plusieurs clichés du saint suaire, des agrandissements de détails.

– Venez, dit-il d'un ton énergique.

Tommaso et Lombroso le rejoignirent.

– Messieurs, pérora le professeur Floris, comme s'il s'adressait à ses étudiants, je veux attirer votre attention sur un point important, un point décisif à mes yeux…

Il souligna d'un doigt un agrandissement des mains du crucifié.

– On ne voit pas ses pouces !

Et, s'adressant à Lombroso :

– Maintenant, confiez-moi votre bras un instant, s'il vous plaît.

Lombroso, un peu inquiet, laissa Floris relever la manche de sa veste. Le professeur pressa fortement son avant-bras entre le radius et le cubitus, dans les os du carpe, au ras du poignet.

– C'est là qu'étaient plantés les clous, claironna-t-il, pas dans la paume ! Et je vais vous en faire la démonstration. Surtout vous prouver que quand ils sont plantés ainsi, ils lèsent le nerf médian et les pouces se rétractent. Ils deviennent invisibles. Ce qu'aucun peintre n'aurait pu inventer, aussi ingénieux fût-il ! Pas même notre grand Léonard !

Tommaso et Lombroso laissèrent échapper un soupir d'admiration : même si l'immense de Vinci…

– D'ailleurs, conclut Floris, il est facile de constater que l'image est infiniment supérieure, au point de vue anatomique, à ce que l'on pouvait faire au Moyen Âge !

Il hocha la tête comme s'il se parlait à lui-même.

– Aujourd'hui, dit-il en appuyant sur chacun de ses mots, le saint suaire nous oblige à une lecture strictement historique de la Passion même si elle contredit le récit évangélique.

– « Si je ne mets pas mon doigt dans la marque des clous, et si je ne mets pas ma main à ton côté, je ne croirai pas. » Saint Jean, chapitre 20, verset 25, dit Tommaso en respirant de l'eau de Cologne parfumée au lilas dont il avait eu la prudence d'imbiber son mouchoir.

Floris remercia sèchement le baron de sa citation.

– Saint Jean, je sais, votre fille me l'a opportunément fait remarquer, mais le saint suaire dit autre chose. Et c'est cet autre chose que nous allons proclamer au monde en vérité.

Ils revinrent près de la croix. Salamito reprenait conscience, bavant une sorte d'écume, les yeux rouges de larmes. Il geignait, la langue pendante, le corps agité de soubresauts. Il puait tant que Tommaso, toujours le nez dans son mouchoir, et Lombroso préféraient rester à distance, mais Floris leur demanda d'approcher.

– Je vais encore avoir besoin de vous, leur dit-il, confiant à chacun un filin fixé à la croix avant de préciser : Quand j'aurai planté les clous dans les poignets comme le saint suaire nous l'enseigne, nous vérifierons d'abord que les pouces se rétractent. Le chevalier Pia fera un cliché. Ensuite, je vous demanderai de hisser la croix afin de constater que le crucifié ainsi cloué ne peut se détacher quels que soient ses efforts. Et le chevalier Pia pourra réaliser une seconde photo. Ainsi nous aurons deux preuves irréfutables.

Il se tourna vers le photographe.

– Cela vous convient-il, chevalier ?

– Parfaitement, professeur.

– Bien, dit Floris, très bien. Alors procédons…

– Professeur, vous oubliez la couronne ! lui rappela la plus grosse des sœurs.

Floris s'excusa de sa distraction, alla chercher la couronne d'épines et l'enfonça d'un coup sur la tête de Salamito sans se soucier de ses cris.

– Notre ami photographe pense que ce sera mieux pour l'image, confia-t-il au baron et à Lombroso.

Puis il sélectionna deux clous et reprit le marteau, ignorant les gémissements du crucifié, le sang qui coulait sur ses joues.

– Messieurs, soupira-t-il, sans exagérer, nous allons vivre un moment historique.

Il pensait au livre qu'il publierait et qui ferait sa gloire, *Le Christ révélé par la science*. Pour toujours il serait l'homme ayant démontré sans conteste l'authenticité du saint suaire. Les négateurs en seraient pour leurs frais. La papauté ne saurait rester indifférente et sans doute serait-il anobli. Il s'imagina recevant l'Ordre du Christ, la plus haute distinction pontificale, et d'une main très sûre il planta les deux clous avec une force égale dans les os du poignet de Salamito. Qu'importaient les hurlements du sujet ; qu'importait l'infecte odeur de merde qui montait de la croix ; qu'importait au professeur sa blouse tachée de sang : Floris exultait.

– Les pouces se rétractent ! Voyez, ils se rétractent !

Il apostropha Pia :

– Déclenchez la photo, nom de Dieu ! Déclenchez !

Mais Pia était impuissant.

– Je ne peux rien faire ! Il bouge tout le temps !

Salamito se tordait, ruait, se déhanchait, poussant des cris stridents, atroces, inhumains. Les sœurs étaient incapables de le contenir. Floris explosa :

– Mais tu vas arrêter, bougre d'idiot !

Salamito vomit un jet de bile sur le professeur, qui s'écarta d'un bond comme si le Diable venait de lui cracher dessus. Soudain, ce fut la panique. Tandis que Tommaso et Lombroso ne savaient que faire, Floris se mit à bourrer Salamito de coups de poing, dans les côtes, sur le ventre.

– Tu veux donc tout faire rater, fils de pute ?

Encouragés par Secondo Pia, sans attendre le signal du professeur, Tommaso et Lombroso dressèrent la croix en tirant sur les filins comme deux matelots embarqués sur un navire de guerre. La croix se ficha dans le trou prévu pour l'ancrer en terre. Pendu au bois, Salamito s'agita de plus belle, les yeux blancs, poussant sur ses jambes, tirant sur ses bras, râlant comme si on lui avait arraché la langue. Il étouffait. Son pagne se défit, le laissant nu sur la croix. Pia commanda rageusement :

– Ne bougez plus !

La croix, secouée de toutes parts, vacillait sur sa base. Elle allait d'un côté, de l'autre, en avant, en arrière, penchant dangereusement. Floris tenta de la stabiliser avec ses deux cales, mais dès qu'il en plaçait une l'autre se déboîtait. Lâchant les filins, Tommaso et Lombroso essayèrent bien de la retenir mais le poids de Salamito, ses terribles soubresauts, le trou trop peu profond pour la bloquer à la verticale firent qu'elle leur échappa. L'inimaginable se produisit alors. Secondo Pia poussa un « Non ! » tragique et sauta de l'estrade une fraction de seconde avant que la croix s'abatte sur sa chambre Mackenstein, tuant net Salamito. Par miracle, les globes lumineux d'Enrico furent épargnés.

Café

Toute la société turinoise bruissait de la grande nouvelle : la création imminente de Fiat faisait la une du *Corriere Nazionale*. Au palais Bricherasio, à l'invitation de Giovanni Agnelli, le baron Tommaso assistait, en compagnie de di Paludo et d'une vingtaine de personnalités, à une réunion des futurs actionnaires, afin de préparer l'annonce officielle de la naissance de la firme. Le transfert de la capitale italienne de Turin à Rome en 1870 avait sévèrement bousculé le rapport entre les institutions civiles et militaires, les universités et les sociétés scientifiques qui constituaient jusqu'alors un des points forts de la culture scientifique piémontaise. Au cœur de la transformation économique, et ce malgré la multiplication des conflits sociaux, Turin s'enorgueillissait d'être la ville « qui travaille et qui pense », offrant une culture capitaliste aux classes moyennes pour mieux orienter leurs intérêts vers l'enrichissement.

Loin de ces préoccupations, le maestro Giovanni Claudio Piccolo avait donné rendez-vous à Lucia au café Baratti & Milano, renommé pour son chocolat chaud et ses pâtisseries. En l'absence du baron, Martha avait tenu à chaperonner Lucia. Elles étaient en retard, elles se hâtaient. Via Carlo Alberto, un homme clouait une pancarte à l'entrée de l'auberge où Nietzsche avait vécu. Martha grommela : « Un Allemand fou qui embrassait les chevaux », en réponse à Lucia qui ignorait qui c'était.

Une fois devant le café, Martha refusa d'entrer, jugeant qu'elle n'était pas à sa place dans ce salon tout en ors et dentelles, réservé aux personnes de qualité. Elle attendrait à l'extérieur, sous la verrière.

– Va ! Va ! Ne t'occupe pas de moi !

Piccolo, qui avait connu Lucia enfant, drapé dans une grande écharpe fantaisie sur un costume d'un bleu marine très sombre, affichait une élégance luxueusement bohème. Il lisait dans *L'Asino*, un journal satirique anticlérical, un article relatant la polémique naissante à propos du suaire. « Une polémique à fronts renversés ! » titrait l'hebdomadaire. Les auteurs brocardaient les laïcs qui défendaient à toute force l'authenticité du linge alors que l'Église – et Léon XIII le premier – se taisait hypocritement, sachant à quoi s'en tenir sur sa fabrication mais se gardant bien de condamner un objet de dévotion populaire. Quand Lucia entra, Piccolo cacha hâtivement son journal et se leva pour la saluer.

– Excusez mon émotion, dit-il en s'inclinant. J'ai cru voir arriver Maria...

Lucia prit son cri du cœur comme un compliment. C'était presque toujours la première réflexion de ceux qui avaient connu sa mère. Lucia, c'était *Maria rediviva*, Marie ressuscitée d'entre les morts...

Ils s'installèrent.

– Pardonnez-moi pour ce retard..., dit Lucia en ôtant ses gants.

– Privilège des jolies femmes...

Elle lui adressa son plus charmant sourire.

– Je vous remercie de bien vouloir me consacrer un peu de votre temps, dit-elle.

– Ne me remerciez pas, répondit le maestro Piccolo. Du temps, j'en ai plus qu'il ne m'en faut. Je ne joue pratiquement plus jamais.

Il fit remuer ses doigts.

– L'âge est cruel pour les pianistes, soupira-t-il.

Et, soudain inquiet :

– Vous êtes venue seule ?

– Ma nourrice m'attend dehors.

Le visage de Piccolo s'apaisa. Visiblement il avait craint que Lucia ne soit accompagnée de son père.

On vint les servir : deux chocolats chauds, les meilleurs de Turin.

Piccolo la complimenta en lui tendant des *gianduiotti*, des friandises à la pâte de noisette et au cacao :

– On m'a dit que vous chantiez.

Lucia sourit par politesse.

– Je travaille la pièce que vous aviez dédiée à ma mère..., expliqua-t-elle, faisant rosir Piccolo, flatté d'apprendre que ses œuvres vivaient encore.

– « Bon sang ne saurait mentir... », glissa-t-il, heureux que ce dicton lui soit revenu à l'esprit.

Il ferma les yeux et hocha la tête d'un air nostalgique.

– Maria était une très grande artiste et ma plus chère amie...

– Pardonnez ma curiosité, maestro, mais j'ignore comment vous vous êtes connus.

– Oh ! C'est une longue histoire !

– Je vous en prie, je serais tellement heureuse de l'entendre puisque vous avez le temps...

Piccolo se concentra.

– Di Cortanza, un musicien apparenté à ma famille, donnait une soirée chez lui, commença-t-il, dodelinant de la tête. À part mes parents, je ne connaissais personne dans l'assistance et je n'osais parler à quiconque de peur de me ridiculiser. J'avais quinze ans, peut-être seize…

– Ma mère avait le même âge que vous ?

– Oui, le même âge. Pendant que di Cortanza s'installait au piano, elle vint s'asseoir à côté de moi. J'étais très intimidé par sa grande beauté, paralysé à l'idée de devoir lui parler. C'est elle qui se présenta très simplement : « Je m'appelle Maria, et vous ? » Je fus tout à fait incapable de lui donner mon nom !

Ils rirent.

– Nous écoutâmes di Cortanza jouer *Brividi di Frida*, une œuvre de sa composition. Quand il eut fini, il fit taire les applaudissements et m'invita à le rejoindre, me présentant de façon exagérément élogieuse si bien que je crus qu'il se moquait, et je restai assis alors que tous les visages s'étaient tournés vers moi, le « nouveau Franz Liszt ».

– Rien que ça ?

– C'était sa formule ! Vous comprenez combien j'étais embarrassé… C'est votre mère qui me força à me lever et elle me conduisit jusqu'au piano en me disant : « Je vous tournerai les pages. » Voilà comment nous nous sommes rencontrés et, de ce jour, nous ne nous sommes jamais quittés.

Piccolo s'excusa, essuyant discrètement une larme qui perlait à ses yeux. Lucia revint à l'objet de leur rendez-vous, cet air de Piccolo que sa mère chantait.

– Votre mélodie est magnifique mais en chantant je bute toujours sur deux vers.

– Lesquels ? demanda Piccolo, peu sûr de se souvenir de ce qu'il avait écrit.

Lucia but du bout des lèvres une petite gorgée de chocolat avant de réciter :

Il est juste que je souffre
Que j'expie mes erreurs.

– C'est une adresse à Jésus, expliqua Piccolo, ne comprenant pas ce qui troublait Lucia. C'est la pécheresse qui…

– J'entends bien, dit-elle. Mais quand même…

– Quand même ?

– Quand même ce n'était pas anodin de faire chanter ça à une femme. À ma mère…

Le visage de Piccolo fut traversé de tics nerveux. Il sembla chercher ses mots.

– Que voulez-vous dire ? Je ne vois pas ce qui…

– Ma mère est morte, maestro, l'interrompit Lucia. Sa vie n'est que portes et fenêtres closes pour moi. Je n'ai que le silence pour la comprendre et un rêve pour m'éclairer.

– Un rêve ?

– Oui, une nuit j'ai rêvé que ces deux vers cachés sous un voile étaient gravés sur la tombe de ma mère et depuis je ne cesse d'y penser.

Elle ferma les yeux puis les rouvrit, dévisageant Piccolo.

– J'ai besoin de lever le voile, de savoir quelles étaient les fautes qu'elle devait expier, les erreurs pour lesquelles il était juste qu'elle souffrît.

– Je ne peux pas vous répondre, dit-il trop vite.

Il bafouilla, cherchant à se rattraper :

– Ou plutôt si, c'est évident voyons : la femme se tourne vers Jésus, vers son amour…

Lucia posa sa main sur la sienne et se pencha vers lui.

– Cette femme, ma mère, ne se tournait-elle pas en réalité vers vous ?

– Vers moi ? s'exclama Piccolo en recrachant un peu de chocolat.

– Ma mère ne chantait-elle pas le tragique de votre histoire ?

Elle poursuivit son raisonnement :

– Dès votre première rencontre, vous avez été son pianiste ; en récital, à l'opéra, en tournée, partout. Vous l'étiez avant son mariage, vous l'êtes demeuré après. Vous m'avez dit qu'elle était votre « plus chère amie ». N'était-elle vraiment que cela ?

– Que voudriez-vous qu'elle fût ?

– Votre maîtresse, dit froidement Lucia.

Piccolo se leva brusquement et appela le serveur.

Il voulait payer, partir. Il avait soudain un rendez-vous très important. Lucia le retint par la manche de sa veste et reprit sans se démonter son questionnement : Avait-on empêché sa mère de l'épouser ? Payait-elle l'erreur de ne pas s'être enfuie avec lui ? Souffrait-elle de vivre leur amour dans le secret ? Piccolo tenta de se dégager, le visage cramoisi.

– Je vous interdis !

– Vous vous aimiez, n'est-ce pas ?

Piccolo se libéra avec rudesse. Il quitta le café, oubliant son journal sur sa chaise, bousculant un couple sans s'excuser, se cognant aux chaises, agitant les bras comme s'il luttait contre un fantôme.

Lucia demeura à sa place, troublée, gênée, finissant dignement son chocolat pour se donner une contenance. Elle jeta un coup d'œil curieux sur *L'Asino*, dont la lecture était sévèrement prohibée chez elle. Il y avait encore une question qu'elle aurait souhaité poser à Piccolo, la plus douloureuse : « Jureriez-vous sur la Bible que vous n'êtes pas mon père ? »

Sacré-Cœur

Tant qu'elle était en ville, Lucia pour se débarrasser de Martha lui annonça qu'elle voulait en profiter pour passer au Sacré-Cœur. Elle se sentait obligée d'aller visiter la mère Maria Livia, l'ancienne directrice, gravement malade, presque à l'agonie. Sa nourrice l'accompagna jusqu'à la porte du pensionnat.

– Tu me promets de ne pas traîner pour rentrer ?

– Promis.

Après quoi, la vieille femme repartit au palais préparer le dîner et Lucia entra dans son ancienne école.

Une sœur contrôlait les visiteurs.

– Je viens voir la mère Maria Livia dont on m'a appris qu'elle était au plus mal.

– Vous êtes une de ses anciennes élèves ?

– Je suis diplômée du Sacré-Cœur.

La sœur la conduisit au premier étage où elles remontèrent le long couloir sans rencontrer une pensionnaire. Le silence était impressionnant, le parquet sentait la cire et quelque chose d'indéfinissable flottait dans l'air comme si toutes les âmes de celles qui avaient vécu là se manifestaient pour saluer Lucia.

– Elle ne parle plus, chuchota la sœur en ouvrant la porte de la chambre de la mère supérieure. Un poumon est perdu et l'autre atteint, les intestins sont touchés. Ses souffrances sont extrêmes…

Un instant, Lucia demeura silencieuse au pied du lit. Elle se signa au nom de Fiammetta, de l'amour et d'Enrico, avant de s'approcher de la mourante. La mère Maria Livia portait sur son visage le masque de la mort mais ses yeux, frappés d'effroi, brillaient encore de vie. Reconnut-elle Lucia ? Peut-être. En tout cas la jeune fille le souhaitait.

– Lucia Sant'Anna di Merlino, prononça-t-elle fortement pour être sûre d'être bien entendue.

Elle se revoyait dans le bureau de la religieuse avec Fiammetta, relevant toutes deux leurs jupes, se penchant devant elle pour recevoir des coups de badine sur les cuisses et les fesses. Elle se signa à nouveau.

– Merci, mon Dieu, murmura-t-elle, de faire souffrir mille morts à celle qui prenait si grand plaisir à fouetter des fillettes innocentes et malheureuses.

Lucia lui aurait volontiers craché au visage en guise d'extrême-onction mais elle se retint. Elle se pencha vers l'agonisante comme si elle voulait lui donner le baiser de paix.

– L'Enfer vous attend, chuchota-t-elle, et j'espère que ses flammes ne cesseront jamais de vous dévorer.

Puis elle quitta la chambre après avoir discrètement décroché le petit crucifix qui pendait au-dessus du lit et l'avoir jeté dans la corbeille.

Meeting

Lucia n'avait consacré qu'un instant à la directrice du Sacré-Cœur, pressée de ne rien manquer du meeting auquel Enrico l'avait conviée. Lorsqu'elle rentrerait au palais, si Martha la réprimandait d'avoir tardé, elle prétexterait qu'elle n'avait pu refuser d'assister à la messe dite pour le repos de l'âme de la mère Maria Livia, « une sainte femme »…

La réunion se tenait dans une petite filature désaffectée, non loin de l'atelier d'Enrico. Lucia s'y fit conduire en fiacre.

– Via San Simone !

Du fond de la première cour qu'elle traversa, elle entendit le chant des travailleurs que les grévistes entonnaient avant chaque rassemblement :

Il riscatto del lavoro
Dei suoi figli opra sarà
O vivremo del lavoro
O pugnando si morrà…

Elle s'approcha prudemment.

Soit nous vivrons de travail
Soit nous mourrons en combattant.

Lucia avait pris la précaution de s'habiller le plus simplement possible et de s'envelopper dans un grand manteau. Elle se glissa à l'intérieur de l'atelier, profitant de l'obscurité pour ne pas se faire remarquer. Une centaine d'hommes et de femmes écoutaient Enrico debout sur une estrade tendue de drapeaux rouges et de cocardes.

– Mes amis, les derniers événements à Milan et ailleurs doivent nous pousser à réfléchir. Les monarchistes, les bourgeois petits et grands parlent de la violence des grévistes. Des hommes et des femmes qu'ils décrivent volontiers comme des bêtes assoiffées de sang, des débauchés, des prostituées, ivres d'alcool et de ressentiment. Le général Bava Beccaris, le massacreur, a déclaré à la presse : « Ils puaient le vin, la crasse, le jus de pipe, bien autre chose encore, et je ne sais quelle bestiale vanité. » Pour eux, vous êtes – nous sommes – des bêtes primitives, des sauvages, des demi-brutes appartenant à une sous-espèce. On dit aussi que des mots d'ordre circuleraient pour nous encourager à détruire les biens, à blesser et à tuer la police et les soldats. Je ne suis pas naïf mais je ne suis pas dupe de la rhétorique belliqueuse de la bourgeoisie. Je sais bien qu'il peut y avoir une violence née de la colère et de la faim, mais que vaut cette violence comparée à celle que le patronat exerce contre les plus pauvres avec le soutien de l'aristocratie de la Maison de Savoie et des princes de l'Église ? Que vaut cette violence comparée à celle subie par des centaines de familles d'ouvriers ou de paysans mourant de froid et de faim – familles condamnées à l'exil ou à la prostitution dans l'indifférence la plus complète et le plus révoltant mépris ? Qui nous dit d'ailleurs que les violences constatées lors des manifestations ne sont pas l'œuvre de policiers infiltrés, chargés de déconsidérer les justes revendications des grévistes ? À Milan, les manifestants ont appréhendé trois énergumènes de cette engeance en train de briser des vitrines. Ces provocateurs n'ont pas été tués, ils n'ont pas été rossés, ils ont été dépouillés de tous leurs vêtements et renvoyés nus à leurs chefs ! Aussi nus que la vérité que l'on colporte sur les prétendues violences des manifestants !

Enrico laissa les rires s'éteindre avant de reprendre :

– La violence, la seule vraie, grande et terrible violence, c'est celle du capitalisme. Ouvriers, paysans, artisans, nous sommes le peuple. C'est tous ensemble que nous devons abattre le capitalisme si nous voulons construire l'État social auquel nous aspirons, en ville comme à la campagne. Ce combat repose sur l'union de toutes les forces de progrès. Il doit se manifester comme tel et non comme une éruption sporadique de malheur, brouillonne et désordonnée. Il faut qu'à la conscience de classe s'ajoute la conscience politique et que toutes les organisations ouvrières, paysannes, les partis, les syndicats s'unissent et fassent front commun. Plus nous serons organisés, plus nous serons forts contre la pieuvre capitaliste aux tentacules aristocratiques, bourgeois et cléricaux qu'il nous faudra trancher. La force première de la classe ouvrière et paysanne, c'est sa dignité. Cette dignité que proclame le drapeau rouge contre le capitalisme, notre seul et véritable ennemi. Rouge comme le sang humain, rouge comme le sang du cœur, le sang du peuple seul capable de transformer le monde !

Pendant que le discours était salué d'applaudissements, de cris et de mots d'ordre appelant à l'insurrection, une jeune femme à peu près du même âge qu'elle s'adressa à Lucia :

– Tu t'appelles comment ?

– Lucia et toi ?

– Rosa. Tu es socialiste ?

– Je suis venue écouter le député Vescovo.

– Il a dit ce qu'il fallait dire, non ? Même s'il emploie des mots trop compliqués.

Lucia approuva d'un hochement de tête.

– Oui, c'était bien.

– Tu l'as dit. Ces salauds nous prennent pour des bêtes. Pour ces messieurs de la haute, il paraît qu'on ne ressemble à des femmes que quand on est mortes.

La jeune femme cracha par terre.

Rosa venait de Carignano, où elle avait été ouvrière dans une filature. Elle ne portait qu'une simple blouse qui bâillait sur ses seins.

– Ça a l'air d'aller pour toi, dit-elle en tâtant le tissu du manteau de Lucia. T'as du travail ou t'es entretenue par un rupin ?

– Je suis musicienne, mentit Lucia. Et vous ?

Elle se reprit :

– Et toi ?

– D'après toi ? J'ai deux chiards, pas d'homme, j'ai été virée de l'usine après quarante-quatre jours d'occupation et je crève de faim… Qu'est-ce qui me reste à faire ?

Lucia parut ne pas comprendre.

– À vendre mon cul ! ricana la jeune femme. Et si ça ne s'arrange pas, tu vendras le tien bientôt !

Deux jours plus tard

Le baron Tommaso avait tenu à prendre personnellement le volant de l'Imperator. Il roulait vite avec à ses côtés le général Migliori qui préparait un rapport pour l'état-major sur l'inévitable mécanisation automobile des troupes royales. Lucia était assise à l'arrière entre Albertina, la femme du général, et leur fils Umberto en uniforme d'enseigne de vaisseau de la marine royale. Le général racontait qu'il avait suivi la conférence d'un poète dont il ne se souvenait pas du nom mais qui disait des choses extrêmement fortes sur l'apparition d'un type d'homme mécanique, non humain. Il cita de mémoire :

– « Un homme naturellement cruel, omniscient et combatif. »

Tommaso ne l'écoutait pas. Malgré ses activités politiques qui requéraient de plus en plus souvent sa présence auprès du roi, il n'arrivait pas à chasser de son esprit l'atroce matinée à la Miséricorde divine, avec Floris et Lombroso. Une catastrophe intégrale qui, heureusement, n'avait eu aucun écho à l'extérieur de l'asile. Il regrettait seulement que Pia ne soit pas parvenu à fixer photographiquement le pouce du crucifié qui se rétractait, le seul point de cette pénible expérience qui aurait été positif. Le général proclama :

– L'automobile, c'est l'avenir de la guerre !

Ils arrivaient au palais Merlino.

Le déjeuner avait été servi dans le jardin, sous un dais protégeant les convives du soleil. Tommaso rangea les photos de Secondo Pia qu'il venait de montrer au général Migliori, lequel s'avoua aussi impressionné que profondément admiratif.

– Qui aurait cru en ce siècle de positivisme, dit-il, que la science viendrait un jour au secours de l'Église ? Qui ?

Et, tout à trac :

– Vous connaissez Simon Bernheim ?

Tommaso plissa le front.

– Le banquier ?

– Oui, celui-là même, confirma le général.

Il glissa avec une certaine suffisance :

– Vous savez, j'ai des amis partout et je m'en félicite.

Tommaso, guère enthousiaste, lâcha du bout des lèvres :

– Il faut avouer que parmi eux – parmi les Juifs – il y en a certains qui parfois peuvent se révéler intéressants.

– Eh bien, Simon Bernheim devrait vous intéresser ! Après avoir regardé les photographies du saint suaire parues dans le *Corriere Nazionale*, il m'a assuré que ce ne pouvait être le cadavre d'un Juif !

– Que me racontez-vous là, général ?

– Pour Bernheim – et, bien qu'il soit juif, je le tiens pour un savant de premier ordre – il suffit de lire saint Jean pour s'en convaincre. Jésus fut enseveli « selon le mode de sépulture en usage chez les Juifs », dit l'évangéliste au chapitre… je ne me rappelle plus lequel. Passons. Il faut donc supposer qu'avant d'être mis au tombeau son cadavre a été lavé de tout ce qui pouvait être impur et les linges mortuaires détruits. Pour les Juifs, en aucun cas on ne peut conserver des linges souillés. C'est absolument contraire à leur religion !

Le baron balaya l'objection :

– L'enterrement de Jésus s'est fait en toute hâte ! Presque à la sauvette. Ils ont paré au plus pressé.

– Excusez-moi de vous contredire, cher ami, mais ce n'est pas ce que dit saint Jean. Je l'ai relu hier soir pour vérifier que Bernheim ne disait pas n'importe quoi. Saint Jean écrit que Nicodème, Joseph d'Arimathie et les saintes femmes suivirent très scrupuleusement le rite juif. D'ailleurs, quand j'étais chez les frères, on nous faisait entonner ce cantique.

Préférant ne pas chanter, il récita :

Joseph d'Arimathie
Le prit entre ses bras
Tout doucement le mit en terre
Le corps le tourna bellement
Et le lava moult nettement
Les plaies, il les a bien nettoyées
Celles des mains et du côté
La sainte face et puis les pieds…

Et, empêchant Tommaso d'intervenir, il ajouta :

– Pardon, mesdames, mais Bernheim est formel : il est impensable que le mort ait eu les mains posées sur le pubis.

Pour les Juifs, c'eût été une impureté majeure ! Si ce qu'il dit est vrai, n'est-ce pas un problème ?

– Ces gens-là aiment bien tout compliquer ! soupira Tommaso. Le Christ est peut-être né juif mais il s'est élevé bien au-dessus de sa condition humaine. D'ailleurs, les textes sont clairs. Il détestait les Juifs : « Vous, vous avez pour père le Diable et vous voulez accomplir les désirs de votre père. » Et je ne parle pas des « pharisiens hypocrites ». Dites de ma part à votre Bernheim de lire les Évangiles avec les bonnes lunettes !

Le général rendit les armes.

– Vous avez raison, les Juifs veulent toujours tout embrouiller parce que ça arrange leurs affaires.

– La seule chose qui les intéresse ! commenta Tommaso en frottant son pouce contre son index.

Et ils rirent de bon cœur.

– Messieurs, intervint la femme de Migliori, je ne trouve pas très comestible de nous servir vos Juifs à table ! Personnellement je les déteste. Ce sont les assassins du Christ, tout de même…

– Pardon, madame, s'excusa Tommaso, pardon. Oublions vite les Juifs et la juiverie ! Je m'échauffe, je parle, alors qu'aujourd'hui je ne veux penser qu'au plaisir – et à l'honneur – d'être en votre compagnie…

Martha et la petite Carlotta apportèrent le dessert, un énorme gâteau de *gianduja* à la crème. Tommaso servit personnellement l'asti dans des coupes de cristal divinement ciselées de chez Barovier & Toso.

– L'élixir d'amour !

Tandis que Martha découpait le gâteau et que Carlotta distribuait les parts, le jeune Umberto se pencha vers Lucia. Le lieutenant avait vingt-quatre ans et se voyait devenir amiral dans la marine royale.

– Vous savez cuisiner ?

Lucia faillit s'étrangler tant la question la surprit.

– Pourquoi me demandez-vous ça ?

– Je tiens pour indispensable qu'une femme sache cuisiner, affirma-t-il doctement. Ne serait-ce que pour surveiller sa cuisinière et son personnel. Ces gens-là sont souvent prompts à voler.

– Eh bien, il vous faut admettre que je ne suis pas une femme, alors : je ne sais pas cuisiner, ni coudre, ni broder. Martha s'occupe de tout depuis que je suis née et c'est très bien comme ça.

– Votre mère ne cuisinait pas ?

– Certainement pas, répondit Lucia, de plus en plus agacée. Ma mère ne se préoccupait pas des fourneaux. C'était une cantatrice, la plus grande de son temps.

Le fils du général sembla perplexe : une cantatrice ? Cela l'étonnait de la part de la femme d'un aristocrate. D'ordinaire, les femmes de son rang ne se donnaient pas en spectacle – chanter sur une scène eût dénoté un terrible manque de pudeur. Peut-être chantait-elle dans un chœur à l'église ou pour des œuvres de charité ? Il faudrait qu'il se renseigne.

– Avez-vous lu saint Jean Chrysostome ?

– Non. Aurais-je dû ?

– Certainement. Il est très instructif. Votre tante Teresa m'a confié un de ses traités sur le rôle de l'époux au sein du mariage.

Lucia soupira d'ennui mais le fils Migliori tenait à lui faire apprécier ses lectures, notamment à propos de la faiblesse atavique des femmes.

– Saint Jean dit que l'époux, pour corriger son épouse, doit d'abord mettre l'accent sur la loi divine, puis passer à la réprobation, en jouant sur le sentiment typiquement féminin de la pudeur, et seulement en dernière instance recourir au bâton.

Il entama voracement sa part de gâteau sans laisser à Lucia le temps de lui clore le bec ou de lui planter sa fourchette dans la main.

– Aimeriez-vous avoir des enfants ? s'enquit-il en s'essuyant la bouche.

Gras, joufflu, stupide, le fils était pire que le père ! Lucia brûlait de colère.

– Vous êtes fort indiscret, monsieur.

– Umberto, je vous en prie.

– Vous êtes fort indiscret, Umberto, répéta-t-elle d'un ton sec, sans le regarder.

– Veuillez m'excuser, mademoiselle, mais je partage avec ma mère l'idée qu'une femme sans enfants n'est pas une femme accomplie et je serais heureux d'entendre votre opinion sur cette question.

– Mon opinion est qu'une femme peut avoir des enfants et n'être pas accomplie pour autant si elle meurt de faim faute d'avoir du travail ou si elle doit se vendre pour survivre et sauver les siens.

Umberto répliqua d'un ton badin :

– Je ne parlais ni des pauvres ni des prostituées.

– Eh bien, lieutenant, il serait temps que vous cessiez de plastronner dans votre uniforme de carnaval et que vous ouvriez les yeux sur ce qui se passe dans ce pays !

Lucia, contente de lui avoir rivé son clou, allait planter là cet imbécile quand le général se leva, un verre d'asti à la main, la condamnant à rester assise.

– Monsieur le baron, commença-t-il gravement, votre famille et la mienne sont profondément attachées à ce pays de tradition aujourd'hui attaqué par les libres-penseurs, les socialistes, les anarchistes qui nient Dieu et le roi. En ce jour qui nous réunit, souvenons-nous de l'empereur Constantin qui a donné le christianisme à l'Empire romain… Comme à la veille de la bataille du pont Milvius, l'apparition de la figure du Christ sous nos yeux est le signe incontestable que la Maison de Savoie est appelée à régner au nom de la croix, *signum crucis*…

Il but une gorgée d'asti pour s'éclaircir la voix.

– C'est donc avec la conscience aiguë que nous sommes à un tournant de l'Histoire… mais aussi avec une joie immense – n'ayons pas peur des mots ! – et une grande fierté que j'ai l'honneur de vous demander, au nom de mon fils Umberto, la main de votre fille Lucia.

Lucia lança un regard désespéré à son père. Tout mais pas ça ! Livrée à Umberto Migliori ? Autant la tuer sur place ! Comment pouvait-il imaginer qu'elle accepterait d'épouser ce crétin en uniforme d'opérette ? De partager le lit de ce benêt si satisfait de lui ? Son cœur se soulevait à la seule pensée qu'il puisse la toucher. Tommaso feignit d'ignorer les yeux implorants de Lucia et serra chaleureusement la main du général.

– Mon cher Migliori, rien ne m'est plus cher en ce monde que ma fille. Cette maison est la sienne et jamais je n'ai imaginé qu'elle puisse un jour la quitter et me quitter aussi. Mais, pour le roi, pour notre cause et quel que soit le sacrifice que cela représente pour moi, j'accepte de grand cœur d'accorder sa main à votre fils !

Umberto sourit béatement sous les yeux attendris de sa mère.

Ils trinquèrent.

Lucia quitta si brusquement la table qu'un verre se renversa. Le vin se répandit sur la nappe, dessinant une étrange figure comparable aux taches visibles sur le suaire.

Photos

Martha fut chargée d'avertir le baron que Lucia était indisposée et qu'il ne fallait plus compter sur elle pour le reste de la journée.

– Mademoiselle dînera dans sa chambre, s'excusa-t-elle.

Tommaso était désolé mais les indispositions des femmes le mettaient toujours mal à l'aise. Au fond, si Lucia avait ses périodes, il préférait qu'elle ne se montre pas. Comme avertissait le Lévitique, « quiconque la touchera sera impur jusqu'au soir ».

– Merci, Martha, dit-il en congédiant la nourrice.

Indisposée – et le mot était faible ! –, Lucia ne l'était que par Umberto Migliori, sa mère et son père : un demeuré, une punaise de sacristie, un faux dévot et vrai maquignon aux manières grossières ! Quel genre de petits-enfants son père pouvait-il espérer d'un apparentage avec une telle famille ? Jamais elle ne consentirait à cette monstrueuse mésalliance. Dans son malheur Fiammetta avait plus de chance qu'elle. Comparé à Umberto, son Angelo était un Adonis doublé d'un Dante ou d'un Virgile. Le mari qu'on lui destinait n'avait rien de repoussant, même s'il paraissait plus vieux que son âge. Certes, il était un peu poseur, très enfant gâté, et sa figure manquait de bonne humeur, mais il était beau. Autant Angelo aurait fait un amant acceptable pour Fiammetta, autant il la rebutait comme futur seigneur et maître de sa maison. Lucia se conforta dans l'idée qu'ayant su contourner la surveillance des sœurs du Sacré-Cœur, elles sauraient contourner les obligations de la vie matrimoniale. Sa résolution était sans appel : si elle ne pouvait épouser Enrico, elle épouserait n'importe qui – mais sans tomber aussi bas que le fils Migliori… – et n'en ferait qu'à sa tête, qu'à son cœur et à son corps ! Quant à son époux, s'il s'avisait de vouloir lui donner du bâton, elle saurait lui montrer que son baron de père ne lui avait pas appris en vain, dès son plus jeune âge, à utiliser un fusil de chasse.

Lucia aimait passionnément Enrico et Fiammetta, deux êtres aussi nécessaires à sa vie que ses deux mains ou ses deux yeux. Elle refusait de se séparer de l'un ou de l'autre au nom de la morale, de la religion ou de la loi. Pour quoi devrait-elle sacrifier un amour ? Pour satisfaire quel Dieu ? Pour plaire à quelle autorité ? Lucia s'assura que personne ne viendrait la déranger et sortit une précieuse enveloppe qu'elle dissimulait derrière le tableau de la Vierge à l'Enfant. Elle étala sur son lit les trois clichés qu'elle contenait : un portrait d'Enrico qu'elle avait photographié sous sa direction la première fois qu'elle était entrée dans son studio, un portrait d'elle fait le même jour et le dernier cliché en date, un nu où on la voyait se lever de la baignoire, éclaboussant le photographe. Cette image-là était sa préférée. La photo était légèrement floue et ce tremblé de l'image l'incitait à la rêverie. C'était elle en Vénus sortant du bain mais ça aurait pu être Fiammetta !

Le cliché lui procurait une émotion particulière faite de grâce et de tendresse. Ce corps nu dans un nuage d'eau n'était pas son corps, ni celui de son amie, c'était le corps même de l'amour ! Derrière le tirage, Enrico avait noté au crayon : « Vénus ». Lucia se jura qu'elle ne serait pas comme la déesse mariée de force à Vulcain (Umberto) alors que son cœur était à Mars (Enrico) et que Cupidon (Fiammetta) l'avait transpercé de ses flèches ! Elle pensa aussi que si, dans vingt siècles, quelqu'un retrouvait ce cliché, il le présenterait peut-être comme le portrait authentique de la déesse Vénus et que ses contemporains se déchireraient pour savoir s'il avait raison ou tort.

Lucia s'alanguit. Son esprit vagabonda dans un paysage de rêve où comme aux temps mythologiques elle vivait nue en compagnie d'Enrico et de Fiammetta, se nourrissant des fruits de la terre, buvant l'eau d'une source claire, se réchauffant au soleil bienveillant du jour, se blottissant la nuit contre ses deux amours, partageant leurs désirs, leurs baisers, leur passion. Elle se sentit partir loin, très loin, très très loin. Lentement sa main glissa le long de sa cuisse, retroussa sa robe et plongea au plus secret de son intimité…

Mariage

Lucia brûlait d'envie de raconter à Fiammetta de quelle manière elle avait délivré les derniers sacrements à la mère Maria Livia ; de la faire rire d'Umberto Migliori, définitivement baptisé l'Idiota ; d'évoquer le rêve de la photo, de l'amour partagé... mais elle dut patienter, les préparatifs du mariage de son amie les éloignant l'une de l'autre. Pendant plus de quinze jours, elles ne purent se voir en tête à tête ni se parler en privé. Il y avait toujours ici une mère, là un frère, des domestiques, des couturières, des fournisseurs pour vibrionner autour d'elles comme des guêpes.

Le grand jour arriva. Suivant la mode lancée par la reine Victoria lors de son mariage, Fiammetta porterait une robe de satin blanc à la fois très simple et très coûteuse, ornée seulement de quelques volants et de dentelles. Elle serait coiffée d'une couronne de fleurs d'oranger qui retiendrait son voile de façon à ne pas cacher son visage. Pour seul bijou, elle aurait, épinglé à son corsage, un camée très ancien gravé d'une figure angélique, la broche que la mère de Lucia portait à son dernier récital, quand elle avait chanté l'aria du premier acte de *Norma* de Bellini. Un cadeau inestimable pour Fiammetta, le plus beau qu'elle puisse recevoir.

Tandis qu'elle s'habillait, Lucia put enfin lui glisser quelques mots.

– Tu as peur ?

– De quoi ?

Lucia essaya de plaisanter :

– De la nuit de noces !

Fiammetta répondit, mystérieuse et grave :

– Je t'aime. Il n'y a que ça qui compte.

Et, profitant qu'elles soient seules, elle serra très fort Lucia contre elle.

– J'ai pris mes précautions.

– Quelles précautions ? demanda Lucia, troublée d'entendre son amie utiliser ce terme dont elles s'étaient toujours moquées. Tu as déjà couché avec lui ?

Fiammetta n'eut pas le temps de répondre. Son père entrouvrit la porte et, sans se montrer, exhorta sa fille à se hâter.

– Mais qu'est-ce que vous fichez ? Nous devons partir !

Le mariage serait célébré à deux pas des appartements des parents de Fiammetta, à Santa Cristina, sur la Piazza San Carlo, à côté de l'église San Carlo Borromeo. C'était un édifice relativement classique malgré la base imposante de sa façade baroque, ses nombreux pilastres et la lourde travée qui le supportaient. Sa partie haute était plus déliée, avec une fenêtre ovale, des petites colonnes, des pinacles et de gracieuses statues de Santa Cristina et Santa Teresa. L'intérieur explosait de dorures, de marbre coloré, de tableaux, sous un incroyable plafond peint par Giacomo Casella et Giovanni Andrea. Santa Cristina était connue dans le quartier comme l'église des Servites, un ordre mendiant. Entre ses murs avait lieu la messe dominicale réservée au personnel des familles nanties. Le père du marié accordait une valeur symbolique forte au choix de cette église. Simple ferronnier d'art au service des nobles, di Paludo était un homme d'âge mûr, sobre, sévère, puritain, très dur à la tâche. Sans aucune autre aide que les revenus de son travail, il était devenu un industriel aussi riche que puissant, un homme qu'on saluait comme un maître mais qui tenait à ce que personne n'oublie – et son fils le premier – qu'il ne reniait pas ses origines.

Pour le mariage de son fils Angelo, di Paludo avait fait les choses en grand. Étaient présents à l'église plusieurs de ses futurs associés dans le financement de la firme Fiat : Giovanni Agnelli, le porteur du projet, Lodovico Scarfiotti, qui en serait le premier administrateur, Emanuele Cacherano di Bricherasio,

Roberto Biscaretti di Ruffia, Alfonso Ferrero de Gubernatis Ventimiglia, Michele Ceriana Mayneri, Luigi Damevino, Cesare Goria Gatti et Carlo Racca. Le baron Tommaso s'était fait excuser, prétextant une attaque de goutte ; il était représenté par sa fille, demoiselle d'honneur de la mariée.

Pendant la bénédiction nuptiale, Lucia ne quitta pas des yeux Fiammetta, n'accordant qu'un bref regard à Enrico, installé un peu plus loin sur sa gauche. De dos, elle observait son amie, cherchant à deviner la tête qu'elle faisait. Agenouillée devant le père Liberghetti – un petit homme trapu au visage étrangement balafré qui, disait-on, avait connu le martyre chez les barbares africains –, Fiammetta pleurait-elle ou affichait-elle cet air buté qui parfois figeait tous ses traits ? Lucia entendit le prêtre citer l'épître aux Éphésiens :

– « Que les femmes soient soumises à leurs maris comme au Seigneur, car le mari est le chef de la femme comme le Christ est le chef de l'Église. »

Cela provoqua en elle une grande colère. Elle enrageait. Un peu plus tard, cette colère ne fit qu'augmenter lorsque le prêtre déclara à Angelo d'une voix vibrante :

– Votre femme sera comme une vigne féconde à l'intérieur de votre maison. Vos enfants seront comme des jeunes plants d'oliviers à l'entour de votre table !

Lucia ne tenait plus en place. Elle faillit exploser quand, après le *Pater Noster*, le père Liberghetti s'adressa aux futurs époux sous l'égide de saint Matthieu :

– « L'homme quittera son père et sa mère et s'attachera à sa femme et tous deux ne formeront qu'une seule chair. »

Il les mit en garde, un doigt dressé vers le ciel :

– Ce que Dieu unit, l'homme ne peut le séparer !

À chaque phrase que le prêtre prononçait, l'assistance répondait d'un « Amen ! » unanime. Secrètement, Lucia répétait : « Jamais ! » Jamais elle ne serait soumise à son mari. Jamais elle ne le considérerait comme le chef de leur union. Jamais elle ne serait qu'un corps uniquement destiné à procréer. Quoi qu'en dise, quoi qu'en pense son père, jamais elle ne formerait une seule chair avec Umberto Migliori. Jamais ! La cérémonie s'acheva pour elle dans un brouhaha de cantiques, de vœux, de froufrous des robes et de bousculades de chaises. Fiammetta et Angelo di Paludo sortirent de l'église en se tenant par le bras. Ils étaient mariés. Fiammetta, tête baissée, marchait comme une condamnée qu'on conduit au supplice.

Le repas de noces fut somptueux, digne d'un mariage royal. *Crema reale*, antipasti, truite saumonée à la génoise, pâté de foie gras *gelatina*, saumon du Rhin, timbale de volaille truffée à la parisienne, dinde rôtie au cresson, filet de bœuf et jambon en gelée, haricots verts à la majordome, glace à l'ananas et pâtisseries, délicatesses, *cannoli alla lodigiana*, vins italiens, asti, champagne français, moscato pour le dessert, strega et cognac servis en même temps que les cafés. Plus de cent convives se pressaient au bord du Pô dans le manoir que di Paludo avait fait embellir et agrandir, notamment par l'adjonction d'une aile destinée à loger les nouveaux mariés. Dès que les domestiques eurent débarrassé et rangé toutes les tables, un petit orchestre s'installa. Fiammetta et son mari ouvrirent le bal au son de « Feu de jeunesse » d'Angelo Cunio. Puis la jeune épouse valsa avec son père et tous les invités les rejoignirent sur le parquet.

– Arrête de regarder Fiammetta, maugréa Enrico, s'inclinant pour inviter Lucia à danser.

En valsant, il prit soin de la tenir à distance afin que personne ne puisse soupçonner leur intimité.

– Je n'existe plus ? se plaignit-il.

– Elle est désespérée, dit Lucia, sans quitter des yeux son amie.

– Elle fait un très beau mariage.

– Pour qui ? Certainement pas pour elle.

– Elle obéit à son père, comme les femmes doivent le faire.

Lucia marqua une mesure sur place.

– Mon père m'a promise au fils du général Migliori, annonça-t-elle froidement. Dois-je lui obéir ?

– Je ne le permettrai pas ! s'exclama Enrico.

Il s'empourpra, inquiet d'avoir été entendu.

– Tu veux que je méprise ses ordres ? persifla Lucia, reprenant la danse. Tu veux que je renie le troisième commandement ?

– Je veux que tu m'aimes, dit-il en la regardant droit dans les yeux. Que tu sois ma femme.

Lucia virevolta autour de lui.

– Pourquoi aurais-tu le droit d'accomplir tes désirs et Fiammetta le devoir de se soumettre à la farce conjugale ? Hein, pourquoi ? Réponds.

Comme la mère de Fiammetta se plaignait d'être négligée, Enrico se crut obligé de faire danser sa tante dès que la musique entama une nouvelle valse. La jeune mariée en profita pour rejoindre Lucia. Elle posa la main sur sa broche.

– C'est mon plus beau cadeau, dit-elle, caressant le camée. Le seul que je veuille emporter avec moi.

Le voyage de noces devait la conduire à Paris et à Londres.

– Tu pars quand ?

– Très vite, murmura Fiammetta.

Mieux valait ne pas en parler.

– Où que tu sois, je serai toujours avec toi, assura Lucia. « Jamais l'une sans l'autre… »

– Embrasse-moi.

Lucia tendit la joue mais Fiammetta déposa un baiser sur ses lèvres avant de s'écarter.

– Où tu vas ? demanda Lucia.

Fiammetta se força à sourire.

– Où vont les anges ! lança-t-elle, laissant échapper une larme furtive.

Tandis que la danse s'achevait, elle s'éloigna, battant des bras dans sa grande robe blanche comme si elle s'envolait.

Enrico revint près de Lucia, désolé de voir sa cousine papillonner vers la sortie.

– Qu'a-t-elle besoin de faire la folle !

– C'est un ange.

– Un ange ?

– Fiammetta, c'est « mon ange ». C'est comme ça que je l'ai toujours appelée, depuis notre premier jour au Sacré-Cœur.

– Vous êtes de vraies gamines ! s'attendrit Enrico devant ce reste d'enfance que Lucia gardait en elle.

– Peut-être… mais Fiammetta a toujours veillé sur moi.

Enrico prit la mouche.

– Tu crois que je ne suis pas capable de le faire ?

– Prouve-le.

Saules

Depuis un moment, Fiammetta était introuvable. D'abord on pensa qu'elle était allée où les dames se retirent mais elle n'y était pas. Peut-être était-elle dans le logement que son beau-père avait fait préparer pour elle et son mari ? Non plus. Elle n'était ni aux cuisines, ni dans les écuries, ni autre part. On s'inquiéta. Où se cachait-elle ? Où avait-elle pu passer ? Son père et sa mère s'affolèrent. Il arrivait parfois que des mariées paniquent et courent droit devant elles pour chercher le secours d'une sœur ou d'une amie. Aurait-elle fait une fugue ? Son mari Angelo, son beau-père, ses cousins visitèrent systématiquement toutes les pièces du manoir en l'appelant :

– Fiammetta ? Fiammetta ?

Lucia et Enrico se joignirent à ceux qui exploraient le parc. Alors que chacun prenait une direction différente, ils se dirigèrent vers un magnifique ensemble de saules pleureurs, Enrico admirant au passage la collection de hêtres, de bouleaux, d'érables, de cerisiers des oiseaux plantés dans le parc sur une pelouse digne d'un jardin anglais.

– Au fond, je déteste le mariage, avoua Lucia.

Enrico s'alarma :

– Tu ne veux plus m'épouser ?

– Je veux être ta femme. Je ne veux pas être la vache qu'on exhibe devant tout le monde avant de la conduire au taureau.

– Tu penses que Fiammetta s'est enfuie ?

– Qui sait ? Pourquoi les anges auraient-ils des ailes, sinon pour s'envoler…

Elle pouffa.

– Pour s'envoler, pas pour convoler !

Enrico ne plaisantait pas.

– Tu sais où elle est, n'est-ce pas ?

– Dieu seul le sait ! rit Lucia en s'échappant devant lui.

Par-delà une petite haie, une prairie plantée de fleurs descendait jusqu'au fleuve. Ils s'arrêtèrent au bord de l'eau sans avoir retrouvé Fiammetta – sans l'avoir vraiment cherchée non plus. Le Pô coulait vers l'Adriatique *rubato* comme aurait dit la mère de Lucia : à son rythme, avec une fausse lenteur profondément mélancolique. L'air était doux, un peu humide, le soir n'allait pas tarder.

– Viens ! dit Enrico.

Il prit la main de Lucia et ils se glissèrent entre les branches lianes d'un majestueux saule pleureur. Une lourde chevelure verte à travers laquelle le soleil perçait encore mais qui les cachait aux yeux de tous. Ils s'embrassèrent comme ils avaient envie de le faire depuis la première heure de la matinée. Enrico couvrait Lucia de baisers. Sur la bouche, dans le cou, sur la poitrine, sur le ventre en s'agenouillant devant elle, pressant son corps contre le sien. Lucia sentit sa respiration s'accélérer, son cœur s'emballer. Elle fondait, alanguie d'extase et d'une irrésistible mollesse. Elle était prête à se laisser bousculer dans l'herbe, à s'offrir encore et encore à l'homme qu'elle aimait au risque du scandale, quand son œil fut attiré par une forme blanche qui dérivait près du bord.

– Qu'est-ce que c'est ?

– Peut-être un mouton mort, suggéra Enrico.

– Une vache ?

– Le suaire !

Ils s'approchèrent, riant de la plaisanterie. Ce n'était pas une bête morte, ni un drap envolé du séchoir ou une longue étole de mousseline blanche…

– Fiammetta ! hurla Lucia, reconnaissant la robe de son amie.

Sans hésiter, Enrico ôta la veste de son habit, ses chaussures et se jeta dans l'eau brune avant que le courant n'emporte le corps. Il y eut des remous, des jurons, des éclaboussures. Le Pô défendait jalousement sa proie. Son immobilité apparente était traîtresse. Sous son allure de bœuf au pas, par des tourbillons invisibles, il disputait Fiammetta à Enrico. Il le tirait vers le fond. Enrico pivotait sur lui-même, perdait pied, empêtré dans la robe de mariée comme dans un filet. Il fut bientôt entièrement submergé. Un instant, il n'y eut plus que l'effroyable horizontalité de l'eau. Lucia crut qu'il s'était noyé. Mais Enrico se débattit, émergea, disparut et réapparut quelques instants plus tard avec un cri de rage et de triomphe. Il avait vaincu le fleuve. Ruisselant d'eau, les pieds pleins de vase, il déposa dans les bras de Lucia un ange noyé aux ailes impuissantes. Fiammetta avait une main crispée sur la broche accrochée à son corsage. Lucia écarta les cheveux qui collaient au front de son amie. Les yeux fermés, le visage à peine plus pâle qu'à l'ordinaire, elle était si belle ! Paisible comme lorsqu'elle s'endormait contre elle au Sacré-Cœur…

Le ciel s'obscurcit comme si la douleur de Lucia endeuillait soudain l'horizon. L'orage gronda sourdement, les nuages se heurtèrent avec fracas. Lucia sentit peser sur elle une ombre sépulcrale. Au premier éclair, elle poussa un cri qui l'emporta hors de toute raison. Un hurlement de bête à l'agonie. C'était injuste ! C'était cruel ! C'était inhumain ! C'était l'enfance assassinée, l'amour noyé, la vie reniée ! Fiammetta voulait retrouver les anges, ses semblables, son voyage de noces l'avait conduite au Styx, loin de l'Arcadie espérée. Lucia l'embrassa encore, encore et encore. Elle embrassa ses yeux, ses joues, ses lèvres. Elle haletait, elle sanglotait alors que les invités, à la suite du père Liberghetti, accouraient criant : *Misericordia !*, en appelant au ciel, à la Vierge, à Dieu et à ses saints.

Studio

Après l'orage, l'après-midi se dilua dans le soir comme les teintes d'une aquarelle inondée. Enrico, rhabillé de sec, raccompagna Lucia mais il n'entra pas au palais Merlino.

– Tu avais raison, Fiammetta était un ange…, lui dit-il, les yeux pleins de larmes, incapable d'ajouter un mot.

Ils s'embrassèrent chastement, meurtris, se retenant de crier leur douleur.

Enrico n'avait pas eu le courage d'avouer à Lucia que, deux jours plus tôt, Fiammetta était venue se faire photographier dans son studio. Il devait réaliser un portrait de la future mariée qui serait offert à ses parents.

– Photographie-moi si ça te chante, avait-elle dit en ôtant sa capeline, je m'en fiche, mais ce n'est pas ce que je veux.

– Qu'est-ce que tu veux ?

– Je veux que tu sois mon premier, avait-elle annoncé, tout sourire.

De stupéfaction, Enrico avait failli lâcher le trépied qu'il était en train d'installer.

– Fiammetta, avait-il protesté, je ne suis pas ton mari…

– Ne t'occupe pas de lui, occupe-toi de moi.

– Je suis ton cousin et dans deux jours tu seras à lui !

Fiammetta s'était pendue à son cou et l'avait embrassé.

– Il n'y a donc pas de temps à perdre. Faisons ce que tu fais avec Lucia…

– Mais je ne fais rien avec Lucia ! s'était défendu Enrico. Absolument rien.

– Oh, le vilain mensonge !

Fiammetta était fine mouche, inutile de jouer au plus malin. Enrico s'était ravisé :

– Elle te l'a dit ?

– Je ne suis pas idiote et je connais Lucia mieux que tu ne la connaîtras jamais…

Enrico n'avait pas su résister à la tentation. Fiammetta avait tout prévu. Elle ne portait qu'une simple robe sur sa chemise de jour, sans jupon ni dessous. Cela avait été pour elle un jeu d'enfant de se déshabiller. Elle voulait tout savoir, tout connaître, faire tout ce que les hommes font avec les femmes. Elle s'était offerte sans répit et sans trêve. Ça avait été deux heures lourdes de cris et d'odeurs. Une folie. Ils avaient exploré un à un tous les points qui portent les êtres à jouir. Fiammetta encourageait Enrico, l'excitait, le poussant à tout réclamer d'elle, à tout oser, le sordide comme le sublime. Rien ne la retenait, rien ne lui répugnait. Elle chavirait d'un bord à l'autre du lit, exigeant la bouche d'Enrico, sa main, son sexe. Ses yeux s'allumaient d'envies comme s'il lui était donné d'épuiser en une fois tout ce qu'elle portait d'amour en elle. Pris de vertige, Enrico avait cru l'entendre appeler : « Lucia ! » avant de retomber vaincu en travers des draps, mais il ne l'aurait pas juré.

Entrée vierge dans le studio, Fiammetta en était repartie comme la plus affranchie des libertines. Avant qu'elle s'en aille, Enrico avait insisté pour réaliser le portrait promis. Dans une attitude arrogante, Fiammetta avait tendu vers l'objectif un visage de criminelle narguant la police, un sourire narquois au coin des lèvres, sans ciller. Personne ne saurait, personne ne devait savoir ce qui désormais la liait à la vie à la mort à Enrico. Ses yeux brillaient comme les deux dernières étoiles d'une galaxie mourante.

Quand Enrico avait développé la plaque, il n'y avait rien dessus. Le négatif avait pris le jour, l'image de Fiammetta s'était effacée. Seuls persistaient des ombres brouillardeuses et le contour d'une figure qui aurait pu aussi bien être celle d'une sainte que celle de la terrifiante Méduse antique.

Lettre

Lucia monta directement dans sa chambre, accompagnée des gémissements et des lamentations de Martha et de la petite Carlotta, averties du drame qui venait de se jouer. Lucia voulait être seule, ne voir personne. À l'heure où la cloche du couvent Santa Clara sonnait pour les vêpres, un commis avait déposé une lettre pour elle. Lucia reconnut avec effroi l'écriture de son amie.

Lucia, ma douce fille, mes délices, mon temple, mon aimée,

Ne pleure pas, je suis heureuse pour l'éternité. Je n'ai pas le courage d'attendre que nous puissions vivre enfin ce que nous nous étions promis et qui, pour moi, était la seule vie à laquelle j'aspire. Je préfère partir chargée du bonheur inégalable de t'avoir connue plutôt que me consumer dans l'ordinaire conjugal, l'ennui familial et ses obligations. J'ai été heureuse dans tes bras, dans ta bouche, dans ton corps quand nous ne faisions qu'une, et je veux que ce bonheur perdure pour des siècles et des siècles. Je vais te remplir de moi et te quitter. Quand tu souriras, c'est moi qui sourirai en toi ; quand tu pleureras, c'est moi qui pleurerai en toi ; quand tu feras l'amour, c'est moi qui crierai de plaisir. Je serai toujours en toi, partout (même quand tu iras faire pipi !). Tu vois, je ne suis pas triste. Je ris et je voudrais que mes rires soient pour toi comme autant de baisers. Je vais fermer les yeux, sentant tes lèvres sur mes lèvres, ta peau contre ma peau, éblouie de notre amour. Mon corps est soudé au tien pour toujours comme un enfant qui tète le sein de sa mère. Je me suis posée en toi dans l'eau de la grâce. Ose me porter maintenant dans l'infini des jours. Je t'aime, Lucia, ne l'oublie jamais. Tu es ma femme, ma sœur, mon amour. Aime-moi car je t'aime plus que tu ne peux m'aimer. Je t'aime infiniment.

Ton ange

Lucia n'assista pas à l'enterrement de Fiammetta dans l'église où son amie s'était mariée trois jours plus tôt. Elle resta cloîtrée dans sa chambre, vide de sanglots, loin des condoléances hypocrites et des répugnantes jérémiades. Elle refusait de supporter les imprécations, les génuflexions, les exhortations dont l'Église se délectait dans les messes de requiem. Elle ne voulait pas écouter les prêtres qui, ignorant tout de son amie, parleraient d'elle comme si elle vivait désormais auprès du Seigneur, dans sa lumière, au Paradis. Paroles vaines. Paroles cruelles d'ignorants déguisés en savants sous prétexte que le Saint-Esprit les visitait et les inspirait. « Mensonges ! Mensonges ! Mensonges ! » se répétait-elle en se mordant le poing. Fiammetta était morte.

Son corps reposait sous la terre et y disparaîtrait à jamais, rongé par les vers.

Lucia s'interrogeait fébrilement : que devenaient les vies qui n'avaient pas été vécues ? Celles des enfants morts, des vierges sacrifiées, des jeunes gens tués à la guerre ou sur les barricades ? Où allaient-elles ? Étaient-elles perdues dans l'éternité ? Fiammetta lui avait écrit que sa vie remplirait la sienne pour toujours et Lucia voulait s'en convaincre. Leurs deux vies n'en faisaient plus qu'une. C'était à elle de la rendre lumineuse, triomphante, « accomplie » comme disait l'Idiota. Lucia, gagnée par les idées d'Enrico, prit la résolution de ne plus jamais assister à une messe, ni de communier, ni de se confesser. Elle romprait avec l'Église sans rompre avec Dieu. Elle vivrait chrétiennement, en femme honnête, sans que quiconque prétende diriger sa conscience ou gouverner sa vie. Refusant d'agir pour soi à seule fin de servir ses propres intérêts, Lucia pratiquerait désormais une ascèse des biens et ne serait prodigue que d'amour, de justice et de bonté. Elle offrit le crucifix en ivoire à la petite Carlotta qui avait été battue à cause d'elle et le portrait de la Vierge à l'Enfant pendu au-dessus de la commode à sa nourrice, qui n'en revint pas de recevoir un tel présent.

– Tu es sûre ? Ton père dit que c'est peint par un grand maître…

– Eh bien tant mieux si c'est un grand cadeau que je te fais ! Tu le mérites.

Lucia congédia Carlotta et Martha.

Elle renouvela pour elle-même le serment des larmes : « Jamais l'une sans l'autre » et, sans se montrer, descendit dans le parc serrer dans ses bras une des branches basses du cèdre de l'Atlas. Qui d'autre que cet arbre de sagesse aurait pu partager avec elle le chagrin causé par la mort de son ange ?

Secours

Le surlendemain, Lucia profita de l'absence de son père, appelé auprès du roi, et de celle de Martha, partie aider son frère dont la femme venait de mourir, pour bourrer deux malles de vêtements, de linge et d'objets dont elle ne voulait plus. Puis elle réussit à convaincre Toffoletti, le menuisier venu livrer un meuble pour la bibliothèque, de l'aider à transporter son chargement en ville.

– Je dois porter ça à des œuvres…, se justifia-t-elle en s'asseyant à côté de lui sur sa charrette.

L'homme, heureux de lui rendre ce service, ne posa pas de questions. Il la conduisit jusqu'au fin fond du quartier Aurora où elle avait assisté au meeting d'Enrico. Toujours sans une question, sans une remarque, il porta les malles jusqu'à l'entrée de l'atelier de tissage transformé en société d'entraide pour les grévistes et les chômeurs. Lucia voulut le remercier d'une pièce mais il refusa.

– C'est bien ce que vous faites, dit-il, la regardant sans ciller.

Deux pas plus loin, Toffoletti se retourna pour la saluer.

– Ne vous inquiétez pas, votre père n'en saura rien !

Du local montait un chant de femmes, des tisseuses renvoyées de la filature après leur grève :

Questa seta che filiamo
Ogni giorno a tutte l'ore
Non è certo per vestire
Queste nostre nudità.
Questa seta che tessiamo
Che bagnamo col sudore
Non ci fa certo arrcchire
Ma ci lascia in povertà…

Rosa, la jeune prostituée rencontrée au meeting, s'approcha avec ses deux enfants, un garçon qui devait avoir cinq ans et une petite fille qui devait en avoir trois ou un peu moins.

– Qu'est-ce qui t'arrive ? demanda-t-elle à Lucia en donnant un petit coup de pied dans les malles. Tu déménages ?

– Je suis venue vous aider.

Détaillant sa robe et son manteau court, Rosa la dévisagea avec mépris.

– Putain, t'es une aristo !

– Je suis une femme comme toi, répliqua Lucia.

Deux grévistes vinrent déballer et trier ce que Lucia leur offrait. Il y eut des « Oh ! » et des « Ah ! » devant le luxe de certains vêtements, des estimations à vue de nez du prix de très belles tasses, d'un grand vase et d'un assortiment de brosses et de peignes en ivoire.

– Rosa, comment s'appelle ta fille ?

– Mirna, mais on dit Mimi.

– Appelle-la.

– Mimi, la dame veut te voir !

– Lucia.

– Viens voir tata Lucia ! rigola Rosa.

Mimi s'approcha sans être intimidée par cette dame si élégante que toutes les femmes regardaient à la dérobée. La petite n'avait sur elle qu'une vieille chemise aux manches coupées et marchait pieds nus. Lucia souleva Mimi comme une plume et la posa sur un banc. Puis elle lui enleva sa loque pour lui faire enfiler une de ses robes d'enfant, vestige de son trousseau de naissance entièrement cousu par Martha. Toute nue, Mimi paraissait encore plus maigre. Elle était sale, très sale, le ventre rebondi, les côtes saillantes et les jambes comme des allumettes. C'était horrible, c'était choquant, Lucia eut envie de la serrer contre elle pour l'emporter loin de ce monde misérable.

– Tu ne la laves jamais ? demanda-t-elle, contenant son émotion.

– Le savon, ça ne se mange pas, rétorqua Rosa. Le peu que j'ai, c'est pour la nourrir.

– On ne te donne rien ici ?

– On me donne comme aux autres : une soupe par jour et une tranche de pain.

– Et pour les enfants ?

– Pareil mais moins.

Enrico avait raison d'appeler à la révolution. Ce que voyait Lucia la révoltait. La pauvreté avait un physique et une odeur. C'était indécent de laisser des femmes, des hommes, des enfants vivre dans ces conditions. Seule la solidarité leur permettait de ne pas mourir. Mais cette solidarité était celle des pauvres entre eux. Les riches se gardaient bien de partager leurs immenses fortunes, leurs biens, leurs réserves honteusement remplies. Quant à l'Église, si elle se proposait toujours d'accompagner les mourants, elle n'offrait pieusement aux vivants que des bonnes paroles, des bénédictions et des hosties. Rien d'autre que cette hypocrisie.

Lucia fit un don conséquent à l'entraide et finit par obtenir une cuvette d'eau et une poignée de paillettes de savon. Elle lava Mimi de la tête aux pieds, lui enfila la robe et les petits chaussons assortis, puis elle fit de même pour le jeune Rocco, aussi sale, aussi maigre que sa sœur, et le rhabilla d'un caleçon de dame qui fit office de pantalon et d'une chemise brodée au col montant. Un vrai prince… Rosa, les mains sur les hanches, goguenarde, l'observait sans broncher.

– Pourquoi tu fais ça ? lui demanda-t-elle quand Lucia en eut terminé avec les enfants. Tu veux gagner ta place au Paradis ?

– Je veux vous sortir de l'Enfer.

Jour des Saints-Martyrs

Dix jours après l'enterrement de Fiammetta, Lucia, en grand deuil, voilette sur le visage, descendit d'un fiacre près du marché de la Porta Palazzo. Il faisait doux, le soleil brillait haut dans le ciel. Attendant que la voiture disparaisse au carrefour, elle fit semblant de s'intéresser à la vitrine d'une modiste puis s'éloigna en sens inverse, traversa la rue et entra dans la cour où Enrico avait son atelier photographique, au dernier étage de l'immeuble.

L'avocat revenait de Rome, du Parlement. Le pays prenait feu. Après le massacre de Milan, l'armée avait encore tiré sur des ouvriers dans les Pouilles. Près de vingt morts ! Pour Enrico, l'espoir s'appelait « révolution » : révolution maintenant, révolution d'urgence ! Hélas, il n'était pas parvenu à convaincre les autres socialistes. Peu étaient aussi déterminés que lui et beaucoup croyaient encore que le changement pourrait venir des urnes. Malgré son désaccord avec ses camarades, Enrico avait plaidé en vain pour la tenue d'élections anticipées. Les monarchistes s'étaient vigoureusement opposés à lui, Tommaso en tête. « Ces manifestants ne sont pas des citoyens qui méritent qu'on les écoute, avait-il déclaré publiquement. Ce ne sont que des bandits qui préfèrent voler et piller plutôt que d'être d'honnêtes travailleurs. La répression a été brutale ? Tant mieux. Qu'importe combien ont été tués si c'est le prix à payer pour nous sauver de l'anarchie ! » À quoi Enrico avait répliqué : « À être sans pitié pour le peuple et sa souffrance, ne vous étonnez pas que, le jour venu, il soit à son tour sans pitié pour vous et vos affidés ! Votre morgue, votre mépris, votre infamie vous condamnent sans qu'il soit nécessaire de réunir un tribunal. Puisque vous me traitez d'anarchiste, ne vous offusquez pas si je vous traite d'assassin ! »

Enrico fit entrer Lucia dans l'atelier. Il souleva sa voilette pour l'embrasser, un moment de bonheur après tant de rudes journées.

– Comme tu es belle !

Lucia ignora le compliment. Ce qu'elle avait à lui dire n'attendait pas.

– J'ai écrit aujourd'hui à Umberto Migliori pour lui signifier que je ne souhaitais pas l'épouser, lâcha-t-elle d'un trait.

– Ton père le sait ?

– Il le saura sans doute ce soir.

– Tu devrais t'installer ici, proposa Enrico. J'irai le voir. D'ailleurs, j'ai quelque chose à lui montrer…

– Non, assena Lucia. S'il veut une explication, il l'aura. Je ne me déroberai pas.

– Tu ne crains pas sa colère ?

– La mort de Fiammetta m'a fait beaucoup réfléchir. Je veux en finir avec l'hypocrisie et le mensonge. Je ne me tuerai pas comme elle. Je veux me battre comme tu te bats. Cette société est répugnante.

Elle interrogea Enrico du regard.

– Fiammetta savait pour nous deux ?

– Tu lui as dit ?

– Jamais. Et toi ?

– Pourquoi en aurais-je parlé ?

– Je ne sais pas.

– Je ne lui ai rien dit, jura Enrico, affligé par cette conversation.

Lucia lui raconta ce qui s'était passé avant de partir à l'église pour le mariage :

– Comme je plaisantais sur la nuit de noces, Fiammetta m'a confié qu'elle avait pris ses précautions. Quelles précautions avait-elle pu prendre ? Quelles précautions prend-on avant de se marier ? Elle n'a pas eu le temps de me répondre. Il fallait partir. Je n'ai toujours pas compris ce que ça signifiait…

– Je ne vois pas non plus, mentit Enrico, vexé d'avoir été considéré comme une « précaution ».

Il gardait un goût amer de la surprenante visite de Fiammetta à son studio. Après la séance de pose, quand Fiammetta était repartie chez ses parents, Enrico s'était senti honteux et blessé. Honteux d'avoir été trop lâche pour repousser la folle demande de sa cousine, blessé d'avoir été l'instrument d'une vengeance contre un ennemi qu'il ignorait. Pourquoi le mot « vengeance » était-il naturellement venu à son esprit ? Une vengeance contre qui ? Contre Lucia ou contre lui ? Contre ses parents qui la mariaient sans son consentement ? Contre la société qui la condamnait à une vie qu'elle récusait ? Contre son futur mari en le cocufiant par anticipation ? Contre elle-même ? Fiammetta ne voulait pas faire l'amour, jouir, se perdre de plaisir comme Lucia. Elle réclamait un châtiment dont elle voulait être à la fois le bourreau et la victime. Même si elle n'y croyait pas, elle voulait souffrir, descendre aux Enfers, persuadée d'en rejaillir purifiée. Elle se livrait au martyre et attribuait à Enrico le mauvais rôle. Fiammetta était un ange pour Lucia ; pour lui, c'était un démon. En pensant à elle, en regardant Lucia, Enrico conçut l'idée un peu effrayante qu'elles n'étaient que les deux faces de la même femme. Il ne devait pas l'oublier : « Jamais l'une sans l'autre… »

– Je suis sûre qu'elle avait deviné pour toi et moi, assura Lucia, hochant la tête, comme si elle approuvait les pensées secrètes d'Enrico.

– Tu penses que c'est pour ça qu'elle s'est… ?

– Non, trancha Lucia. Quoi qu'elle ait su ou imaginé entre nous, ça ne comptait pas pour elle.

– Qu'est-ce qui comptait ?

Fiammetta lui avait dit : « Je t'aime, il n'y a que ça qui compte. » Lucia évita d'en faire l'aveu, elle fit mine de réfléchir et oublia de répondre. Elle cacha également à Enrico la teneur de la lettre que son amie lui avait laissée et dont elle connaissait par cœur chaque mot. En se noyant, Fiammetta s'était unie à elle par la mort. Un mariage mystique célébrant leur impossible amour… Enrico embrassa la main de Lucia en voyant la tristesse qui s'emparait d'elle.

– On m'a dit que tu étais passée donner des vêtements à l'entraide, dit-il pour éloigner le fantôme de son amie. C'est très généreux de ta part…

– Pour les chrétiens il y a un avant et un après Jésus. Pour moi, il y aura désormais un avant et un après ce que j'ai vu.

– Que Dieu t'entende !

Enrico lui apprit qu'un curé était venu recruter du personnel pour une filature française, Duplan, située à Vizille, près de Grenoble. Rosa et beaucoup d'autres filles y étaient parties, alléchées par la promesse d'un travail stable, d'un bon salaire et de la garantie de pouvoir revenir une fois l'an en Italie.

– Tant mieux pour ces malheureuses ! se réjouit Lucia. Tout est préférable à la prostitution…

Enrico n'était pas aussi enthousiaste.

– Attendons de voir. Je me méfie. Les patrons français ne sont pas meilleurs que ceux d'ici. Le curé leur a promis un paradis mais c'est peut-être un bagne qui les attend.

Lucia ne voulait pas le croire, Enrico voyait toujours le côté le plus sombre de la vie. Plus d'une fois elle l'avait entendu professer que l'homme était seul dans l'immensité indifférente de l'univers. Sans grandeur et sans gloire. Qu'il n'y avait rien à attendre, à espérer ; qu'il fallait vivre au plus haut degré possible d'intensité avant de disparaître dans le néant. Selon lui, saint Thomas d'Aquin pouvait bien professer que « l'âme ne reprendra pas un corps céleste ou aérien, ou le corps d'un autre animal, selon certaine doctrine absurde, mais bien le corps humain composé de chair et d'os avec les mêmes organes qu'il possède maintenant», la résurrection promise par l'Église était un conte pour faibles d'esprit.

– Rosa est partie avec ses enfants? s'inquiéta Lucia, qui regrettait de n'avoir pu la saluer avant son départ

– Non, sans eux. D'après ce qu'on m'a dit, ses grands-parents les gardent jusqu'à ce qu'elle revienne.

Un inquiétant silence les figea comme deux mannequins de cire l'un en face de l'autre. Pouvaient-ils croire à ce retour?

Suie

Soudain Enrico entraîna Lucia derrière lui. Ils se faufilèrent entre les trépieds des chambres photographiques et les deux gros globes qui avaient servi à Secondo Pia, à travers le mobilier de théâtre, les accessoires, les décors peints et s'installèrent sur un grand canapé recouvert de velours vert pâle. La première fois qu'il avait vu Lucia à la vente de charité du Sacré-Cœur, Enrico avait été saisi par son regard, ses yeux qui disaient sans pudeur: «Tu me veux? Prends-moi.» Il n'avait jamais pu oublier cet instant qui avait scellé leur amour en un éclair. Aimer Lucia avait été pour lui aussi immédiatement évident qu'être aimé par elle. Lorsqu'elle avait cédé à ses désirs, la même évidence les avait unis. Il en tremblait encore d'émotion.

Enrico tendit une brochure à Lucia.

– Tu liras ça, c'est une publication d'un ami français qui réfute point par point l'authenticité du suaire.

– Un socialiste?

– Un professeur d'onomastique à la faculté catholique de Lyon! répondit Enrico, les yeux rieurs. Il a un nom magnifique: Ulysse Chevalier! La ruse et le courage!

Lucia jeta un rapide coup d'œil au texte qu'elle avait entre les mains.

– Et si le visage qui nous est apparu était vraiment un signe de Dieu ? dit-elle, posant la brochure à côté d'elle.

– Un signe de quoi ?

– Que nous sommes dans le péché, que nous sommes maudits. La mort de Fiammetta est notre punition. Nous devons nous repentir.

– Ce sont les bonnes sœurs du Sacré-Cœur qui t'ont fourré ces idées dans la tête ? Comment peux-tu croire à de pareilles sottises ? s'exclama Enrico.

– Je crois bien à notre amour !

– Tu mériterais que je te fouette ! jura Enrico. Dieu est mort depuis longtemps, il n'a rien à voir avec nous ! Fiammetta l'avait compris. Le ciel est vide et je t'aime sans qu'aucune force puisse me l'interdire !

– Mon père et toi, vous êtes bien les mêmes !

– Je t'en prie, je n'ai rien à voir avec le baron ! Tout nous oppose !

Lucia se rembrunit.

– Si ! Tu es comme lui, exactement comme lui, comme tous les hommes ! Le doute vous est étranger !

Enrico se passa la main dans les cheveux, un geste qu'il faisait souvent quand il réfléchissait. Il garda le silence un instant avant de se décider à répondre.

– Si tu parles du suaire, dit-il en se levant, je suis d'accord : je n'ai aucun doute…

Un poêle à charbon occupait tout le centre de la pièce. Il fit quelques pas jusqu'à lui et se frotta les mains sur le dessus pour les couvrir de suie. Lucia s'alarma :

– Qu'est-ce que tu fais ?

– Attends. Ne sois pas si impatiente !

Enrico se barbouilla les joues et le front de suie comme s'il se maquillait pour un bal costumé. Et, sans laisser à Lucia le temps de protester, il courut plonger son visage dans le grand oreiller du lit qui occupait le fond du studio. Lucia se leva, effrayée de le voir faire le pitre, convaincue que sa raison l'abandonnait.

– Arrête ! Arrête ! l'implora-t-elle.

Enrico se redressa, tout sourire, tenant précautionneusement l'oreiller comme s'il tenait le *mandylion* venu d'Édesse. Ses traits étaient décalqués sur la taie…

– Admire le suaire d'Enrico ! La sainte face que tu dois adorer ! La seule ! La mienne…

Le visage imprimé sur l'oreiller paraissait difforme, disproportionné. Lucia se cacha les yeux.

– Mais c'est affreux !

Enrico la prit dans ses bras.

– Si le suaire photographié par Pia était celui de n'importe qui ou vraiment celui de Jésus, dit-il doucement, son visage devrait être aussi difforme que celui-là ! Une tête de lune !

– Mais pourquoi ?

– Parce que si je mesure la largeur de ton visage d'une oreille à l'autre et que je la mets à plat, ton visage sera naturellement deux fois plus large que la normale.

– Et alors ?

– Alors, ça signifie que pour obtenir une impression semblable à celle qui apparaît sur le suaire, il faut que le corps sur lequel le linge est plaqué soit plus petit pour qu'une fois déplié le visage retrouve une taille humaine.

Et d'expliquer :

– On a dû poser un grand linge sur un bas-relief en bois ou en pierre avec des proportions nécessairement beaucoup plus étroites que celles d'un être réel… et le peindre.

Lucia objecta que le chevalier Pia lui avait affirmé qu'on ne pouvait déceler aucune trace de pinceau sur le tissu, ce qu'elle-même avait constaté. Enrico argua qu'on pouvait peindre avec ses doigts comme les hommes préhistoriques qui imprimaient leurs mains sur les parois des grottes, ou tamponner un linge humide avec des pigments… Et, l'œil brillant, il ajouta :

– On peut aussi peindre avec de la suie !

– Tu es le Diable !

Enrico jeta l'oreiller loin d'eux.

– Finalement, je suis un artiste ! déclara-t-il, soulevant Lucia dans ses bras.

Il la fit tournoyer dans le studio.

– Maintenant, veux-tu que je te couvre de parfums, d'aromates, de nard, de myrrhe, d'aloès ?

– Je veux cent livres d'amour !

Ils basculèrent sur le lit tendu de draps immaculés.

– Tu peux douter du suaire, de Jésus, de Dieu même si tu veux…, dit Enrico en l'embrassant. Mais ne doute jamais de mon amour !

Ils s'étreignirent.

C'était le noir Othello possédant la blanche Desdémone par magie et sortilèges.

Cathédrale San Giovanni Battista

Lucia avait besoin de réfléchir avant d'affronter son père. Elle entra dans la cathédrale San Giovanni Battista, étrangement déserte. Pas un prêtre, pas un fidèle, pas même une de ces vieilles dévotes qui y passaient volontiers l'après-midi en égrenant leur chapelet. Émue d'une peine soudaine, Lucia se dirigea directement vers le grand escalier de marbre noir qui conduisait à la chapelle du saint suaire, faisant résonner les talons de ses bottines sur les marches. L'estrade construite pour Secondo Pia n'avait pas été démontée. Elle s'y hissa sans hésiter. Lucia voulait voir le suaire de près, face à face, « d'homme à homme », pensa-t-elle en pouffant.

Entre ces murs d'ombre, protégé par une vitre, le linge ne révélait aucune figure ni aucune des formes présentes sur la photo, seulement de vagues salissures, des rousseurs, le tout d'un jaune douteux de lange mal lavé. Pourtant, l'émotion la gagnait. Elle sentit une chaleur colorer ses joues. Son cœur battit plus fort, ses yeux brillèrent attisés par une invisible présence. Le suaire l'attirait et la repoussait comme si deux forces contraires se disputaient en elle. Elle se raisonna. Elle était seule dans la cathédrale. C'était le silence qu'on doit aux morts qui l'entourait et le froid qui la faisaient frissonner. Peut-être ressentait-elle tout simplement une immense solitude comme celle qui étreignit le Christ lors de la veille à Gethsémani ? Alors que Jésus songeait à sa mort prochaine, ses disciples dormaient aussi profondément que dormaient le père de Lucia et ses amis, ces savants oublieux des livres sacrés qui refusaient de voir ce qu'ils avaient devant les yeux : une pauvre pièce de lin et rien d'autre. Mais pourquoi ne parvenait-elle pas à détacher son regard de ce bout de tissu ? Que couvrait-il vraiment ? Que masquait-il à ses yeux ?

Au Sacré-Cœur, l'histoire sainte était une matière principale. On faisait lire aux élèves *L'Imitation de Jésus-Christ* ainsi que des textes édifiants sur la morale chrétienne, les devoirs de l'épouse et de la mère de famille, les *Souvenirs du Calvaire*, *L'Œuvre des missionnaires* et, pour les distraire, *La Légende dorée* de Jacques de Voragine. À la messe comme au catéchisme, elles entendaient des passages des Évangiles, des citations des épîtres de Paul et plus rarement des versets de l'Ancien Testament, mais au grand jamais la Bible en entier, un livre dont la lecture était implicitement prohibée.

C'était lors de l'une de leurs échappées au grenier que Lucia et Fiammetta avaient trouvé une pile oubliée d'exemplaires du Nouveau Testament. D'abord par jeu, puis avec le sentiment exaltant d'une provocation majeure, elles avaient commencé par lire saint Matthieu et ne s'étaient plus arrêtées jusqu'à l'Apocalypse de saint Jean et son apothéose : « Seigneur, viens ! » Elles avaient constaté en riant que dans saint Matthieu l'ange annonçait à la Vierge la venue d'un fils que Dieu lui commandait d'appeler Emmanuel. Deux lignes plus bas, Marie choisissait de nommer Jésus son nouveau-né, comme si elle était sourde au commandement divin. Marie était-elle têtue et se moquait-elle de ce que l'ange pouvait dire ? Elles avaient aussi découvert que Jésus – fils ingrat – avait peu de considération pour sa mère, qu'il la rudoyait, lui reprochait de ne pas écouter la parole de Dieu, la rabrouait : « Que me veux-tu, femme ? » ; que les frères de Jésus s'appelaient Jacques, José, Jude et Simon ; que le lépreux se jetait dans les bras du Christ qui le repoussait avec horreur et non l'inverse. Jour après jour, le jeu avait évolué. Sur le plancher, elles avaient disposé quatre volumes côte à côte. L'un ouvert sur saint Matthieu, un autre sur saint Marc, le troisième sur saint Luc et le dernier sur saint Jean. Ainsi, d'un coup d'œil, elles pouvaient comparer les textes entre eux, jouer aux sept erreurs parce qu'à propos d'un même épisode saint Matthieu ne disait pas la même chose que saint Marc ou que saint Luc, ces trois-là n'ayant pas non plus grand-chose à voir avec ce que racontait saint Jean. Par exemple, Simon de Cyrène portait la croix de Jésus dans les trois premiers Évangiles et dans saint Jean Jésus la portait seul. En sautant d'un récit à l'autre, elles avaient aussi découvert que Pilate, qui se conduisait comme une brute dans l'Évangile de saint Marc, devenait une sorte d'avocat du Christ dans l'Évangile de saint Jean.

– Un rôle pour Enrico ! s'étaient-elles exclamées.

En s'embrassant, en s'amusant, elles lisaient à cœur joie, abordant les grandes questions avec une réjouissante insolence : pourquoi Jésus était-il le Seigneur des chrétiens alors qu'il était juif ? Pourquoi ne connaissait-on pas le nom des sœurs de Jésus ? Comment la Vierge avait-elle pu avoir tant d'enfants ?

Quel était ce Verbe par lequel tout commençait ? Comment ressuscitait-on ? Cette énigme surtout excitait leur imagination. Fiammetta pensait qu'on ressuscitait tel qu'on était mort. La preuve ? Pour convaincre ce sceptique de saint Thomas – « Si je ne vois pas dans ses mains la marque des clous, et si je ne mets pas mon doigt dans la marque des clous, et si je ne mets pas ma main dans son côté, je ne croirai pas ! » –, Jésus apparaissait à ses disciples avec ses blessures : « Il leur montra ses mains et son côté. » Dans saint Luc Jésus faisait constater qu'il était de chair et d'os et qu'il avait faim. Pour leur prouver qu'il n'était pas un démon incorporel, le Ressuscité mangeait du poisson devant les apôtres. Fiammetta trouvait cela un peu dégoûtant.

– S'il mange, ça veut dire qu'il fait pipi et caca…

– Ça veut dire aussi qu'on peut toujours faire l'amour ! avait corrigé Lucia en la serrant contre elle et lui volant un baiser.

Lucia préférait défendre l'idée que ce n'était pas le corps qui ressuscitait, mais l'âme.

– Sans ça, comment veux-tu ressusciter si tu as été mangée par un ours ou un loup ?

Ce n'était pas avec les sœurs du Sacré-Cœur – ces ignares ! – que Lucia avait appris à lire mais avec Fiammetta. Un mois avant leur sortie du pensionnat, à propos de la résurrection des morts, de Jésus-Dieu, de la virginité de Marie, du ciel et de l'Enfer, elle lui avait dit :

– Qui peut croire à des choses pareilles ?

– Tu n'as plus la foi ?

– Non, et toi ?

Lucia restait plantée devant le suaire où son visage se reflétait dans la vitre. L'image invisible ne faisait que raviver ses interrogations et ses doutes comme si Fiammetta l'observait de l'autre bord. Lentement Lucia se forgeait la conviction que la réponse qu'elle cherchait se trouvait sous l'étoffe fastueuse des mots, dans les textes, nulle part ailleurs. Le suaire n'était qu'une page blanche, un bandeau voilant le regard des chrétiens comme on bande les yeux des condamnés à mort. Un anti-texte. Une image pour les illettrés, les pauvres d'esprit, les femmes censées ne pas avoir de cervelle, seulement des appétits insatiables et des émotions incontrôlables. Malgré l'injustice de la mort de Fiammetta, aussi insupportable que celle de sa mère, Lucia résistait à la nuit dans laquelle on voulait l'enfermer. Elle espérait encore croire en Dieu et à ses saints mais sans s'interdire d'exercer son intelligence. Le savoir n'était pas par nature ennemi de la foi ! Livre en main, elle en remontrerait à tous les professeurs Floris, à tous les chanoines Guarnieri, à toutes les mères Maria Livia et à son père dont la crédulité s'habillait d'arrogance ! C'était le défi que le suaire lançait à la femme qu'elle était : porter le fer de la raison contre les illusions pieuses et la croyance…

Une idée lui traversa soudain l'esprit : que se passerait-il si elle brisait la vitre et s'emparait du linge pour le faire disparaître, le brûler comme elle avait brûlé ses draps ? S'il n'y avait plus d'image pour abuser les foules ? Pour les aveugler, les leurrer ? S'il leur fallait soudain s'en tenir à l'Évangile pour en scruter les lettres sans relâche ? L'écrit, ça oui, elle voulait y croire !

Elle posa un genou à terre et dénoua les lacets d'une de ses bottines pour la lancer contre la paroi de verre qui protégeait le suaire. Comme elle aurait voulu que Fiammetta soit là pour la voir accomplir ce geste définitif !

– Qu'est-ce que vous faites là, mademoiselle ?

Lucia sursauta. Un vieux prêtre se tenait au bas de l'estrade.

– Je me recueillais devant le saint suaire, bafouilla-t-elle en se relevant.

– En ôtant vos chaussures ?

Reprenant ses esprits, Lucia répliqua avec aplomb :

– Moïse n'enlève-t-il pas ses sandales devant le buisson ardent ?

Correction

Il était très tard quand le baron Tommaso rentra au palais, hors de lui. Le général Migliori venait de lui faire part de la lettre de Lucia qui refusait toute idée de mariage avec son fils : « Nous n'avons rien en commun ni sur le plan spirituel ni sur celui des idées et un désaccord total sur les rôles respectifs d'une épouse et de son mari ». Un affront qui ne resterait pas sans suite.

Lucia était déjà couchée. Le baron pénétra dans sa chambre comme un fou. Il la tira par un bras hors du lit pour la fouetter à coups de ceinturon.

– Qui t'a autorisée à écrire à Migliori ? cria-t-il en la cinglant. Quelle honte ! Quelle trahison ! Tu es folle ! Complètement folle !

Il la frappait, la frappait encore, déchirant sa chemise de nuit. Les épaules rougies par les coups, Lucia se défendait.

– C'est vous qui êtes fou de vouloir me faire épouser cet Umberto ! Il me dégoûte ! Il est aussi laid que son père et aussi bête que sa mère !

– Tu l'épouseras ou tu ne sortiras plus d'ici !

– Jamais ! Plutôt mourir !

– Tais-toi ! Au nom du ciel, tais-toi !

– Gardez donc le ciel et votre suaire ! Votre Dieu n'est pas le mien !

– Ne blasphème pas !

Tommaso la frappa encore une fois et, tremblant de rage, cracha :

– Ma sœur a raison : tu es vicieuse, habitée par le Diable. Je vais te faire exorciser ! Nous chasserons le démon qui est en toi.

Il récita la prière d'exorcisme du pape Léon XIII en se signant :

– « Nous t'exorcisons, esprit immonde, qui que tu sois, puissance satanique, invasion de l'ennemi infernal, légion, réunion ou secte diabolique, au nom et par la vertu de Jésus-Christ Notre Seigneur, sois arraché et chassé de l'Église de Dieu ! »

Lucia fit front.

– Et le démon qui est en vous, devra-t-on aussi l'exorciser ?

Tommaso gémit, joignant les mains.

– Pardonnez-lui, Seigneur, elle ne sait plus ce qu'elle dit !

Lucia l'accusa :

– Vous avez tué ma mère !

– Je t'interdis de dire ça !

– Elle a accueilli la mort avec le sourire parce qu'elle la délivrait de vous !

– Tais-toi !

– Je me suis longtemps demandé pourquoi elle avait fait un grand geste de la main vers la porte avant de mourir. J'ai compris. J'ai compris très tard, mais j'ai compris. Elle me montrait la sortie. Elle me disait de fuir. De *vous* fuir !

– Je vais te faire enfermer !

– Avouez que vous ne vouliez plus qu'elle chante ; qu'elle se donne en spectacle ; qu'elle soit acclamée ; qu'elle soit la Sant'Anna, la *diva assoluta*, vous laissant dans l'ombre, juste bon à lui servir de valet ou de camériste. Vous la vouliez recluse, muette, décorative comme vos chers arbres du parc !

Tommaso s'excitait, troublé de voir sa fille à moitié nue, son corps désirable, ses deux seins ronds si délicatement veinés. Le regard brûlant de fièvre, il voyait se dresser devant lui le fantôme de sa femme.

– Je t'interdis de me parler ainsi ! cria-t-il, hébété.

Il haletait, la bouche grande ouverte, tremblant de tous ses membres. Lucia fit un pas vers lui. Il tendit les mains pour la repousser : c'était le Diable qui le tentait !

– Arrière ! Arrière ! fit-il d'une voix étranglée.

Par provocation, Lucia déchira un peu plus sa chemise de nuit, découvrant son ventre, le triangle de son sexe, ses épaules zébrées de traces sanglantes.

– De quoi avez-vous si peur, de ma nudité ou de la vérité ?

– Tu dois m'obéir, se défendit-il, la mâchoire crispée.

Les mots brûlaient sa gorge, le garrottaient. Lucia avança vers lui sans jamais baisser les yeux. Tommaso pouvait sentir son odeur, voir le grain de sa peau, sa toison blonde au carrefour de ses cuisses. Il recula, épouvanté, laissant échapper un son rauque comme un sanglot.

– Tu es ma fille, bégaya-t-il, reculant encore comme une bête acculée.

Elle le poignarda :

– Vous en êtes sûr ?

Parchemin

La nuit avançait habillée de pluie.

Assis seul dans sa bibliothèque, sous une lumière glauque, le baron ruminait sa colère, se récitant les vers de Dante que son père l'avait contraint à apprendre par cœur :

J'entends que lorsque l'âme mal née
Vient devant lui, elle se confesse toute
Et ce connaisseur de péchés
Voit quel lieu lui convient dans l'Enfer
De sa queue il s'entoure autant de fois
Qu'il veut que de degrés l'âme descende...

La petite Carlotta fit irruption en robe de chambre.

– Monsieur, monsieur ! Maître Vescovo insiste pour vous voir tout de suite. Il dit que c'est très urgent. Très très urgent !

Enrico entra sans attendre d'y être invité. Il s'ébroua.

– Pardonnez-moi de me présenter chez vous à une heure si tardive et par ce temps de chien mais la situation l'exige, monsieur le baron.

– Je ne veux pas vous voir, grogna Tommaso sans même tourner la tête vers lui. Partez. Je n'ai pas de temps à vous consacrer. Ma bonne va vous raccompagner…

Enrico sortit de sa serviette le mémoire de l'évêque de Troyes Henri de Poitiers, adressé au pape Innocent VI en 1357.

– Vous devriez lire ceci.

– Je vous ai dit de partir, répéta Tommaso avec un geste d'énervement.

Enrico vint se placer devant lui.

– Je n'ai pas fait en vain mes études chez les Dominicains. Mes amis et moi avons, nous aussi, de précieuses relations au Vatican.

Il tendit le document à Tommaso.

– Vous lirez là les procès-verbaux de l'interrogatoire du père Thomas Merlin de Sainte-Anne qui exposa le Suaire dans l'abbatiale de Lirey, ainsi que celui d'une nonnette, Lucie de Joigny, du bailli du roi de France, Philibert le Sourd, et de tous ceux qui eurent à connaître cette affaire, comme Pierre d'Arcis, l'évêque qui succéda à Henri de Poitiers…

Tandis que le baron Tommaso parcourait rapidement les feuillets, Enrico ajouta :

– Je vous recommande particulièrement les passages où il est dit comment un « certain linge habilement peint » a été exposé « faussement et mensongèrement » par les gens de Lirey, « consumés par la passion de l'avarice, animés non d'un quelconque motif de dévotion mais uniquement de profit », et la réponse du pape qui exigeait qu'« à haute et intelligible voix » il soit proclamé que « ladite figure n'est pas le vrai suaire de

Notre Seigneur Jésus-Christ mais elle est une peinture ou un tableau du suaire».

Tommaso se leva et s'approcha de la grande cheminée où un feu ronronnait.

– Tout cela n'est que du papier, dit-il avec mépris. Ma foi n'a pas besoin d'écritures. À l'aube du XXe siècle, l'œil du savant est l'objectif du photographe…

Et, négligemment, il lança dans le feu les précieuses archives. Enrico bondit, précipitant ses mains dans les flammes pour tenter de sauver ce qui pouvait l'être encore. Le baron se jeta sur lui et le tira violemment en arrière pour l'éloigner de l'âtre où les feuilles s'embrasaient.

– Sortez de chez moi ! Dehors ! cria-t-il en lui montrant la porte.

Enrico revint à la charge, prêt au combat, quand Lucia entra brusquement dans la bibliothèque. La chemise en lambeaux, la peau à nu, elle se jeta dans ses bras comme quelqu'un qui vient de se réveiller et fuit un cauchemar.

– Sauve-moi ! implora-t-elle.

Tommaso tenta de l'attirer à lui. L'espace d'un instant, elle crut qu'elle n'aurait pas la force de lui tenir tête. En proie à une fièvre ardente, elle se liquéfiait comme si ses os fondaient sous sa peau.

– N'approchez pas ! Ne me touchez pas, ne me touchez plus ! ordonna-t-elle à son père.

Elle tremblait. Son regard alla d'Enrico à son père, de son père à Enrico et le courage lui revint soudain décuplé.

– Je ne suis plus à vous, lança-t-elle au baron. J'attends un enfant d'Enrico. Jamais je ne me marierai avec un autre que lui.

Le jeune homme et le baron se firent face, un mur palpable de haine entre eux. Toute parole était désormais inutile. Dans l'âtre, les derniers morceaux des archives voletaient dans les flammes. Enrico n'avait pu sauver qu'une feuille où on pouvait encore lire : « … chaque fois qu'il est exposé dans la conviction ou plutôt dans l'illusion qu'il est le vrai suaire. »

Duel

Le lendemain matin, au lever du jour, les eaux du Pô émergeaient de la brume. Les témoins du baron, les professeurs Floris et Lombroso, grelottaient, cernés par une blancheur triste. Ils se présentèrent aux deux parlementaires socialistes qui étaient les témoins d'Enrico. Le baron avait le choix des armes. Il opta pour l'épée. Lombroso proposa deux rapières identiques, deux longues lames en acier dont les gardes étaient frappées du blason de la maison Sant'Anna di Merlino, une branche de laurier entourée de huit étoiles. Enrico et le baron firent quelques mouvements d'échauffement. Puis ils abandonnèrent redingote et haut-de-forme et se mirent en garde. Tous deux portaient une chemise blanche avec un plastron amidonné serré aux poignets, un pantalon large, des bottines à lacets et des gants en peau de daim. Lombroso, désigné pour diriger le duel, vérifia que les deux combattants étaient prêts.

– Prêt, répondit Tommaso, pour mon honneur et pour le Christ.

– Prêt, répondit Enrico, sans rien ajouter.

Lombroso, craignant une intervention de la police – même s'ils étaient rarement condamnés, les duels étaient proscrits –, donna le signal sans attendre :

– Battez-vous !

Les deux hommes se saluèrent et s'élancèrent l'un vers l'autre. Tommaso attaqua en force, sûr de son habileté à manier l'épée. Il voulait en finir au plus vite. Enrico le contra énergiquement. Les lames s'entrechoquèrent. Après un très vif échange, sur une parade du baron, Enrico vit une faille. Il se fendit pour atteindre Tommaso au cœur mais son adversaire avait de l'expérience. Il parvint à parer le coup de sixte et à répliquer aussitôt. Tommaso déchira la manche d'Enrico mais sans faire couler le sang. Redoutant un instant de ne pas parvenir à contenir le baron, Enrico effectua un pas chassé puis d'un coup d'estoc atteignit Tommaso à l'épaule, sans réussir à pousser plus loin son avantage.

Selon la règle, les témoins demeuraient impassibles, ne devant surtout manifester aucune émotion quand c'était leur champion ou son adversaire qui prenait l'avantage. Les deux bretteurs étaient de force égale et les assauts s'équilibraient. Tommaso et Enrico luttaient depuis près de quinze longues minutes, le soleil commençait à poindre, un vent léger chassait le brouillard matinal. Bientôt le grand jour succéderait à l'aube. Au loin, les cloches de l'abbaye avaient déjà sonné prime. Dans un décor champêtre, deux hommes s'affrontaient dans un duel sans merci, ignorant le chant des oiseaux, la lumière qui perçait entre les arbres, la vie qui reprenait ses droits.

Peut-être fut-ce la fatigue qui gagna Tommaso ? Une lassitude ? Un doute ? Ses coups se firent moins précis, ses déplacements moins fermes. Soudain, sur une parade de quarte, après une prise de fer, d'un coup en pleine poitrine, Enrico plongea sa lame entre la cinquième et la sixième côte du baron, exactement au côté droit.

USA, XXIe siècle

La peste était revenue. Elle touchait le monde entier sous le nom savant de « Covid 19 ».

Donald Trump prétendait que ce virus avait été inventé par les démocrates avec la complicité des Chinois pour lui faire perdre les élections. Comme Goebbels, le président américain était convaincu que « plus c'est gros, plus ça passe ». L'Amérique était devenue la nef des fous. Son capitaine n'hésitait pas à prôner l'eau de Javel comme remède contre le mal et à censurer les rapports scientifiques dénonçant sa dangerosité, son but étant de faire rouvrir les écoles et de remettre tout le monde au travail. En pleine crise sanitaire, Trump s'obstinait à défendre son bilan économique, espérant retourner la tendance qui le donnait perdant à la prochaine présidentielle. En avril 2020, le nombre de décès dus à la pandémie aux États-Unis avait dépassé celui des Américains morts lors de la guerre du Vietnam.

Lucy vivait à Manhattan, dans la 47e Rue, en colocation avec Hazel Boorman, une Irlandaise rousse et frisée. L'oncle d'Hazel, anthropologue, parti pour cinq ans dans la jungle de Bornéo, leur avait laissé son appartement : trois belles pièces au dernier étage d'un petit immeuble, une cuisine neuve équipée et surtout une grande terrasse donnant sur l'ouest de la ville.

Lucy et Hazel avaient le sentiment de vivre dans le luxe même si leurs revenus provenaient surtout de petits jobs. Hazel avait publié un roman, *L'Enfer de chaque jour*, et des poèmes dans des revues, mais rien qui puisse lui permettre de vivre de sa plume malgré des critiques élogieuses : « Une nouvelle Flannery O'Connor est née », avait écrit le supplément littéraire du *New York Time*s. Dans le même numéro, on célébrait le prix Nobel de littérature attribué à la poétesse Louise Glück.

Nous voyons le monde une unique fois, dans l'enfance
Tout le reste n'est que souvenirs.

Hazel s'exprimait d'une voix grave, comme si sa gorge était toujours encombrée de larmes. Il y avait une tristesse en elle que rien ne semblait pouvoir consoler. Mais il y avait aussi une force, une volonté, un rire qui l'empêchaient de se complaire dans cette douleur secrète. Lucy savait qu'elle avait été blessée par la réaction de ses parents à la parution de son roman – ou plutôt par leur absence de réaction. Elle leur avait envoyé le livre et n'avait rien reçu en retour. Pas même un avis de bonne réception. L'avaient-ils lu ? Sans doute pas. Aucun de ses frères et sœur n'avaient non plus pris le temps de lui écrire pour la remercier ou pour la maudire d'avoir, sous prétexte de fiction, décrit une famille irlandaise pudibonde et bornée où il n'était pas difficile de les reconnaître. Depuis, pas le moindre contact, pas un appel téléphonique, pas un mail, rien que ce silence mortifère qui l'avait poussée à quitter l'Irlande.

Avant la crise, presque tous les soirs et le week-end, Hazel faisait le service dans un restaurant végétarien, le Rainbow, ou jouait du piano chez Andrew, un pub irlandais dont le patron était un cousin éloigné. Depuis le confinement général, les temps étaient durs pour les deux filles. Toutes les rues étaient désertes, les magasins, les bars, les restaurants fermés.

Les déchets s'entassaient devant les vitrines protégées par des planches en bois. New York ressemblait à une ville après l'apocalypse, peuplée de pauvres gens paumés, drogués, errants sans abri. Chaque jour, Hazel avait l'impression que la crise s'aggravait. Sans ses trois cent soixante-dix-huit dollars d'allocation chômage, elle n'aurait pas pu survivre. Lucy, elle, s'était mise au télétravail. Elle faisait du rewriting de séries pour la télévision, du ravaudage de scénarios pour la bande dessinée, finissait des thèses que leurs auteurs n'avaient pas le courage de mener à terme – des travaux anonymes, payés misérablement. Son essai sur Ophélie n'avait toujours pas trouvé d'éditeur malgré les efforts de son agent, John Stephen Strudel, un Juif de Brooklyn, violoncelliste amateur et navigateur solitaire. S'il n'arrivait à rien ou à pas grand-chose sur le terrain de l'édition, Strudel obtint toutefois que Lucy rencontre Saul Cooper, richissime héritier d'une famille ayant fait fortune dans la fibre synthétique, le textile non tissé pour le matériel médical et autres produits à usage unique. Malgré la dévastation du secteur culturel à cause de la pandémie, Cooper restait optimiste. Il voulait investir dans le cinéma, produire des films, persuadé que lorsque l'activité artistique reprendrait, elle reprendrait tous azimuts à Broadway comme à Hollywood. Il lut le manuscrit d'*Ophélie*, qui l'intéressa, mais Strudel ne parvint pas à lui vendre l'idée qu'il tenait là de quoi tirer un somptueux biopic du personnage de Shakespeare. Cooper estimait que ce n'était pas assez grand public, mais il se montra malgré tout curieux de connaître l'auteure.

Quand Strudel organisa le rendez-vous, Lucy sentit que sa chance tournait enfin. Cooper lui plut. Grand, athlétique, jovial, blond, affecté d'une légère calvitie, il n'avait rien du stéréotype juif tel que l'imaginait la propagande antisémite. Sans qu'il ait tenté de coucher avec elle – il resta toujours très correct –, elle réussit à le convaincre que, si Ophélie ne l'intéressait pas, elle travaillait sur un autre sujet au potentiel énorme : l'histoire du suaire de Turin.

– Racontez-moi.

– Le suaire est un révélateur. Il apparaît au XIVe siècle quand la peste ravage la France, et il est photographié en Italie, à Turin, au XIXe quand le pouvoir massacre des ouvriers. Et aujourd'hui, en plein XXIe siècle, ici aux États-Unis, en pleine pandémie, il est la bannière sous laquelle se regroupent tous les fondamentalistes chrétiens.

Lucy voulait réaliser un film, en faire un outil, peut-être une arme, pour briser les illusions qui aveuglaient tant de ses concitoyens.

– Je veux mettre en lumière l'immense différence entre ce que l'on croit et ce que l'on croit voir.

Elle était lancée.

– Nous vivons sous la domination de l'image. Les mots ne sont pas les seuls porteurs de *fake news*. L'image du suaire est un chef-d'œuvre du genre !

Lucy expliqua :

– En 1988, trois labos différents, Arizona, Oxford, Zurich, procédèrent à des datations au carbone 14. Tous conclurent sans appel que le linge sur lequel se trouvait l'image du suaire dit « de Turin » datait de plus ou moins 1325, du Moyen Âge, comme l'attestaient les lettres des évêques de l'époque dénonçant au pape le subterfuge de sa fabrication, la cupidité et l'hérésie des moines français. On aurait pu penser que l'affaire était close, mais pas du tout ! Une quinzaine de livres – sinon plus ! – furent publiés défendant la thèse que si le carbone 14 confirmait les données historiques, c'était que la science était fausse !

Cooper était impressionné.

– Vous voulez tourner un documentaire ?

– Non. Une fiction !

Il plissa le front.

– Une fiction, mais pourquoi ?

– Je suis convaincue que la fiction peut être un outil critique de l'Histoire et qu'il n'est pas absurde de recourir à l'imaginaire pour y parvenir !

Lucy était volubile. Elle avança cinq, dix, vingt arguments supplémentaires :

– La fiction invente un spectateur intelligent... Il faut combattre l'image par l'image... L'aveuglement comme la clairvoyance ne sont qu'une question d'œil, de regard, c'est tout le sujet de mon film... En incarnant l'Histoire, on peut la prendre à bras-le-corps, se projeter dans l'écran et s'en saisir... Il ne faut pas craindre d'affronter des idées par l'image aussi naturellement qu'on le fait par le texte...

Elle cita des auteurs français – Hugo, Dumas, Eugène Sue, Zola –, américains – Faulkner, Carson McCullers, Walt Whitman, Upton Sinclair –, italiens – Dante, Pirandello, Moravia – et des cinéastes comme Pasolini, Dreyer, Visconti, Bo Widerberg, Ken Loach, Peter Watkins...

– Ok ! Ok ! J'ai compris !

Cooper se sentait assailli par un essaim de guêpes ! Cinéma, littérature, poésie, théâtre, les piqûres de Lucy arrivaient de tous les côtés. Il reprit ses esprits.

– D'où vous vient cette passion pour le suaire ? demanda-t-il pour apaiser l'échange.

Lucy ironisa :

– Vous voulez parler chiffons ?

Cooper sourit.

– Sérieusement.

– Sérieusement, répondit Lucy, j'ai fait des études d'histoire des religions. Ma thèse portait sur six versets de l'Évangile selon Jean et, dans mes lectures, j'ai croisé le suaire. Pendant longtemps j'ai cru qu'il s'agissait réellement de l'image du cadavre de Jésus. J'y voyais une extraordinaire figure surgie du passé comme le sont les plus vieilles traces humaines qu'on découvre sur les parois des grottes préhistoriques. Notamment les mains négatives imprimées sur la pierre. J'avais le sentiment de plonger la tête la première au fond des siècles. Puis, au fur et à mesure de mes lectures, j'ai compris qu'autre chose que le corps de Jésus se cachait sous le lin écru du linceul.

– Qu'est-ce qui s'y cachait ?

À son tour Lucy sourit.

– L'histoire de la peinture, de la photographie…, dit-elle avec une grande douceur.

Cooper se gratta le crâne.

– Le suaire est donc un faux ?

– Le suaire n'est pas une relique, répondit Lucy. C'est une vraie toile peinte au XIVe siècle.

Très vite elle ajouta :

– En tant que tel, le suaire n'a pas une histoire extraordinaire. Depuis les clous de la vraie croix jusqu'aux épines de la couronne en passant par le lait de la Vierge, il y a des centaines de soi-disant reliques semblables. Même Calvin en son temps s'en était plaint, dénonçant comme faux le bras de saint Antoine conservé à Genève, les dés anachroniques des soldats romains, les trois prépuces du Christ détenus à Rome, Charroux et Hildesheim, ses dents, ses cheveux, son sang, son berceau, la colonne sur laquelle il s'appuyait lors de la dispute au Temple, les cruches de Cana, le pain, la croix, les deniers de Judas, enfin les crucifix dont la barbe pousse ou dont les yeux pleurent…

Lucy reprit son souffle.

– L'histoire du suaire devient fantastique dès que l'on s'intéresse aux conditions de sa réalisation, au contexte historique et politique dans lequel il a été produit, à l'utilisation qui en a été faite dans l'Histoire et à la manière dont elle perdure aujourd'hui – en d'autres termes, comme le disait un de mes professeurs, à son « histoire subséquente ».

Cooper se tut, scrutant le visage de Lucy comme s'il devait y lire une réponse à toutes ses questions.

– Vous voulez réaliser ce film ? demanda-t-il enfin.

– Qui d'autre pourrait le faire ?

– Mais vous n'avez jamais rien tourné !

– Et vous, vous n'avez jamais rien produit !

Lucy proposa d'appeler la future société de Saul Cooper Vierges Productions, en français, au pluriel, et de se lancer tous les deux dans l'aventure !

Cooper rit beaucoup sur le moment et finalement accepta. La fougue et l'humour de Lucy le vengeaient des tristes sires de son entourage qui n'avaient que des conseils de renoncement à lui adresser.

Paris

Un mois plus tard, voyageant aux frais de Cooper, Lucy arrivait en France où les mesures de confinement avaient été provisoirement levées. Un couvre-feu était cependant maintenu, le port du masque restait également obligatoire, on devait respecter les distances et éviter de s'embrasser… Mais, à part cela, on pouvait vivre à peu près normalement.

Avant de partir de New York, Lucy s'était résignée à voter pour Joe Biden alors qu'elle avait activement milité pour Bernie Sanders, mais il fallait à tout prix débarrasser l'Amérique – qu'elle appelait *the Desunited States* – et le monde de Trump, de son arrogance criminelle, de son racisme, de son nationalisme mortifère. En France, sans parler de la pandémie, la situation sociale était aussi tendue qu'aux USA. Quand elle était à New York, Lucy recevait régulièrement des nouvelles par Gunther dit Gun, un fils de pasteur qu'elle avait connu à la cinémathèque de Chaillot lors d'une projection de *Seuls sont les indomptés* de David Miller sur un scénario génial de Dalton Trumbo. Lucy et Gun avaient eu une brève aventure mais, s'ils s'aimaient beaucoup, ils ne s'aimaient pas suffisamment pour faire leur vie ensemble et s'étaient quittés bons amis quand Lucy était retournée aux États-Unis. Prof d'histoire, Gun militait à la Ligue des droits de l'homme, à Attac et tenait un blog sur le site du *Monde diplomatique*. Après ses soutiens successifs aux cheminots, au personnel médical, aux profs, aux services publics et sa lutte contre le plan de réforme des retraites du président Macron, il se battait contre les projets du gouvernement donnant d'immenses pouvoirs à la police, supprimant les libertés publiques, transformant petit à petit la « patrie des droits de l'homme » en une dictature qui n'osait pas encore dire son nom – une « démocrature » comme disaient certains.

Quand ils se verraient, Lucy pouvait s'attendre à un cours d'économie politique, à une analyse du fascisme sournois qui gangrenait la société française, à des laïus enflammés sur la nécessité de l'union de toutes les forces sociales. « Tu comprends, écrivait-il dans ses courriels, la droite et l'extrême droite en sont encore à vouloir effacer 1789, 1936, Mai 68. Au XIXe comme aujourd'hui, leur seule idée c'est l'ultranationalisme agressif défenseur d'une morale virile, chrétienne, laissant aux femmes le rôle de poules pondeuses et de fées du logis et désignant les étrangers d'où qu'ils viennent comme responsables de tous les malheurs de la nation. »

Arrivée à Paris, il était hors de question pour Lucy d'aller à l'hôtel – d'ailleurs la plupart étaient fermés. Dès la sortie de l'aéroport, dûment masquée, elle se fit conduire en taxi chez son amie Claire Delahaye, qui se faisait une joie de l'héberger dans son « deux-pièces tout confort, avec vue sur le plus beau square du 11e arrondissement». Lorsqu'elle était jeune fille au pair à Paris chez les Merlin, Lucy logeait sur le même palier que Claire et sa famille. Elles étaient toujours restées en contact via Facebook. Claire était devenue journaliste à Ici et Maintenant où elle animait une émission radiophonique documentaire *Le Fait divers de la semaine*. Elle n'était pas d'accord avec Bourdieu pour qui le fait divers servait à faire diversion ; au contraire, elle pensait qu'il était un puissant révélateur de la société, que c'était le plus petit objet d'histoire contemporaine et qu'il fallait l'étudier en détail, sous toutes les lumières, sous tous les axes, pour comprendre l'état réel du monde.

– C'est ça ton job ? demanda Lucy, quand elle eut déposé sa valise dans l'entrée.

– Oui. Je prends l'antenne tous les jeudis !

Claire servit le café dans deux belles tasses en porcelaine, héritage de sa grand-mère.

– Tu veux faire quoi aujourd'hui ?

– Je veux aller au musée d'Orsay voir la *Crucifixion* du peintre russe Nikolaï Gay.

– Pas de chance, ma grande, se désola Claire en reposant sa tasse. Tous les musées sont *closed*, Covid oblige. Faudra que tu reviennes…

Lucy était catastrophée. Elle ne connaissait la toile de Gay qu'en reproduction. Elle sortit son téléphone pour la montrer à Claire.

– Regarde.

– Ça fait peur.

La lumière blafarde qui éclairait violemment la toile renforçait le tragique de la scène, son horreur. Claire paraissait perplexe.

– Tu ne trouves pas qu'on dirait qu'elle n'est pas finie ? demanda-t-elle.

Lucy hocha la tête : bonne remarque.

– Tu dis ça parce que le peintre a l'air de s'être interrompu ?

– Oui, comme s'il n'avait pu achever sa toile tant ce qu'il peignait l'effrayait…

Claire pointa son doigt sur l'arrière-plan.

– C'est qui le type qui s'en va comme un fantôme ?

– C'est un centurion, répondit Lucy. Il s'éloigne pour tourner le dos à l'histoire, pour l'effacer parce qu'elle ne le concerne plus.

Deux autres personnages intriguaient Claire.

– C'est pas bizarre que les larrons aient l'air si tranquilles sur leurs croix ?

Lucy avala son café en vitesse.

– Ils ne souffrent pas parce qu'ils n'existent pas, dit-elle, formelle. Ils ne sont là que pour témoigner de la réalité de la crucifixion de Jésus.

– *Momento*, protesta Claire. Je n'y comprends rien : tes larrons, ils existent ou ils n'existent pas ? Ce sont des fantômes ou quoi ?

– Personne ne sait et personne ne saura jamais si Jésus a été crucifié tout seul ou avec deux, dix ou même vingt autres. Les larrons sont là parce que dans le Deutéronome il est dit qu'il faut deux ou trois témoins pour attester la vérité d'un fait. Dans les Évangiles, comme sur la toile, ils servent à certifier au lecteur ou au spectateur que Jésus a été réellement crucifié.

– Il n'y a pas de doute ?

– Aucun. Jésus a été exécuté par les Romains pour s'être prétendu « roi des Juifs », ou avoir été dénoncé comme tel.

– C'est prouvé ?

– C'est certain. Les Juifs ne s'appelaient pas eux-mêmes sous ce nom, ils s'appelaient Israël. Le chef d'accusation « roi des Juifs » ne peut venir que de l'extérieur. Si Jésus avait porté le titre de « roi d'Israël », ça n'aurait pas été la même histoire. Ça aurait été un conflit à l'intérieur du judaïsme. C'est donc bien un Romain qui a écrit l'accusation, pour des raisons romaines, et fait appliquer la sentence par des soldats romains. C'est d'ailleurs un des deux seuls points dont on peut être historiquement sûr.

– Il n'y en a qu'un autre ?

– Oui : le fait même de la crucifixion.

– Pourquoi ?

– Parce que la crucifixion est restée dans l'Histoire alors que c'était un embarras considérable pour les chrétiens. Leur Seigneur avait été mis à mort pour crime de lèse-majesté, comme en témoigne l'Évangile de Marc, alors qu'ils voulaient se rapprocher de Rome au moment de la rédaction des textes. Or, ils l'ont gardée parce que le poids de l'Histoire était si grand qu'ils ne pouvaient la modifier en faisant par exemple lapider Jésus pour incriminer ouvertement les Juifs.

Lucy expliqua que, sur la toile russe, le crucifié n'était pas le Christ en gloire des représentations byzantines ni le corps idéalisé de l'imagerie catholique, c'était une chair souffrante, hurlante, appelant la fin comme une délivrance. L'enclouage des bras et des jambes était très réaliste au regard des textes des historiens romains et de la seule trace archéologique d'une crucifixion. Unique concession à l'iconographie chrétienne, le supplicié portait un pagne alors qu'il était attesté par tous les auteurs que les crucifiés étaient nus. Claire fit la grimace.

– Tu veux dire que c'était choquant pour les chrétiens de montrer leur Jésus à poil, la teub à l'air ?

Sa remarque les fit pouffer de rire.

– Pour être choqués, tu peux dire qu'ils ont été choqués ! reconnut Lucy. Le tsar Alexandre le fut tellement qu'il fit immédiatement retirer la toile du Salon où elle était exposée, la jugeant « blasphématoire ».

Lucy referma son téléphone.

– Tu la trouves blasphématoire, toi ?

En France, des dessinateurs et des journalistes du magazine *Charlie Hebdo* avaient été massacrés par des fanatiques musulmans pour avoir publié des caricatures de Mahomet. L'ignorance la plus crasse s'alliait à l'horreur. Personne ne savait à quoi pouvait ressembler le Mahomet historique, pas plus qu'on ne savait à quoi ressemblait le Jésus historique, encore moins le Moïse historique – si tant est qu'il ait jamais existé. Pouvait-on caricaturer quelqu'un dont on ignorait le visage ? Pouvait-on tuer pour une image ?

Manifestation

Comme convenu, Lucy et Claire rejoignirent Gun place de la République, où des manifestants se rassemblaient en grand nombre. Des militants syndicaux, des têtes blanches habituées des manifs et beaucoup beaucoup de jeunes. Tous masqués.

– Reconstitution de ligue dissoute, plaisanta Gun, abaissant son masque et embrassant sans crainte les deux filles.

– On manifeste pour quoi ? demanda Lucy avec une charmante pointe d'accent. Je débarque…

– On manifeste *contre*, pas pour ! corrigea Gun avec véhémence.

Cheveux ébouriffés, col défait, rage et passion allumées dans ses yeux comme un ange furieux, il détailla :

– On manifeste contre le gouvernement qui profite du Covid pour faire passer une loi dite « de sécurité globale » qui mettrait en place la surveillance généralisée.

Il n'était pas pour rien prof d'histoire !

– C'est le grand retour en arrière, assena-t-il. Napoléon III avait fait le même coup avec sa loi de sûreté générale qui plaçait tout le pays sous la tutelle de l'armée et de la police.

Il s'échauffait.

– Aujourd'hui, notre Napoléon IV veut faire interdire de filmer les exactions des flics comme son prédécesseur avait fait interdire la presse d'opposition !

– C'est drôle, dit Lucy en sortant son portable. Je viens de montrer ça à Claire.

Elle fit voir à Gun la reproduction du tableau de Gay.

– Au XIXe cette toile a été jugée « blasphématoire » par le tsar. Aujourd'hui, c'est la photo d'un flic qui serait blasphématoire ? ironisa-t-elle.

Gun soupira :

– La photo d'un bourreau, pas celle d'une victime.

Le cortège s'ébranla. Ils suivirent un groupe de femmes en bleu de travail, foulard rouge à pois dans les cheveux, gants de ménage jaunes aux mains reprenant le code vestimentaire de Rosie la Riveteuse, l'idole américaine de la pop culture. Elles chantaient : « À cause de Macron perdantes nous serons », reprenant les paroles et la chorégraphie mises au point pendant les manifestations contre la réforme des retraites. Gun dansait avec elles, fier d'annoncer qu'elles étaient soutenues par Attac !

Lucy songea qu'au Moyen Âge, il y avait des cortèges de flagellants contre la peste, au XIXe des cortèges d'ouvriers et de paysans contre la monarchie et aujourd'hui des cortèges contre le néofascisme larvé des dirigeants, qu'ils soient français ou américains. Elle confia à Claire qu'Hazel soutenait que lorsqu'on écrit un livre, soudain le monde entier l'écrit avec nous.

– C'est pareil pour le cinéma, ajouta-t-elle. Tout ce que tu vois, tout ce que tu lis, toutes les histoires qu'on te raconte, les actualités, les publicités, l'air du temps, la météo, tout écrit le film avec toi.

En marchant jusqu'à la Bastille, Lucy photographia les pancartes portées par les manifestants en se demandant si elle devait y lire des répliques du scénario de son film ou celles d'un livre qu'elle écrirait peut-être sur l'image interdite aux USA comme en France : «Police floutée, police aveugle», «En marche vers l'État policier», «L'appareil photo n'a jamais tué personne», «Sécurité globale, musellement général», et même, en anglais une large banderole *United against facism.* Hier comme aujourd'hui, suaire ou sécurité globale, l'image était en question !

Grenades lacrymogènes, charges policières, ça commençait à chauffer. Lucy tombait de sommeil.

– J'ai les paupières en capote de fiacre, dit-elle, fière d'utiliser une expression qu'elle avait apprise d'un vieux Parisien dans un café où elle avait ses habitudes quelques années plus tôt.

Les deux filles rentrèrent ensemble avant la fin de la manifestation, laissant Gun et son drapeau noir continuer jusqu'au bout.

L'Origine

Dans la chambre de Claire, punaisé au-dessus du lit, il y avait un poster de *L'Origine du monde* de Courbet. Tandis qu'elles se déshabillaient pour se mettre au lit, Claire demanda à son amie si elle connaissait l'histoire de ce tableau.

– *Sorry !* grimaça Lucy. *Tell me.*

– Lacan l'avait dans le cabinet où il recevait ses patients, raconta Claire. C'était caché derrière un autre tableau et il ne montrait son Courbet qu'à ceux qui le méritaient !

Il fallait absolument que Lucy raconte ça à Hazel ! Sa théorie se vérifiait : Lacan participait à l'écriture de son film. *L'Origine du monde* caché sous une autre toile, c'était exactement ce qu'elle voulait montrer.

– Je pourrais appeler mon film *Le Suaire mis à nu par ses auteurs mêmes…*

– Tu veux découvrir ce qui se cache dessous ?

– Je veux qu'on le voie à cru ! s'exclama-t-elle.

Claire était une rondeur, Lucy une liane. Elles se mirent au lit, se rappelant en riant que les copains les appelaient Laurel et Hardy quand elles sortaient ensemble. Le corps de Claire avait une histoire et c'était ce qui avait tout de suite plu à Lucy quand elles avaient fait connaissance. Il portait la marque de ses angoisses, de ses tristesses ; de ses bonheurs aussi, dans sa générosité, l'opulence de ses formes. Rien à voir avec les beautés glacées des magazines ou les rouleuses de fesses idiotes et arrogantes. Claire était épanouie, belle telle qu'elle était, aussi délicate dehors que dedans.

– Tu vas toujours à Troyes demain ? demanda-t-elle à Lucy.

– Juste à côté. Je dois voir la chapelle de Lirey. J'espère que ce ne sera pas fermé…

– Tu veux que je t'accompagne ?

– Je te remercie, je prendrai le train. Ça me permettra de réfléchir.

– Avec moi, tu ne réfléchis pas ?

– Avec toi, j'oublie tout !

Claire lui vola un baiser et se releva en remuant son généreux derrière pour aller fouiller son sac.

– Tiens, en parlant de ça, j'allais oublier de te donner ceci, dit-elle en tendant un Post-it à Lucy. Tu devrais appeler ce type de ma part, Émile Maheut. J'ai enregistré un truc sur lui l'année dernière. Il avait été mêlé à une sale histoire. Ça devrait te plaire.

– Une sale histoire à cause du suaire ?

– Maheut est la bête noire des cathos intégristes.

Covid ou pas, elles s'embrassèrent et éteignirent la lampe. Dans le noir, Claire posa sa main sur l'épaule de Lucy en se tournant vers elle.

– Tu penses qu'on peut considérer l'histoire de Jésus comme un fait divers ?

– Sans hésiter, répondit Lucy, pleine de sommeil.

Elle se réveilla un peu.

– Au regard de l'époque Jésus n'était rien ni personne. Un Juif crucifié par l'occupant romain comme des centaines, peut-être des milliers d'autres. C'est l'histoire écrite de Jésus qui l'a distingué de tous les prophètes de son temps. Lis Flavius Josèphe. Il en compte vingt-deux qui portent le même prénom…

– Je vais faire ma chronique sur ça, décida Claire. *La Mort de Jésus : un fait divers au Ier siècle.* Sûre que ça fera le buzz !

Les yeux lourds de fatigue, Lucy murmura :

– N'oublie pas de citer… comment s'appelle-t-il… cet auteur français très drôle, Jerry… non, Jarry, qui a écrit *La Passion considérée comme course de côte…*

– Oui, s'amusa Claire. Au théâtre du Rond-Point, j'ai vu aussi deux comiques faire une conférence intitulée *De la crucifixion considérée… comme un accident du travail.*

Le souvenir de la soirée la faisait encore rire. Elle voulut la raconter mais Lucy dormait déjà profondément.

Lirey

De Paris, Lucy alla en train jusqu'à Troyes. Le paysage défilait comme une toile peinte sur son rouleau, préfiguration théâtrale du cinéma. Lucy cherchait à percer l'épaisseur du ciel, réfléchissant à l'impossibilité de produire une représentation totale de la crucifixion. Dans l'immense iconographie chrétienne, aussi horribles que soient les images (elle pensait à Grünewald), elles demeuraient muettes : on n'y entendait pas les râles, les plaintes, les cris des suppliciés. Pour qu'elles soient offertes à l'adoration, la douleur y était analgésiée. Le cinéma y ajouterait la parole mais, aussi puissant soit-il à reconstituer le supplice, les odeurs en seraient absentes. On ne sentirait pas la sueur des soldats, l'odeur de la terre sous le soleil, celle du sang, de la pisse, de la merde, celle du cadavre qui se décomposait, déchiqueté par les corbeaux… Qu'elle soit peinture, photo, cinéma, l'image dressait un mur invisible devant le réel. L'image était une absence-présence, un fantôme. Elle faisait écran au réel, voire l'effaçait. C'était une « grande illusion », comme dirait Jean Renoir. Lucy s'en désolait. Elle savait que c'était impossible, mais elle aurait voulu que son film montre l'Histoire, la dise au plus près de la réalité mais aussi *sente*, comme Genet écrivait que les toiles de Rembrandt « sentaient »…

À Troyes, Lucy loua une voiture, une automatique, et téléphona à Émile Maheut pour prendre rendez-vous avec lui. Pendant longtemps Maheut, ancien instituteur, avait fait visiter la chapelle du Saint Suaire à des groupes de touristes pour le compte du syndicat d'initiative. Il ne le faisait plus.

– Comment avez-vous eu mon téléphone ?

– Mon amie Claire Delahaye vous a interviewé l'année dernière, après que vous avez été agressé.

– Elle vous a raconté ça ?

– Pas vraiment. Qu'est-ce qui s'est passé ?

– Des drôles de chrétiens me sont tombés dessus mais j'ai rendu la monnaie.

– La monnaie ? Désolée, je ne comprends pas.

– Ça veut dire qu'ils m'ont abîmé une jambe mais que j'en ai envoyé deux à l'hôpital, expliqua Maheut. Depuis, je ne suis plus en odeur de sainteté.

– Pourquoi ?

– Il y avait déjà eu des plaintes. Les touristes voulaient entendre une belle histoire et celle que je leur racontais leur déplaisait profondément. Elle déplaisait tellement que certains ont cherché à me faire la peau.

Lucy faillit lâcher son portable.

– Ils voulaient vous… vous tuer ?

– Les intégristes détestent regarder la vérité en face. Ils n'ont pas réussi à m'avoir ni à me faire taire, seulement à me faire virer.

C'était mal parti pour visiter la chapelle.

– Vous croyez que je vais pouvoir… ?

Maheut interrompit Lucy d'un petit rire.

– J'ai gardé la clef, dit-il. Si vous n'avez pas peur d'être contaminée en vous montrant avec moi, on s'arrangera pour entrer…

Après une demi-heure de route dans la campagne champenoise, Lucy se gara rue du Carouge à Lirey. Maheut l'attendait devant chez lui, assis sur un banc, les mains posées à plat sur ses cuisses, immobile comme une pièce de musée. L'homme semblait d'un autre siècle avec sa barbe taillée en pointe, ses petites lunettes ovales, sa veste d'ouvrier et son pantalon de velours côtelé. En rase campagne, le masque n'était pas obligatoire. Lucy ôta le sien et salua Maheut d'un petit signe de tête.

– C'est moi qui vous ai téléphoné…

– Enchanté, dit-il en se levant. Vous êtes américaine ?

– New-yorkaise.

Il lui montra la grosse clef noire qu'il tenait à la main.

– Je vous emmène visiter ?

– C'est loin ?

– Pas très.

– « Allons ! » comme dit Rimbaud. Nous bavarderons en chemin.

Maheut la rembarra gentiment :

– Il n'y a que les concierges qui bavardent, mademoiselle.

Il tirait une jambe un peu raide et soufflait à chaque pas, séquelles de la bagarre dont il ne s'était jamais vraiment remis. Ils remontèrent lentement la rue jusqu'à la chapelle. Il faisait grand beau ; pas de vent et un froid sec. Maheut complimenta Lucy pour son français.

– Vous le parlez magnifiquement.

– C'est une langue que j'aime beaucoup.

Elle se tourna vers lui et demanda par politesse :

– Vous ne parlez pas anglais ?

– Pour moi, l'anglais n'est jamais que du français mal prononcé mais, hélas non, je n'en parle pas un mot !

Lucy rit de bon cœur.

– Où avez-vous appris notre langue ? demanda Maheut, content de l'avoir amusée.

– À l'université, mais dès que j'ai eu seize ans je suis venue en France tous les ans pour étudier la littérature et me perfectionner. Je suis restée plus d'un an à Paris comme fille au pair et je suis aussi allée en Bretagne, en Ardèche, même dans le Sud pour entendre un autre accent.

Maheut était admiratif ; d'autant plus admiratif qu'il ne parlait aucune langue étrangère et le regrettait. Pendant des vacances, au camping, un Allemand lui avait confié : « En France, si on vous apprenait à marcher comme on vous apprend les langues, vous seriez un peuple de paralytiques ! »

La chapelle était en vue, Maheut s'arrêta. Il observait Lucy en soufflant dans un grand mouchoir à carreaux. Elle lui plaisait. S'il avait été plus jeune…

– Où avez-vous fait vos études ? demanda-t-il galamment.

– Dans un trou perdu de l'Indiana, à South Bend.

– Il y a une université là-bas ?

– La plus prestigieuse des universités catholiques des États-Unis, Notre-Dame-du-Lac ! s'exclama Lucy. Mes parents se sont ruinés pour m'offrir ça.

Elle précisa, croyant flatter Maheut :

– Notre-Dame a été fondée en 1842 par un prêtre de chez vous. Un Français de la congrégation de Sainte-Croix.

– Vous m'en direz tant ! ironisa l'instituteur qui n'en avait rien à faire des prêtres, qu'ils soient de la congrégation de Sainte-Croix ou de n'importe laquelle.

Ils se remirent en marche, poussés par le vent frais qui venait de se lever.

– Vous étudiiez quoi à Notre-Dame ?

– L'histoire des religions. La chaire qu'occupait le professeur Thomasson. Joseph Thomasson…

– Je le connais, dit Maheut, s'arrêtant de nouveau.

– Vous le connaissez ?

– Je l'ai lu, précisa-t-il. Il est traduit en français.

Lucia s'étonna qu'il s'intéresse à l'exégèse.

– Ne le répétez pas, ricana Maheut, mais j'ai fait le petit séminaire. Dieu merci, j'ai vite perdu la foi et je ne suis pas allé jusqu'au bout !

Il caressa sa barbe.

– Je n'aimais que la critique textuelle. Notre professeur le père Xavier, un vieux prêtre au visage en lame de couteau, faisait son cours et, quand il avait fini, il nous disait : « Rangez vos cahiers et ne notez rien » puis il démolissait méthodiquement tout ce qu'il venait de nous enseigner.

Lucy plissa les yeux et sourit.

– En français vous dites « historico-critique », n'est-ce pas ?

– Oui, c'est ça. Vous avez lu Alfred Loisy ?

– Non, je ne sais pas qui c'est.

Maheut répondit en repartant de son pas claudicant :

– Un prêtre excommunié, une intelligence supérieure, un magnifique écrivain et le plus grand critique des textes néotestamentaires !

– Pourquoi a-t-il été excommunié ?

– Pour avoir soutenu qu'il n'y avait pas de lien de continuité entre la prédication de Jésus et l'apparition de l'Église ; que

Jésus n'avait jamais pensé ni annoncé le christianisme ; qu'il n'avait même jamais vu ou imaginé un chrétien !

Maheut fit une grimace amère.

– Tout le contraire de votre Joseph Thomasson ! Loisy, qui avait la foi, n'a jamais renié son intelligence pour plaire à ses coreligionnaires, à la prêtrise ou au pape et à ses serviteurs, un ramassis d'ignorants, de têtes molles, de gens exécrables.

Lucy ne connaissait pas ce mot.

– Des sales types ! résuma Maheut. Étymologiquement, « exécrable » signifie « qui fait horreur, extrêmement mauvais ».

Et d'ajouter :

– Pardon, je m'emporte, mais votre Thomasson, on peut dire qu'il a vendu son âme au Diable !

– Ce n'est pas *mon* Thomasson, protesta Lucy.

– Je suis content de vous entendre dire ça. Ce bonhomme est une tache. Il commence brillamment par un livre très critique sur l'Évangile de Marc – de l'histoire pure et dure – et finit par publier *La Sainte Face* chez un éditeur d'extrême droite, un pavé affligeant de bondieuseries fondamentalistes.

Lucy marchait trop vite pour le vieil instituteur. Il lui prit le bras pour la ralentir.

– C'est à cause de lui que vous vous intéressez au suaire ?

– D'une certaine manière, oui, répondit-elle. Et d'une autre, non. Parce que, comme vous, je ne comprends pas comment, après m'avoir appris ce qu'il m'a appris, Thomasson peut débiter aujourd'hui une sorte de catéchisme raciste et antisémite.

Maheut soupira.

– « La vieillesse est un naufrage », disait de Gaulle…

Lucy n'était pas d'accord avec cette explication.

– Tom…

Elle se reprit :

– Thomasson n'est pas si vieux que ça ! Non, c'est autre chose.

– Quoi ? Une illumination derrière le pilier d'une cathédrale ?

– Je crois que ça vient d'un manque de considération du milieu académique. Il attendait des hommages et des honneurs en retour de son travail. Il n'a eu que du silence et souvent du mépris. Ça l'a rendu fou.

– Au point de se venger en proclamant le contraire de ce qu'il avait toujours enseigné ?

– *Yes*... oui... au début, vraisemblablement par provocation. Maintenant, ça a tourné. La farce est devenue sérieuse. Plus il raconte n'importe quoi, plus on l'acclame, on l'applaudit, on l'interviewe, on l'invite sur les plateaux de télévision, à la radio. Sa photo paraît dans les journaux. Il a un blog très suivi. Sa volte-face est lue par les catholiques comme la preuve même d'une intervention divine. Le Saint-Esprit l'a visité. C'est devenu une star. Trump l'a reçu à la Maison-Blanche !

– Deux crétins ravis de s'embrasser sur la bouche, commenta cyniquement Maheut.

Il se racla la gorge.

– Vous vous appelez comment déjà ?

– Bernheim. Lucy Bernheim...

– Vous n'êtes pas chrétienne, ironisa Maheut.

– Non, et vous ?

Maheut éclata de rire. La jeunette avait de la repartie !

– Que fichiez-vous dans une fac catholique, alors ?

– Je m'intéressais à la littérature. Une sorte de tradition familiale. Mon arrière-grand-père avait renoncé à la banque pour écrire sur le christianisme.

Ils arrivèrent devant la porte de la chapelle. Maheut, qui ne croyait ni à Dieu ni à Diable depuis longtemps, engagea la clef dans la serrure mais n'ouvrit pas immédiatement.

– Je dois être prudent, dit-il, tournant la tête à droite et à gauche pour s'assurer que personne ne les surveillait.

– La police ?

– Les Croisés d'Antonin le Pieux, la secte qui en a après moi.

Expérience

L'intérieur de la chapelle n'avait rien d'exceptionnel : des murs blancs ornés à gauche par une grande danse macabre haute en couleur, des photos d'un ancien retable aujourd'hui au Victoria and Albert Museum de Londres, des meubles et des bancs de bois, des tableaux illustrés sur l'histoire du suaire et enfin une reproduction de la photo de Secondo Pia posée sur l'autel sous une croix. Lucy s'approcha d'un panneau où était écrit : « C'est à Lirey qu'a été déposé le linceul avant son transfert à Chambéry puis dans la cathédrale Saint-Jean-Baptiste de Turin. C'est sur les terres appartenant à Jeanne de Vergy, veuve de Geoffroy Ier de Charny, mort à la bataille de Poitiers en 1356, que Thomas Merlin de Sainte-Anne, père abbé d'une communauté d'Antonins, érigea une collégiale dédiée aux ostensions du suaire qu'il avait rapporté de Jérusalem. Elle sera entièrement détruite dans un incendie et reconstruite en 1526 par le doyen Hayard l'aîné et à nouveau démolie pendant la Révolution française. En 1897, seule la chapelle est reconstruite grâce au legs de Mme de Bréville née Camusat de Vaugourdon. L'architecte en est R. Pincot, curé de Mézières, et l'entrepreneur M. Vinçon de Saint-Phal. Le maître-autel a été offert par l'abbé Jacquinot, curé doyen de Planay, natif de Lirey. »

– Je crains que rien de tout cela ne puisse vous apprendre quelque chose…, dit Maheut en se grattant la tête.

Lucy lui sourit.

– J'avais besoin de venir, répondit-elle. D'être dans les lieux…

– Il n'y a plus rien de l'abbaye ni du lazaret qui étaient ici au XIVe. Tout ce que vous voyez est du XIXe…

– J'irai flairer l'air de la campagne ! On dit « flairer », n'est-ce pas ?

– On peut mais il vaut mieux dire « humer ». En revanche, vous allez humer un air totalement corrompu par les pesticides et le gasoil ! Rien n'a changé. Au XIVe, ils pensaient que la peste venait du ciel ! Que l'air était plein de pus, qu'il suintait, noir, puant, vicié, et que tous mouraient de le respirer ! Comme aujourd'hui…

Ils avancèrent jusqu'à l'autel.

– Pardonnez-moi mais ça m'intrigue, dit l'instituteur, pourquoi voulez-vous faire un *film* sur le suaire ? Pourquoi un film ? Vous pourriez écrire…

Lucy répéta ce qu'elle avait expliqué à Saul Cooper :

– Parce que le suaire a été peint ici, au XIVe siècle, qu'il a été photographié en Italie au XIXe et qu'au XXIe siècle il continue de traverser le temps et que le cinéma l'attend. Sans le dire, ce sera un film sur la peinture, sur la photographie, sur le cinéma. Sur la puissance d'une image… Comme disait Godard, « pas une image juste, juste une image ».

– Juste une image…, répéta rêveusement Maheut.

Le projet le laissait perplexe.

– Je n'aime pas beaucoup les films historiques, dit-il en remontant ses lunettes sur son nez. Ils me paraissent toujours faux.

– Comme le suaire ?

À ces mots, Maheut s'emporta :

– Ah non, mademoiselle ! Le suaire n'est pas un faux. C'est une œuvre populaire du XIVe siècle, nuance. Aujourd'hui, on dirait que c'est de l'« art brut ».

Il plissa les yeux comme s'il savourait une friandise.

– Il devrait être à Lausanne, dans le musée de Jean Dubuffet !

– Avez-vous vu *La Prise de pouvoir par Louis XIV* de Roberto Rossellini ?

– Jamais entendu parler, répondit-il.

– C'est un chef-d'œuvre du genre, affirma Lucy. Il y en a d'autres… *La Passion de Jeanne d'Arc* de Dreyer, *Young*

Mr. Lincoln de John Ford, *Edvard Munch* de Peter Watkins, *Shakespeare in Love* de John Madden dans un registre plus léger. Si ça vous amuse, je peux vous faire une petite liste pour parfaire votre éducation cinématographique.

Maheut déclina l'offre.

– C'est gentil mais je n'ai pas vraiment le goût d'aller au cinéma ni de regarder la télé.

Avant qu'elle ne reparte, Maheut proposa à Lucy de s'arrêter chez lui pour prendre un rafraîchissement.

– Et j'ai quelque chose à vous montrer.

Il s'excusa en pouffant : son invitation pouvait être mal interprétée ! En choisissant ses mots, il déclara qu'il voulait la faire assister à une expérience.

– Waouh ! s'émerveilla Lucy. Une expérience de quoi ? Vous êtes sorcier ? Magicien ? Alchimiste ?

Maheut n'était ni sorcier, ni magicien, ni alchimiste, ou plutôt il était les trois à la fois.

– Vous voulez faire un film sur le suaire, dit-il, eh bien il faut que vous sachiez comment il a été fabriqué !

– Oh, je le sais ! se récria Lucy. Avec un linge humide qu'on a tamponné de pigments sur un modèle en bois.

– Je me doutais bien que vous aviez une petite idée. Mais avez-vous déjà vu comment on procède ?

– Non.

– Tant mieux, je vais remédier à ça.

Et, soudainement plus grave :

– Mais attention, ce que vous allez voir, c'est top secret. C'est pour ça qu'on a voulu me tuer.

Maheut fit les honneurs de sa maison à Lucy, un intérieur de vieux garçon. Il y avait des livres partout, sur deux rangs dans les bibliothèques qui occupaient tous les murs, sur les tables, sur les meubles même, empilés en tas sur le carrelage. Lucy poussa trois gros volumes posés sur une chaise de la cuisine pour s'asseoir.

– Je comprends pourquoi vous n'avez pas le temps d'aller au cinéma ou de regarder la télé !

– Sûr que j'aime lire. Je vis seul, je n'ai pas eu d'autres enfants que ceux à qui j'ai fait la classe, les livres sont mes amis, mes amours, ma famille, dit Maheut sans amertume.

Il servit de la bière fraîche dans de grands verres décorés d'une Alsacienne qui montrait ses fesses sous le slogan « Sans culotte, bière du Gambrinus ».

– C'est comme le suaire, dit-il malicieusement, une image décalquée sur une surface propice à l'adoration ! Mais c'est plus joli, non ?

– Plus joli que des fesses en bois ! approuva Lucy.

Ils trinquèrent en riant.

– Et maintenant, je vais forger pour vous une relique plus vraie que vraie.

Il conduisit Lucy dans son atelier, une vaste pièce dont les fenêtres donnaient sur de grands prés à l'herbe jaunie par le soleil. Une forêt de chênes barrait l'horizon, traçant un trait net d'un noir profond. Lucy prit la photo et l'expédia à Hazel avec ce message : « Beau décor ». Maheut avait préparé tout son matériel sur une vieille table de ferme. Il commença par tremper un torchon en lin qu'il déposa sur une tête en plâtre de Jésus bien moins grande qu'un visage normal.

– Il ne faut pas que ça sèche trop vite, confia-t-il en tâtant le tissu.

Jugeant que l'humidité était suffisante, il se mit à le tamponner avec des pigments : une terre ocre rouge associée à du collagène pour la forme du visage et du sulfure de mercure pour le sang autour de la couronne d'épines.

– Je ne sais pas ce qu'ils ont utilisé mais ce devait être quelque chose comme ça.

– Je pense qu'ils ont utilisé du vrai sang, fit remarquer Lucy.

– Vous avez sans doute raison.

Maheut se servait d'un tampon en feutre très rond, très doux.

– Vous voyez, je tapote, je tapote, je tapote au hasard, ce qui explique qu'il n'y ait pas de trace directionnelle de pinceau sur le suaire. Ce sont les arêtes du bas-relief qui retiennent les pigments. En fait, je fais une sorte de frottis.

Il sourit.

– Avec une pièce de monnaie glissée sous une feuille, le plus cancre de mes élèves était capable d'en faire autant !

C'était fini. Maheut souleva délicatement le linge pour que Lucy puisse le photographier.

– Et voilà un joli suaire de Turin tout à fait présentable ! triompha-t-il en exposant son œuvre.

C'était probant. La figure de dimension humaine, parfaitement proportionnée, ressemblait à un négatif, exactement comme sur le cliché de Pia. Une image en négatif, un négatif qui était un positif ! Lucy applaudit. Elle remercia Maheut de lui avoir enseigné les bons gestes pour fabriquer le suaire. Le moment venu, sur le tournage, elle saurait s'en souvenir et les montrer aux comédiens ; elle saurait aussi indiquer le matériel nécessaire à l'accessoiriste. Restait un point obscur :

– Comment expliquez-vous que, malgré les sources historiques, les témoignages d'Henri de Poitiers et Pierre d'Arcis, les deux évêques de Troyes, les datations au carbone 14 et votre incontestable démonstration, certains continuent d'affirmer que le suaire est une relique, pas une peinture ? C'est étonnant, non ?

Il s'amusa.

– Ce n'est pas ça qui est étonnant : quand on veut croire, on croit ! Ce qui est réellement surprenant, c'est que des laïcs, des chirurgiens, des physiciens, des chimistes se soient obstinés à vouloir prouver scientifiquement ce que l'Église n'a jamais vraiment reconnu comme miraculeux. Elle se méfiait au XIVe et se méfie toujours.

– Elle n'a jamais clairement désavoué le suaire, cela dit.

– C'est vrai, admit Maheut. Ni au XIVe, ni au XIXe, ni aujourd'hui. Mais pourquoi se priverait-elle d'un objet de dévotion qui ne peut qu'encourager la propagation de la foi ? Cette hypocrisie est et sera éternellement la sienne.

Scénario

Lucy quitta Maheut en emportant une réédition de *L'Évangile et l'Église* d'Alfred Loisy que l'instituteur lui avait offerte. « Ouvrez ce livre, il fait peur, disait la préface. Pour avoir écrit *L'Évangile et l'Église* et pour n'en avoir rien abjuré, Alfred Loisy a été excommunié le 7 mars 1908 par le pape Pie X. »

Comme elle n'avait aucune raison de repartir immédiatement à Troyes, Lucy se promena dans la campagne, sur des terres que l'ancien instituteur lui avait désignées comme étant vraisemblablement celles de Jeanne de Vergy, la veuve de Geoffroy de Charny. Des sautes de vent la poussaient parfois dans le dos comme pour l'encourager à aller voir toujours plus loin. Lucy s'arrêta au milieu d'un pré pour photographier un vaste espace près d'une colline boisée. « C'est peut-être là que tout a commencé », pensa-t-elle, essoufflée comme si elle avait couru. Était-ce l'émotion ? Elle se voyait au Moyen Âge, au milieu de la foule se pressant pour voir le suaire. Les cloches sonnaient. Elle croyait entendre le chant des sœurs clarisses qui se mêlait aux cris des bêtes, aux lamentations des hommes et des femmes priant pour leur salut. Elle sortit un carnet de dessin de son sac pour faire un rapide croquis. L'abbatiale voulue par le père abbé des moines antonins devait se dresser en face de l'abbaye, le lazaret et ses dépendances juste à côté, les trois bâtiments formant une cour en U où au milieu des cochons et de la volaille se tenaient les pauvres qui n'avaient pas de place à l'intérieur. À chaque pas, elle s'attendait à voir surgir les fantômes de Thomas Merlin de Sainte-Anne et de celui ou celle qui l'avait aidé à réaliser le suaire.

Dans l'article d'une collègue de l'oncle d'Hazel, Lucy avait lu que toutes les interprétations faites à propos des peintures pariétales reposaient sur l'a-priori unanime qu'elles étaient l'œuvre d'hommes, de mâles, alors que rien ne le prouvait. L'auteure avançait que, par exemple, chez les Aborigènes, toute la peinture sacrée revenait aux femmes depuis la nuit des temps et qu'au fond d'une grotte la plus vieille trace humaine conservée dans de la lave fossilisée était celle d'une adulte (une mère ?) et d'un enfant. Petit à petit, Lucy en était venue à l'idée que le suaire n'était pas forcément l'œuvre d'un homme, mais d'une femme. Une Lucie du Moyen Âge, complice ou contrainte de participer à sa confection. Une Lucie qui deviendrait l'héroïne de son film, se transformerait en Lucia à Turin, poursuivant une vérité qui lui échapperait chaque fois qu'elle croirait la saisir.

Avant de quitter New York, Lucy avait proposé à Hazel d'écrire ensemble le scénario.

– Toi et moi ?

– Toutes les deux… Strudel s'est arrangé avec Cooper. Il nous donne une avance.

Passé le premier moment d'étonnement, Hazel s'était enthousiasmée :

– Bingo ! Ça nous sauve ! Tu vois ça comment ?

– Je vois qu'on doit s'y mettre tout de suite, tant que Cooper est chaud, avait répondu Lucy. Trois époques : Jérusalem, l'exécution de Jésus pendant l'occupation romaine ; puis Lirey en France, apparition du suaire au XIVe siècle dans le contexte de la grande peste ; et enfin Turin au XIXe siècle, la photographie de Secondo Pia dans une Italie secouée par les conflits sociaux – quatre cents morts à Milan… Nous ne devrons jamais perdre de vue que le suaire apparaît ou réapparaît toujours à un moment de crise profonde dans la société.

– Comme aujourd'hui avec le Covid ?

– Oui, comme aujourd'hui.

Hazel avait posé la même question que Saul Cooper :

– Tu veux tourner un documentaire ?

Et Lucy avait donné la même réponse :

– Je veux faire un grand film de fiction !

– Waouh ! Vas-y, explique.

– Primo : nous devons raconter l'histoire, car en réalité personne ne la connaît ; deuzio : au fur et à mesure, nous devons donner aux spectateurs les éléments qui leur permettront de la comprendre mieux, plus profondément, plus subtilement ; et surtout, tertio : nous devons maintenir le suspense !

– Pour Jésus, il n'y a pas de suspense, avait plaisanté Hazel, il n'y a qu'une suspension ! On sait comment ça finit.

– D'accord, mais par exemple personne n'a jamais vraiment osé montrer la réalité de la crucifixion. Dans la peinture comme au cinéma, toutes ces représentations sont fausses au regard de ce que nous savons par les historiens romains. C'est de l'histoire sainte, de la bondieuserie hollywoodienne, pas de l'histoire. Sans parler des conneries fondamentalistes de Mel Gibson !

Lucy détestait Mel Gibson autant que Mel Gibson détestait les Juifs. Elle avait repris calmement :

– Toutes les sources s'accordent à dire que les crucifiés étaient nus sur la croix, mais pour les peintres chrétiens qui travaillaient pour l'Église, pas question de montrer Jésus ainsi. D'abord parce qu'ils trouvaient indécent d'exhiber les parties génitales, les *pudenda*, de leur Seigneur, mais surtout parce qu'il aurait fallu montrer que Jésus était circoncis, donc juif ! L'Évangile de Luc le dit clairement : « Et lorsque furent accomplis les huit jours pour sa circoncision, il fut appelé du nom de Jésus, nom indiqué par l'ange avant sa conception.» Or les chrétiens, plus précisément les catholiques, ne veulent pas admettre que Jésus a toujours vécu sous la Loi sans autre horizon qu'Israël. C'était un Juif, rien qu'un Juif de son temps dans un pays occupé par des étrangers.

Lucy avait ensuite expliqué qu'elle voulait filmer la crucifixion de la façon la plus réaliste possible, en s'appuyant sur les sources archéologiques et les textes de la littérature romaine.

– Je veux que ça dérange, que ça interroge. Je veux faire voir pourquoi les Romains appelaient la crucifixion le «pire des supplices». D'abord il y avait la flagellation pour préparer le condamné. Il fallait le faire saigner, l'éprouver, le fatiguer mais pas le tuer – un peu comme fait le picador dans les corridas. Ensuite, l'homme était attaché à la croix, les mains liées au *patibulum* – la traverse horizontale – et les pieds cloués sur le côté.

– Pourquoi sur le côté ?

– Pour mesurer la durée du supplice. On a une source archéologique au Rockefeller Museum de Jérusalem, un clou planté dans le calcanéum d'un supplicié qui prouve que le malheureux était comme à cheval sur la croix. Les clous étaient plantés de part et d'autre du bois. Plus il était cloué haut, plus le supplice durait puisque, malgré les souffrances qu'il endurait, il pouvait prendre appui, pousser sur ses jambes et respirer; au contraire, plus il était cloué bas, plus vite il mourait étouffé. La crucifixion, c'est une forme de pendaison – en hébreu, on dit «pendu au bois». On meurt de suffocation parce qu'on ne peut plus soulever sa cage thoracique.

Elle avait mimé la scène pour Hazel.

– Imagine sur un grand écran : le crucifié nu se tortille sur la croix pour échapper à la mort, son dos déchiré par le fouet frotte contre le bois du *stipes crucis* – le poteau vertical –, il hurle, ses pieds percés de grands clous saignent, ses mains liées sont impuissantes à le libérer malgré ses efforts, l'asphyxie le gagne, son visage bleuit, l'homme se pisse, se chie dessus…

– T'es sûre de vouloir filmer ça ?

– T'as peur que ça choque ?

– Pour choquer, ça choquera ! s'était exclamée Hazel. Mais ok, pas question de se voiler la face.

Et, dans un rire :

– La sainte face !

De : Lucy
À : Hazel

Ma Beauté,

Lirey est aussi désert que South Bend un dimanche mais la chapelle du suaire est moins belle que nos bâtiments de Notre-Dame. J'ai rencontré un type formidable qui en un rien de temps a fait un suaire de Turin devant mes yeux. Je te montrerai, il me l'a offert. Il a aussi effectué des mesures anthropométriques sur le personnage du saint torchon même si, m'a-t-il prudemment assuré, ce n'était pas fiable à cent pour cent. Quand même, ça mérite qu'on y réfléchisse. D'après lui, la taille du personnage devrait se situer autour de 1,75-1,78 mètre avec une envergure de 2,10 mètres environ, c'est-à-dire très supérieure à sa taille (ce qui est normal chez les singes mais pas chez les humains) ; le bras droit est beaucoup plus long que le gauche ; les doigts des deux mains sont anormalement longs (on dépasse largement le rapport habituel de 16 %-19 % entre longueur des doigts et coudée) ; l'image frontale est plus courte que l'image dorsale ; bien que ce soit difficile à estimer, les tailles des deux images sont de 1,95 mètre environ pour la frontale et 2,02 mètres environ pour la dorsale. Pas mal, non ? Surtout qu'il m'a fait remarquer que les deux figures n'étaient pas jointives, qu'il y avait environ huit centimètres entre la face et le dos ! Selon lui, c'est parce que le suaire était présenté sur une hampe pour être hissé verticalement. CQFD. Encore une chose : d'après ce monsieur, rien ne prouve que sur l'image d'origine le corps était nu ; Jésus pouvait parfaitement être habillé comme l'étaient tous les christs dans la peinture byzantine.

Tu vois, il y a à dire et à montrer !

Ce serait bien que tu avances sur la scène de l'arrivée de Jésus au Temple avec sa bande de va-nu-pieds. Il commence à faire du raffut en réclamant au ciel une légion d'anges pour le soutenir, il bouscule les tables, les renverse en criant : « Vous avez fait de la maison de mon Père une maison de voleurs ! » Il n'y a que les Évangiles pour croire que ça se passe sans heurts, entre gens de bonne compagnie. Au contraire, les marchands et leurs aides ripostent ; ils tombent à bras raccourcis sur les perturbateurs, les bandits, les voyous qui entourent Jésus ; ils leur cassent la gueule avant de les chasser à coups de poing et de bâton alors qu'arrive la police du Temple. Je veux une vraie scène d'action, de bagarre. Je compte sur toi pour que ça déménage. Il faut que Cooper en ait pour son argent ! Demain je pars pour Turin et je t'embrasse suairivement…

Lucy

Turin

Lucy atterrit à Turin-Caselle en fin de matinée. Elle aurait pu faire le voyage en train pour arriver à la gare historique de Porta Nuova mais le bâtiment avait été si transformé que seule sa façade rappelait son apparence ancienne, lorsque l'envoyé du pape, le cardinal Pichetti, était arrivé en 1898 pour les fêtes du cinquantenaire de la Maison de Savoie. Après avoir été testée négative par les autorités sanitaires qui contrôlaient tous les passagers, elle fut autorisée à sortir de l'aéroport Sandro-Pertini pour rejoindre la ville.

Dans le taxi qui la conduisait à la pension Béthanie, près de la Porta Palazzo, un établissement tenu par une congrégation religieuse qui louait des chambres d'hôtes, elle se demandait pourquoi elle revenait à Turin. Elle y était allée pour la première fois en 2015 avec Thomasson – « Tom, ce n'est pas mon prénom mais tous mes amis m'appellent Tom… » – et dix élèves choisies par lui pour fêter sa dernière année d'enseignement. Que des filles ! Tom avait pris prétexte d'une rarissime ostension du suaire pour organiser ce voyage, trois jours aux frais de l'université. Lucy n'était pas tombée en admiration devant le suaire. Ils avaient dû payer l'entrée puis subir une interminable file d'attente pour ne passer que quelques secondes devant le linge exposé en hauteur, trop éclairé pour qu'on puisse le voir vraiment. D'ailleurs, on ne distinguait qu'un linge sale –, le « saint torchon » comme le surnommait la grande Beverly, une Galloise qui les dépassait toutes d'une tête. Lucy se souvenait d'un groupe de touristes japonais qui se pressait derrière elle. En anglais, leur guide expliquait que l'impression sur le tissu devait être comparée à celle de l'ombre de l'homme imprimée sur un mur lors de l'explosion de la bombe atomique d'Hiroshima. Lucy avait failli intervenir pour lui demander d'arrêter de raconter n'importe quoi mais, poussée par la foule des visiteurs, elle n'en avait pas eu le temps. D'ailleurs, à quoi bon vouloir détromper les gens ?

Thomasson en avait profité pour donner son ultime cours, une analyse critique de la découverte du tombeau vide dans la tradition évangélique, ses développements théologiques et philosophiques. Dans la discussion qui s'était ensuivie, Tom n'avait pas répondu à toutes les questions de Lucy et des autres étudiantes. Il s'était déclaré incompétent sur les rites d'ensevelissement dans les communautés juives au Iᵉʳ siècle – « Je ne suis pas anthropologue ! » – et ne s'était pas attardé sur la prolifération des reliques à partir du Vᵉ siècle dans la religion chrétienne – « Lisez Calvin, il a tout dit. »

Ce n'était pas le sujet. Son sujet, c'était l'absence. Le vide du tombeau que l'imagination doit remplir faute d'y trouver un corps.

Dès qu'elle eut déposé ses bagages, Lucy fila à la chapelle Santissima Sindone qu'elle voulait revoir en premier. La visite ne lui apporta rien. Elle ne lui procura aucune émotion, ne réveilla aucun souvenir. Le suaire, conservé dans un coffre blindé, n'y était pas exposé. À la place, on pouvait en voir une reproduction grandeur nature en noir et blanc, sans doute retouchée pour souligner les formes du corps peu visibles à l'œil nu. Dans un silence de sépulcre, Lucy prit rapidement quelques clichés des marbres noirs et blancs, de l'extraordinaire architecture de la coupole de Guarini et s'en alla. De toute façon, pensait-elle, pour tourner la séquence de la prise de vue par Pia, il faudrait reconstituer la chapelle en studio.

En 2015, durant le seul après-midi libre qui leur était accordé, Lucy s'était échappée du groupe. Pendant que ses copines couraient les boutiques de mode de la Via Roma, elle avait préféré visiter la galerie Sabauda, une des plus belles et des plus prestigieuses pinacothèques d'Italie, pour y voir un tableau de Giovanni Battista della Rovere, peintre milanais du début du XVIIe, représentant la déposition de la croix. Une œuvre peut-être retouchée après l'apparition des photos de Pia… La toile, sombre et de facture médiocre, l'avait déçue. Les gestes et les positions des personnages figés dans leurs attitudes illustraient maladroitement comment le corps du Christ avait pu être enveloppé dans un suaire. Quant aux anges présentant ledit suaire dans la partie supérieure de la toile, ils ressemblaient à des acteurs dans une publicité garantissant la blancheur des draps après une lessive. En revanche, elle avait adoré le Jésus ailé s'envolant avec sa croix devant saint François d'Assise de Pietro Ispano et découvert une petite Vierge à l'Enfant de Gabriele Giorda, un Siennois du XIVe, dont le regard triste l'avait touchée. Lucy aimait la peinture, les toiles peintes lui apparaissaient comme des miroirs aveugles où chacun pouvait se regarder sans se voir – ou, plus exactement, pouvait se regarder en secret, délivré de l'illusion du reflet objectif que procuraient le cinéma ou la photographie. Lucy, aspirée dans la peinture, dans sa lumière, dans ses couleurs, ne se sentait jamais spectatrice face aux œuvres qu'elle aimait. Ce n'était pas un voyage au centre de la Terre qu'elle faisait mais un voyage au centre d'elle-même, jusqu'au vertige.

Elle s'était ensuite rendue au musée national du cinéma, dans la Mole Antonelliana, construite à l'origine pour abriter la grande synagogue de Turin. C'était la plus haute et la plus belle construction de la ville, son symbole éternel, sa tour Eiffel, sa statue de la Liberté. À l'intérieur, l'ascenseur panoramique permettait d'atteindre le Tempietto, le belvédère qui surplombait la ville à plus de soixante-dix mètres, mais Lucy n'avait pas le temps d'y monter sans compter qu'elle ne trouvait aucun intérêt à voir Turin d'en haut. Dans le musée, elle avait ignoré la reconstitution de décors de films, salons d'appartements bourgeois ou saloons de western, et ne s'était pas intéressée à la collection d'affiches ni au chapeau de Charlie Chaplin, pas plus qu'aux chaussures de Marilyn Monroe. Elle était passée rapidement par la section de la genèse du cinéma, les théâtres d'ombres, le kinétoscope et les lanternes magiques, se promettant d'y revenir et de s'y attarder. Elle s'était rendue directement à la section réservée à la photographie et aux daguerréotypes, où étaient exposés les premiers appareils photo, les premières caméras. Elle était curieuse de voir la chambre Mackenstein qui avait servi à Secondo Pia pour réaliser son célèbre cliché… mais elle n'y était pas ! On l'avait mal renseignée. L'objet était conservé au musée du Saint-Suaire Via San Domenico, où elle avait dû courir avant la fermeture.

Dans ce temple de l'ignorance bondieusarde où le kitsch régnait en maître, sous un portrait en pied de Secondo Pia posant accoudé à son appareil, l'énorme chambre Mackenstein était exposée derrière une vitre. Sur un cartel, il était précisé que l'appareil était un don de la famille du photographe et que le musée s'était chargé de le restaurer après qu'un accident l'eut pratiquement détruit. Lucy avait noté sur son carnet : « Chambre Mackenstein endommagée par un accident. Quel accident ? » Elle avait demandé à Tom mais il s'était déclaré incapable de répondre – « Comment veux-tu que je le sache ? Je ne connais rien à l'histoire de la photographie ! »

Cinq ans plus tard, Lucy était toujours une visiteuse pressée. Elle jugea inutile de retourner au musée du Saint-Suaire et se fit déposer en taxi à l'entrée du parc Valentino, près de la fontaine des Douze Mois et ses grands jets rafraîchissants. Elle ignora le bourg médiéval avec sa forteresse, ses maisons d'inspiration piémontaise, ses enceintes et ses tours évoquant le décor abandonné d'un film de cape et d'épée. Elle négligea aussi l'herbarium du jardin botanique – ce qu'elle regretta plus tard – et rejoignit rapidement les bords du Pô et l'ombre de ses arbres majestueux. Marcher près de l'eau l'enveloppait toujours d'une inexplicable mélancolie. Elle pensait à Ophélie qu'elle aimait tant. Une amoureuse si souvent minorée par les metteurs en scène d'*Hamlet*, comme s'il leur était impossible d'entendre cette chanson qu'elle connaissait par cœur :

Demain c'est la Saint-Valentin
Du soir venu jusqu'aux mâtines
Pour toi j'ouvre le chemin
Je veux être ta Valentine
Tu as enlevé tes habits
Les miens sont partis dans les nues
Pucelle, tu m'as mise au lit

En te quittant ne l'étais plus
De m'épouser avais promis
Mais ta parole n'as tenue
À présent tu me répudies
Car dans ton lit je suis venue…

Nul n'acceptait d'écouter la plainte d'Ophélie. Ni la reine Gertrude, ni le roi Claudius, ni les historiens du théâtre, ni les commentateurs contemporains, personne ! Cette indifférence révoltait Lucy. Hamlet, prince héritier, avait tous les droits, dont celui de déflorer les filles qui lui plaisaient. La pauvre Ophélie – qui devait avoir treize ou quatorze ans – se laissait séduire par quelques paroles d'amour et s'offrait naïvement à lui qui s'en amusait avant de passer à une autre fille. À regarder l'eau du Pô couler près d'elle, Lucy se sentait sœur d'Ophélie. Elle voyait flotter le cadavre d'une enfant violée, un lis blanc emporté par le courant…

Revenu près du centre, Lucy photographia la plaque apposée Via Carlo Alberto à la mémoire de Nietzsche : *Qui ad attestare l'alto destino e il genio scrisse* ECCE HOMO *libro della sua vita* et l'expédia à Cooper. Elle y voyait un signe. « *Ecce Homo* sera le film de ma vie, écrivit-elle, témoignant de mon destin et de mon génie ! » Cooper répondit par des émoticônes de rires. L'humour de Lucy le ravissait.

Via San Simone, près du marché central, Lucy s'arrêta longuement dans la cour d'un immeuble, attirée par les hautes fenêtres d'un ancien atelier de confection. Elle imagina que c'était là qu'Enrico, l'amant de Lucia, la photographiait nue dans la baignoire qu'il avait fait installer pour elle. Elle la filmerait à contre-jour, jaillissant du bain au milieu de mille éclaboussures, comme Vénus sortant de l'onde. Puis Enrico l'enlèverait en riant et la coucherait sur le lit où le corps de

Lucia s'imprimerait sur les draps comme les anthropométries peintes par Yves Klein au début des années 60. Tournerait-elle une scène d'amour ou en ferait-elle l'ellipse ? Dans les scènes d'amour, la difficulté était de filmer l'homme. La femme, quelle que soit la posture, se montrait toujours belle, gracieuse, féline. L'homme pouvait vite être ridicule, ahanant et suant, agité de mouvements mécaniques. Peut-être serait-il plus beau de les voir basculer hors du champ de la caméra et de rester sur les traces du corps de Lucia ?

– Imaginer…, murmura-t-elle, se souvenant du dernier cours de Tom sur le tombeau vide, même si elle devait combattre sa tendance à faire trop souvent confiance aux rêves et à sa capacité d'imagination.

Une obscurité brumeuse ouatait le soir tombant.

En 2015, la veille du retour de leur groupe dans l'Indiana, il s'était passé une chose étrange à l'hôtel Chelsea où ils étaient descendus. Au lieu de profiter d'une dernière soirée pour boire et faire la fête, tout le monde était allé se coucher de bonne heure. Le reste demeurait confus dans sa mémoire. Lucy se demandait si Thomasson n'était pas venu dans sa chambre pendant qu'elle dormait. Dans son souvenir, il s'était assis au bord de son lit et avait levé le drap qui la couvrait, lui parlant du jeune homme nu dans l'Évangile secret de Marc, un apocryphe sur lequel il avait publié un article mettant en cause son authenticité. Elle pouvait entendre sa respiration, sentir cette eau de toilette au lilas dont il s'aspergeait volontiers. Thomasson regardait son corps avec une incroyable intensité, le flairait. Il se penchait sur son visage, sur ses seins, sur son ventre… Avait-elle été droguée ? Faisait-elle un rêve ou un cauchemar ? Le matin, elle s'était réveillée avec un profond sentiment de malaise et un mal de tête carabiné, mais elle n'avait pas osé partager ses impressions avec les autres élèves. Cette nuit demeurait comme un trou noir dans sa conscience.

Lucy se laissa étourdir par les odeurs, les ombres, les regrets, les absences, les voix diffuses et rentra se coucher furieuse de n'avoir toujours pas trouvé ce qu'elle était revenue chercher à Turin. Une image ? Un secret caché derrière un tableau ? Un corps dissimulé sous un drap ? Une trace du temps ? L'origine de quoi ?

Un mail d'Hazel l'attendait à la pension Béthanie.

De : Hazel
À : Lucy

Baby,

Cooper sera content de nous. Ça avance. J'ai écrit la scène des marchands du Temple, tu liras ça en rentrant. Tu voulais que ça déménage, eh bien ça déménage ! Ça cogne, ça crie, ça se bagarre. Jésus se comporte comme un Hells Angels réglant ses comptes avec une bande rivale. Il n'y va pas de main morte ! Ce matin, j'attaque le lépreux se jetant dans les bras de Jésus qui, horrifié, l'envoie se faire voir et reste en dehors de la ville de peur de se faire accueillir à coups de pierres. C'est formidable de voir l'Évangile retourner l'histoire comme un gant ; d'un événement négatif faire un positif. Comme le suaire !

Rentre vite, tu me manques. Ton désordre me manque. Tes petites culottes poétiques qui sèchent dans la salle de bain me manquent. Nos soirées sur la terrasse à compter les étoiles me manquent. Ah oui, j'ai vu sur le Net la captation d'une pièce *La Véritable Histoire de Jésus Cri-Cri*, d'après un texte du poète français Antonin Artaud, qu'un type a jouée sans public sur le plateau de l'Helen Hayes. Il faut que tu voies ça.

Je t'embrasse, mon bébé, ne profite pas d'être à Turin pour faire des folies de ton corps ! Rêve à moi !

Ton ange

PS : L'ordure blondasse est en train de perdre les élections !

Théâtre

Cela faisait deux heures que Lucy était revenue dans leur appartement de la 47e Rue. Tandis qu'elle volait vers New York, à Washington, une marée de casquettes rouges *Make America great again* envahissait Freedom Plaza, à quelques encablures de la Maison-Blanche. Les manifestants réclamaient : « Quatre ans de plus ! » pour Trump, battu aux élections par Joe Biden. Deux cents membres de la milice nationaliste Proud Boys, vêtus de treillis et de gilets pare-balles, acclamés par la foule, s'étaient joints à la manifestation. Trump refusait toujours de reconnaître sa défaite, tweetant : « Waouh ! Des milliers de personnes se rassemblent à Washington pour empêcher qu'on nous vole l'élection. » À la tombée de la nuit, les Proud Boys et des contre-manifestants antifascistes s'étaient affrontés, avant d'être séparés par la police anti-émeute. Le présentateur du JT faisait état d'un rapport d'un ex-agent du FBI.

– Le rapport de Michael German, soulignait-il, conclut que les suspicions de connexions entre la police et l'extrême droite se sont intensifiées après l'assassinat de l'Afro-Américain George Floyd par un policier blanc et les manifestations de protestation ayant émergé dans la foulée. Selon ce rapport, les polices de la Californie, de l'Oregon, de l'Illinois et de Washington sont au cœur d'enquêtes pour déterminer leurs liens avec des groupes d'extrême droite qui s'opposent au mouvement Black Lives Matter.

Lucy et Hazel, assises sur le canapé, éteignirent la télé. Elles préféraient admirer le suaire de Maheut punaisé au-dessus du poste.

– C'est dingue, répétait Hazel sans le quitter des yeux, complètement dingue ! Et tu dis qu'il peut en faire autant qu'il veut ?

– Il peut en faire à la chaîne. D'ailleurs, Maheut est sûr que c'est ce qu'ils ont fait au XIVe. Pour lui, il n'y avait pas un suaire, mais deux, trois, peut-être même une ou deux douzaines… Il y avait de la demande. Ça partait comme des petits pains pour conjurer la peste.

– Avec le Covid, on pourrait relancer le commerce, non ? suggéra Hazel, les yeux brillants. Avec le film comme produit d'appel, à nous la fortune !

Hazel était une drôle de fille, un mélange détonnant de rudesse et de sophistication. Ancienne cheffe scout, secouriste bénévole, elle était la deuxième d'une fratrie de quatre enfants (deux garçons et deux filles). Elle avait grandi dans le milieu ouvrier de Dublin. Son père, Freddy, travaillait dans l'industrie comme tourneur-fraiseur ; sa mère, Sophie, faisait des ménages et produisait des pots de marmelade maison qu'elle vendait sur les marchés ou dans les fêtes de charité. Ses parents formaient un couple mal assorti, son père très catholique, très pratiquant, sa mère totalement détachée de la religion et militante dans une association qui se battait pour les droits des femmes. Le silence était de règle chez eux. On ne parlait pas ou si peu de peur qu'un mot maladroit fasse soudain exploser le couple et la famille. C'était tout simplement étouffant. À peine majeure, Hazel s'était envolée pour les États-Unis afin d'y suivre des études à l'instar de son oncle (le frère de sa mère), mais elle n'avait jamais entamé la moindre démarche pour s'inscrire en anthropologie. Elle avait vécu comme on peut vivre à New York, de petit boulot en petit boulot, consacrant tout son temps à lire et à écrire. Elle jurait qu'elle ne remettrait jamais les pieds en Irlande, dégoûtée tout autant par le scandale des prêtres pédophiles (au moins quinze mille victimes !) que par la découverte des bagnes ignobles qu'étaient les couvents de la Madeleine où des jeunes filles tombées enceintes hors mariage ou violées ou jugées trop rétives avaient été réduites en esclavage par des religieuses garde-chiourmes ou kapos. Les enfants nés de ces amours illicites étaient donnés à des familles riches ou assassinés à la naissance – dans une fosse commune, on avait récemment découvert plus de huit cents cadavres de nouveau-nés ! Hazel se disait qu'elle aurait difficilement échappé au pire si ses parents avaient découvert qu'elle préférait la compagnie des filles à celle des garçons. Le jour même où Lucy et elle étaient devenues colocataires, Hazel avait compris qu'il n'y avait pas de hasard ou qu'il n'y avait que des hasards.

Hazel brancha son ordinateur sur la télévision pour qu'elles regardent ensemble la pièce qu'elle avait téléchargée. Le générique annonçait : « Henry Sonberg, *La Véritable Histoire de Jésus Cri-Cri*, d'après Antonin Artaud. » L'acteur, torse nu, jouait en français sous-titré. Devant un squelette embrassant un crucifix sur une toile peinte, il commençait très fort dos à la salle :

– Je crache sur le Christ inné !

Henry, le corps musclé, nerveux, se déplaçait sur le plateau comme un chat sauvage guettant sa proie. Ses yeux brillaient d'un éclat furieux. Il serrait les poings, ouvrait brusquement les mains, interpellait le ciel, menaçait, exhortait, provoquait les spectateurs face à la caméra qui enregistrait le spectacle.

– Il y a dans l'idée de Christ d'un côté un mythe, de l'autre l'histoire. Le mythe vaut maintenant ce que certaines grandes histoires poétiques valaient !

Il en imposait.

– Je suis l'homme qui est mort en croix sur le Golgotha. Celui qu'on a voulu appeler Jésus c'était moi, mais c'est un nom que je n'ai jamais accepté ni comme nom ni comme esprit.

Pour Artaud, « Christ » signifiait « pet d'âne ». Par la voix d'Henry, le poète s'en prenait à Jésus de Nazareth, à la terre mal humectée du sexe de la Vierge, au type anonyme mort sur la croix à la place de l'Autre qui avait foutu le camp, à la cruauté des prêtres, acharnés à tenir prisonnière toute libre volonté, à leur arrogance, *shaunoch aumal ato not me romé ato romé sabu…*

Fascinée par le comédien, Lucy contacta aussitôt son agent pour obtenir le téléphone d'Henry Sonberg. Elle l'appela dans la foulée.

– J'ai vu la captation de votre pièce. Je voulais vous dire que j'ai trouvé ça magnifique.

– Merci, répondit modestement Henry.

– Je voudrais vous parler d'un film que je prépare.

– Sur Artaud ?

– Sur le suaire de Turin.

Il y eut un silence.

– Désolé mais je ne suis pas chrétien et je ne crois pas à ces choses-là.

– Moi non plus, dit Lucy. C'est pour ça que je veux vous voir.

Henry logeait dans la 25e Rue, près de Madison Park, un immeuble surtout habité par des artistes. Lucy et Hazel y allèrent main dans la main. En les faisant entrer, Henry les avertit rapidement que ce n'était pas chez lui mais chez Anath, une amie chanteuse qui l'hébergeait.

– Je suis fauché, avoua-t-il. Totalement fauché !

Il leur offrit du thé. Elles s'installèrent sur un canapé d'un bleu électrique, sous un LOVE en néon rose courant sur tout le mur. Sans attendre, Lucy raconta l'histoire du suaire et son projet :

– Tout se déroule à travers le temps. C'est le même acteur qui jouera Jésus au Ier siècle, l'évêque de Troyes au XIVe siècle et l'amant de mon héroïne au XIXe…

– Et aujourd'hui ?

– Aujourd'hui, c'est moi qui tourne le film.

L'assurance de Lucy amusait Henry.

– Vous avez un producteur ?

– Saul Cooper, un débutant comme moi mais plein d'idées et plein d'argent.

Henry finit sa tasse.

– Vous êtes juive, dit-il à Lucy en la regardant d'un air où la sympathie et l'ironie se mêlaient.

– Comme vous, pourquoi ?

– Touché ! dit Henry, les yeux rieurs.

Il baissa la voix comme s'il craignait d'être entendu ou comme s'il voulait la séduire.

– Je trouve un peu curieux qu'une jolie jeune femme juive comme vous s'intéresse au suaire de Jésus-Christ.

– Je n'en ai rien à foutre du suaire. Je m'intéresse à l'Histoire, à la littérature, au cinéma, à Jésus, pas au Christ, se défendit Lucy.

Elle ajouta que « quand Jésus vivait il n'y avait pas de Jésus-Christ et quand Jésus-Christ est apparu il y a longtemps que Jésus était mort ». Henry hocha la tête, impressionné : c'était bien vu. Lucy avoua honnêtement que cette phrase n'était pas d'elle mais d'un vieil écrivain français, Henri Barbusse.

À son tour, elle interrogea Henry :

– N'est-ce pas tout aussi curieux qu'un Juif monte une pièce sur Jésus ?

– Pourquoi ? Vous savez comme moi que Jésus était juif et vous avez entendu le texte d'Artaud.

Il récita :

– « Si le Christ est dieu, il n'a pas besoin de l'utérus d'une vierge pour faire le signe qu'il était. »

Et, se penchant vers elle :

– Artaud, c'est le grand blasphémateur. Ce n'est pas du tout un négateur. Il s'en prend aux valeurs et aux hommes qui sont les représentants d'un Dieu qui a failli. Un Dieu-Diable !

Henry serra le poing.

– Il s'en prend au Christ, vous comprenez ? Il ose s'en prendre à la Grande Figure !

Lucy ne soutint pas la discussion. Elle n'était pas portée sur les questions religieuses ni les disputes théologiques. Pour elle il n'y avait que les textes, le travail historique, la sociologie, la politique. Il fallait que ce soit clair pour Henry.

– Je veux mettre en évidence qu'il est impossible de comprendre l'histoire de Jésus en dehors du cadre du judaïsme du Ier siècle.

– Vous voulez faire une sorte d'anti-Mel Gibson ?

– J'emmerde Mel Gibson. La judaïté c'est le cadre, le fond historique de mon film, mais ce n'est pas ce qui prime pour moi. Ce qui m'importe c'est de montrer la puissance d'une image ; sa permanence dans les consciences ; comment les métamorphoses du suaire – peinture, photo, cinéma – nous donnent l'illusion de montrer le vrai alors qu'en réalité l'image nous aveugle hier comme aujourd'hui, peut-être même plus aujourd'hui qu'hier avec les théories débiles de la « réalité alternative ». C'est-à-dire du mensonge !

Henry se versa lentement une nouvelle tasse de thé.

– Vous me ferez lire quelque chose ? demanda-t-il après un long silence que ne brisèrent ni Lucy ni Hazel.

Les deux filles rentrèrent à pied le long des rues pratiquement désertes. La maladie rôdait. Les vitrines obscures des magasins leur semblaient autant d'étoiles mortes. Parfois, la lueur d'un réverbère allongeait leurs ombres sur un coin de trottoir. Figures noires sur chaussée grise, suaire fugitif offert par l'obscurité. Hazel n'avait presque pas ouvert la bouche chez Henry. Lucy lui prit la main.

– Qu'est-ce que tu en penses ? demanda-t-elle, réglant son pas sur le sien.

– Je pense que tu lui plais.

– Arrête !

– Il ne t'a pas quittée des yeux !

Lucy lui donna un petit coup d'épaule.

– T'es jalouse ?

– Je ne suis pas jalouse. S'il te plaît, alors il me plaît. Je crois que c'est l'homme de la situation mais qu'il est fêlé.

– On en parle à Cooper ?

– On l'essaie d'abord dans quelques scènes. Il faut l'entendre avant de s'avancer. On flirte si tu préfères…

Lucy était d'accord. Il ne fallait pas laisser Henry lire seul dans son coin et attendre sa réponse.

– Tu lui donneras la réplique ?

– Non, toi.

– Moi ?

– D'abord, tu parles français : obligatoire pour faire Lucie. Ensuite, à force d'aller à Turin, le sang de Lucia coule quasiment dans tes veines. Sans compter que ce sera le couronnement de tes études d'histoire des religions que d'interpréter une des femmes qui suivent Jésus à son époque…

– Et toi, t'es qui ?

Hazel lui claqua les fesses.

– Moi, je suis le Père Fouettard !

Premier jet

Hazel dormait comme une bienheureuse, une main repliée contre sa tempe, l'autre sagement posée sur la poitrine, la bouche entrouverte, respirant par légers soupirs. Lucy, encore en décalage horaire, se réveilla à deux heures du matin. Elle resta un moment immobile, les yeux ouverts, puis elle s'assit sur le bord du lit, parfaitement lucide, parfaitement reposée. Elle décida de se lever et alla tout droit jusqu'à la cuisine se faire un café. Elle n'aimait plus le thé. Ses séjours en France et en Italie lui avaient donné le goût de l'expresso. Une véritable addiction. Emportant sa tasse, elle s'installa à son bureau pour scénariser la scène de l'Évangile de Jean quand, au chapitre 18, Jésus comparaît devant Pilate.

PILATE
Donc, tu es roi ?
JÉSUS
Si tu le dis : je suis roi. Quiconque est de la vérité écoute ma voix.
PILATE
Qu'est-ce que la vérité ?

Une scène magnifique, un chef-d'œuvre de dialogue. La dernière réplique pourrait apparaître en exergue de son film : « Qu'est-ce que la vérité ? », tout était dit. Lucy se demandait que faire de la plus célèbre réplique du texte : « Mon royaume n'est pas de ce monde. » Un coup de génie de l'auteur pour disculper Jésus ! Pour garantir aux Romains que les chrétiens ne voulaient pas s'en prendre à l'Empire, qu'ils montraient patte blanche. L'auteur écrivait peut-être soixante-dix ans après les faits, au moment où l'Histoire se retournait. Les communautés chrétiennes comptaient désormais autant de craignant-Dieu que de Juifs. Bientôt les premiers seraient majoritaires, les Juifs disparaîtraient et l'Histoire basculerait contre eux. L'Empire romain adopterait le christianisme comme religion officielle et le Royaume de Jésus deviendrait celui de Rome. Comme l'avait écrit cet Alfred Loisy que Lucy avait découvert grâce au vieux Maheut « Jésus annonçait le royaume et c'est l'Église qui est venue ». L'Église qui scellerait avec l'Empire une monstrueuse alliance, un pacte à la vie à la mort qui nourrirait le plus terrible appareil de coercition apparu sur Terre.

Lucy nota les questions qui la taraudaient : comment mettre ça en images dans un film ? Comment le faire comprendre cinématographiquement ? Quel acteur pourrait jouer Pilate, l'incarnation de Rome ? Lucy était certaine que le préfet romain n'avait jamais eu la profondeur ni l'intelligence que lui accordait l'Évangile. Historiquement, c'était le commandant d'une troupe d'occupation, une brute rusée, sanguinaire, qui détestait les Juifs et les persécutait. Il n'y avait qu'à lire Flavius Josèphe pour s'en faire une idée juste. Elle devait trouver la perle rare, le diamant brut, la grande exception. Un type au physique de soudard capable de laisser apparaître une conscience, voire une dignité. Pour l'instant, pas un seul nom ne lui venait à l'esprit. Peut-être Cooper aurait-il une illumination ?

Et Henry, pourrait-il jouer Jésus ? Ce qu'elle avait vu sur scène lui plaisait et lui faisait peur. Sa présence, son aura l'attiraient ; ses cris, ses imprécations l'inquiétaient. Elle n'aimait pas les acteurs expressionnistes. Pour Lucy, le secret du jeu était dans le silence de l'être, le poids des secrets qui le constituaient. Elle se sentait proche de Bergman, de Dreyer dont elle avait vu et revu *Ordet (La Parole)*, une œuvre indépassable. Dreyer réussissait à rendre vraisemblable l'histoire d'un illuminé qui se prend pour Jésus et finit par ressusciter sa belle-sœur morte ! Pas un instant l'acteur n'était ridicule, démonstratif ou grandiloquent. Plan après plan, son extraordinaire puissance intérieure portait le film. Henry possédait-il une telle force ? C'était spectaculaire de le voir s'engloutir dans le texte d'Artaud jusqu'à y disparaître. Henry s'offrait au théâtre comme un mystique cherchant l'extase. D'après Hazel, il était *crazy*, et Lucy n'était pas loin de penser la même chose ; en même temps, à cause de cela, c'était « l'homme de la situation » : Jésus en Palestine, l'évêque Henri de Poitiers au Moyen Âge comme Enrico, le député socialiste du XIXe, comme l'avait dit aussi Hazel, avaient en eux une part de folie, de déraison qui les poussait à faire ce qu'ils faisaient.

Et elle ? N'était-elle pas aussi complètement folle pour se lancer dans un tel film ?

Comme Jean-Luc Godard, Lucy était convaincue que choisir un acteur, c'était faire une demande en mariage. Lui dire : «Je te veux» et lui signer un contrat pour le meilleur et pour le pire. Il ne fallait pas se tromper. Jusqu'à quel point voulait-elle Henry ? D'une manière ou d'une autre, tous les films racontaient une histoire d'amour. Ce pouvait être entre un acteur ou une actrice et un réalisateur ou une réalisatrice, entre la lumière et la mise en scène, entre la déco et la production, entre le cinéaste et la musique ou les effets spéciaux ou les costumes… Il y avait toujours un point de cristallisation qui prenait corps à l'image. S'il n'apparaissait pas sur l'écran, si c'était un amour absent ou malheureux, le film n'existait pas. Si Lucy choisissait Henry, vivraient-ils cette histoire d'amour ? Parviendraient-ils à la porter au plus haut ? Que devraient-ils faire pour que la promesse du film s'accomplisse ? Pour qu'Henry soit à l'écran ce qu'elle attendait de lui, Lucy devrait-elle être ce que Lucie et Lucia étaient dans le scénario ? *Si vis me flere, dolendum est primum ipsi tibi*, disaient Horace et, bien après lui, Lee Strasberg à l'Actors Studio. «Si tu veux que je pleure, tu dois d'abord souffrir toi-même…»

Trois jours plus tard

Retranché dans son bunker, Donald Trump persistait à clamer qu'il s'était fait voler l'élection et à contester les résultats du vote. Le président défait affirmait que Joe Biden, avec la complicité des Clinton, de la Chine et même d'Hugo Chávez, était à la tête d'un vaste complot visant à l'abattre. «On a gagné ce scrutin par un raz-de-marée», tweetait-il. Ses fidèles, aussi fous que lui, le pressaient d'instaurer la loi martiale, de faire saisir les machines de vote électronique, d'envoyer l'armée pour refaire un scrutin dans les États clés qui avaient voté pour Biden. Trump continuait d'ignorer l'énorme crise sanitaire qui frappait le pays. Il graciait ses amis les plus corrompus et refusait de le faire pour les condamnés à mort, alors que la tradition voulait qu'il n'y ait pas d'exécutions pendant la période transitoire entre deux présidents. La seule stratégie de Mad Trump était la stratégie du pire et nul ne pouvait prévoir ses réactions au moment de céder le pouvoir…

Henry arriva en fin d'après-midi pour une lecture des deux scènes que Lucy lui avait transmises. Ils se dispensèrent de parler politique – ils étaient d'accord. Inutile de rabâcher les mêmes arguments contre l'extrême droite suprémaciste, fasciste et raciste – et se mirent tout de suite au travail. La première scène se situait au Moyen Âge quand l'évêque de Poitiers tentait de convaincre sa cousine de rentrer chez ses parents pour épouser le mari qu'ils avaient choisi pour elle ; l'autre au XIXe quand Lucia venait annoncer à Enrico qu'elle était, elle aussi, promise en mariage à un homme dont elle ne voulait pas.

Ils s'installèrent sur la terrasse baignée par un grand soleil de décembre.

– Vous ne m'avez rien envoyé avec Jésus, fit remarquer Henry, en étalant ses textes sur la table couverte d'une toile cirée multicolore.

Lucy secoua la tête.

– Ce n'était pas nécessaire, justifia-t-elle, il n'y a quasiment pas de dialogues. Ce sont surtout des scènes d'action : le baiser au lépreux, les marchands du Temple, la nuit avec le jeune homme nu, l'arrestation, la crucifixion…

Elle sourit en lui montrant la pergola.

– Mais si vous y tenez, je peux essayer de vous crucifier !

Hazel les rejoignit.

– Attendez, j'ai fini une nouvelle version de la scène au XIXe.

– C'est très différent ? demanda Henry, parcourant les feuillets qu'Hazel venait de lui tendre.

– C'est plus dramatique.

Elle résuma :

– Lucia, dont la meilleure amie vient de se suicider, va voir Enrico parce que, soudain, elle doute de tout. L'apparition du suaire ne serait-elle pas le signe qu'ils sont dans le péché ? Peut-elle en conscience désobéir au troisième commandement qui ordonne d'honorer ses parents ? Leur amour n'est-il pas aussi éphémère que ces insectes qui naissent et meurent le même jour ?

Lucy intervint :

– Il faut l'imaginer en grand deuil ! Le noir fait ressortir la blancheur de sa peau, la douceur de ses seins, le brillant de ses yeux. Enrico s'enflamme. Il étouffe de désir. Il lui jure qu'elle peut douter de tout sauf d'une chose, de son amour.

– Comme dans *Hamlet*, fit remarquer Henry.

Hazel adressa un clin d'œil à Lucy.

– C'est une spécialiste de la question ! Elle a écrit un essai sur Ophélie…

– Je serais curieux de le lire, dit Henry. Il n'y a pas qu'Antonin Artaud dans ma vie, il y a Shakespeare aussi.

– Je n'ai pas d'éditeur, marmonna Lucy.

Que son essai ne soit toujours pas publié la rendait amère et furieuse à la fois. C'était comme une pierre qui écrasait son cœur. Pour Lucy, ceux qui refusaient d'entendre le cri d'Ophélie étaient les mêmes que ceux qui croyaient à l'authenticité du suaire ; qui défendaient la supériorité de la race blanche, du christianisme, exaltaient le machisme et le nationalisme. Leur surdité, leur aveuglement, leur violence étaient parallèles.

– Revenons au suaire, fit-elle, pressée de commencer la lecture.

Ils lurent les scènes. Celle qui se déroulait au lazaret, celle qui se passait dans l'atelier photographique d'Enrico à Turin – la nouvelle version et la précédente. Ils tombèrent d'accord pour juger que la dernière était bien supérieure à la première. Hazel proposa qu'ils la relisent une fois encore.

– Allez-y ! Je vous filme avec mon portable. Essayez de la jouer en lisant, de l'interpréter, d'y mettre de l'émotion…

Elle commanda :

– Levez-vous. Pensez que vous êtes sur le plateau. C'est le grand moment romantique entre Lucia et Enrico, entre Éros et Thanatos.

Lucy et Henry se firent face, chacun cherchant le regard de l'autre comme un appui où s'arrimer.

– Vous êtes prêts ?

– Oui.

– Je lirai les didascalies ! annonça Hazel.

Ça tournait.

Ils ne consultèrent pratiquement pas leur texte. Lucy et Henry jouaient comme si les paroles qu'ils prononçaient avaient été les leurs depuis toujours. Henry serra Lucy contre lui. Elle pouvait sentir toute la vigueur de son corps, lire dans ses yeux sa détermination.

– Tu peux douter du suaire, dit-il, de Jésus, de Dieu même si tu veux… Mais ne doute jamais de mon amour !

Ses lèvres trouvèrent celles de Lucy, qui ne se refusa pas. Le temps s'effaça, l'air se chargea d'électricité. Ils s'étreignirent, s'embrassèrent.

– Prends-moi, aime-moi, encore…

Henry souleva Lucy dans ses bras et, tournoyant sur lui-même, il l'allongea sur le grand canapé vert pâle de la terrasse, entouré de plantes vertes.

– Coupez ! cria Hazel, craignant qu'ils n'aillent trop loin.

De : Saul Cooper
À : Lucy

Chère Lucy,

La première fois que nous nous sommes vus, tu m'as dit que personne d'autre que toi ne pouvait mettre en scène *Ecce Homo*. En regardant ce qu'Hazel a tourné cet après-midi, je comprends pourquoi. Avec Henry Sonberg vous formez un couple magnifique, ce qui veut dire que non seulement tu dois réaliser le film, mais surtout – j'insiste – que tu dois jouer le rôle féminin principal. Inutile de me crier que tu n'es pas une actrice, comme je ne suis pas producteur je n'entendrai rien. Voyons-nous vendredi avant le shabbat pour en parler.

Ton Saul

PS : Que penses-tu de Brad Pitt en guest-star pour jouer Pilate ?

Bureaux

Cooper avait établi Vierges Productions sur Lexington Avenue, pas loin de Grand Central. Pour l'instant, la société ne comptait que trois collaborateurs : Marth, la secrétaire de Cooper, Tony, son assistant, et Rob, un stagiaire polyglotte et motorisé. Trump était vaincu mais la montée des nationalismes en Europe inquiétait Cooper. Le néofascisme prospérait en Hongrie, en Tchéquie, en Pologne mais aussi en Allemagne, en France, en Italie, en Espagne, en Grèce, partout. Des partis osaient se revendiquer du nazisme sans être immédiatement interdits ni provoquer d'indignation populaire. En France, quarante soldats avaient mis en ligne des images d'eux faisant le salut nazi, arborant des insignes SS, devant un drapeau frappé de la croix gammée, sans qu'aucune mesure soit prise à leur encontre. L'extrême droite menait le bal et les médias faisaient chorus. Partout des milices s'entraînaient à la guérilla urbaine et les budgets militaires explosaient. Aux États-Unis sept cent trente-huit milliards de dollars étaient affectés à la défense (mille milliards, selon les ONG), cent quatre-vingt-quatorze milliards en Chine, entraînant derrière elle toute l'Asie, dont les pays se réarmaient par crainte de sa puissance. Avec 48,5 milliards de dollars consacrés à ses forces militaires, l'Arabie saoudite rejoignait le *top ten* des puissances les plus dépensières en matière d'armement. En Europe, depuis l'annexion de la Crimée, les menaces sur le Donbass, on réarmait aussi face à la Russie, notamment la Pologne et la Suède. En France comme en Grande-Bretagne, les dépenses militaires atteignaient ou dépassaient les 2 % du PIB…

Avec la formule *America first* Cooper pensait qu'on revenait aux années 30, quand les nazis américains Henry Ford, Hearst, Lindbergh en avaient fait leur slogan. Il voyait dans ce retour de l'Histoire un danger plus mortel que le Covid.

– Trump a fondé une alliance internationale d'États ultra-réactionnaires avec Bolsonaro au Brésil, les tyrans du Golfe, les Saoudiens et consorts, Sissi, le dictateur égyptien, l'Israélien Netanyahou, Modi en Inde, Orbán et Salvini en Europe…

– Tu vois une guerre se préparer ? s'inquiéta Lucy.

– J'espère que non, répondit Cooper.

Il croisa les doigts comme s'il pouvait conjurer les idées sombres qui le travaillaient.

– Mais arrêtons de parler de ça, décréta-t-il. Parlons de ton film…

Il invita Lucy à s'asseoir dans un grand fauteuil de cuir rouge et s'installa en face d'elle pour faire le point sur l'avancée de la production. Ils en avaient pour un moment.

– Expresso ? J'en ai commandé exprès pour toi.

– *Con piacere…*

Marth fit le service.

Ecce Homo, le film du suaire serait une coproduction avec la France, l'Allemagne et l'Italie. L'équipe serait européenne. Impossible de réunir une équipe américaine, hors de prix et terriblement contrainte par les règles syndicales. Cooper avait en mémoire la catastrophe du tournage du film de Terry Gilliam *The Man who Killed Don Quichotte* et du documentaire témoin du désastre, *Lost in Mancha**. À condition qu'ils puissent voyager, le tournage aurait lieu en France – sans doute en Haute-Saône si la neige était au rendez-vous –, en Italie pour les scènes en studio – si Cinecittà rouvrait ses portes – et à Turin pour les extérieurs ; pour la mort de Jésus ils tourneraient en Espagne dans le désert de Tabernas, à trente kilomètres d'Almería, afin d'être sûrs de bénéficier d'un ensoleillement maximal. Trois époques, trois saisons : hiver, printemps, été…

Rob partirait dès le lendemain pour les repérages. Il ferait venir Lucy dès qu'il aurait quelque chose à lui montrer.

– J'ai une amie à Paris, Véra, qui me laisse ses bureaux rue La Boétie, dit Saul Cooper. C'est là que nous établirons notre camp de base.

– La *Yiddish connection* ?

– Vingt-quatre heures sur vingt-quatre à votre service !

Ils passèrent en revue les problèmes liés aux protections sanitaires obligatoires, au casting dans les trois pays, à la formation de l'équipe technique (un opérateur français, un décorateur et une cheffe costumière italiens, un ingénieur du son allemand, pour avoir accès aux aides européennes), aux quinze semaines de tournage prévues, au plan de travail, aux effets spéciaux numériques, aux cascades… Le ciel s'assombrissait lorsque Cooper aborda le point central de leur rencontre :

– Tu as réfléchi à ce que je t'ai proposé ?

---

* Réalisé par Keith Fulton et Louis Pepe.

Lucy n'avait pas voulu y penser.

– Que je joue le rôle féminin principal ?

– Oui. En couple avec Henry Sonberg.

– Hazel prétend qu'il est fou mais que c'est l'homme de la situation.

– Hazel a raison.

– *As usual*, persifla-t-elle.

Lucy s'inquiétait.

– Sonberg est inconnu, je suis inconnue…

– C'est très bien que tu le sois, l'interrompit Cooper, ça donnera au film un puissant caractère quasi documentaire.

– Tu es sûr ?

– J'ai vu le film de Rossellini dont tu m'as parlé. C'est *le* modèle. À chaque plan on croit qu'il était là, à la cour de Louis XIV, avec sa caméra. Tu dois faire la même chose.

– Je ne sais pas si j'en suis capable.

Cooper l'encouragea :

– Non seulement tu en es capable, mais en jouant dans le film tu lui donneras une dimension supplémentaire, plus troublante, plus romanesque. Lucie, Lucia et toi vous ne ferez qu'une ! C'est toi que tu vas raconter. Le public t'aimera et, comme il t'aimera, il aimera le film.

Il s'animait.

– Pense aux films de Woody Allen. Ceux où il joue sont très supérieurs à ceux où il ne fait que la mise en scène. À quelques exceptions près, ok, mais tout de même… Alors, qu'est-ce que tu décides ?

Lucy fit de grands efforts pour dissimuler son appréhension, voire son angoisse de prendre une telle décision. Elle se débattait avec une sorte de voile devant les yeux. Durant le long silence qu'elle imposa, Cooper n'était plus qu'un contour vague en face d'elle. Un point ombreux dans le bureau. Elle termina sa tasse de café pour se donner une contenance. Il était froid.

Elle était tiraillée comme jamais. C'était plus une question de sensation que de faits. En elle, un tourbillon d'interrogations et de réponses claquaient comme des voiles dans la tempête. La tension devenait insupportable. Pour la faire cesser Lucy rendit les armes. Lentement, les mots se formèrent sur ses lèvres :

– Si tu es prêt à prendre le risque…

La nuit rendit Lucy à elle-même. Elle oublia le shabbat et rentra à pied, marchant dans les rues comme s'il n'y avait plus qu'elle dans New York. Nuit noire, nuit blanche. Magie noire, magie blanche. Lucy aimait se déplacer dans l'obscurité, la pluie et les orages qu'elle affectionnait plus que tout étaient pour elle comme une armure contre la violence du monde. Ce monde d'hommes, de maisons, de lumières, de visages sans loi, sans voix. Dans la nuit qui s'étirait comme une longue chevelure de femme, rien ne pouvait lui arriver. Elle devenait invisible, dotée d'une force surhumaine. Elle était Cat Woman, Athéna, Judith au bras armé ! Riant d'elle-même, le cœur battant, elle s'avoua qu'au fond elle n'aimait ni le grand jour ni le beau temps. Elle voulait être la cinéaste du désastre. Elle se vit tourner avec bonheur sous la pluie, la neige, le vent, au milieu d'éléments déchaînés, de tempêtes en folie, de ciels où les nuages convulseraient comme des victimes du mal des ardents…

Téléphone

À trois jours de la certification solennelle des résultats de l'élection présidentielle par les deux chambres du Congrès, Trump avait téléphoné pendant une heure au secrétaire d'État de Georgie. État qu'il avait perdu le 3 novembre 2020 avec un écart de onze mille sept cent soixante-dix-neuf voix. Tour à tour suppliant et menaçant, il voulait l'inciter à changer le résultat du vote. Il lui recommandait de refaire les comptes, assurant qu'« il n'y a rien de répréhensible. Tout ce que je veux c'est trouver onze mille sept cent quatre-vingts voix, soit une voix de plus que ce que nous avons. Parce que nous avons gagné dans l'État ». Et comme le responsable républicain s'y refusait, il lui promettait des représailles dans le plus pur style mafieux.

En écoutant la radio, Hazel avait préparé une grosse salade d'endives avec de fines lamelles de pomme, des cerneaux de noix et du comté coupé en dés, le tout arrosé d'une vinaigrette légère. Pour le dessert, elle avait mis au frais de la glace au café dont Lucy raffolait autant qu'elle. Ne manquait plus que du pain français pour que ce soit vraiment un dîner de fête. Elles se mirent à table dès que Lucy eut disposé les couverts avec autant de méticulosité qu'un majordome anglais.

– Tu ne veux pas appeler Henry tout de suite ? demanda Hazel, faisant le service.

– J'ai trop faim, mangeons ! Je lui téléphonerai après...

Hazel avait commencé à écrire un nouveau roman, *Le Nu perdu*, dont elle avait trouvé le titre dans un livre de René Char, un poète qu'elle essayait de lire pour améliorer son français.

– Je ne sais pas vraiment où je vais pour l'instant, avoua-t-elle.

Elle voulait suivre la voie ouverte par John Berger, le grand critique d'art, qui dans un article imaginait Frans Hals auteur d'un nu alors que tous les experts, les collectionneurs, les musées s'accordaient à dire qu'il n'en avait jamais peint. Cette toile avait-elle existé ? Ou n'était-elle qu'un rêve de peinture ? Une imagination ? L'expression d'un désir inassouvi ? Hazel voulait raconter l'histoire d'une femme – le modèle ? – qui, à la mort de Hals, cherche désespérément cette toile dont l'existence, en bien comme en mal, met sa vie en jeu.

– Elle se cherche elle-même ? suggéra Lucy.

Hazel la taquina :

– Comme toi avec le suaire ?

Hazel se retira dans sa chambre pour travailler à son livre. Elle n'arrivait pas à décider qui serait son héroïne. Une femme peintre au XVIIe siècle ? Une Judith Leyster qui aurait commencé sa carrière dans l'atelier de Hals ? Une maîtresse du peintre comme l'avait été Hendrickje Stoffels pour Rembrandt ? Une descendante du modèle ? Une jeune journaliste contemporaine perdue dans un palais des glaces où elle ne parvenait pas à distinguer son reflet du réel, l'histoire de la fiction, le vrai du faux ?

Pendant ce temps, Lucy, emmitouflée dans sa doudoune, le pot de glace au café à la main, s'installa sur la terrasse pour annoncer la bonne nouvelle à Henry. New York lui paraissait plus grande la nuit, brillante de tous ses feux face à la mer massive et menaçante du ciel piqueté d'étoiles. Elle s'ébroua pour chasser le froid qui l'attaquait et prit son téléphone.

– Cooper est d'accord. Tu as le rôle, dit-elle à Henry avec une certaine solennité.

Elle l'entendit émettre un petit rire.

– Je vais jouer Jésus ?

– Comme disait Voltaire, tu vas jouer un « Juif obscur de la lie du peuple ».

– Tu es sûre ?

Il y eut un silence.

– Tu as peur ? demanda Lucy. Si tu as peur, dis-le-moi tout de suite, que je cherche quelqu'un d'autre.

– De quoi aurais-je peur ?

– Je ne sais pas. Des fanatiques, de l'opinion publique, des représentants de ce Dieu dont on nous rebat les oreilles. Des ténèbres.

– Je n'ai pas peur des ténèbres, assura Henry. J'ai seulement peur de la bêtise ! Le théisme enfante la bêtise et la bêtise est ce qui règne sur l'humanité.

– C'est ce que mon film combat, affirma Lucy avec le sentiment de se répéter. Est-ce que je peux compter sur toi ?

– À l'abordage ! répondit joyeusement Henry. À partir de cet instant, Henri le Français, Enrico l'Italien et Jésus, c'est moi !

Lucy ne s'était pas trompée en le contactant.

– Tu sais, confessa-t-il, soudain sérieux, je viens de beaucoup plus loin que tu l'imagines.

Un jour, alors qu'ils seraient seuls, Henry lui dirait en lui prenant le bras près d'un grand saule pleureur au bord de l'étang de Central Park :

– Il y a une violence en moi. Un feu que je ne parviendrai jamais à éteindre ; j'ai appris à le maîtriser mais j'en ressens toujours la brûlure.

Enfant, il n'avait connu que les cris et les bagarres de ses parents, les coups, les plaintes, les arrivées de la police. Son père reprochait à sa mère d'avoir brisé sa carrière, de l'avoir empêché d'être le musicien qu'il aurait dû être, de l'avoir contraint à se sacrifier pour nourrir une ribambelle de gosses qu'il n'avait jamais désirés ! Sa mère lui renvoyait les mêmes accusations. Elle aussi avait abandonné sa carrière pour faire vivre sa famille et en particulier son saxophoniste de mari, incapable d'avoir une place stable dans un orchestre ou dans un jazz-band, un minable qui n'avait qu'amertume et ressentiment à lui offrir. Elle, elle chantait et le public l'aimait. Elle qui aurait pu briller à Broadway ! Il se soûlait, elle se désespérait et les enfants grandissaient entre ces deux colonnes d'un même désastre.

Dernier-né de cette famille de cinq enfants, Henry n'était pas un acteur comme il y en a tant. Il n'avait connu ni le cocon familial, ni les études classiques, ni les cours de théâtre et les débuts protégés dans le métier. Pour fuir la folie mortifère des siens, il avait bourlingué, fréquenté les squats, pris de la dope ; il avait vécu en communauté à Frisco, été membre d'une bande de Hells Angels au large de Chicago, il avait mendié, avait été incarcéré, avant de décider de quitter les États-Unis. Comme Lucy, il avait traîné un temps à Paris, chez un poète qui lui avait inoculé la passion d'Artaud. Il avait joué Claudius dans une nouvelle traduction d'*Hamlet* au théâtre de Vernon en Normandie et en tournée ailleurs en province, mais la pièce n'était jamais allée jusqu'à Paris. Le metteur en scène insistait sur le fait que, amant de la reine Gertrude, Claudius était le vrai père du prince qu'il appelait toujours «notre fils». Au dernier acte, Hamlet le tuait (il tuait son père !), sa mère était morte, Laërte était mort et c'était sur ce tas de cadavres que le prince, tout de noir vêtu, déclamait sa fameuse tirade : «Être ou ne pas être…» Grosse polémique, piètre succès, rares et précieux éloges. Pièce perdue, chef-d'œuvre inconnu, elle errait dans sa mémoire comme le Hollandais volant. Pour tenir le coup, Henry avait donné des cours d'anglais, fait le service dans une pizzeria, repeint des appartements avec Salvador, un acteur espagnol aussi en galère que lui, distribué des publicités dans les boîtes aux lettres et tenté en vain sa chance dans plusieurs castings pour la télévision. Il avait aussi vécu en Angleterre où il n'était pas parvenu à décrocher un seul rôle. Esclavagisé dans un dépôt Amazon, placeur dans trois théâtres, il avait dû faire du soutien scolaire en français pour survivre. Il faisait travailler à ses élèves la préface du *Théâtre et son double* d'Antonin Artaud : «Je considère que le monde a faim et qu'il ne se soucie pas de la culture ; et que c'est artificiellement que l'on veut ramener vers la culture des pensées qui ne sont tournées que vers la faim.»

Nel mezzo del cammin de la sua vita, pour paraphraser Dante – au milieu de sa vie –, Henry était parti tenter sa chance en Italie dans *una selva oscura* – une forêt obscure – où il avait vécu aux crochets de Magdalena, une belle et ample actrice de dix ans plus âgée que lui, rencontrée sur le tournage d'une pub à Cinecittà. Il allait avoir trente ans. De guerre lasse ou par désespoir, peut-être aurait-il fini par épouser sa généreuse amie ? Tout avait été remis en question le jour où il avait miraculeusement obtenu le rôle récurrent d'un tueur dans une série sur la mafia produite par la RAI, *Poussière de plomb*. Après huit semaines de tournage, soudain en fonds, jurant à Magdalena de revenir, il s'était envolé pour le Mexique, au pays des Tarahumaras sur les traces d'Artaud, pour « chercher les bases d'une culture magique qui peut encore jaillir des forces du sol indien ». L'aventure avait tourné court. Autant essayer d'attraper un fantôme avec un filet à papillons ! Il n'avait rencontré que de jeunes Mexicains transformés en guides touristiques, jurant d'avoir connu Artaud personnellement et, contre rémunération, prêts à lui faire goûter le peyotl, la mescaline ou tout autre produit de son choix. Finalement, *la diretta via* – la voie droite – étant perdue, Henry n'était pas rentré en Italie mais à New York où Anath, une chanteuse de blues, lui prêtait son canapé le temps qu'il retrouve ses marques. Il avait écrit à Magdalena : « Les journées que nous avons passées ensemble sont pour moi les plus belles de ma vie. Pour rien au monde je ne voudrais te faire du mal mais je ne suis pas fait pour le bonheur. Quelque chose que j'ignore m'attend ici et je dois le découvrir ou sombrer. Pardonne-moi de ne pas revenir près de toi, notre amour reste en moi comme un totem vrai, un cœur battant. » La fermeture des théâtres lui avait donné l'occasion de jouer sa *Véritable Histoire de Jésus Cri-Cri* à l'Helen Hayes, sans autre public qu'un caméraman. La proposition de Lucy l'avait sauvé de la misère.

Pilates

Tôt le matin, en écoutant Alfred Deller chanter Shakespeare, Lucy et Hazel faisaient du Pilates – des exercices de gymnastique dont le nom les ravissait !

– Jésus, lui, a fait du Pilate au singulier ! Nous, nous en faisons au pluriel ! plaisanta Lucy, sans cesser de contracter ses abdos.

– N'oublie pas que le Pilates avait pour inventeur un prénommé Joseph ! répondit Hazel, s'installant à côté d'elle en position de gainage ventral.

– Tout se tient !

La sonnerie du téléphone les interrompit. C'était Cooper. Lucy brancha le haut-parleur. Il voulait parler du scénario.

– Tu es sûre de vouloir tourner la crucifixion ? dit-il, après avoir chaleureusement félicité les filles de leurs efforts pour garder la ligne et la forme.

– Pourquoi tu me demandes ça ?

– Je viens de relire le script. J'ai l'impression qu'après le Moyen Âge et le XIXe, tout est dit sur le suaire. Qu'il n'y a besoin de rien d'autre.

Lucy s'essuya le visage avec une petite serviette.

– Non, tout n'est pas dit, répliqua-t-elle. Il manque l'alpha et l'oméga de cette histoire.

Cooper avoua ne pas comprendre.

– L'alpha, c'est la crucifixion, expliqua-t-elle posément. Sans crucifixion, pas de suaire. Si Jésus avait été lapidé comme Étienne, les chrétiens auraient porté une pierre autour du cou ! Et en retrouvant un gisant de granit, on se serait demandé si ce n'était pas le corps du Christ fossilisé…

Lucy avala rapidement une gorgée d'eau avant de passer la bouteille à Hazel.

– La croix, c'est l'image universelle du christianisme, d'accord ?

– Ok…

– Je pars de là, de cette croix plantée dans le sol avec un cadavre pendu au bois. C'est le point de départ. Tu me suis ?

– Où veux-tu en venir ?

– Le public s'aveugle devant l'ordinaire des pauvres images chrétiennes. Alors, serait-ce au prix d'un électrochoc, je veux lui ouvrir les yeux en reconstituant le supplice de la façon la plus réaliste possible. Il y aura du sang, de la douleur mais ni suaire ni résurrection.

– Ça ruine l'argument du film !

– Au contraire, ça ouvre grandes les portes de l'imagination !

– Si tu le dis, grommela Cooper.

– Je ne prétends pas que je toucherai à la vérité historique, au fait brut, mais ce sera si vraisemblable que, d'un coup, mes images remettront en cause toute l'iconographie christique produite avant et après le suaire, y compris les représentations cinématographiques. Je veux que ce soit un éblouissement, une déflagration pour ouvrir mon film ! Je veux que le public apprenne à lire les images.

– Rien que ça !

– Oui, toutes les images, confirma Lucy en reprenant son souffle. Mais si je ne faisais que filmer la crucifixion d'un point de vue anthropologique, documentaire, non croyant, je ne ferais qu'une partie du chemin. Manquerait l'oméga, le point d'arrivée.

Cooper s'excusa mais il ne voyait vraiment pas où menaient ces propos.

– C'est simple : mon film n'a pas deux ou trois parties, il en a quatre.

– Quatre ?

– Quatre, comme les Évangiles !

– C'est une blague ?

– Écoute : tu as insisté pour que je joue le rôle féminin, rappela Lucy. Au départ, je n'étais pas très chaude pour m'y risquer. Ça me faisait peur. Puis j'ai compris non seulement que c'était une bonne idée mais aussi que cette bonne idée méritait d'être développée, parce que c'était une *très* bonne idée !

– Tu veux allonger ton rôle ?

Lucy prit le temps de choisir ses mots.

– Je veux me mettre en scène en train de tourner la crucifixion, annonça-t-elle d'un ton résolu. C'est ça l'oméga. Après la Lucie peintre, Lucia et la photographie, je veux être à l'écran la Lucy cinéaste…

– Tu veux être de tous les plans comme Barbra Streisand dans *Yentl* ?

– Arrête. Je ne suis ni comme elle, ni comme Nanni Moretti, ni comme Elisabeth Moss qui ne supportent que d'être filmés en gros plan et laissent leurs partenaires dans le flou. Pour moi, ce n'est pas une question de narcissisme !

– C'est quoi alors ?

– Je ne veux pas être un juge qui dit le vrai face aux mensonges des autres. Je ne veux pas m'exclure de la critique, dégager ma responsabilité, m'absoudre par avance. Ce que je fais au cinéma ne diffère en rien de ce qui a été fait à Lirey ou à Turin : je crée des images.

Elle appuya sur chacun de ses mots :

– Je crée une image qui traversera le temps. Un suaire sur écran ! Et c'est cette image projetée qui doit interroger les spectateurs : est-ce une image de Jésus, de Thomas Merlin de Sainte-Anne ou une image de moi ?

– De toi ? s'étrangla Cooper, abasourdi.

– Après tout, ce qu'on appelait « forgerie chrétienne » au XIVe, on peut l'appeler « scénario » au XXIe. C'est la même chose. Chaque film écrit sa légende, je veux écrire la mienne.

– Tu déconnes !

– Non, assura Lucy. Je suis parfaitement sérieuse. Il faut que le film protège le mystère, n'éteigne pas l'émotion que procure l'image. Toutes les preuves attestent la fabrication du suaire en Champagne et tous les témoignages concordent. Mais si les preuves étaient fausses et les témoins de faux témoins ? Si je me trompais et que je trompais les spectateurs ? En filmant ce que je filme, ne serais-je pas, moi, la plus faussaire des faussaires ? Il faut que le doute demeure.

– C'est pour ça que tu veux te mettre en scène ?

– Tu comprends, insista Lucy, je tiens à me montrer solidaire de Thomas et du chevalier Pia. Être à parts égales. Je ne veux pas me placer au-dessus d'eux, couronnée de l'auréole du savoir. Peinture, photo, cinéma, littérature, il n'y a pas de vérité univoque mais une multitude de vérités comme les éclats d'un miroir brisé sur le carrelage. Chacun s'accapare un fragment du vrai pour s'y découvrir en reflet. C'est l'histoire du film. C'est subtil, c'est tortueux, c'est complexe.

Elle ajouta d'un ton sans réplique :

– Et il n'y a rien de plus spectaculaire que la complexité !

Plazza Hotel

Il n'était pas dix heures, le professeur Joseph Thomasson fut introduit dans une suite du Plazza Hotel en face de Central Park par une jeune femme en tailleur beige qui s'effaça pour le laisser entrer. L'avocat de Donald Trump et ancien maire de New York Rudy Giuliani se leva pour le saluer.

– Je vous remercie d'avoir répondu à mon invitation, monsieur le professeur, dit-il en l'invitant à s'asseoir.

– C'est moi qui vous remercie de me recevoir. Si je peux être utile…

Giuliani hocha la tête.

– Je suis sûr que vous pouvez être très utile. Très très utile au président Trump.

– Je suis à votre disposition. J'ai été très honoré qu'il me reçoive à la Maison-Blanche.

L'assistante de l'avocat vint déposer un plateau de rafraîchissements. Giuliani attendit qu'elle soit partie pour aborder l'objet de leur réunion.

– Voilà, dit-il, je ne reviens pas sur la fraude massive qui a permis à Biden de nous voler l'élection. Aujourd'hui, tout le monde sait qu'il s'agit d'un complot national dans lequel les Clinton sont impliqués avec les Obama, les communistes, les gauchistes, toute la lie de l'Amérique. Mais ce n'est pas fini. Nous allons nous battre.

Il s'éclaircit la voix.

– Personne ne le sait encore, mais je peux vous affirmer que le président Trump sera candidat en 2024 comme il l'annoncera peut-être dès ce soir devant le Capitole…

– Vous y allez ?

– Un hélico m'attend à midi. Nous sommes convaincus que dès que les Américains auront retrouvé leurs esprits, nous reprendrons la Chambre des représentants, le Sénat et que le président Trump fera un retour triomphal à la Maison-Blanche.

– Que Dieu vous entende ! soupira Thomasson.

– Il nous entendra, répondit Giuliani, confiant. Et il nous entendra d'autant plus fort si vous nous aidez à faire entendre sa voix dans tout le pays.

Thomasson fronça les sourcils, il ne comprenait pas : parlait-il de la voix de Dieu ou de celle du président ? Giuliani sourit.

– J'ai lu votre livre sur le saint suaire et je suis assidûment vos interventions à la télévision. Cela m'a donné une idée que je veux vous soumettre.

Thomasson se cala dans son fauteuil.

– Je vous écoute.

Giuliani ferma les yeux un instant pour se concentrer.

– Si je vous ai bien lu, dit-il, le saint suaire est un signe de Dieu et un point de ralliement pour tous les croyants. D'accord ?

– Oui…

– C'est un signe divin, alléluia ! Or, ses ostensions sont très rares et toujours dans le cadre de la cathédrale de Turin.

– C'est effectivement là qu'on peut le voir. Moi-même, j'ai…

Giuliani fit claquer sa langue et s'humecta les lèvres.

– Vous savez, professeur, je viens d'une famille italienne et je reste très attaché à l'Italie, mais je suis choqué qu'une telle relique soit réservée aux Italiens et exclusivement à eux. Pour moi, le saint suaire est un bien universel qui devrait être offert au monde entier…

– Vous avez raison, mais admettez que lors des ostensions chacun peut venir l'admirer, l'adorer, il n'y a pas d'empêchements à cela, fit remarquer Thomasson, ne comprenant toujours pas où Giuliani voulait en venir.

– Il y a un empêchement majeur ! s'exclama l'avocat, faisant sursauter le professeur.

Il se pencha vers lui.

– Le voyage, dit-il en agrippant d'une main son genou. Seuls ceux qui ont les moyens de s'offrir la visite à Turin peuvent y accéder. De fait, rien que dans notre pays une immense population de croyants est privée de sa présence. Sans parler du reste du monde !

– Oui, c'est vrai, concéda Thomasson, dodelinant de la tête.

Giuliani s'anima.

– Mon idée est celle-ci : faire venir le suaire à Washington et organiser une immense manifestation où, sous votre autorité, le président Trump l'offrirait à la vue du public – à la vue de nos électeurs qui sont des gens simples, de braves gens, des ouvriers qui ne peuvent pas s'offrir le voyage en Italie et sont méprisés par les démocrates qui roulent sur l'or, la Clinton en tête. Le suaire deviendrait la bannière sous laquelle le président Trump se placerait comme l'empereur Constantin s'est placé sous le signe de la croix pour vaincre ses ennemis !

Thomasson doutait d'un point :

– L'Église n'acceptera jamais de faire voyager le suaire.

Giuliani avait prévu l'objection.

– Les Français nous ont bien envoyé la *Joconde* en 1963 et l'ont prêtée au Japon dix ans plus tard. Je ne vois pas pourquoi le Vatican ferait barrage. Le saint suaire n'est pas plus fragile que la toile de Vinci. Il est même beaucoup plus solide ! N'a-t-il pas traversé les siècles, survécu à l'eau comme au feu ?

– Admettons que ce soit possible, fit Thomasson, mais ne craignez-vous pas un rejet immédiat des protestants et des évangélistes ?

– Sous la bannière du saint suaire, il n'y aura qu'un peuple chrétien, uni pour la défense du Christ. Je vous le garantis.

Giuliani serra le poing.

– Votre mission, dit-il d'un ton sévère, sera de faire accepter ce geste au nom de la propagation de la foi par les autorités ecclésiastiques. Je me charge des autres.

Il se leva pour faire quelques pas.

– Je suis sûr que vous avez vos entrées au Vatican… Nous avons les nôtres. Pas ce pape François – dont on peut d'ailleurs se demander combien de temps il va pouvoir continuer à débiter des sornettes socialistes ! – mais les cardinaux qui savent où est l'intérêt de l'Église.

Il se rassit.

– Mettons nos relations en commun, proposa-t-il d'une voix de crooner. Nous avons trois ans pour réussir. Pour faire apparaître le saint suaire ici, face au peuple américain. C'est un beau challenge, non ?

Thomasson en convint :

– Ce serait extraordinaire.

– Pas de conditionnel entre nous, professeur. Ce *sera* extraordinaire !

– Le président Trump est-il au courant de votre idée ?

– Non seulement il est au courant, affirma Giuliani, mais il est enthousiaste !

Il ajouta en raccompagnant Thomasson :

– Nous avons déjà réuni deux millions de dollars et ce n'est qu'un début. L'argent ne sera pas un problème. S'il faut dépenser, dépensez, mais réussissez !

Thomasson quitta la suite du Plazza sans savoir que penser de ce qu'il venait d'entendre. Giuliani était-il un illuminé agissant pour son propre compte ou réellement le porte-parole du président Trump ? Il devait se montrer prudent : l'avocat Giuliani passait pour un fou et un menteur invétéré. Néanmoins, même si tout cela lui paraissait extravagant, c'était follement excitant. Faire venir le suaire aux États-Unis, en faire la bannière de Trump sous laquelle il pourrait reconquérir le pouvoir serait, comme disait saint Paul, « scandale » et « folie » ! Mais pourquoi pas ?

Un instant, le professeur s'imagina accomplir l'exploit que Giuliani lui réclamait : nul alors ne pourrait contester son magistère, sa gloire serait faite et sa place dans l'Histoire assurée.

Conférence

En fin d'après-midi, le ciel d'un gris soutenu annonçait de la neige. À la devanture d'un drugstore, un thermomètre affichait une température négative. Lucy avait laissé Hazel se débattre avec ses écritures. Son roman lui résistait. Elle l'entendait pester, râler, s'encourageant à coups de rasades de Paddy en digne fille d'Irlande. Lucy avait enfilé des collants en laine sous sa robe et emporté un thermos de thé bien chaud pour aller écouter la conférence du professeur Thomasson, invité par le groupe fondamentaliste Faith & Pray à parler du suaire.

Une grande affiche annonçait : «La Sainte Face» au-dessus d'un double portrait, celui du suaire et celui du professeur. Deux visages qui semblaient appartenir à un seul et même individu. Un Janus. L'entrée coûtait quinze dollars. La réunion avait lieu dans une ancienne chapelle. Cette dépendance du Centre culturel chrétien de Brooklyn étant considérée comme un lieu de culte, elle échappait aux restrictions anti-Covid imposées aux théâtres et aux cinémas. La salle était pleine à craquer. Persuadés d'être sous la protection divine, la plupart des spectateurs n'étaient pas masqués. Pour éviter les risques de contamination, Lucy chercha une place au fond, près d'une porte ouverte. Le frère Valentin, un jeune homme à la face de lune, gras et rose, entra sur scène et s'approcha du micro, papillonnant des mains pour obtenir le silence.

– Dans ce temps où la colère de Dieu nous frappe, c'est une bénédiction de recevoir dans notre temple le professeur émérite Joseph Thomasson de l'université Notre-Dame-du-Lac qui, sans craindre l'épidémie, vient nous parler du saint suaire de Notre Seigneur Jésus-Christ… Que le Seigneur nous ait en sa sainte garde !

– Amen ! clama l'assistance.

Thomasson fit son entrée sous les applaudissements. Il n'avait pas changé depuis la dernière fois que Lucy l'avait vu. Peut-être sa barbe avait-elle un peu blanchi, mais il se tenait droit, très élégant dans son costume strict en lin blanc, avec pour seule audace vestimentaire une cravate d'un rouge sombre frappée d'une croix discrète. Une tenue qu'il portait toujours lors de ses apparitions publiques ou télévisuelles. Il s'installa devant un pupitre transparent à la gauche d'un écran sur lequel, sans attendre, il fit apparaître une image du suaire, immédiatement saluée par une nouvelle salve d'applaudissements.

Sa conférence, appuyée par une présentation PowerPoint, ressassait les mêmes arguments récusant violemment les analyses textuelles du chanoine Ulysse Chevalier, professeur à l'Institut catholique de Paris, qui avait démontré au regard des textes que le suaire ne pouvait en aucun cas être celui de Jésus ni de qui que ce soit d'ailleurs. Pour Thomasson, Chevalier n'était pas « l'homme probe et critique qu'il disait être. Son comportement malhonnête n'avait pas été celui d'un historien digne de ce nom ». Thomasson remettait aussi en cause les datations au carbone 14 de 1988 qu'il jugeait tendancieuses « sans tests à l'aveugle » ; il réfutait les témoignages d'Henri de Poitiers et de Pierre d'Arcis, les évêques de Troyes, « dont il n'existe aucune trace et qui n'étaient que des faux fabriqués pour nuire à l'Église ». Il répéta les âneries sur les pollens censés prouver par la botanique l'authenticité du suaire et y ajouta celles concernant le mode de tissage du lin ainsi que celles sur les taches de sang que l'on pouvait distinguer sans s'inquiéter de savoir s'il s'agissait de pigment, de sang de cochon ou de poulet, voire de sang humain. Il affirma que l'image du suaire était le meilleur moyen de combattre l'islam et ses mensonges : c'était la preuve irréfutable que, contrairement à ce qu'affirmait le Coran, Jésus n'était pas mort en apparence, mais en chair et en os, comme homme et comme Dieu !

Thomasson s'exaltait.

– Au XIXe siècle, en Italie, le professeur Floris avait repéré vingt points de convergence dans le visage de ce crucifié avec toute l'iconographie du visage du Christ et ce à partir de la redécouverte de ce linge à Édesse en 744. En 1978 s'est créée une association, le Shroud of Turin Research Project ou STURP – dont je m'honore d'être un des membres –, rassemblant de nombreux savants américains et étrangers. Le STURP a financé des tests dans toutes sortes de domaines, microchimie, spectrographie, radiométrie infrarouge, microscopie optique, fluorescence ultraviolette, bref une analyse complète. Ses conclusions sont claires : ce n'est ni une peinture, ni un frottis, ni une application sur un bas-relief. Il n'y a aucune trace picturale. Il ne s'agit donc pas d'une image faite de la main de l'homme! Il s'agit d'un brunissement dégradé affectant le sommet des fibrilles du lin sur une épaisseur de vingt à quarante microns, qui varie selon la distance entre le corps et le drap. Donc une sorte de projection orthogonale, qui donne une image tridimensionnelle mise en relief par les savants américains. Par la suite, des chercheurs ont étudié les traces de sang – qui est bien du sang, vous pouvez m'en croire. Ils y ont décelé des résidus céreux provoqués par des blessures et des écorchures invisibles à l'œil nu, et ces scientifiques ont conclu que ce linge était certainement le linceul d'un homme crucifié et torturé. Depuis, dans un codex découvert à Budapest, un dessin montre clairement le linceul. Ce qui prouve sans conteste que le linge existait en 1190. Autre argument contre la datation du carbone 14 : au moment de la restauration du linceul en 2002, une spécialiste des tissus anciens a découvert que le type de couture qui relie le linceul à une pièce de tissu rapportée ne se retrouve qu'à Massada; il s'agit donc d'une couture du Ier siècle. Le sang du linceul est de groupe AB, le même groupe que celui du sang de deux autres reliques du Christ, le suaire d'Oviedo et la tunique d'Argenteuil.

Il tendit le bras vers l'écran.

– Tous ces éléments convergents nous amènent à affirmer que ce suaire est bien celui qui enveloppa le corps du Christ. Et cela nous conduit à cette question : comment l'homme du linceul a-t-il pu sortir du linge sur lequel il a laissé l'empreinte de sa silhouette, alors que le tissu ne porte aucune marque indiquant que le corps en ait été arraché ?...

Lucy fulminait. Microchimie, spectrographie, radiométrie infrarouge, microscopie optique, fluorescence ultraviolette, tout cela n'était qu'un charabia pseudo-scientifique, pseudo-historique, un galimatias où les uns et les autres, s'attribuant les titres ronflants de « professeur », de « savant », de « chercheur », s'attestaient mutuellement comme les négationnistes de la Shoah. Sous son masque, Lucy avait envie de vomir. Autour d'elle, en revanche, le public semblait aux anges. Tous les spectateurs battaient des mains, lançaient des « Amen ! » et des « Alléluia ! » vigoureux, se tournant les uns vers les autres en hochant la tête, éblouis par la vérité proférée sur la scène sans qu'aucun argument soit remis en question. L'absurdité de certaines « preuves » ne semblait frapper personne : Thomasson martelait que le visage sur le suaire était authentiquement celui de Jésus parce qu'il ressemblait à ceux de la peinture classique chrétienne, or sur l'affiche Thomasson ressemblait à l'homme du suaire ; à ce compte, devait-on en conclure que Tom était le Christ ressuscité ? Lucy se retint d'intervenir pour protester : soutenir que non seulement le suaire avait été fabriqué mais qu'il était de la main d'une femme ; que c'était de l'art brut ; qu'il n'avait jamais enveloppé aucun corps, ni juif ni païen ; que les affirmations sur les plantes, le tissage ou le sang n'étaient que des affabulations sans fondement – tout cela n'aurait servi qu'à se faire expulser de la salle.

Thomasson cita le pape Jean-Paul II qui voyait dans le suaire une « provocation à l'intelligence ».

– Le saint père avait raison d'affirmer que personne n'avait encore été capable de reproduire cette « image intense d'un supplice indescriptible ». Ceux qui le contestent n'ont que des éléments fallacieux à opposer à la vérité du suaire. Arguments qui sont repris à l'envi par une certaine presse antichrétienne, juive et communiste. Mais leurs discours haineux ne peuvent nous atteindre. Ils demeurent impuissants devant le suaire ! Impuissants à dire comment l'Image s'est formée ! Comment l'Homme a pu quitter le Linceul moins de quarante heures après y avoir été déposé ! À ce jour, et malgré les merveilleuses techniques du XXIe siècle, seule la foi – notre foi, votre foi ! – est capable de répondre à ce mystère !

Déchaînement d'applaudissements ponctués d'« Alléluia ! », Thomasson réclama le silence en levant la main comme le Christ du Jugement dernier peint par Michel-Ange dans la chapelle Sixtine.

– Le saint suaire, notre inestimable trésor, est aujourd'hui conservé à Turin et offert à l'adoration des croyants en de trop rares occasions. Ne croyez-vous pas que notre foi mérite que nous puissions bénéficier de sa présence ici, aux États-Unis d'Amérique, où les ennemis du Christ prolifèrent ? Où la vraie religion est vilipendée, traînée dans la boue par la presse pornographique, assaillie par les homosexuels, les drogués, les prostitués, l'islam, les gauchistes, les communistes ? Comme l'a dit le président Trump, « remercions Dieu de la bénédiction d'être américains ». Oui, remercions Dieu, remercions le président pour ces paroles et soyons fiers d'être ce que nous sommes ! *In God we trust*, mais pour vaincre le mal, pour vaincre le Malin, nous avons besoin du saint suaire ! *America first*, c'est bien, *Jesus first*, c'est encore mieux ! Prions et que notre prière soit si forte qu'elle soit entendue jusqu'à Rome pour que ce voyage puisse se faire malgré tous les obstacles qu'on voudra dresser contre nous. Que le saint suaire vienne à nous comme Jésus qui n'a pas craint de descendre aux Enfers pour que tous soient sauvés ! Tous, même les pécheurs, les négateurs, les athées, les infidèles, parce que son amour est immense et qu'Il est notre rempart contre Satan. « Seigneur, viens ! » disait saint Jean dans l'Apocalypse. Pour notre salut, reprenons ce cri d'une voix unanime !

Il écarta les bras et leva les yeux au ciel.

– Seigneur, viens ! s'exclama-t-il d'une voix terrible.

Et tous reprirent en chœur :

– Seigneur, viens !

– Seigneur, viens ! répéta-t-il plus fort encore.

Une clameur lui répondit :

– Seigneur, viens !

Loge

Tandis que Thomasson saluait comme un acteur sous un tonnerre d'applaudissements et de cris de joie, le frère Valentin, s'épongeant avec un grand mouchoir blanc, le rejoignit. Il annonça que le professeur dédicacerait son livre avec un immense plaisir à tous ceux qui désiraient l'acquérir. Une longue file se forma.

Lucy attendit patiemment que tous soient partis pour s'approcher de la table où Thomasson rangeait ses affaires.

– Lucy ! dit-il, heureusement surpris lorsqu'elle abaissa son masque. Je t'offre un livre ?

– Merci. Je l'ai déjà.

Thomasson, flatté, s'inclina légèrement.

– J'aimerais vous parler, dit-elle.

– Viens avec moi. J'ai laissé mon manteau et ma valise dans ma loge. On m'attend demain au Texas…

Ils passèrent derrière la scène pour s'engager dans un long couloir mal chauffé.

– Ma conférence t'a plu ? demanda Thomasson, sans la regarder.

– Elle m'a étonnée.

– Tant mieux ! J'aime sentir le public saisi par mes propos !

– Elle m'a étonnée, reprit Lucy, parce que vous semblez avoir oublié tout ce que vous m'avez enseigné…

Thomasson s'arrêta, la main sur la porte de sa loge. Il fronça les sourcils.

– Tu ne crois pas à l'authenticité du suaire ?

– Pas plus que vous, professeur.

Thomasson éclata de rire, s'effaça pour laisser entrer Lucy et ferma derrière eux.

– Tu n'as pas changé ! Toujours impertinente !

– Rassurez-moi : vous ne croyez pas à ce que vous dites !

– Pourquoi n'y croirais-je pas ? La preuve : on me méprisait, désormais on m'écoute, on me célèbre. Un miracle, non ?

– Du cynisme plutôt.

Elle se moqua :

– Vous voulez donc faire venir le suaire aux États-Unis ?

Thomasson ne répondit pas immédiatement. Il se contenta de sourire.

– Tu as un peu de temps ?

– Oui.

– Tu peux enlever ton blouson, nous avons beaucoup de choses à nous dire.

Lucy ôta sa doudoune, que Thomasson posa délicatement sur le dossier d'une chaise. Elle portait une robe vintage, rose à fleurs.

– Très original, fit-il pour ne pas dire qu'elle s'habillait n'importe comment.

Lucy s'abstint de lui rappeler que c'était ce qu'elle portait à Turin lorsqu'ils étaient allés voir le suaire dans la chapelle Santissima Sindone. Thomasson retrouvait avec plaisir son étudiante préférée, une jeune femme délicieusement rebelle, aux attaches fines, au corps gracieux, au regard hardi.

– Je vais te livrer un secret, Lucy. La nuit dernière, je ne dormais pas. Je me demandais comme approfondir ma foi.

– Vous avez la foi maintenant ?

Thomasson garda le silence un instant comme s'il attendait qu'un ange lui souffle sa réponse.

– Tu sais ce que Jésus m'a répondu ?

Il se rapprocha de Lucy.

– Il m'a répondu : « Par l'amour »..., dit-il en confidence.

Lucy se retint de rire. Elle le félicita, sarcastique :

– Jésus vous a répondu d'affermir votre foi par l'amour, très bien, très bon conseil ! Mais répondez à ma question : c'est l'amertume et le ressentiment qui vous ont fait changer à ce point ?

Thomasson ouvrit sa valise, en sortit une enveloppe cartonnée et disposa sur la table six grandes reproductions photographiques de détails du suaire.

– J'ai professé que le suaire n'était qu'une forgerie chrétienne jusqu'au jour où j'ai pris conscience que je me fourvoyais. Pourquoi refusais-je de voir ce que tout le monde admirait sur les photographies de Pia ? Il n'y a pire aveugle que celui qui ne veut pas voir comme il n'y a pire sourd que celui qui ne veut pas entendre. J'étais dans un aveuglement qui semble être le tien aujourd'hui. Et j'ai payé très cher mes accusations contre le suaire. Mes travaux ont-ils été publiés ailleurs que dans des revues de seconde zone ? Non. Ai-je eu droit à autre chose qu'à des recensions dans des brochures universitaires ? Non. M'a-t-on proposé de prononcer le discours inaugural de la rencontre annuelle de la New Testament Society ? Non. M'a-t-on invité à la radio ou la télé pour entendre mes arguments ? Non, non et non, rien, le silence ! Pas même un livre de mélanges offert par mes collègues pour célébrer mon départ de l'université. On m'a enterré vivant ! Un jour, j'ai compris que cette dalle de béton posée sur moi, c'était un avertissement que le ciel m'envoyait. Je devais la soulever et la précipiter sur ceux qui priaient pour que je disparaisse comme Samson détruisant le temple des Philistins. Je devais rendre justice à Dieu et, si je me repentais de mes erreurs, justice me serait rendue. Mon aveuglement me serait pardonné. Si je proclamais que Dieu nous avait envoyé un signe en nous offrant l'image de son fils, une voie droite s'ouvrirait enfin à moi.

– Vous n'êtes pas sérieux !

– Au contraire, je suis très sérieux. Je me dois à la vérité du suaire. Tu devrais y réfléchir.

C'était douloureux d'entendre de telles absurdités. Lucy grimaça.

– Comment pouvez-vous soutenir publiquement de tels mensonges à propos du « saint torchon », comme nous l'appelions quand nous étions vos étudiantes ?... Vous présupposez le résultat avant même d'entamer la recherche.

– Es-tu devenue si savante que, toi aussi, tu puisses si facilement mépriser mes travaux ?

– Dieu m'en garde ! railla-t-elle. Peut-être suis-je comme Festus dans les Actes qui disait à Paul : « Tu es fou ! Ton grand savoir te fait perdre la raison. » Vous voyez, je n'ai pas oublié vos cours...

Thomasson ferma les yeux comme s'il repoussait l'attaque d'un mal qui le laissait sans voix.

– Tu dois voir ça, dit-il, en retrouvant son souffle.

Il donna un compte-fils à Lucy.

– Il n'y a pas que l'image, il y a l'écrit. Je suis presque certain qu'on peut déceler une écriture sur la toile.

– Sur le suaire ? Vous plaisantez ?

– Regarde.

Lucy se pencha au-dessus de la table pour observer l'agrandissement qu'il lui montrait. Thomasson expliqua :

– Sur la droite du visage, je décrypte l'inscription latine *Innece* qui pourrait être un morceau de la phrase *In necem ibis* – « Tu iras à la mort » ou « Tu es condamné à mort » –, phrase qui correspondrait à la sentence infligée. À droite également, mais dans l'autre sens, l'inscription grecque *Nazarèhnos* ou latine *Nazarenus*, signifiant « le Nazoréen », comme dans l'Évangile de saint Jean. Au-dessus de celle-ci, le mot grec archaïque *Adam* – tu n'as pas oublié que Jésus était le nouvel Adam ?

– Ce n'est pas de l'écriture ! protesta Lucy. Ce sont des traces noires, des pattes de mouche, du brûlé, je ne sais quoi…

– Ne sois pas si péremptoire. En dessous du visage, n'est-ce pas le mot grec, *Ichtus* ? « Jésus, Fils de Dieu Sauveur » ?…

– Il n'y a que vous pour lire ça !

– Tu as raison, ce n'est pas absolument net. J'ai encore un doute sur ce point. Mais, sur la gauche, ne parviens-tu pas à lire les lettres grecques *ys kia*, pouvant provenir de la juxtaposition des deux mots *oyis*, « visage », et *skia*, « ombre », ce qui signifierait « ombre de visage » ou « visage à peine visible » ?…

Cela ne menait à rien. Thomasson lisait ce qu'il voulait lire – il aurait pu tout autant y voir des prévisions météo ou l'annonce de la prochaine saison de base-ball.

Lucy se redressait quand elle sentit la main du professeur s'abattre sur son cou et la maintenir à plat ventre sur la table, la tête écrasée sur les tirages photographiques. Une prise violente, furieuse, douloureuse.

– Heureux ceux qui croient sans voir ! rugit-il, riant sans retenue.

Son cri résonna dans la loge sinistre. Il jubilait. Ça avait été trop facile de piéger cette imbécile qui ne voulait rien comprendre, rien voir.

– Qu'est-ce que vous faites ? Lâchez-moi ! Lâchez-moi !

Thomasson semblait flotter dans l'éther, s'enivrer de sa colère. Il augmenta sa pression.

– Je vais t'apprendre à lire, murmura-t-il.

Lucy se débattit, tenta de lui donner des coups de coude, des coups de pied, mais il pesait sur elle de tout son poids, la forçait comme font les flics pour écarter ses jambes. Elle sentait son souffle dans son cou et cette insupportable eau de toilette au lilas qu'elle avait déjà sentie à Turin.

– Tu es venue pour ça, non ?

– Non ! hurla-t-elle quand le professeur retroussa sa robe et arracha ses collants.

Canapé

Le soleil était sur le point de se coucher quand Lucy arriva en courant chez Henry. Elle sonna nerveusement plusieurs fois à l'interphone – « Réponds ! Réponds ! Réponds ! » – avant d'entendre enfin sa voix.

– C'est moi, dit-elle d'une voix haletante.

Henry lui ouvrit, étonné de cette visite imprévue. Lucy monta les marches quatre à quatre et sans lui laisser le temps de poser une question :

– Baise-moi, lui souffla-t-elle.

Elle arracha son masque et le poussa à l'intérieur de l'appartement sans même s'inquiéter de savoir si Anath était là.

– Baise-moi tout de suite, baise-moi fort.

– Qu'est-ce qui te prend ?

– Baise-moi ! ordonna-t-elle, la voix éraillée. Je veux que tu me baises…

Elle colla sa bouche à celle d'Henry. Sans cesser de l'embrasser, elle défit la boucle de la ceinture de son jean et plongea la main entre ses cuisses. Avant qu'il comprenne ce qui lui arrivait, elle l'entraîna sur le canapé bleu électrique et se glissa sous lui en écartant les jambes. Le néon LOVE brillait au-dessus d'eux.

– Viens vite !

Quand Henry la pénétra, Lucy se sentit partir, traversée d'images terribles de flagellation, de crucifixion, de corps torturés, hachés, écartelés, brûlés. Elle aurait voulu qu'il la corrige, qu'il l'injurie, qu'il la punisse. Qu'elle paie sa honte d'un torrent de larmes. Au contact d'un air plus doux venu du sud, l'air glacé provoqua un violent orage sur New York. Le vent souffla. Le grésil tombé du ciel rebondissait contre les vitres. Lucy remonta le temps, le cœur à la renverse,

Ses yeux se tournèrent vers son mal, elle était Lucia dans les bras d'Enrico. Elle cédait, il la prenait, elle se donnait à lui dans la tempête. Tout volait dans sa chambre de jeune fille, les voilages, les toiles pendues au mur, même le petit crucifix d'ivoire posé sur sa commode. Le plancher se soulevait, le plafond se lézardait, les murs explosaient. Le souffle d'un ouragan l'arrachait hors du monde. Si son père rentrait maintenant, il la tuerait et tuerait Enrico. Mais comment refuser une si belle mort ? En brisant l'hymen, Enrico l'arrachait aux peurs de l'enfance, aux portes derrière lesquelles on voulait l'enfermer, la condamner au silence comme sa mère l'avait été. Lucy laissa échapper une longue plainte. Un bourdon continu, vibrant et douloureux. Elle se voyait échevelée, fiévreuse, dans sa cellule de novice à Lirey. Thomas Merlin de Sainte-Anne – mais c'était Tom qui la mettait à nu – se moquait de sa pudeur. Il voulait la fouetter, jouir d'ensanglanter son dos avant de se jeter sur elle, diable cornu dont le sexe se dressait comme un poing. C'était Tommaso au palais Merlino. C'était Tom dans une loge pourrie décorée d'images saint-sulpiciennes. C'était Satan en rut au milieu des flammes. Le visage apparaissait dans son sang qui tachait les draps, dans le vin renversé sur une nappe, dans une serviette noire de suie, dans le bain de révélateur, sur une robe souillée, dans la folie des visages qui se superposaient. Jésus ! Artaud ! Henry ! Henri ! Enrico ! Thomas ! Tommaso ! Tom ! Un arc électrique l'illumina. Une image, juste une image qui l'éblouissait ! Elle était en rage, étouffait de colère, hoquetait. Sans qu'elle s'en rende compte, les larmes coulaient de ses yeux à l'unisson de la pluie qui maintenant frappait les carreaux. Lui revenaient ces vers de Rimbaud écrits sur la reproduction de l'*Ophélie* de John Everett Millais qu'elle avait punaisée dans sa chambre :

Sur l'onde calme et noire où dorment les étoiles
La blanche Ophélia flotte comme un grand lys
Flotte très lentement, couchée en ses longs voiles...

Son corps entraîné par le courant sombrait dans la boue, la vase, le limon. Ses muscles se détendaient, ses nerfs lâchaient. Elle n'était plus qu'une glaise qu'Henry sculptait à coups de reins. Elle s'engloutissait dans l'Histoire ; elle allait redevenir poisson, ver, méduse, cellule et disparaître dans l'oubli. Un suaire la recouvrait, le tombeau se refermait. Dans l'obscurité, sa bouche s'emplissait de terre, sa langue épaississait, devenait bois, devenait pierre, ses lèvres se couvraient d'écume. Elle manquait d'air. L'asphyxie gagnait sa poitrine, son visage bleuissait, ses membres se paralysaient. Elle allait mourir, quand Henry la délivra, d'un cri qui lui perça les tympans.

Manhattan

Lucy se laissa raccompagner en voiture. Les genoux serrés, lourde de tristesse et de colère, elle regardait devant elle, un film opaque sur les yeux ; son corps et son esprit faisaient désormais chambre à part. De l'âme, l'empereur Antonin disait à Rabbi : « C'est le corps qui a péché car depuis que je me suis séparée de lui, je plane dans les airs comme un oiseau. » Lucy revenait du Shéol et sentait encore sur elle les mains des morts qui avaient tenté de l'y retenir. Avant de partir, elle avait jeté aux ordures sa robe fleurie et ses collants. Si elle avait pu, elle les aurait brûlés. Henry lui avait prêté un T-shirt, un slip et un jean trop grands pour elle pris dans l'armoire d'Anath. Lucy crut entendre de la musique ; pas un chœur d'anges qui glorifierait la Providence non, mais les cris rageurs d'un sax jouant du free jazz. Du John Coltrane ou de l'Ornette Coleman, qui sonnaient comme des cris accusateurs. Elle plaqua ses mains sur ses oreilles et ferma les yeux. Ainsi elle n'entendait plus rien, ne voyait plus rien, ne disait plus rien, et c'était tout ce qu'elle désirait.

Il ne faisait pas encore tout à fait nuit. Les lampes commençaient à s'allumer dans les immeubles. L'horizon était gris, confus, comme si l'air avait pris une densité de graisse de baleine. Henry ne comprenait pas ce qui venait de se passer entre eux. Cela avait été si vite. Elle s'était jetée sur lui, ils avaient basculé cul par-dessus tête sur le canapé et fait l'amour comme des furieux. Ou Lucy était possédée ou elle en était au dernier stade du désespoir. L'alternative était violente. Elle n'avait pas joui mais elle avait émis des sons plus ou moins articulés entre rire et sanglot avec une sorte d'exaltation, de triomphe. Presque une glossolalie comme Artaud en proférait. Lucy avait mis longtemps à se calmer, frissonnante, énervée, marchant nue de long en large en faisant de grands gestes comme si elle combattait un fantôme. Quand Henry avait tenté d'obtenir des explications, elle s'était contentée de lui embrasser la main en murmurant :

– Merci…

Lucy se taisait, Henry mit les infos. En début d'après-midi, alors que le Congrès était en train de certifier l'élection de Joe Biden, la foule pro-Trump, drapeaux et casquettes rouges à l'effigie du républicain, s'était massée devant le Capitole sous la bannière *Save America*. À peine trente minutes après le début de la séance, des centaines de manifestants avaient forcé le passage du glorieux bâtiment et brisé des fenêtres pour s'y introduire. Rudy Giuliani éructait au micro : « Si nous nous trompons, nous serons ridicules, mais si nous avons raison, beaucoup d'entre eux iront en prison. Réglons ça par un combat à mort ! » Alors que les manifestants prenaient possession de la rotonde, du grand escalier et des deux chambres, les parlementaires étaient évacués par des policiers largement dépassés par les événements, sans parler de ceux qui en étaient les complices. En direct sur Fox News, un des manifestants avait connu son quart d'heure de gloire : « J'attends que le collège électoral nous sauve du communisme », avait-il déclaré et, face à la caméra, il avait conclu d'un cri : « Dieu, des armes et Trump ! » Henry coupa l'autoradio.

– Plutôt la peste !

En ouvrant la portière de Lucy au pied de son immeuble, dans la 47e Rue, il ne décolérait pas :

– Tu comprends, en incriminant seulement Donald Trump, aussi pourri soit-il, les commentateurs oublient que l'émergence de la nébuleuse paramilitaire et milicienne est le résultat de l'état de guerre permanent depuis le Vietnam !

Lucy hocha la tête mais ne dit rien. Elle avait hâte de rentrer. Elle ne voulait qu'une chose : laisser derrière elle la douleur et la rage qui l'enflammaient. Henry la confia à Hazel, qui commençait à s'inquiéter de son absence.

– Tu t'es changée ?

Lucy fit semblant de ne pas entendre. Henry s'excusa, il ne pouvait pas rester, il devait rendre la voiture avant minuit.

– Avant qu'elle se transforme en citrouille !

Le jour s'épuisait. Après le départ d'Henry, Hazel aida Lucy à se déshabiller comme si elle avait quatre ans, puis elles partagèrent le même bain toujours sans échanger la moindre parole. Serrées l'une contre l'autre, se savonnant, se caressant dans une brume de chaleur, elles perdirent la notion du temps. Elles s'abandonnèrent dans une torpeur délicieuse. Lucy s'endormait sans peur et sans angoisse, bercée par une phrase d'Angèle de Foligno qu'elle voulait attribuer à Lucia dans son scénario : « Dans les yeux de ma compagne, je me regarde brûler et resplendir. » Hazel l'embrassa dans le cou, récitant leur alphabet d'amour :

– A, tu es adorable… B, tu es baisante… C, tu es charmante… D, tu es désirable… E, tu es excitante…

Elle s'interrompit brusquement.

– Il t'a baisée ? demanda-t-elle, tout en connaissant la réponse.

– C'est moi qui ai voulu, répondit doucement Lucy, laissant sa phrase s'épuiser comme la vague qui meurt sur la plage.

– Pourquoi t'as fait ça ?

– Il le fallait.

– Pour le film ?

– Pour moi.

Lucy se tourna pour regarder Hazel d'un sourire fragile.

– Tu m'en veux ?

– Pourquoi t'en voudrais-je ?

Lucy posa ses lèvres sur les lèvres d'Hazel. Elle aurait voulu l'avaler, l'enfouir sous elle, la faire disparaître entre ses seins. Hazel était son ébouriffée, si désirable les cheveux mouillés tombant en grappes sur ses épaules !

– Un jour, tu comprendras, murmura-t-elle.

Médecin

Joe Biden était officiellement le quarante-sixième président des États-Unis. Précautions sanitaires, précautions policières, c'était devant deux cent mille drapeaux plantés sur l'esplanade du National Mall à Washington qu'une main sur la Bible il avait juré « solennellement que j'accomplirai loyalement la charge de président des États-Unis et que je ferai de mon mieux pour préserver, protéger et défendre la Constitution des États-Unis ». Lucy s'amusait des plans montrant Bernie Sanders, engoncé dans sa parka, d'énormes moufles aux mains, protégé par son masque chirurgical, qui sans bouger volait la vedette au président élu et à sa vice-présidente.

Hazel vint rapporter à Lucy le test que cette dernière avait feint d'oublier sur le coin du lavabo.

– Positif, lui annonça-t-elle, jouant le rôle de l'ange Gabriel.

Lucy était enceinte. Elle fit jurer à Hazel de n'en rien dire ni à Henry ni surtout à Saul Cooper.

– Je ne veux pas que le film soit retardé…

Au troisième mois de sa grossesse, Lucy et Hazel allèrent ensemble à la première échographie chez la doctoresse Ingrid Schwartz, une belle femme aux lunettes rouges, à la tignasse blonde, aux mains soignées. Quand elle s'étonna de l'absence du père, Hazel affirma : « Le père, c'est moi ! », ce qui les amusa toutes les trois.

Lucy s'installa dans le fauteuil de consultation, les pieds sur les étriers. L'écographiste enduisit son ventre de gel, rappelant que l'examen avait pour objectif de confirmer la date du début de la grossesse, de vérifier s'il s'agissait bien d'une grossesse simple, de s'assurer de l'absence de malformation majeure et de mesurer la clarté nucale qui rentre en compte dans le dépistage des anomalies du nombre des chromosomes. Lucy l'écoutait d'une oreille distraite, scrutant l'écran, sans cacher son impatience. Une image en noir et blanc apparut enfin, avec des cratères, des stries, des ombres qui faisaient immanquablement penser au suaire. Jésus apparaissait en échographie !

– Vous le voyez bien ? demanda Schwartz.

– Non ! répondirent en chœur Lucy et Hazel.

Elle pointa des zones sur le petit écran.

– Regardez… Les deux bras… Les pieds…

Hazel voulut savoir :

– C'est une fille ou un garçon ?

– Désolée, c'est encore un peu tôt pour le dire.

Lucy tourna la tête vers Hazel.

– C'est une image, rien qu'une image…, soupira-t-elle, observant l'écran, les yeux humides.

– Tu pleures ?

Lucy répondit en souriant :

– Lorsqu'une image apparaît, c'est toujours bouleversant…

Mariage

Peu de temps après, Lucy et Hazel se marièrent sans chichis ni flaflas – pandémie oblige – avec John Stephen Strudel et Saul Cooper comme seuls témoins.

– Nos deux larrons, fit remarquer Lucy.

Ils fêtèrent ça avec du caviar, de la crème et des blinis offerts par Cooper et de la vodka apportée par Strudel en même temps qu'une somptueuse forêt-noire.

Les parents de Lucy avaient été prévenus par téléphone et dissuadés de faire le voyage jusqu'à New York. « Les cérémonies ne sont pas autorisées à plus de six personnes, avait averti Lucy. Bénissez-nous de loin, dites *Mazel tov !* et profitez de la Floride ! Je vous embrasse, nous vous embrassons sans crainte et sans masque. » Par provocation, Hazel écrivit aux siens après la cérémonie :

> Chers parents,
>
> Je me suis mariée avec Lucy (Bernheim), arrière-petite-fille de banquier, dont je partage la vie à New York depuis plus de deux ans. Nous nous aimons. Ma femme attend un enfant et il était urgent de régulariser administrativement notre situation. Lucy s'apprête à tourner un film dont j'ai écrit le scénario avec elle. Comme ça, nous aurons bientôt deux bébés à élever, un sur grand écran, l'autre dans un petit berceau. Je ne compte pas revenir à

Dublin, mes papiers pour obtenir la nationalité sont en bonne voie et maintenant je me sens à cent pour cent américaine. Après la sortie du film de Lucy, si tout se passe bien, je publierai un nouveau roman que je me ferai un plaisir de vous envoyer comme le précédent. Voilà, vous savez tout. Je vous espère en bonne santé et je vous embrasse.

Hazel

Pendant combien d'années Hazel était-elle allée à la messe, avait-elle communié, s'était-elle confessée ? Combien de fois avait-elle accompagné son père à ses réunions du Cercle catholique pour l'affermissement de la foi (CCAF) ? Combien de fois avait-elle défilé avec les enfants du Cœur de Marie et chanté dans leur chorale ? Combien de fois avait-elle dû prier à genoux devant la croix pendue dans le salon ? Réciter son chapelet avec sa mère, ses frères et sa sœur, faire carême, faire Pâques ? Combien d'heures, de jours, d'années avait-elle sacrifiés pour accomplir ces gestes qui, aujourd'hui, lui faisaient horreur ? Elle se sentait comme une rescapée, la survivante d'une catastrophe nommée « famille catholique irlandaise » où il était formellement interdit de faire des galipettes en jupe sous peine de damnation. Montrer sa culotte était un scandale qui méritait qu'on vous attache une pierre de meule autour du cou avant de vous jeter à la mer. Le cercle auquel son père appartenait avait publié des consignes très fermes pour l'habillement des femmes : « Les robes ne doivent pas être pincées au point de dessiner les formes de façon provocante. Les robes transparentes ou ajourées sont à bannir. Elles doivent couvrir la plus grande partie de la jambe. Il est inadmissible qu'elles ne descendent pas sous les genoux. Le décolleté est contre la pudeur comme il est contre la pudeur que les manches ne couvrent pas les bras. » Hazel imaginait son dévot de père découvrant avec horreur que non seulement son mariage était un simple mariage civil mais qu'elle vivait avec une femme et une Juive de surcroît ! Et, horreur des horreurs, qu'il allait devenir le grand-père de l'enfant né de cette union diabolique ! Réaliserait-il enfin la cruauté de ses silences, sa lâcheté honteuse, son insupportable hypocrisie ? Aucune chance. Sa mère, elle, la comprendrait peut-être mais n'oserait jamais l'affirmer publiquement, pour préserver – comme toujours – le sacrement du mariage. Quant à ses frères et sa sœur, ou bien ils se moqueraient d'elle pour cacher leur admiration d'avoir fait ce qu'ils n'oseraient jamais imiter ou bien ils la maudiraient comme la « putain de Babylone ».

Si elle avait informé les siens de ses intentions, Hazel était certaine que son père aurait accroché à son cou un autre genre de pierre de meule. Pour l'empêcher d'épouser Lucy, il n'aurait pas hésité à se précipiter devant un tribunal pour exiger qu'elle soit internée, en jurant que sa fille était dérangée, hystérique, possédée. Sûr qu'il devait regretter de ne pas pouvoir la faire boucler à vie dans un de ces couvents de sœurs de la Madeleine, ces infâmes blanchisseries où les filles mouraient de chagrin, d'abandon et de mauvais traitements au nom du Christ. En vivant avec Lucy, en faisant l'amour avec elle, Hazel n'avait pas le sentiment de commettre un péché, ni deux, ni trois, ni cent, mais de rattraper la vie que sa famille lui avait volée au nom de la religion. Ceux qui comme son père se gargarisaient de leur Dieu d'amour ignoraient tout de l'amour. Ils n'avaient que de la haine, du mépris et du ressentiment au cœur. Ils n'étaient faits que de bois sec dont on allume les bûchers et munis d'outils en usage dans les geôles de l'Inquisition.

Hazel descendit poster sa lettre mais, au dernier moment, elle se souvint d'une remarque de Lucy à propos des lettres qu'on peut écrire mais qu'il ne faut jamais envoyer. Elle se ravisa. Elle n'enverrait pas le message rédigé avec le désir inavoué de blesser ceux qui la repoussaient et dont la mésestime la faisait souffrir. Hazel déchira l'enveloppe en petits morceaux et les jeta en l'air pour qu'ils retombent en neige sur sa tête. Les siens ne voulaient rien savoir de ce qu'elle devenait, de ce qu'elle vivait, de ce qu'elle écrivait, eh bien elle ne leur offrirait rien, pas même quelques lignes tracées à l'encre bleue des mers du Sud. Pourquoi leur donnerait-elle le plaisir de la détester encore un peu plus ? De la haïr ? De la juger ? Sa véritable vengeance serait d'être heureuse près de Lucy, sa femme, son amie, son amour, dont le simple bruit des pas dans la maison la comblait de bonheur.

L'aveu

Lucy profita des repérages en France et en Italie pour exposer à François, le chef opérateur, ses idées sur la photo de son film. En France, en hiver, dans la neige et la glace, les costumes, les décors, tout devait être gris, brun, sombre comme dans *Track of the Cat*, le splendide western de William A. Wellman qu'elle avait programmé au ciné-club qu'elle animait à Notre-Dame, où seule la veste rouge de Robert Mitchum tranchait sur le blanc de la neige et le noir de la forêt. Pour l'Italie, au contraire, elle souhaitait une palette de teintes chaudes, des rouges sensuels, d'autres éclatants, des violets, des mauves, des ombres bleues, des jaunes délicats et des verts tendres. Du Véronèse, du Visconti dans *Le Guépard*. Dans le désert espagnol et particulièrement pour la scène de la crucifixion, le soleil devait dominer, violent, agressif, impitoyable. Aucune ombre. L'image devait brûler les acteurs comme dans la scène finale des *Rapaces* d'Erich von Stroheim.

Pour les personnages de Lucie-Lucia-Lucy, elle demanda à François :

– Je veux que tu les filmes comme Modigliani peignait les femmes, comme l'être aimé…

Avec Rocco, le décorateur italien, Lucy discuta aussi beaucoup sur la façon de peindre le suaire. Elle avait gardé en tête l'argument de Maheut : « C'est de l'art brut. » Elle voulait que la figure sur le lin ait une apparence rustique, volontairement un peu maladroite, d'une puissance immédiate comme chez Gaston Chaissac ou Jean Dubuffet, voire une sauvagerie digne de Jean-Michel Basquiat.

– Le mort était habillé ou nu ?

– On peut penser qu'il était habillé comme dans la peinture byzantine mais, pour la force de l'image, nous allons le garder nu.

Lucy avait lu que Visconti exigeait toujours que dans ses décors les armoires, les commodes, les malles soient remplies de linge, de vêtements, de robes même si on ne les ouvrait jamais et elle tenait que Mimi, la cheffe costumière, suive cette voie. Elle souhaitait aussi qu'elle choisisse minutieusement les sous-vêtements que les actrices et les acteurs porteraient ; aussi minutieusement que leurs costumes de jeu.

– Tu comprends, expliqua-t-elle à Saul Cooper, au Moyen Âge les femmes ne portaient rien sous leur robe, elles étaient nues. Ce n'est pas la même chose de jouer avec rien sur les fesses ou avec une culotte gainante du nombril aux genoux, voire un corset comme à la Belle Époque… Les dessous, c'est invisible mais ça sert le jeu autant que mes indications ou la lumière.

De retour d'Espagne, deux fois par semaine, Lucy et Hazel faisaient venir Henry pour lire le scénario, faire évoluer les scènes en fonction des décors choisis et répéter, répéter encore et encore les dialogues, les faire passer dans leur moelle.

C'était leur dernière séance de travail avant le début du tournage. Hazel prétexta un rendez-vous au labo photo pour les laisser en tête à tête. Henry lui souhaita : « Bon courage ! » et ouvrit son script déjà couvert d'annotations, de mots surlignés en jaune, de dessins en marge.

– J'ai une nouvelle image du suaire à te montrer, dit Lucy en faisant glisser vers lui un des clichés de l'échographie.

Henry observa la photo d'un air pensif. Il n'y voyait rien de reconnaissable.

– C'est un détail agrandi ? demanda-t-il, fronçant les sourcils.

– C'est Jésus.

– Jésus ?

Lucy avoua avec un léger sourire :

– Je suis enceinte.

Henry se recula sur sa chaise.

– Tu déconnes ?

– Non, c'est ma première écho. Je suis enceinte de douze semaines.

Henry, le souffle court, n'eut pas besoin de faire le calcul.

– C'est moi le père ?

– Tu en doutes ?

Lucy s'empressa de le rassurer :

– Pas d'affolement. J'assume tout. Ne t'inquiète de rien.

– Tu vas… ?

– Non, je le garde.

Henry n'osait affronter Lucy.

– Tu veux que je le reconnaisse ? demanda-t-il en avalant sa salive.

– T'as envie ?

Henry redressa la tête.

– Attends, dit-il, le visage blême, j'arrive ici pour répéter, tu m'annonces que tu vas avoir un enfant, que j'en suis le père et je devrais répondre sur l'instant si je veux le reconnaître ou pas ? Non, Lucy, non, je ne peux pas te répondre. Je ne sais pas…

Il avait en tête cette phrase d'Artaud : « Ne faites pas d'enfants, madame Prevel, chaque fois qu'un enfant naît, ça m'arrache le sang du cœur. »

– Ça me va, dit Lucy, le voyant désemparé. Que tu le reconnaisses ou pas, ce sera toujours ton enfant, même si je lui donne mon nom et que c'est Hazel et moi qui l'élevons.

Henry sentit la terre se dérober sous lui. Ce n'était pas un mais cent, mille électrochocs qui attaquaient son cerveau, l'insulinothérapie qui envahissait ses veines. Sa langue collait à son palais, ses yeux sortaient de leurs orbites. Une transe immobile. Dans huit jours, ils devaient commencer à tourner en France et Lucy le poignardait dans le dos !

– Comment tu vas faire pour jouer et diriger dans ton état ? parvint-il à articuler.

– Je suis enceinte, je ne suis pas malade, corrigea Lucy. Hazel m'assistera pour mettre en scène et pour jouer, en costume de novice personne ne verra rien.

– Et pour l'Italie ?

– S'il le faut, je prendrai une doublure pour les scènes de nu. Pour le reste, les robes du XIXe seront parfaites : corset, jupons, chemise, caleçon, culotte…

Elle gesticula en riant.

– Circulez, il n'y aura rien à voir !

La gaieté de Lucy irritait Henry. Comment pouvait-elle prendre son rôle à la légère ? Elle allait réaliser le film, mais elle allait aussi jouer. Jouer ! Cela supposait qu'elle se livre corps et âme. Il ne s'agissait pas simplement d'oser montrer ses seins ou ses fesses ; il ne s'agissait pas de paraître, mais d'être à l'image. Être ! Et pour être, il ne fallait pas craindre de s'écorcher, de jouir, de souffrir face à la caméra. Lucy y était-elle prête ? Y avait-elle seulement réfléchi ? Henry sentait naître une fêlure entre eux, un différend latent. La pire chose qui pourrait leur arriver serait de faire le film en se détestant ! Il ne devait pas prendre Lucy en grippe, elle ne devait pas le regarder comme un alien. Henry voulait garder son sang-froid, rester lucide alors que tout valsait dans sa tête.

– Cooper est au courant ? demanda-t-il, d'un ton alarmé.

Lucy avait une façon bien à elle de conserver son calme, de tenir à distance ce qui lui déplaisait. Elle respectait Henry en tant qu'acteur, en tant qu'homme, mais elle lui déniait le droit de s'occuper de ce qui ne concernait qu'elle. Pour ne pas prononcer de paroles qui mettraient le film en danger, elle se fit diplomate.

– Ne nous disputons pas, dit-elle, pleine de tendresse. Cooper nous attend en France avec l'équipe de la déco. Je l'avertirai au premier jour de tournage.

Quatre mois plus tard

Cooper avait réagi avec flegme quand Lucy lui avait appris qu'elle attendait un enfant.

– Qui est le père ?

– Père inconnu, avait-elle plaisanté. Comme Jésus…

– *Mazel tov !*

C'était devenu une blague entre eux. À mesure que Lucy grossissait, Cooper prenait des nouvelles du Jésus qu'elle portait dans son ventre.

– Et si c'est une fille ? demandait-il.

– On l'appellera Josée ! assurait Hazel.

Hazel avait renoncé à écrire son roman. Elle se leurrait ! Elle se mentait à elle-même ! Cette histoire de nu perdu n'était qu'une échappatoire. Un jeu littéraire, une coquetterie intellectuelle sans rien dans le ventre, une mignardise. Elle s'épuisait en vain à vouloir la faire tenir debout. Ce n'était pas ça qu'elle devait écrire mais le roman du suaire. Un récit à la première personne assumant de dire «je». Un «je» qui serait le sien et celui de Lucy sans que l'on puisse distinguer ce qui venait de l'une et ce qui venait de l'autre, comme dans le scénario Lucia et Fiammetta se fondaient en une seule chair, un seul esprit : «Jamais l'une sans l'autre.» Sous le drap peint au XIVe siècle il y avait une poupée en bois mal dégrossi, au XIXe un ouvrier mort sur une barricade et au XXIe siècle, sous le film, il y avait un livre et deux femmes. Un corps écrit où se superposaient les images d'un cadavre projeté sur un écran, le sexe offert de *L'Origine du monde* caché sous une autre toile et le portrait en Vierge à l'Enfant de Lucie-Lucia-Lucy. Ces images qui la hantaient finiraient par faire un roman auquel, chaque jour, Hazel ajoutait une page comme à un journal intime.

C'était l'aube.

Lucy tournait l'arrestation de Jésus. Au soleil levant, la lumière était somptueuse dans le désert du Tabernas, au centre de l'Espagne. Elle avait déjà filmé le plan où Jésus dormait en enlaçant tendrement le jeune homme nu tout droit sorti de l'Évangile secret de Marc. Monté sur un praticable, François, le chef opérateur, fit signe que la caméra 1 était prête. Paco, le second opérateur, leva le pouce : la 2 aussi était *ready to shoot*. Le son confirma que ça tournait. Lucy commanda :

– Action !

Les Romains en armes prirent position autour des disciples endormis. Pierre et les autres apôtres s'éveillèrent en sursaut, prêts à se battre. Le jeune homme nu s'enfuit, brisant par surprise le cercle des soldats. La caméra le laissa sortir du champ et s'abaissa lentement pour ne cadrer que le linge qu'il avait abandonné derrière lui. Un long tissu de lin blanc…

– C'est la bonne !

Lucy enchaîna avec un gros plan du centurion cherchant à reconnaître Jésus au milieu de tous ces hommes vêtus de même et qui se ressemblaient – « Qui est le Nazoréen ? », puis elle filma en contre-champ les douze disciples qui, l'un après l'autre, répondaient : « C'est moi. »

– Coupez !

Cooper se pencha vers Lucy.

– Tu es sûre que tu ne veux pas tourner le baiser de Judas ?

– Certaine, répondit-elle. Ça ne tient pas debout. L'Évangile dit que Jésus entre triomphalement à Jérusalem. Il est connu de tous, il est célèbre. Dans ce cas, pourquoi avoir besoin d'un informateur ?

– Il faut bien qu'on le reconnaisse.

Historiquement, le seul véritable Romain était le centurion, les autres soldats appartenant à une troupe auxiliaire recrutée sur place. Parmi les figurants, Lucy choisit le plus petit, un homme trapu, presque un nain, au visage mauvais et barré d'une longue cicatrice.

– C'est lui qui va reconnaître Jésus, qui va dire : « Voici l'Homme », *Ecce Homo*…

– Qui c'est ?

Lucy, à voix basse, confia malicieusement à l'oreille de Saul :

– C'est le Diable.

Le tournage en France et en Italie se passa magnifiquement bien, au prix de quelques heures supplémentaires et seulement cinq jours de retard. Lucy put jouer nue sans qu'il soit besoin de la remplacer par une doublure dans les scènes d'amour. Elle était si mince, si souple que seuls un expert ou une experte auraient pu deviner qu'elle était enceinte.

Deux équipes travaillaient en parallèle au montage et Lucy pouvait suivre l'évolution du film au jour le jour, bénissant les outils modernes qui permettaient de le faire. Plan par plan, séquence après séquence, le film prenait corps, prenait vie devant ses yeux. Il se révélait comme l'image du suaire s'était révélée à Secondo Pia. Une projection test du film terminé était déjà prévue dans deux mois au DeBartolo Performing Arts Center, une salle de spectacle associée à Notre-Dame. En tant qu'ancienne élève et pilier du ciné-club universitaire, Lucy trouvait que ce serait une manière élégante de rendre hommage à l'enseignement qu'elle avait reçu.

En revanche, Henry l'inquiétait. Jour après jour son caractère s'assombrissait. Il se tenait à l'écart de l'équipe, mangeait seul pour suivre un régime alimentaire extrêmement strict.

– Je ne veux pas être un gros Jésus, plaisantait-il en réponse à Hazel que son amaigrissement chagrinait.

Pas une fois il n'aborda avec Lucy la question de sa grossesse. Henry n'avait jamais songé à avoir un enfant et refusait de l'envisager même s'il devait demeurer loin de lui. Le souvenir de sa famille lui servait de repoussoir. S'il avait su ce qu'il risquait en faisant l'amour avec Lucy, il l'aurait fuie. Le verbe d'Artaud, encore et toujours, résonnait dans sa tête : « Il en reste que je n'ai jamais voulu des rapports de sexe à sexe et que je ne supporte pas la sexualité. » Henry s'enorgueillissait de marcher vers la mort dans la solitude exemplaire de Jésus, ce rôle qui lui collait à la peau. Ses relations avec Lucy n'étaient plus que strictement professionnelles, amicales mais sans affect. Ils se parlaient, se regardaient, se frôlaient comme deux grands brûlés redoutant de se heurter par mégarde. Henry était un acteur remarquable, d'une grande force alliée à une grande vulnérabilité. Il connaissait toujours ses répliques au cordeau et se montrait d'une incroyable précision physique. Lucy pouvait mettre en scène des mouvements compliqués, lui indiquer des places au centimètre près, il s'y glissait avec élégance et facilité, toujours au mieux dans la lumière, toujours juste dans la parole. Lors du tournage en France, il fut un Henri tourmenté, ambitieux, combatif; en Italie, un Enrico sensuel et savant. Il devenait autre depuis qu'il interprétait Jésus. Le personnage l'envahissait, s'emparait de son corps comme de son esprit. Henry marchait pieds nus et s'habillait d'une simple toge même en dehors du plateau. L'opérateur français fit part un jour de ses appréhensions à Lucy :

– Il ne faudrait pas qu'il finisse comme Albert Dieudonné, celui qui jouait Napoléon dans le film d'Abel Gance, et qui s'est pris pour lui jusqu'à sa mort, ou comme Béla Lugosi qui, à force de jouer Dracula, ne pouvait dormir que dans un cercueil…

Crucifixion

Restait à filmer la crucifixion. Lucy avait insisté pour que ce soit le dernier plan, voulant « finir en beauté ».

Sous la direction d'Hazel, l'équipe se mettait en place pour tourner à quatorze heures, au moment où le soleil serait au plus haut. Lucy voulait une scène solaire, incandescente, où la lumière écraserait les personnages.

– Il faut que la lumière dévore tout le monde visible.

François, le chef opérateur, lui proposa de laisser Henry sortir de la surexposition, apparaître comme s'il traversait un écran de lumière tandis que les soldats le conduisaient à la croix. Robert Altman avait utilisé ce genre d'effet dans un de ses films, c'était très puissant.

– Très bonne idée ! s'enthousiasma Lucy.

Elle rejoignit Henry dans sa caravane. Cooper était assis à côté de lui, penché sur l'écran de l'ordinateur.

– Qu'est-ce que vous regardez ?

– Ça ne va pas te plaire.

Lucy s'approcha, craignant qu'Henry ne soit encore en train de se délecter de scènes de crucifixion contemporaines filmées aux Philippines ou au Brésil. Les deux hommes ne regardaient pas des fanatiques rejouer la mort du Christ mais les photos d'une fille nue légendées : « La grosse pute juive ». Il y avait des plans rapprochés de sa bouche, de ses seins, de son sexe exposé comme sur la fameuse toile de Courbet…

Et soudain Lucy se reconnut. Elle explosa :

– Quelle ordure ! *Fucking bastard !* Salaud ! *Stronzo di merda !*

– D'où ça sort ? demanda prudemment Cooper.

Lucy dut s'asseoir.

– Thomasson, souffla-t-elle.

Cooper lui tendit un verre d'eau.

– Raconte.

Après avoir avalé une gorgée, Lucy retrouva son calme.

– Quand j'étais étudiante, il nous a emmenées voir le suaire à Turin pour célébrer son départ à la retraite. Une dizaine de filles. La veille de notre retour, on est toutes allées au lit de bonne heure au lieu de faire la fête. Sans doute nous avait-il droguées. Je me suis longtemps demandé si j'avais rêvé ou s'il était vraiment venu dans ma chambre pendant que je dormais…

Elle tendit la main vers l'écran de l'ordinateur.

– Voilà, j'ai la réponse.

Une réponse qu'elle avait cherchée en vain à Turin dans la chapelle Santissima Sindone, au musée, à la pension Béthanie tenue par une congrégation religieuse. L'image cachée au centre du roman qu'Hazel avait renoncé à écrire. Le nu perdu retrouvé sur le Net, violent, obscène, insultant…

– Tu l'as revu depuis, ce salaud ?

– À New York, où il donnait une conférence sur le suaire. Ça s'est très mal passé.

– C'est sûr qu'il t'en veut…

Chaque cliché incluait une légende agressive jouant sur le mot « putain » : « Dommage qu'elle soit une putain », « La putain irrespectueuse », « Putain, droguée et prostituée », « Triste putain »…

– Tu es sûre que c'est lui ? C'est signé Joseph d'Arimathie.

Lucy n'avait aucun doute.

– C'est transparent, Thomasson se prénomme Joseph, répondit-elle, les dents serrées. S'il a mes photos, il doit avoir celles des autres filles. Je peux porter plainte et il faut qu'elles témoignent avec moi. C'est un pervers, une saloperie vivante !

– Je préviens mon avocat, dit Cooper. Il ne faut pas laisser ça circuler.

Il sortit de la caravane et, avant de refermer derrière lui, il ajouta :

– Mais terminons d'abord le film !

Il y avait longtemps qu'Henry et Lucy ne s'étaient retrouvés seuls, face à face. Ils restèrent un long moment silencieux. Après lui avoir expliqué l'idée – soumise par François – de la sortie de la surexposition comme d'un incendie de lumière, Lucy aborda un autre problème :

– L'accessoiriste me dit que tu tiens à porter une vraie couronne d'épines…

– Je ne veux pas faire semblant.

– Tu veux souffrir ?

– Tu m'as demandé d'être Jésus, rappela Henry. Je ne veux pas me dérober. Je veux l'être tout entier.

Se blesser réellement pour jouer un rôle, c'était pousser très loin l'enseignement de l'Actors Studio. Il fallait à tout prix le dissuader de cette folie.

– Tu connais cette histoire entre Laurence Olivier et Dustin Hoffman sur le tournage de *Marathon Man* ? lui demanda Lucy.

– Non.

– Entre chaque prise, Dustin Hoffman faisait deux ou trois fois le tour du pâté de maisons en courant. Laurence Olivier le regardait faire avec circonspection. « Pourquoi faites-vous ça ? » Hoffman, haletant, répondit : « Pour jouer essoufflé au moment de l'action. » Olivier leva un sourcil, marquant son étonnement : « Vous n'êtes pas un acteur ? »

– Laurence Olivier est un con, grogna Henry.

– Tu es un acteur, insista Lucy, un grand acteur. Tu penses que pour l'être encore plus il est nécessaire d'être en sang ?

– Je crois qu'Artaud avait raison de prétendre que l'acteur devait brûler sur les planches comme un supplicié sur son bûcher. Je dois retrouver la dimension sacrée, métaphysique du jeu ; porter le spectateur jusqu'à la transe. Nous devons nous arracher à la dictature de la parole.

– Ce n'est pas possible avec une couronne en plastique ?

– Non. Ce serait faux, archifaux. Tu te souviens quand tu m'as raconté l'horreur du supplice… que les condamnés hurlaient, saignaient, se pissaient, se chiaient dessus ? D'abord j'ai cru que tu voulais m'impressionner avec des idées gore, puis j'ai compris que tu me montrais la voie. Que si je n'arrivais pas à pisser pendant la scène, si je ne saignais pas, si je ne souffrais pas, c'est que je ne la jouais pas. Que si je singeais la douleur, si je n'éprouvais pas dans ma chair ce qu'éprouvait le crucifié, tu filmerais un histrion pathétique comme Jim Caviezel et ses dents blanches hollywoodiennes dans le navet de Mel Gibson, pas Jésus en croix.

Henry empêcha Lucy de répliquer :

– Cooper a accepté que nous tenions les rôles principaux parce que nous étions deux inconnus et que cela donnerait au film un caractère « documentaire » inimitable. Ce défi, nous allons le relever en allant jusqu'au bout de cette idée…

– Au bout ? C'est quoi pour toi le bout ?

Henry avait beaucoup réfléchi à ce qui lui était nécessaire pour bien tourner la scène.

– Je veux être battu, injurié, flagellé avec un vrai fouet, un *flagrum* romain avec des plombs ou des osselets taillés en pointe, avant d'être pendu nu au bois…

– Tu veux aussi qu'on te cloue les pieds ? demanda Lucy par provocation.

Henry faillit vraiment mourir crucifié. Il fallut âprement négocier pour que l'enclouage des pieds soit truqué comme c'était prévu. Personne n'ayant accepté de le flageller, Henry se fouetta lui-même jusqu'au sang. Il exigea aussi d'avoir les mains liées serrées au *patibulum*. Comme si cela ne suffisait pas, juste avant la prise, il se précipita tête la première contre la porte d'un camion machino pour avoir le visage tuméfié. La scène fut terrible à tourner. Lucy ne fit qu'une prise à deux caméras, l'une assurant un plan large sur un lent travelling latéral, l'autre en travelling optique se rapprochant imperceptiblement du visage du supplicié jusqu'au gros plan. Henry hurlait, se redressait, s'affaissait la bouche ouverte, saignant du nez, cherchant de l'air en vain, les muscles tétanisés, le sang dégoulinant sur son visage sous la couronne d'épines. Soudain, la langue pendante, les yeux fous, dans un cri, il s'effondra, se vidant par tous les trous. Dans le silence du désert, sous une chaleur écrasante, Lucy laissa le plan durer au-delà du raisonnable ; jusqu'à ce que la caméra se tourne vers elle et la montre entourée de son équipe en train de tourner la scène.

– Coupez !

Les machinistes se précipitèrent pour décrocher Henry.

– C'était bien ? furent ses premières paroles, à l'instant où on l'enveloppait d'une couverture de survie.

South Bend

Lucy avait passionnément aimé tourner. Tourner, c'était passer dans une quatrième dimension où la vie se conformait à ses désirs. C'était à la fois être au monde et en dehors, ou en dehors et au-dedans comme l'enfant qui vivait dans son ventre et qui vivait avec elle. Le plateau, l'équipe s'activaient sur une planète solitaire, indépendante de l'attraction terrestre. Chaque jour se levait sur un nouveau paysage, inventait une géographie, définissait un monde avec ses codes, ses usages, son langage. Pendant un peu plus de quinze semaines, Lucy avait travaillé avec un sentiment de plénitude, une intensité inconnus jusqu'alors. Elle pouvait dire : «J'ai été heureuse» sans mentir ni s'abuser de la douceur des mots. Ce n'était pas le constat froid d'un bonheur objectif mais l'expression d'un ensemble complexe de sensations qui l'avaient portée et comblée plan après plan, séquence après séquence. Dans l'élan du tournage, le montage, le doublage, l'enregistrement des musiques lui avaient permis d'échapper au baby blues qui saisit bien des cinéastes après le clap de fin. Le film terminé, prêt à être diffusé, c'était maintenant qu'elle ressentait un manque, une douleur, une tristesse post-partum qui engourdissaient ses membres et son esprit. Elle n'avait qu'une hâte : tourner un nouveau film, retrouver le paradis perdu, comme elle le confia à Hazel, qui conduisait à ses côtés.

Elles roulaient dans l'incertitude du jour qui fuit.

Comme une femme enceinte de plus de huit mois ne pouvait pas prendre l'avion, Lucy et Hazel avaient loué une voiture pour se rendre à la projection test d'*Ecce Homo* au DeBartolo Performing Arts Center dans l'Indiana, à mille kilomètres de New York ! Deux jours de route avec un arrêt à Cleveland, où un cousin d'Hazel, un chirurgien-dentiste, marié et père de cinq enfants, vivait dans une grande maison sur la rive du lac Érié.

À présent, Lucy somnolait sur le siège passager.

– Dommage qu'Henry ne vienne pas à la projo, soupira Hazel sans quitter la route des yeux.

– Il y sera, affirma Lucy. Il me l'a promis.

Hazel s'assombrit : Lucy lui faisait-elle des cachotteries ?

– Tu l'as revu ?

– Je ne l'ai pas revu, répondit Lucy, amusée de voir la tête que faisait sa femme. Tu ne te souviens pas que je lui ai parlé une fois au téléphone quand j'étais au mixage ?

– Il était à New York ?

– Non. Après le tournage, il a beaucoup voyagé. Il a tourné un truc en Allemagne, peut-être aussi en France, je ne sais plus très bien. Il avait besoin de sortir de notre histoire, quitte à faire n'importe quoi.

– Ça va être un choc pour lui de découvrir le film…

– Pas seulement pour lui !

Elles se tapèrent dans la main en riant.

Le film durant plus de deux heures, la projection débuterait à dix-neuf heures. Une demi-heure avant, Lucy et Hazel se garèrent à l'extrémité du campus de l'université Notre-Dame-du-Lac de South Bend. Elles furent accueillies à l'arrière du DeBartolo par le révérend John Perkins, le président de l'université, et par Robert Meyer, le directeur du programme cinéma avec qui Lucy avait organisé la soirée.

– Henry Sonberg est arrivé ?

– Il vous attend à l'intérieur avec votre producteur.

Lucy adressa un clin d'œil à Hazel. Elles empruntèrent l'entrée des artistes avec les deux hommes.

– Il y a du monde ? s'inquiéta Hazel.

– C'est plus que plein, se félicita Meyer. Nous avons dû ajouter des chaises et refuser cent, peut-être deux cents personnes…

John Perkins, lui, était préoccupé.

– Pour le débat, ça risque d'être un peu compliqué, dit-il en caressant sa barbe.

Lucy ne comprenait pas pourquoi, le film était…

– Vous savez, expliqua-t-il, nous sommes dans une région où la défense des valeurs chrétiennes est très forte. Vous avez été l'élève du professeur Thomasson, n'est-ce pas ?

– Et alors ?

– C'est devenu quelqu'un de très connu, de très populaire, non seulement ici mais un peu partout dans le pays. Des milliers de personnes le suivent sur Facebook et Twitter. Il a une émission régulière sur la chaîne chrétienne CBN. Beaucoup de ceux qui écoutent ses conférences sont dans la salle.

– Il est là ?

– Je ne l'ai pas vu. En tout cas, soupira Perkins, j'ai peur que vous ne soyez bombardée de questions. Le public n'est pas toujours très au fait des recherches historiques et, si j'ai bien compris, votre film en fait état.

– C'est surtout un grand film d'amour ! trompeta Hazel pour éviter que Lucy n'aborde l'action lancée contre Thomasson et le procès qui se profilait au regard des témoignages réunis contre lui.

Pour l'heure, il ne fallait penser qu'à la projection. Meyer n'était pas anxieux. Il avait l'habitude des débats. Il saurait modérer celui-là.

– Tout se passera bien, certifia-t-il. Ceux qui sont dans la salle ont des convictions mais ce sont des gens raisonnables. J'en connais certains d'ailleurs, des voisins, des amis…

– De toute façon, assura Lucy, je ne crains pas la contradiction.

Ils retrouvèrent Cooper et Henry dans une petite pièce où des rafraîchissements, des fruits et des pâtisseries étaient servis. Cooper pointa son doigt vers le gros ventre de Lucy qui débordait de sa salopette.

– Comment va Jésus ?

– Il a hâte de sortir.

– Comme le film !

Ils s'embrassèrent.

– J'ai envoyé le film en France, annonça Cooper. Pour la sélection de Cannes.

– Croisons les doigts.

Il se voulait optimiste :

– Nous faisons salle comble ce soir, c'est bon signe.

– Il paraît que Thomasson a mobilisé ses adeptes, marmonna Hazel, comme si elle craignait de le dire trop fort.

Cooper avait vu sur le Net que les Proud Boys avaient lancé une grande campagne de recrutement dans l'Indiana : « Rejoignez-nous ! L'Occident est le meilleur ! Nous vénérons le Christ, nous glorifions les entrepreneurs, nous aimons la femme au foyer, nous chérissons la liberté d'expression, nous portons nos armes. »

– Vous croyez qu'il y en a dans la salle ? demanda-t-il à Meyer.

Celui-ci n'en avait pas la moindre idée.

– Je n'ai pas l'impression que le cinéma les intéresse beaucoup. Ni l'histoire de Jésus. Leur seul Dieu, c'est Trump !

– Un Dieu déchu, glissa Hazel.

La remarque les fit rire même si les travaillait encore le souvenir qu'il n'y avait eu que sept sénateurs républicains sur cinquante pour reconnaître l'ancien président coupable d'« incitation à l'insurrection ». Rien désormais n'empêcherait Trump de se représenter en 2024, une nouvelle candidature porteuse d'orages et de guerre. Hélas, le fascisme avait de beaux jours devant lui…

Henry n'était pas très loquace. Il ne s'était pas coupé les cheveux, ni rasé la barbe. Il portait une longue chemise en lin tombant sur son pantalon et était chaussé de sandales en cuir tressé. Fiévreux, il triturait nerveusement les perles d'un *komboloï*. Lucy trouvait qu'il ressemblait à un gourou indien.

– Ça va ? demanda-t-elle.
– J'attends de voir le film.
Il avait le trac, elle aussi.
– J'espère qu'il ne te décevra pas, dit-elle sincèrement.
– Tu seras dans la salle ?
– Je préfère rester en cabine avec Hazel.

Projection

Meyer appela sur scène Lucy, Henry et Saul Cooper. En les présentant, il fit semblant de ne pas entendre le « Rien que des Juifs ! » lancé par un spectateur assis au premier rang. Cooper remercia l'université Notre-Dame, l'équipe du DeBartolo et particulièrement le révérend John Perkins qui les avait invités, Robert Meyer qui allait animer le débat après la projection et les spectateurs venus si nombreux pour assister à ce qui était en fait la première mondiale d'*Ecce Homo*. En quelques mots, Henry souligna qu'après avoir remonté le temps à l'occasion de son rôle, il avait le sentiment de se présenter âgé de deux mille ans devant le public. Il proposa aux spectateurs de méditer sur une parole de Gandhi : « Il ne peut y avoir de paix intérieure sans connaissance véritable. Une fois que nous saurons appliquer ce critérium infaillible de la Vérité, nous pourrons immédiatement discerner ce qui vaut la peine d'être fait, ou d'être vu, ou d'être lu. » Pour dissiper l'embarras perceptible du public après l'intervention d'Henry, Meyer passa rapidement la parole à Lucy.

– Je tiens d'abord à exprimer ma gratitude envers l'université Notre-Dame qui, après m'avoir accueillie comme étudiante, m'accueille aujourd'hui comme cinéaste. Je dois à Notre-Dame ce que je sais ; je dois à Saul Cooper d'avoir pu réaliser le film que vous allez voir, d'y jouer le rôle féminin principal le plus modestement possible et d'avoir engagé Henry Sonberg pour tenir le rôle si emblématique de Jésus. Pour ne pas le faire rougir, je ne vous dirai pas à quel point la performance d'Henry Sonberg est exceptionnelle et bouleversante, vous le découvrirez par vous-mêmes. Pour l'avoir suivi jour après jour au montage, j'en suis personnellement encore toute tremblante d'émotion.

Lucy marqua une pause. Dans la semi-obscurité, la salle ne réagissait pas, demeurait terriblement silencieuse.

– Le film que vous allez voir ne prétend pas à la vérité, reprit-elle d'une voix calme, mais à une lecture de l'Histoire qui doit nous permettre de réfléchir sur la force de l'image, sa puissance, sa permanence de la peinture à la photographie, de la photographie au cinéma…

Elle haussa le ton, se rappelant le message à faire passer :

– Une lecture de l'Histoire qui doit surtout nous permettre d'assister à un grand spectacle, une grande histoire d'amour qui traverse le temps. Bonne projection !

Elle rejoignit rapidement Hazel en coulisse et elles filèrent dans la cabine de projection tandis que Perkins, Meyer, Cooper et Henry s'installaient aux places qui leur étaient réservées. Il n'y eut pas le moindre applaudissement.

Chester, le projectionniste, un grand Noir d'une soixantaine d'années, reconnut Lucy, cette étudiante qui avait animé le ciné-club avec passion pendant ses études.

– J'aurais dû deviner qu'un jour je te retrouverais ici comme cinéaste !

Lucy lui présenta Hazel, se retenant de dire « mon mari » ou « ma femme », comme elles s'appelaient pour rire.

– Nous avons fait le film ensemble.

– N'en croyez rien ! rectifia Hazel. C'est *son* film. Je n'ai été que son assistante !

– Mon ange gardien, plaisanta Lucy, lui adressant un baiser muet.

Chester ouvrit les rideaux de scène, éteignit la salle et lança la projection.

– Vous êtes sûres que vous voulez rester là ? Vous seriez mieux en bas…

Lucy le remercia.

– Je préfère mettre de la distance entre mon film et moi, expliqua-t-elle.

Et elle s'installa sur un tabouret haut devant la lucarne qui permettait au projectionniste de surveiller la projection. Elle voulait voir le film de loin, comme si elle n'était qu'une spectatrice, émue de sentir la lumière baisser jusqu'au noir et l'écran s'allumer comme si elle découvrait le Paradis. Hazel, la serrant par la taille, posa son menton sur son épaule alors que les premières images du générique apparaissaient, soutenues par la musique de Jean-Claude Petit, le musicien français qui avait composé celle du *Cyrano* de Jean-Paul Rappeneau.

La scène des marchands du Temple provoqua des murmures dans la salle, celle du baiser au lépreux aussi. Mais c'est au moment de l'arrestation de Jésus, quand les spectateurs découvrirent que le Christ partageait sa couche avec un jeune homme nu, que la foule commença vraiment à gronder. Elle se déchaîna au moment de la crucifixion quand Henry, ruisselant de sang, urinait et vomissait en mourant. Des cris fusèrent de tous les côtés :

– C'est un scandale !

– Vous salissez le Christ !

– Blasphème !

À la fin de la première époque, quand Henry, descendu de la croix, était jeté à la fosse commune en même temps que la pancarte « roi des Juifs », un groupe se mit à scander :

– Bern-heim sa-lope ! Bern-heim sa-lope !

La salle fit chorus. La soirée dégénérait. Perkins, Meyer, Cooper et Henry s'échappèrent par la sortie de secours sous les injures et les quolibets :

– Sale race !

– Foutez le camp, bande de youds !

– On va vous faire la peau !

– J'appelle la police, dit Perkins, tapant fébrilement sur son portable. Il faut tout arrêter !

Dans la cabine, Lucy était atterrée. Elle ne parvenait pas à quitter l'écran des yeux comme si les cris et les menaces qui montaient jusqu'à elle provenaient d'un détournement de la bande-son.

– Faut se tirer d'ici, dit Hazel en la forçant à quitter son tabouret.

Chester ouvrit une porte au fond.

– Passez par le local technique !

Soudain les vitres de la cabine volèrent en éclats : des hommes armés de fusils à pompe leur tiraient dessus ! Tandis que les spectateurs se bousculaient, un gros type sortit un pistolet de son blouson et vida son chargeur sur l'écran pendant la scène où Lucia et Enrico faisaient l'amour dans une chambre du palais Merlino.

– Bern-heim sa-lope ! Bern-heim sa-lope !

Réseaux

Chauffées par les réseaux sociaux, plus de deux mille personnes manifestaient devant l'entrée du DeBartolo. Beaucoup portaient des pancartes : « Vous êtes pour Jésus ou contre lui, faites votre choix ! », « Jésus sauve ! », « Ne touchez pas à Dieu ! », « Prions pour le saint suaire ! », « Bernheim Antéchrist ! ». Fox

News et Christian Broadcasting Network (CBN) avaient envoyé des reporters. Et c'est Thomasson qui répondait à leurs questions.

– Vous êtes à l'origine de cette manifestation ?

– J'ai cru de mon devoir de mobiliser tous les chrétiens de South Bend et du comté de Saint-Joseph. En laissant la libre parole à des esprits dégénérés, notre civilisation plonge vers l'abîme. Les productions littéraires, artistiques, cinématographiques de ces gens-là s'attaquent à Dieu dans son essence. Nous devons combattre l'Antéchrist par tous les moyens avant qu'il ne répande son venin sur la terre.

– La plupart de ceux qui sont ici n'ont pas vu le film de Lucy Bernheim, risqua une journaliste.

– Ils n'ont pas besoin de le voir pour savoir que ce film abject n'est fait que pour provoquer du scandale et remplir les poches d'un certain financier juif nommé Saul Cooper…

Un journaliste de CBN avança :

– Lucy Bernheim prétend se référer aux données historiques à propos de Jésus, du suaire, du…

– Ce qu'elle appelle « Histoire », le coupa Thomasson, nous l'appelons « mensonge ». Il n'y a rien de vrai dans ce qu'elle montre. C'est un pur produit de la chienlit culturelle juive communiste qui guette la moindre occasion pour s'attaquer au monde chrétien.

– Vous nous confirmez que le suaire dit « de Turin » est bien celui qui a enveloppé le corps du Christ ?

– Il n'y a aucun doute là-dessus.

– Sait-on scientifiquement comment son image s'est formée ?

– Scientifiquement, c'est de l'ordre d'une explosion atomique, ce qu'atteste d'ailleurs saint Matthieu : « La terre trembla, les roches se fendirent ; les tombeaux s'ouvrirent, les corps des saints trépassés ressuscitèrent », mais je suis certain qu'aucune science ne sera jamais capable d'élucider ce qui demeure et doit demeurer un mystère divin.

Laissant Henry, Cooper et Meyer s'écarter de la foule pour se mettre à l'abri, Perkins s'avança au-devant des manifestants.

– Je vous demande de quitter le campus, tonna-t-il, fort de son autorité. Cette manifestation n'a pas lieu d'être dans l'enceinte d'une université !

Sa voix fut bientôt couverte par dix autres, par cent autres, qui refusaient de l'écouter. Une ado le frappa avec une pancarte « Tais-toi, sale race ! », un type lui donna un coup de pied, il reçut des crachats et des gifles et dut s'enfuir au risque d'être lynché.

À l'intérieur, les hommes armés tirèrent encore quelques coups de feu pour contraindre les derniers spectateurs à se presser vers la sortie. Quand la salle fut vide, ils jetèrent sur la scène un cocktail Molotov, puis deux, puis trois. L'incendie gagna rapidement les rideaux, l'écran, les fauteuils du premier rang. Les hommes se congratulèrent. Au cri de : « À mort, Satan ! », ils lancèrent de nouveaux cocktails Molotov au milieu des gradins pour tout purifier par le feu.

– Gloire à Dieu ! Gloire à Jésus !

Guidées par Chester, Lucy et Hazel descendirent aussi vite que possible l'escalier en colimaçon du local de service qui commençait à être envahi par les fumées. Une porte en bas donnait sur l'arrière, le projectionniste l'ouvrit d'un puissant coup d'épaule.

– J'ai ma voiture garée juste là ! dit-il en donnant la clé à Hazel.

Elles sortirent tandis qu'au loin les sirènes des pompiers et de la police se mêlaient aux clameurs de la foule.

– Sauvez-vous ! Vite ! enjoignit Chester aux deux filles.

Hazel donna la main à Lucy pour l'aider à courir. Elles étaient à vingt mètres du vieux break Ford quand un coup de feu claqua dans la nuit. Le projectionniste s'écroula dans un cri, touché dans le dos. Lucy fit volte-face, s'arrêtant net.

– Chester !

Hazel tenta de l'entraîner jusqu'à la voiture mais elles furent vite cernées par des hommes en armes. Elles levèrent les mains.

– Vous l'avez tué ! Bande d'assassins ! hurla Lucy sans parvenir à se contenir. Bande de lâches !

Ses larmes furent accueillies par une bordée de rires.

– Qu'est-ce que ça peut te foutre ? Un négro de plus ou de moins, ça compte pas !

– C'est lui qui t'a mis le ballon sous le maillot ?

– Sûr, ricana un grand maigre vêtu d'un T-shirt imprimé de l'image du suaire.

Il se tourna vers les autres.

– C'est le genre de pute qui aime sucer du zan !

Les rires redoublèrent.

– Fermez vos gueules ! ordonna un type plus âgé. Tom veut la voir.

– L'autre salope aussi ? demanda un autre, désignant Hazel. Si Tom sait pas quoi en faire, je veux bien me dévouer !

Il puait la bière.

Pas irlandaise pour rien, Hazel ne craignait ni homme ni bête, ni Dieu ni Diable.

– Faudrait déjà que t'en aies dans le pantalon, lui dit-elle en se plantant devant lui, les jambes en appui, prête à se battre.

Fuck ! La honte ! Putain, c'était bien envoyé ! s'esclaffèrent les hommes. Cette conne en avait ! Le plus vieux s'interposa. Il poussa l'idiot à moitié ivre loin d'Hazel avant qu'une bagarre éclate.

– Maintenant, ça suffit ! J'ai dit d'arrêter vos conneries !

Ils abandonnèrent le cadavre de Chester baignant dans son sang et encadrèrent Lucy et Hazel pour les conduire au centre d'un grand cercle où Thomasson attendait.

Feu

Une rougeur extraordinaire emplissait le ciel. Le feu gagnait le toit du DeBartolo, faisait exploser les vitres, ruinant la façade. Une épaisse fumée noire sortait du bâtiment comme la langue d'une bête monstrueuse. La police avait repoussé la foule à cinq cents mètres de là pour laisser les pompiers combattre l'incendie. On entendait comme une clameur de guerre, des cris, des applaudissements, des coups de trompette, des sifflets, des détonations sans que l'on sache si c'étaient des pétards, des tirs d'arme à feu ou du bois qui craquait en se consumant. Thomasson trônait au milieu de ses partisans, loin des flammes qui hachaient l'obscurité. Les hommes en armes poussèrent Lucy devant lui.

– « Le mauvais arbre porte de mauvais fruits », dit-il d'un ton accablé pour l'accueillir. Tu étais ma meilleure élève et pour me récompenser de ce que je t'ai appris, tu salis le Christ et le suaire…

– Vous n'êtes qu'un ignoble porc.

– Je sais, ricana-t-il. Tu veux me faire un procès…

– J'aimerais que l'Enfer existe pour vous y précipiter.

Thomasson s'amusa :

– Je peux bien montrer ton cul à la terre entière puisque tu n'as pas honte d'exhiber celui de Notre Seigneur.

– Vous l'avez violée ! intervint Hazel.

Un homme arma son fusil et la mit en joue.

– Quand le professeur parle, tu fermes ta gueule, poufiasse.

Thomasson lui fit signe de baisser son arme.

– Vous voyez, mes amis, dit-il à ses proches, quand je vous assurais que des crapauds et des vipères sortaient de leurs bouches…

À nouveau, il s'adressa à Lucy :

– Comment n'ai-je pas compris tout de suite que rien de bon ne pouvait sortir de toi qui appartiens à la race maudite ?

– Vous ne me faites pas peur.

Thomasson se redressa, gonflant la poitrine.

– De moi, tu n'as rien à craindre, certifia-t-il dans un souffle, mais tu dois redouter la colère de Dieu. Cette colère qui va s'abattre sur toi pour avoir souillé son nom et profané celui de son Fils !

– Vous voulez me tuer comme vous avez fait tuer le projectionniste ?

Il y eut des murmures et des rires étouffés.

– Tu es déjà morte, répliqua Thomasson, l'air mauvais. Ton film aussi est mort, il ne sortira jamais, j'y veillerai. Tes idées sont mortes, elles seront enterrées avec toi. Tu portes la mort dans ton ventre !

– Vous croyez l'y avoir mise ? demanda Lucy, les mâchoires serrées, blanche de colère.

– Ravale ton orgueil ! Jamais je ne m'y serais risqué, c'est Satan qui t'a fécondée !

Il leva les bras au ciel.

– La Juive Bernheim, soi-disant cinéaste, crache sur le visage de Notre Seigneur, mais de ce visage offensé faisons notre étendard !

Sortie de nulle part, une banderole de plus de vingt mètres de large fut hissée au milieu de la foule, reproduisant le suaire dix fois plus grand qu'en réalité.

– Croyez-moi, mes frères ! clama Thomasson. Cette image a traversé les siècles pour parvenir jusqu'à nous. Entendons le message que Dieu nous délivre ! Il veut que nous soyons ses soldats ! Les soldats d'une Amérique fière d'être ce qu'elle est : libre, chrétienne et blanche !

Il pria, les yeux au ciel :

– Dieu, Père de Notre Seigneur Jésus-Christ, nous t'invoquons ! Accorde-nous ton secours contre les gauchistes, les socialistes, les communistes, les islamistes, tous les esprits impurs qui œuvrent dans notre monde pour le détruire et pervertir les âmes !

Lucy et Hazel s'inquiétaient : où étaient passés Henry et Saul ? Où étaient Meyer et le révérend Perkins ? Un homme avait été tué, un bâtiment incendié et la police se contentait d'être là, sans bouger, sans intervenir, neutre ou complice des manifestants comme leurs collègues qui avaient laissé les partisans de Trump envahir le Capitole. Une pétarade leur fit tourner la tête : une troupe de Hells Angels arrivaient sur leurs énormes motos. Les anges de l'Enfer s'arrêtèrent devant les partisans de la suprématie blanche et les tinrent en respect. Et soudain, derrière eux, Henry se montra en Jésus vêtu de sa seule tunique, pieds nus, coiffé d'une couronne en fil barbelé. Il interpella Thomasson :

– Qui es-tu pour prétendre parler au nom de Dieu, sinon un imposteur, un loup déguisé en agneau ?

Et, s'adressant à la foule :

– Je suis le Christ du temps présent. Je reviens parmi vous pour juger les vivants et les morts.

– C'est un acteur ! cracha Thomasson. Ne vous laissez pas abuser. Dieu vomit les acteurs ! Saisissez-vous de lui !

Les Hells empêchèrent quiconque de bouger : Henry avait été un des leurs, il l'était pour toujours et personne ne s'en prendrait à lui. Sous le regard ébahi de Lucy et d'Hazel, Henry jouait son rôle, reprenant ses répliques :

– Si vous ne venez pas à moi sans haïr votre père, votre mère, votre femme, vos enfants, vous ne pouvez être des disciples.

Une femme tomba à genoux devant lui. Henry la bénit en posant sa main sur sa tête.

– Va et ne pèche plus.

Plusieurs se signèrent.

– Hosanna ! Béni soit celui qui vient au nom du Seigneur !

– Sauve-nous, Jésus !

– Alléluia ! Alléluia !

Thomasson arracha un fusil des mains d'un de ses partisans et hurla :

– Pourquoi croyez-vous que le Covid a frappé notre nation ? Pourquoi croyez-vous que le président Trump a été chassé par les communistes ? Pourquoi croyez-vous qu'une Bernheim peut impunément défigurer le Christ ?

Il pointa son arme sur Henry.

– Parce que l'Antéchrist est parmi nous ! Parce qu'il porte l'abomination et la désolation !

Henry le défia en s'approchant de lui.

– Ose me le dire en face.

Le silence les figea comme se fixe un plan dans un film. Les siècles défilèrent. Pestes, guerres, soulèvements, fils macabres de l'Histoire dont le suaire était tissé. Les yeux dans les yeux, Thomasson et Henry se combattaient sans merci. Saint suaire contre saint torchon. Image contre image, vérité contre mensonge, Histoire contre foi. Lucy brûlait d'intervenir mais Hazel la retint par le bras. Trop dangereux. Elle sentait un monstre remonter des profondeurs. Le temps s'étira. Henry, impassible, ne cillait pas, le corps raide, chargé d'une spiritualité comparable à celle de Johannes dans le film *Ordet* de Dreyer. Devant ce bloc d'inconscience ou de courage, Thomasson sentit brusquement qu'un voile se déchirait. Une lumière féroce l'éblouit. C'était Henry, c'était Artaud, c'était Jésus qui soutenaient l'accusation : « Traître, menteur, violeur ! » Henry prenait l'ascendant sur lui. Une force ordonnait au professeur de s'agenouiller et de rendre les armes.

– Crève, sale Juif !

Thomasson fit feu sans hésiter pour ne rien céder, pour ne rien abdiquer. Un froid étrange saisit Henry. Il sentit la main de sa mère se poser sur son front. « Dors maintenant, dors », disait-elle. Sa voix le frôlait, volatile comme un rêve. Quand l'avait-il vue pour la dernière fois ? Son visage se confondait avec sa main qui n'était plus qu'une paume chaude, douce, délicate comme un baiser. Elle s'envola à tire-doigts, il allait s'endormir maintenant. Un grand cèdre de l'Atlas brûlait au loin dans la nuit qui approchait, ses énormes branches tendues vers un insaisissable secours, nouées d'angoisse, comme les bras des damnés suppliant qu'on les arrache à l'Enfer. L'odeur prégnante du feu donnait soif à Henry. Il pensait qu'il devait boire avant de retourner chez lui. Mais il ne savait pas vraiment où il devait aller. Sa mémoire lui rappela : « Il y a plusieurs maisons dans la maison du père... » Mais ces mots – ils étaient les siens ou ceux d'un autre ? Il comprenait seulement que c'était loin, très loin. Il se sentait fort, solide sur ses jambes, prêt à s'élancer sur le chemin qu'il lui restait à parcourir ; ce chemin qu'il appelait le « chemin de l'imagination » et qu'il aimait plus que tout autre. Il entendit une porte s'ouvrir derrière lui, laissant entrer des images qui l'assaillirent : le sein d'une vierge, le sexe d'une femme, la bouche d'un nouveau-né dont le cri lui perçait les oreilles. Il tenta de les repousser, de refermer la porte, mais elles se faufilèrent et lui échappèrent. Une nuée de chauves-souris ! Elles s'agrippèrent à sa peau, y tatouèrent des lettres qui firent de son corps un livre. Tous les gestes qu'il avait faits, toutes les paroles qu'il avait prononcées, tous les lieux où il avait été lui apparurent sous le titre « À quoi bon ? ». Trois mots terribles dont il ne pouvait se consoler. Dans un mouvement convulsif, ses lèvres tremblaient. Il buvait ses larmes. Il se rongeait les sangs. Ses yeux s'agitaient, amour, anxiété, amour, anxiété... Serait-il toujours seul ? Sans aimer, sans être aimé ? L'obscurité l'aveuglait d'un goudron frais qui scellait ses paupières et sa bouche. Il ne saurait jamais. Les deux syllabes se détachèrent, JA-MAIS, et s'écroulèrent avec un fracas de verre brisé. Comme un marin ivre qui regagne son bord, il ricana, pensant à cette phrase notée au dos du script de Lucy : « Ci-gît moi-même, qui ne fus rien d'autre que ce que je fus, de toutes mes forces. »

Tandis que la tunique blanche d'Henry s'auréolait de sang et de poudre, dessinant une étrange figure qui semblait rire à la face de Tom, une plainte déchira le ciel :

– On a tué Jésus !

Route

Il y a longtemps, près de Troyes, une vierge vouée à Dieu, Lucie de Joigny, qui traversait une forêt en tirant une petite charrette. Elle transportait une marmite ventrue et des pigments de couleur. Dans une clairière, un moine l'attendait devant un bas-relief taillé dans un tronc qui représentait un homme nu, vu de face et de dos. Lucie trempa une longue pièce de lin dans la marmite où l'eau chauffait, l'appliqua le plus étroitement possible sur la sculpture et tamponna ses onguents dessus jusqu'à ce qu'une figure apparaisse sur la toile.

Au XIVe siècle, le suaire était une peinture ; un miroir sans tain où chacun pouvait se reconnaître.

Cinq siècles plus tard, dans la folie d'un après-midi de tempête et d'éclairs, Lucia – fille du baron Tommaso Sant'Anna di Merlino – perdait sa virginité dans les bras de son amant. Sur ses draps tachés de sang, une figure apparut comme la prémonition de celle qui apparaîtrait quelques jours plus tard lorsque le suaire serait photographié par Secondo Pia à Turin dans la cathédrale San Giovanni Battista.

Au XIXe siècle, le suaire devint une photo, c'est-à-dire de la lumière et du temps.

Aujourd'hui, c'était un film, un mouvement du cœur et de la pensée. Le film que Lucy, enceinte de neuf mois, revoyait plan par plan en fermant les yeux sur la route qui la ramenait à New York. La peinture donnait de la matière à l'Histoire, la photographie était par nature chargée de passé, le cinéma se conjuguait au temps présent. À l'origine, le personnage du suaire était un homme de bois, un Pinocchio, la photographie lui avait accordé une vie de papier, le cinéma lui offrait désormais un corps, un visage – celui d'Henry –, une âme fugitive visible seulement dans le faisceau d'un projecteur.

Il était une fois Lucie qui peignit le suaire, Lucia qui photographia son amant, Lucy qui tourna un film.

La vérité n'était qu'apparence, illusion.

C'était la nuit.

La première d'*Ecce Homo* avait tourné au cataclysme. Deux hommes avaient été tués et, quand enfin Saul Cooper, le producteur du film, était arrivé avec la police et les responsables de la sécurité de Notre-Dame, leurs assassins avaient déjà disparu. Ils demeurèrent introuvables au milieu de la foule qui se dispersait en chantant « Gloire à Dieu au plus haut des cieux ».

Lucy et Hazel, folles de colère et de tristesse, ne voulurent pas rester une minute de plus à South Bend. Dès que leurs témoignages furent enregistrés par un inspecteur taciturne, elles partirent sans se retourner. Droit devant ! La route était déserte. Hazel avait prévenu son cousin à Cleveland ; elles dormiraient chez lui, quelle que soit l'heure de leur arrivée.

– Arrête ! Arrête-toi ! gémit soudain Lucy.

Son entrecuisse inondait la banquette, elle perdait les eaux. Elle supplia Hazel de se garer d'urgence. La voiture se déporta sur la droite et freina au bord d'un grand champ qu'elles devinaient dans l'obscurité. Hazel sortit rapidement et se précipita pour aider Lucy à s'essuyer et se changer. À peine eut-elle ouvert la portière que Lucy s'arc-boutait, paralysée par une contraction qui lui arracha un râle de douleur.

– Pas de panique, pas de panique…, répéta Hazel, se parlant surtout à elle-même.

Lucy, le front en sueur, les pupilles dilatées, retrouva lentement son calme. Elle défit les boucles de sa salopette. Ses seins gonflés lui faisaient mal.

– Enlève-moi mes baskets s'il te plaît, je ne peux pas me baisser.

Hazel les dénoua, les lui ôta et tira sur les jambes de la salopette pour la lui retirer.

– Je vais te chercher un jogging !

Pendant que Lucy se débarrassait de son string trempé sur le bord de la route, Hazel ouvrit le coffre et plongea la main dans le sac de sport où leurs affaires étaient entassées. Elle jeta autour de son cou la grande serviette de bain imprimée à l'image du suaire, un cadeau-gadget de Saul Cooper – « Ça peut toujours servir ! » en ressassant les expressions apprises lors de son stage de secourisme – « Contraction de la paroi utérine… dilatation du col de l'utérus… fœtus… membranes… cavité tiède… extension de la paroi abdominale… » – et revint au galop en brandissant un pantalon de survêtement d'un blanc nacré.

– Enfile ça !

Lucy tendait les jambes pour le mettre quand une nouvelle contraction la saisit, plus violente que la précédente.

– Je sens que j'accouche, pleura-t-elle en se recroquevillant. J'accouche !

Lucy ne pouvait pas rester dans la voiture. En toute hâte, Hazel étala sur l'herbe les couvertures qu'elles emportaient toujours pour pique-niquer, plia son blouson pour lui faire un oreiller, aida Lucy à s'y allonger et sans même tenter de le lui faire enfiler, lui couvrit le ventre du jogging.

– J'appelle les secours !

Les contractions se firent de plus en plus rapprochées. Lucy sentit un filet d'urine couler entre ses fesses. Lucy geignait, elle haletait, elle pleurait, tandis qu'Hazel n'en finissait pas d'expliquer au téléphone qu'elles étaient en rase campagne, qu'il n'y avait personne à l'horizon et que l'hôpital le plus proche était à des kilomètres.

– Magnez-vous, nom de Dieu ! Nous sommes dans le désert ! L'enfant va naître ! C'est une urgence absolue !

Elle revint s'agenouiller près de Lucy, s'éclairant avec son portable.

– Ils arrivent, ma beauté, dit-elle en lui tâtant le front.

Lucy n'avait pas de fièvre. Une nouvelle contraction lui fit crisper les yeux.

– *Fuck !* Ça vient !

– Calme-toi, dit Hazel en posant la serviette à côté d'elle, prête à tout. Je suis là. S'il doit naître maintenant, qu'il naisse. On s'occupera de lui !

Lucy frissonna, le visage rougi de bouffées de chaleur.

– Je vais vomir, se plaignit-elle, au bord de l'évanouissement.

Elle eut un haut-le-cœur mais la nausée passa, au grand soulagement d'Hazel. Le travail avançait. Deux contractions plus légères étaient suivies d'une plus intense, parfois terriblement douloureuse. Lucy repoussa entre ses jambes le pantalon de jogging qu'elle avait sur le ventre. Sans un souffle de vent, l'air était lourd, annonciateur d'orage ou de cyclone. Il régnait une chaleur humide, une douceur moite qui la mettait mal à l'aise et lui donnait envie de pleurer. Mais Lucy se sentait trop fatiguée pour éteindre de larmes toutes les questions brûlantes qui jaillissaient de son cœur. Plus tard, elle pleurerait son film en flammes, l'assassinat de Chester, le vieux projectionniste, Henry mort en jouant son rôle de « Christ du temps présent »... Le silence était impressionnant, comme si tous les oiseaux, tous les animaux avaient fui et que le monde avait disparu avec eux.

Hazel posa sa main sur le sexe de Lucy. L'enfant arrivait. Elle pouvait sentir son crâne, ses petits cheveux tout doux. À chaque poussée, il s'avançait sous sa main. Elle encouragea Lucy :

– Pousse ! Respire et pousse ! Pousse !

Lucy poussa, poussa encore et encore, le visage tourmenté, exsangue, la bouche sèche, le cœur battant la chamade. La tête apparut enfin et, d'un coup, le bébé glissa dans les mains d'Hazel. C'était un garçon. Elles accueillirent son premier cri comme un cri de triomphe. Il était né ! Hazel le posa sur le ventre de Lucy, dont les yeux s'allumèrent de stupéfaction et d'effroi en même temps qu'une incroyable chaleur d'amour l'envahissait. Hazel couvrit le nouveau-né et sa maman de sa grande serviette de bain et, dans un état second, courut attraper sa trousse de toilette, se répétant les consignes de son moniteur de l'American Red Cross en cas d'« accouchement inopiné ». Avec des chouchous – maudissant les secours qui n'arrivaient pas –, elle clampa le cordon en deux endroits et, retenant sa respiration, le coupa avec ses ciseaux à ongles. Quelques instants plus tard le « petit Jésus » – comme elle l'appelait pour plaisanter – tétait le sein de sa mère.

Un passage de l'Évangile de Jean remonta à l'esprit de Lucy comme une bulle qui explose à la surface de l'eau : « La femme sur le point d'accoucher s'attriste parce que son heure est venue ; mais lorsqu'elle a donné le jour à l'enfant, elle ne se souvient plus des douleurs, dans la joie qu'un homme soit venu au monde. » Le ciel était constellé d'étoiles au-dessus d'elle. Lucy ferma les yeux, envahie de mélancolie. Cette noire beauté céleste n'était qu'un rideau de théâtre, une fausse promesse, un linceul plus qu'un drap de noce. En caressant le dos de son bébé, elle pensait qu'il fallait bien du courage pour naître dans ce monde. Un monde de souffrances, de famines et de guerres. Un monde cruel dominé par le racisme, le nationalisme, la religion mortifère. Hazel se mit à chanter doucement :

– Baa, baa, black sheep
Have you any wool ?
Yes, sir, yes, sir,
Three bags full
One for the master
One for the dame
And one for the little boy
Who lives down the lane…

Vingt minutes plus tard, l'ambulance arrivait, sirène à fond, tous feux allumés. Dans la lueur des phares les infirmiers – nouveaux rois mages – découvrirent cette étrange sainte famille : deux femmes berçant un nouveau-né enveloppé dans un grand drap en tissu éponge imprimé du suaire de Turin. Tandis que la mère et son bébé étaient hissés à bord, l'orage éclata soudain, irrémédiable, comme si Lucy avait réclamé au ciel des éclairs, du tonnerre et de la pluie pour célébrer la naissance de son fils. Le médecin, refermant en vitesse les portes du véhicule, lui précisa :

– Nous vous transportons à la clinique de Cleveland pour nous assurer que tout va bien.

Hazel suivrait en voiture.

Pendant le trajet, l'esprit de Lucy vagabonda dans une sorte de brouillard où se mêlaient le visage d'Hazel, ceux d'Henry, de Saul et du petit interne à la joue balafrée et au sourire étrange qui tenait le bébé dans ses bras pendant qu'ils fonçaient vers la maternité. Comment s'appelait-il ? Il y avait son nom inscrit sur son badge mais, même en tournant la tête, Lucy n'arrivait pas à le lire. Quelque chose commençant par Y… Puis, dans cette rêverie à demi somnolente, les visages s'effaçaient un par un, s'éloignaient comme un train s'éloigne au loin, très loin, au-delà de l'horizon. Curieusement, le cerveau de Lucy était hanté de choses bien plus insignifiantes : sa salopette trempée à l'entrecuisse, son string abandonné sur le bord de la route, le drap de bain, le jogging blanc souillé de sang caillé par son accouchement où se dessinait une figure énigmatique qu'elle emporta comme dernière image.

Ecce Homo, le roman du suaire

Histoire d'un livre

Ecce Homo, le roman du suaire vient de loin.

Il vient des travaux qu'avec Jérôme Prieur nous avons menés sur la littérature chrétienne et musulmane dans les séries télévisuelles *Corpus Christi, L'Origine du christianisme, L'Apocalypse, Jésus et l'islam* (Arte) ; de nos essais sur les mêmes questions, *Jésus contre Jésus, Jésus après Jésus, Jésus sans Jésus, Jésus et Mahomet* (Seuil) et de la présentation de *L'Évangile et l'Église* d'Alfred Loisy, réédité à notre initiative (Noésis). Il vient aussi, même si cela peut paraître paradoxal, de nos travaux sur Antonin Artaud pour le cinéma et la télévision ; du film documentaire *La Véritable Histoire d'Artaud le Mômo* (que nous avons coréalisé) et du film de fiction *En compagnie d'Antonin Artaud* (que j'ai réalisé) ; de la réédition définitive de l'œuvre de Jacques Prevel, *En compagnie d'Antonin Artaud*, suivie d'une centaine de ses poèmes (Flammarion) ; de l'édition du verbatim de notre film documentaire accompagnée de photos et des textes que nous avons écrits à ce sujet, *La Véritable Histoire d'Artaud le Mômo* (Le Temps qu'il fait). Bien entendu, ce roman vient aussi du travail scénaristique que nous avons effectué avec Éric Liberge pour la bande dessinée en trois tomes *Le Suaire* (Futuropolis).

Ecce Homo, le roman du suaire a reçu tout cela en héritage comme il a reçu l'immense bibliothèque que nous nous sommes constituée pendant trente ans* et les heures passées avec les chercheuses et les chercheurs qui consacrent leur vie à l'analyse critique des textes du Nouveau Testament, de la Bible hébraïque, du Coran et des Hadiths.

Un livre peut être considéré comme le point de départ de l'ensemble de ce que nous avons lu, tourné et écrit : l'ouvrage du chanoine Ulysse Chevalier, *Le Saint Suaire de Turin, histoire d'une relique*, qu'il publia dès la parution des photos de Secondo Pia (1898). Texte en main, Ulysse Chevalier démontrait que le linge présenté comme le suaire de Jésus ne pouvait l'être en aucun cas. Une magistrale leçon de lecture historico-critique.

Parmi les chercheurs avec qui nous avons travaillé, deux ont eu une influence déterminante sur notre approche des textes et de leur histoire, Pierre Geoltrain et Pierre-Antoine Bernheim, à qui Jérôme Prieur et moi devons beaucoup ; deux savants, deux amis, à qui ce roman adresse un salut à travers le temps.

C'est une tautologie mais elle est nécessaire : *Ecce Homo, le roman du suaire* est un roman, même s'il se nourrit d'Histoire. Comme l'écrit Erri De Luca dans *Un nuage comme tapis*, « la littérature est plus généreuse que l'Histoire, et souvent plus exacte ».

Histoire du suaire

En 1356, le futur « suaire de Turin » apparaît dans la collégiale de Lirey, en Champagne, près de Troyes, suscitant une très grande dévotion populaire. Immédiatement deux évêques du lieu dénoncent la supercherie, la superstition, l'idolâtrie, l'hérésie. L'évêque Pierre d'Arcis adresse fin 1389 au pape Clément VII d'Avignon une protestation, contre « un certain linge habilement peint, par une adroite prestidigitation », « vérité attestée par l'artiste, autrement dit que c'était une œuvre due au talent d'un homme et non point miraculeusement forgée ou octroyée par la grâce divine ». Il ajoute que « chaque

* Voir bibliographie sélective ci-après.

fois qu'il est exposé les foules accourent dans la conviction ou plutôt l'illusion qu'il est le vrai suaire».

Après Lirey, à cause des guerres, des pillages, de la grande peste, le suaire est transporté à la chapelle du château de Chambéry, où il sera conservé dans un coffre de 1502 à 1578 et jamais montré. Le 4 décembre 1532, la chapelle est en proie aux flammes. L'incendie endommage le linceul, conservé dans un coffre d'argent replié en 48 épaisseurs. La chaleur a fait fondre le métal, brûlant le suaire qui cependant échappe à l'incendie. En 1578, l'archevêque de Milan, Charles Borromée, veut se recueillir devant le saint suaire. Pour lui éviter la fatigue du voyage, Emmanuel-Philibert, duc de Savoie, fait venir la relique à Turin, nouvelle capitale des ducs de Savoie. Ce sera un aller sans retour vers l'Italie.

En mai 1898, il est présenté au public. Lors de cette ostension, le roi Umberto Ier autorisa Secondo Pia à en prendre deux clichés : quatorze minutes de pose pour le premier, vingt minutes pour le second. En développant ses plaques, le photographe vit apparaître un corps «en négatif», c'est-à-dire avec des valeurs inversées, les blancs étaient noirs, les noirs étaient blancs. Secondo Pia découvrit ainsi l'image d'un homme allongé nu, les mains croisées sur le pubis, le visage barbu cerné de cheveux longs, portant les stigmates de la Passion.

L'émotion fut considérable en Europe.

Tandis que le pape Léon XIII s'interdit de prendre une position catégorique, la publication des photos de Pia provoque une furieuse dispute sur l'authenticité du suaire. La bataille se déroule à fronts renversés. Des laïcs (médecins, physiciens, chimistes, biologistes, criminologues) défendirent l'authenticité du suaire au nom de la Science alors que les religieux leur opposèrent l'exégèse pour combattre les illusions de savants égarés. Le chanoine Ulysse Chevalier, professeur à l'Institut catholique de Paris, décela immédiatement une impossibilité majeure. Le suaire représente un homme qui a subi le supplice de la crucifixion tel qu'il est décrit dans l'Évangile selon Jean et seulement dans cet Évangile. Les synoptiques (Marc, Matthieu, Luc) en donnent un tout autre récit. « En bonne méthode, expliqua-t-il, il faut donc s'en tenir à Jean. » Et dans l'Évangile de Jean, il n'y a pas de suaire mais des bandelettes ! Ulysse Chevalier attesta alors que, dans toutes les langues du pourtour (hébreu, araméen, nabatéen, copte, syriaque), le terme « bandelettes » désignait toujours des bandelettes. Ce qui excluait l'hypothèse d'un suaire. Ensuite, Jean précisant que Jésus avait été enseveli « selon le mode de sépulture en usage chez les Juifs », il indiqua qu'il était impossible au regard des pratiques juives qu'un corps ait été enseveli sans être soigneusement lavé ; que les linges souillés ne peuvent en aucun cas rester dans le tombeau et enfin qu'aucun Juif ne pouvait être enterré les mains croisées sur le pubis : impureté majeure ! Ulysse Chevalier ironisait que si une quelconque empreinte s'était formée sur les linges, « le saint évangéliste n'aurait pas manqué de le signaler ! ».

En 1987, pour mettre fin à la polémique, le Vatican ordonna des tests au carbone 14 qui tous confirmèrent les sources historiques. Cela ne fit pas taire les partisans de l'authenticité du suaire. Ils arguèrent :

– que la science était fausse,
– que le plan de Dieu est inintelligible aux hommes,
– que le miracle du suaire défiait toute explication.

Bibliographie sélective

En premier, le livre du chanoine Ulysse Chevalier, *Le Saint Suaire de Turin* (Éd. l'Art et l'Autel, 1898).

L'ensemble de l'œuvre d'Alfred Loisy, et notamment *L'Évangile et l'Église* (1903), *Autour d'un petit livre* (1904), *Jésus et la Tradition évangélique* (1910), *La Naissance du christianisme* (1933), *Remarques sur la littérature épistolaire du Nouveau Testament* (1935), *Les Origines du Nouveau Testament* (1936) (Émile Henry, éditeur).

Les ouvrages de Maurice Goguel, *Jésus* (Payot, 1950) et *Naissance du christianisme* (Payot, 1955) ; de Joseph Klausner, *Jésus de Nazareth* (Payot, 1933) ; de David F. Strauss, *Vie de Jésus* (1864) ; et des historiens rationalistes comme Prosper Alfaric, Paul-Louis Couchoud, Daniel Massé et Georges Ory.

Autres ouvrages

Amphoux, Christian-Bernard, *La Parole qui devint Évangile* (Seuil, 1993) ; *L'Évangile selon Matthieu. Codex de Bèze* (Le Bois d'Orion, 1996).

Ben Chorim, Schalom, *Mon frère Jésus* (Seuil, 1983).

Bernheim, Pierre-Antoine, *Jacques, frère de Jésus* (Noésis, 1996).

Blanchetière, François, et Herr, Moshe David (éd.), *Aux origines juives du christianisme* (Cahiers du Centre français de Jérusalem-Peeters, 1993).

Boismard, Marie-Émile, *Moïse ou Jésus* (Leuven University Press, 1988) ; *Faut-il encore parler de « résurrection » ?* (Cerf, 1995).

Brandon, S. G. F., *Jésus et les Zélotes* (Flammarion, 1975).

Bultmann, Rudolph, *Jésus, mythologie et démythologisation* (Seuil, 1968).

Cousin, Hugues, Lémonon, Jean-Pierre, et Massonnet, Jean (éd.), *Le Monde où vivait Jésus* (Cerf, 1999).

Cullmann, Oscar, *Des sources de l'Évangile à la formation de la théologie chrétienne* (Delachaux & Niestlé, 1969) ; *Jésus et les révolutionnaires de son temps* (Delachaux & Niestlé, 1973).

Daniélou, Jean, *L'Église des premiers temps* (Seuil, 1963).

Dubourg, Bernard, *L'Invention de Jésus*, t. 1 et 2 (Gallimard, coll. « L'Infini », 1987 et 1989).

Floris, Ennio, *Sous le Christ Jésus* (Flammarion, 1987).

Flusser, David, *Jésus* (Seuil, 1970).

Fredriksen, Paula, *De Jésus aux Christs* (Cerf, 1992).

Frends, Yedi, *L'Apprentissage de la Bible* (Archipel, 1933) ; *En compagnie de Yedi Frends* (Pascale Lanniot éd., 1991).

Grant, Robert, *La Gnose et les Origines chrétiennes* (Seuil, 1964) ; *La Formation du Nouveau Testament* (Seuil, 1969).

Grelot, Pierre, *L'Espérance juive à l'heure de Jésus* (Desclée, 1996) ; *Les Juifs dans l'Évangile selon Jean* (Gabalda, 1995) ; *L'Origine des Évangiles. Controverse avec Jean Carmignac* (Cerf, 1986).

Grimblat, Shimon, *Titulatures et inscriptions dans la critique exégétique moderne* (Lisa éd., 1941).

Guignebert, Charles, *Jésus* (Albin Michel, 1933, rééd. 1969) ; *Le Christ* (Albin Michel, 1943, rééd. 1969).

Hannaniel, Tristan, *Les Controverses du christianisme* (Bordas, 1992).

Harnack, Adolf von, *Marcion* (Labyrinth Press, rééd. 1990).

Hengel, Martin, *Jésus et la Violence révolutionnaire* (Cerf, 1973) ; *La Crucifixion dans l'Antiquité* (Cerf, 1981) ; *The Zealots* (T. & T. Clark, 1989).

Isaac, Jules, *Jésus et Israël* (Fasquelle, 1959).

Jeremias, Joachim, *Jérusalem au temps de Jésus* (Cerf, 1967) ; *Théologie du Nouveau Testament* (Cerf, 1980).

Kelly, John F., *Dictionnaire du christianisme ancien* (Brepols, 1994).

Koester, Helmut, et Bovon, François, *Genèse de l'écriture chrétienne* (Brepols, 1991).

Labriole, Pierre de, *La Réaction païenne au christianisme* (Choureau et Cie, 1934).

Le Déaut, Roger, *Liturgie juive et Nouveau Testament* (Institut biblique pontifical, 1965).

Légasse, Simon, *Le Procès de Jésus*, t. 1 et 2 (Cerf, 1994).

Lémonon, Jean-Pierre, *Pilate et le gouvernement de la Judée* (Gabalda, 1981).

Léon-Dufour, Xavier, *Dictionnaire du Nouveau Testament* (Seuil, 1975) ; *Les Évangiles et l'Histoire de Jésus* (Seuil, 1963) ; *Résurrection de Jésus et Message pascal* (Seuil, 1971).

Maccoby, Hyam, *Paul et l'invention du christianisme* (Lieu commun, 1987) ; *Revolution in Judaea. Jesus and the Jewish Resistance* (Ocean Books, 1980).

Marguerat, Daniel (éd.), *Le Déchirement. Juifs et chrétiens au Ier siècle* (Labor et Fides, 1996).

Marguerat, Daniel, Norelli, Enrico et Poffet, Jean-Michel (dir.), *Jésus de Nazareth. Nouvelles approches d'une énigme* (Labor et Fides, 1998).

Nodet, Étienne, *Flavius Josèphe, baptême et résurrection* (Cerf, 1999).

Nodet, Étienne, et Taylor, Justin, *Essai sur les origines du christianisme* (Cerf, 1997).

Perrot, Charles, *Jésus et l'Histoire* (Desclée, 1997) ; *Jésus, Christ et Seigneur des premiers chrétiens* (Desclée, 1997).

Quesnel, Michel, *L'Histoire des Évangiles* (Cerf, 1987).

Rougier, Louis, *La Genèse des dogmes chrétiens* (Albin Michel, 1972).

Sachot, Maurice, *L'Invention du Christ* (Odile Jacob, 1997).

Sanders, E. P., *Jesus and Judaïsm* (S. C. M. Press, 1985).

Schenke, Ludger, *Le Tombeau vide et l'Annonce de la résurrection* (Cerf, 1970).

Schlosser, Jacques, *Le Dieu de Jésus* (Cerf, 1987).

Schubert, Kurt, *Jésus à la lumière du judaïsme du Ier siècle* (Cerf, 1974).

Schwartz, Daniel, *Studies in the Jewish Background of Christianity* (J. B. B. Mohr, 1992).

Simon, Marcel, *La Civilisation de l'Antiquité et le Christianisme* (Arthaud, 1972).

Stanton, Graham, *Parole d'Évangile ?* (Gallimard, coll. « Le Chemin », 1974).

Starobinski, Jean, *Trois fureurs* (Gallimard, coll. « Le Chemin », 1974).

Steinberg, Léo, *La Sexualité du Christ dans l'art de la Renaissance et son refoulement moderne* (Gallimard, coll. « L'Infini », 1987).

Stroumsa, Guy G., *Savoir et Salut* (Cerf, 1992) ; « Le radicalisme religieux du premier christianisme », in Patlagean, Evelyne, et Le Bouluec, Alain (éd.), *Les Retours aux écritures. Fondamentalismes présents et passés* (Peeters, 1993).

Taubes, Jacob, *La Théologie politique de Paul* (Seuil, 1999).

Theissen, Gerd, *Le Christianisme de Jésus* (Desclée, 1978) ; *Histoire sociale du christianisme primitif* (Labor et Fides, 1996).

Trocmé, Étienne, *La Formation de l'Évangile selon Marc* (Puf, 1968) ; *Jésus de Nazareth vu par les témoins de sa vie* (Delachaux & Niestlé, 1972) ; *The Passion as Liturgy* (S. C. M. Press, 1983).

Vaganay, Léon, *Initiation à la critique textuelle du Nouveau Testament*, édition revue par Amphoux, Christian-Bernard (Cerf, 1986).

Vermes, Geza, *Jésus le juif* (Desclée, 1978).

Veyne, Paul, *Comment on écrit l'histoire* (Seuil, 1971) ; *Les Grecs ont-ils cru à leurs mythes ?* (Seuil, 1983).

Vouga, François, *Les Premiers Pas du christianisme* (Labor et Fides, 1998).

Wagner, Marina, *Seule entre toutes les femmes* (Rivages/Histoire, 1989).

Collectif, *La Résurrection du Christ et l'Exégèse moderne* (Cerf, 1969).

ACFEB, *Origines et postérité de l'Évangile selon Jean* (Cerf, 1990).

Notre histoire, *Les Évangiles* (Desclée de Brouwer, 1990).

Encyclopaedia Universalis, *Dictionnaire du judaïsme* (Albin Michel, 1998).

La collection de la revue *Le Monde de la Bible* (Bayard), notamment «Aux origines de la croix» (1996), «L'Évangile de Jean» (1988), «Que sait-on de Jésus ?» (1998).

La collection des *Cahiers Évangile* (Cerf), notamment Étienne Charpentier, «Christ est ressuscité ! (1973), Pierre-Marie Beaude, «… selon les Écritures» (1975), Charles Perrot, «Les récits de l'enfance de Jésus» (1975), Michel Gourgues, «L'au-delà dans le Nouveau Testament» (1982), Matthieu Collin et Pierre Lenhardt, «Évangile et tradition d'Israël» (1990) et «La Torah orale des pharisiens» (1990), Francine Culdaut (éd.), «À la naissance de la parole chrétienne. Tradition et écriture au IIe siècle» (1992).

Remerciements

Mes remerciements vont à mes amis et, en premier lieu, à Jérôme Prieur sans qui ce livre n'existerait pas ; ils vont aussi bien sûr à Denis Freyd, Éric Liberge et Claude Gendrot qui ont part à cette histoire.

Je veux particulièrement remercier Catherine Favret, Odile Conseil, Jacques Pater, Hélène Ibañez et Marie-Pierre Coste-Billon, qui, par leurs observations sur les différents états du manuscrit, leurs remarques, leurs corrections, m'ont soutenu tout au long de mon travail. Sans oublier ceux qui m'ont aidé dans mes recherches : Loïc Josse, Michèle Polak, Patrick Pelloux et le professeur Henri Broch, auteur de l'indispensable *Gourous, sorciers et savants* (préface de Georges Charpak, Odile Jacob, coll. « Sciences », 2008).

Enfin, je veux aussi remercier mes éditeurs : Gérard de Cortanze, Francis Esménard, Gilles Haeri et Jean-Étienne Cohen-Séat, le premier d'entre eux.

DU MÊME AUTEUR

VIVE LA SOCIALE !, Mazarine, 1981 ; revu et corrigé, Seuil « Point Virgule », 1987.

À QUOI PENSE WALTER ?, Calmann-Lévy, 1987 ; Seuil « Point Virgule », 1988.

LES CINQ PARTIES DU MONDE, Mazarine, 1984 ; Le Livre de Poche, 2012.

L'ATTRACTION UNIVERSELLE, Calmann-Lévy, 1990 ; Le Livre de Poche, 1993.

BÉTHANIE, Calmann-Lévy, 1996 ; Le Livre de Poche, 1998.

MADAME GORE (dessins de Bob Meyer), Grand Prix humour noir, Éden, 2002.

RUE DES RIGOLES, Calmann-Lévy, 2002.

COMMENT CALMER M. BRACKE, Calmann-Lévy, 2003.

LES VIVANTS ET LES MORTS, Calmann-Lévy, 2004, Grand Prix RTL / *Lire*.

NOTRE PART DES TÉNÈBRES, Calmann-Lévy, 2008.

SCANDALES ET FOLIES, Seuil, 2008.

ROUGE DANS LA BRUME, Calmann-Lévy, 2011 ; Le Livre de Poche, 2011.

CE QUE SAVAIT JENNIE, Calmann-Lévy, 2012 ; Le Livre de Poche, 2014.

XENIA, Calmann-Lévy, 2014 ; Le Livre de Poche, 2015.

LA BRIGADE DU RIRE, Albin Michel, 2015 ; Le Livre de Poche, 2016.

LA FEMME AUX FESSES (poèmes), Colophon, 2015.

HAMLET LE VRAI, Grasset, 2016.

LA TOUR ABOLIE, Albin Michel, 2017 ; Le Livre de Poche, 2018.

CES FEMMES-LÀ, Albin Michel, 2019 ; Le Livre de Poche, 2020.

SUBITO PRESTO, Albin Michel, 2020.

QUARTIERS DE NOBLESSE, Le Sonneur, 2020.

TOUS LES MARINS SONT DES CHANTEURS (en collaboration avec François Morel et Antoine Sahler), Calmann-Lévy, 2020.

LES ROSES NOIRES, Albin Michel, 2021.

LA DIVINE COMÉDIE SOCIALE, Bouquins, 2022.

Gérard Mordillat est président de l'association Altermedia, en Île-de-France, qui a pour vocation de former aux métiers du cinéma des jeunes n'ayant pas obtenu le baccalauréat. Il préside par ailleurs Ciné-salé, le festival international du film de mer et de marins.

Composition : IGS-CP
Impression : Firmin Didot en octobre 2022
Éditions Albin Michel
22, rue Huyghens, 75014 Paris
www.albin-michel.fr
ISBN : 978-2-226-46595-5
N° d'édition : 24635/01 – N° d'impression : 169973
Dépôt légal : novembre 2022
Imprimé en France